# 中职中外文学
## 赏读教程

吴淑芳　周　晶　屈树贞　主　编

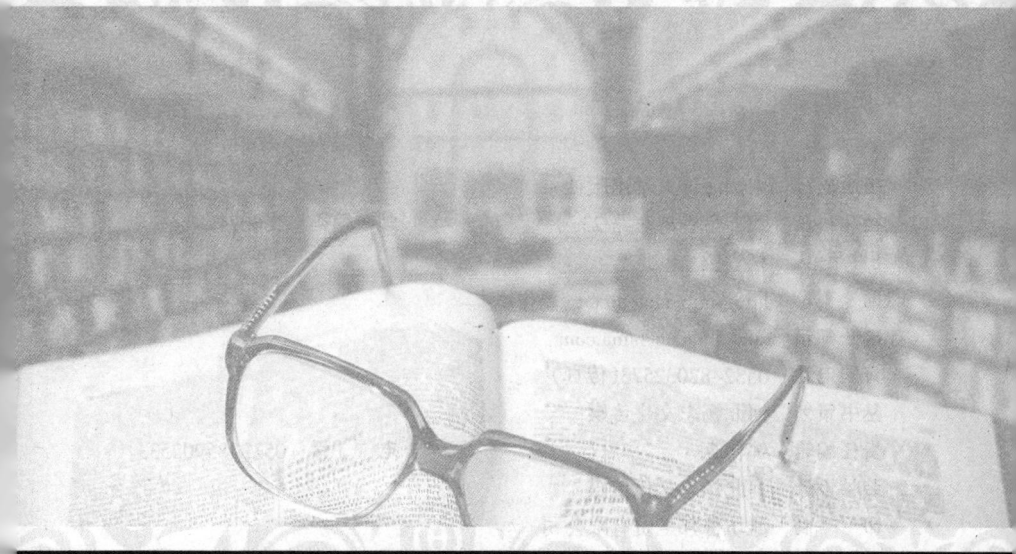

中国海洋大学出版社

·青岛·

图书在版编目(CIP)数据

中职中外文学赏读教程 / 吴淑芳, 周晶, 屈树贞主
编. —— 青岛：中国海洋大学出版社, 2018.9
ISBN 978-7-5670-2305-5

Ⅰ.①中… Ⅱ.①吴… ②周… ③屈… Ⅲ.①世界文
学－文学欣赏－中等专业学校－教材 Ⅳ.①I106

中国版本图书馆 CIP 数据核字（2019）第 156838 号

| | | | | |
|---|---|---|---|---|
| 出版发行 | 中国海洋大学出版社 | | | |
| 社　　址 | 青岛市香港东路 23 号 | | 邮政编码 | 266071 |
| 出 版 人 | 杨立敏 | | | |
| 网　　址 | http://pub.ouc.edu.cn | | | |
| 电子邮箱 | zwz_qingdao@sina.com | | | |
| 订购电话 | 0532-82032573（传真） | | | |
| 丛书策划 | 河北畅志文化传媒 | | | |
| 责任编辑 | 邹伟真 | | 电　　话 | 0532-85902533 |
| 装帧设计 | 河北畅志文化传媒 | | | |
| 印　　制 | 潍坊鲁邦工贸有限公司 | | | |
| 版　　次 | 2019 年 10 月第 1 版 | | | |
| 印　　次 | 2019 年 10 月第 1 次印刷 | | | |
| 成品尺寸 | 148mm×210mm | | | |
| 印　　张 | 13.625 | | | |
| 字　　数 | 309 千 | | | |
| 印　　数 | 1~500 | | | |
| 定　　价 | 45.00 元 | | | |

# 编委会

**主编**

吴淑芳　　山东省济宁卫生学校

周　晶　　北京外事学校

屈树贞　　广西南宁技师学院

**副主编**

陈　源　　浙江工贸职业技术学院

代芳丽　　湖南有色金属职业技术学院

巨利宁　　青海高等职业技术学院

李品文　　湖南省株洲第一职业技术学校

李启国　　菏泽工程技师学院

刘　艳　　河北省霸州市职成教育总校

陆琪敏　　辽源职业技术学院

欧肖萍　　东莞市电子科技学校

吴小利　　阜阳师范幼儿高等专科学校

# 前言

　　本书主要从中国文学和外国文学两个部分来进行文学赏读。在"中国文学赏读"这一部分，主要从古代文学、近代文学、现代文学、当代文学四个大的方面来进行介绍；在"外国文学赏读"这一部分，笔者主要依据西方文学这条主线，从古代文学、中世纪文学、文艺复兴时期文学、17世纪文学、18世纪文学、19世纪文学、20世纪文学七个方面来进行赏读。在介绍具体内容的时候，笔者会根据每一时期的不同特点和时间顺序进行归类整理，尽量把一些优秀的文学作品推荐给大家。当然，在时间的长河、地域的博大中，笔者无法将所有优秀作品一一推荐给大家，只能选取其中有代表性和影响力的作家和作品。因此，敬请广大读者在阅读本书的时候，不要抱着"阅尽所有"的态度，亦不要抱怨没有选择自己喜欢的作家和作品。

由于归类整理的原因，像泰戈尔这样的大文豪没有被收录到正文中来，所以笔者在附录中单独补充了这部分内容，推荐了一些他的优秀文学作品，希望大家能够有所收获。

在编写这本书的过程中，笔者遇到了许多问题。感谢身边师生的帮助和支持，使这本书能够顺利地完成。限于水平，书中难免存在不足，欢迎广大读者指正。

本书由多位作者共同完成，具体分工如下：

吴淑芳（山东省济宁卫生学校，撰写 10 万字）；周晶（北京外事学校，撰写 8 万字）；屈树贞（广西壮族自治区南宁技师学院，撰写 5 万字）；剩余部分由副主编、编委共同完成。

徐亮

2018 年 7 月

# 目录

## 中国文学赏读

# 外国文学赏读

# 中国文学赏读

# 第一章 中国古代文学

## 第一节 先秦两汉文学

先秦指的是秦朝建立之前的历史时期,包含夏、商、西周、春秋、战国这几个历史阶段。它作为中国文化生根发芽的初创时期,是中国文学上古期的首段。这一时期所形成的文化底蕴极其深刻地影响了后世的形成和发展。这个时期的文字主要有神话、《诗经》、《楚辞》、《论语》、乐府诗等,值得人们赏读,是古代学者留给人们的智慧。下面,笔者选取几篇供大家赏读。

### 弹　歌①

断竹,续竹;

飞土②,逐宍③。

【注释】

①弹(dàn)歌:一作"作弹歌"。弹:一种利用弹力发射的古老武器。

②飞:发出。土:这里指泥制的弹丸。

③逐:追赶,猎取。宍(ròu):"肉"的古字。

【赏析】

从艺术表现的角度来看,《弹歌》虽仅有简短的八个字,却包含了从制作工具到获取猎物的全过程,对狩猎的艺术表现也比较成功。当然,这种简短是早期书面语言表达尚处于雏形的反映。然而,审美具有历史性,以今人的艺术鉴赏眼光来看,可以发现作者不自觉地运用了省略、多用和巧用动词的表现手法。不仅每一句的主语"人"都省略,更主要的是场景之中以及场景之间的次要过程也省略了。每句以一个动词带出,使画面富于动感,且容易唤起对"断""续""飞""逐"动作前后过程的联想。此诗的语言两个字一顿,节奏明快,凝重有力。韵字"竹""宍",更增加了诗句的凝重感,令人联想起先民们在生产力极端低下、自然条件下极端严酷的情况下,颇不轻松的劳动场面。

## 夸父逐日

夸父与日逐走①,入日②;渴,欲得饮③,饮于河、渭④;河、渭不足,北饮大泽⑤。未至⑥,道渴而死。弃⑦其杖,化为邓林⑧。

【注释】

①逐走:竞跑,赛跑。逐:竞争。走:跑。

②入日:追赶到太阳落下的地方。

③欲得饮:想要喝水解渴。

④河、渭:即黄河、渭水。

⑤北：方位名词用作状语，向北方，向北面。大泽：大湖。传说纵横千里，在雁门山北。

⑥未至：没有赶到。

⑦弃：遗弃。

⑧邓林：地名，今在大别山附近，河南、湖北、安徽三省交界处。邓林即"桃林"。

【赏析】

这段文字讲述夸父逐日，最后口渴而死，但是他把自己的生命融入了自然。从文中可以看到古代先民企图突破有限生命的束缚，表现出对生命永恒的渴求。文中的夸父是一个巨大的神，这似乎说明先民已经懂得追赶时间、超越时间的艰巨性和重要性，于是描写了夸父这样一个巨神追赶太阳的故事，这充分体现了人类对死亡的恐惧以及对永恒生命的追求，所以最后在故事中，夸父渴死却因为"弃其杖，化为邓林"而变成了永恒。这是夸父在"化为邓林"的过程中获得了生生不息的"生"，这使得人类在时间和生命的关系中获得了相对的和谐与永恒。从这些内容中，我们可以看到远古先民通过自己的经验和想象，表现了他们对时间和生命的思考：人们要在有限的人类生命中，强烈地向往永恒的时间。

关　雎

关关雎鸠①，在河之洲②。窈窕淑③女，君子好逑④。

参差荇菜⑤，左右流⑥之。窈窕淑女，寤寐求之。

求之不得，寤寐⑦思服⑧。悠⑨哉悠哉，辗转反侧⑩。

参差荇菜,左右采之。窈窕淑女,琴瑟友⑪之。

参差荇菜,左右芼⑫之。窈窕淑女,钟鼓乐之。

【注释】

①关关:水鸟叫声。雎鸠:一种水鸟,一般认为就是鱼鹰,传说它们雌雄形影不离。

②洲:水中的陆地。

③窈窕:美心为窈,美状为窕。淑:善,好。

④好逑(qiú):理想的配偶。逑,配偶。

⑤参差:长短不齐。荇菜:多年生水草,夏天开黄色花,嫩叶可食。

⑥流:顺水势采摘。

⑦寤:睡醒。寐:睡着。

⑧思服:思念。服,思念。

⑨悠:忧思的样子。

⑩辗:半转。反侧:反身,侧身。

⑪友:交好。

⑫芼(mào):选择,采摘。

【赏析】

《关雎》是《风》之始也,也是《诗经》的第一篇。古人把它冠于"三百篇之首",说明这首诗歌有很高的艺术价值。《关雎》的内容其实很简单,主要写的是一个君子对淑女的追求。在这个过程中他经历了从初见的心动,到求之不得的苦恼和烦闷,以及最后得到了淑女的整个过程。首先,这首诗歌中所写的爱情一开始就有明确的婚姻目的,最终又归结于婚姻的美满,不是青年男女之间短暂的邂逅、一时的激情。这种明确指向婚姻、表示负责任的爱情,更为社会所赞同。其次,这首诗歌所写的男女双方乃是"君子"和"淑女",这是一种与美德相联系的结合。这里"君子"与"淑女"的结合代表了一种理想婚姻。再次,诗歌所写的恋爱行为是节制性的。通过细读,我们可以注意到,这诗虽是写男方对女方的追求,但丝毫没有涉及双方的直接接触。因此,孔子从中看到了一种具有广泛意义的中和之美,借以提倡他所尊奉的"自我克制,重视道德修养"的人生态度;《毛诗序》则把它推许为可以"风天下而正夫妇"的道德教材。这两者的视角虽有些不同,但在根本上仍有一致之处。

这首诗一共分为五章,第一章开头的"关关雎鸠,在河之洲",这是"兴寄"手法的运用。所谓"兴寄",就是先从别的景物引起所咏之物,以为寄托,这是一种含蓄委婉的表现手法。同时这首诗中采用了大量的双声叠韵的联绵词,如"窈窕"(叠韵)、"参差"(双声)、"辗转"(双声叠韵),这些词语有利于增强诗歌音调的和谐美和描写人物的生动性。诗歌的用韵也是极其有特点的。这首诗主要是偶句入韵,全篇三次换韵,虚字脚——"之"字不入韵,而以虚字的前一字为韵。这种用韵的参差变化不仅可以增强诗歌的节奏感,还可以给诗歌带来音乐感。

《诗经》具有很高的艺术价值,无论是内容描写还是艺术情感方面,都值得读者去细读、品读,叹之、乐之。

## 蒹 葭

蒹葭苍苍,白露为霜。所谓伊人,在水一方。

溯洄从之,道阻且长;溯游从之,宛在水中央。

蒹葭萋萋,白露未晞。所谓伊人,在水之湄。

溯洄从之,道阻且跻;溯游从之,宛在水中坻。

蒹葭采采,白露未已,所谓伊人,在水之涘。

溯洄从之,道阻且右;溯游从之,宛在水中沚。

**【赏析】**

《蒹葭》属于《国风·秦风》,主要是把"伊人"作为敬仰和喜爱的人,可以是男子对女子,也可以是君对臣。这首诗主要分为三章,开头两句主要是从物象与色泽上点明了时间和环境。读者可以看到,在这一个特定的时空里,诗人眺望着远方深秋之景,心里却想着一个"伊人",这个伊人在哪里呢?原来"在水一方"。在这里体现了诗人思见心切、望穿秋水的状态,无奈是"溯洄从之,道阻且长"。如果沿着河边小道向上游走去,那么道路艰险漫长;如果径直游渡过去,虽然近在眼前,似乎看到了伊人的情影在水中央。可是秋水茫茫,行之不易呀!之后第二、第三章只是换了几个词,但是内容与开头一章基本相同。这种重章迭唱手法的运用,体现了诗歌咏唱的特点,增强了诗歌的节奏感和音乐美,给人以悠扬和谐之美感。从第一章到最后一章,通过"苍苍""萋萋""采采"写出了芦苇的颜色变化,衬托出了诗人凄凉的心境。

白露"为霜""未晞""未已"的变换,描绘出朝露成霜而又融为秋水的渐变情状与过程。描写伊人所在地点时,由于"方""湄""涘"三字的变换,就把伊人在彼岸等待诗人和诗人盼望与伊人相会的心理形象而真切地描绘了出来。

这首诗中主要运用的表现手法是"兴"和重章迭唱。这首诗中,诗人在开头抓住秋色的特征,反复推进描绘和渲染,营造了一种空寂悲凉的氛围,从而烘托出诗人那种怅然若失,伊人虽近在咫尺但是不可求的苦闷心情。

无 衣

岂曰无衣?与子同袍①。王于兴师②,修我戈矛。与子同仇③!

岂曰无衣?与子同泽④。王于兴师,修我矛戟。与子偕作⑤!

岂曰无衣?与子同裳⑥。王于兴师,修我甲兵⑦。与子偕行⑧!

【注释】

①袍:长袍,即现在的斗篷,"同袍"是友爱之辞。

②王:此指秦君。一说指周天子。于:语助词。兴师:起兵。

③同仇:共同对敌。

④泽:通"襗",内衣,现在的汗衫。

⑤作:起。

⑥裳:下衣,此指战裙。

⑦甲兵:铠甲与兵器。

⑧行:往。

【赏析】

这是一首描写秦国军队的战歌,主要描写了秦军团结互助、共同抗敌的高昂士气和乐观主义精神,反映了秦军善武。据说当时还有一个典故,据《左传》描写,吴国军队攻陷了楚国,楚臣申包胥到秦国请求支援。他当时"立庭墙而哭",哭了七天七夜,没有喝一口水,没吃一口饭,终于感动了秦哀公,于是为之作《无衣》,九顿首而坐,最终秦师出了兵。这首诗就像是一首誓诗,是士兵的动员令。全诗主要分为三章,三章内容除了个别几个字被换了,句式和内容基本相似,且层层递进,采用了问答形式,像是自责、反问,表现出了一种愤懑。"与子同袍""与子同泽""与子同裳"承接而下,表现了士兵的斗志昂扬,一下子就点燃了读者的心,很容易让人联想到"修我戈矛""修我矛戟""修我甲兵"的画面和情景。这样的诗,有画面、有动作,十分形象生动。

## 上 邪

上邪①,我欲与君相知②,长命无绝衰③。山无陵④,江水为竭,冬雷震震⑤,夏雨雪⑥,天地合⑦,乃敢⑧与君绝。

**【注释】**

①上邪(yé):上天啊。上:指天。邪:语气助词,表示感叹。

②相知:结为知己。

③命:古与"令"字通,使。衰:衰减,断绝。

④陵(líng):山峰,山头。

⑤震震:形容雷声。

⑥雨(yù)雪:降雪。雨,名词活用作动词。

⑦天地合:天与地合二为一。

⑧乃敢:才敢。"敢"字是委婉的用语。

**【赏析】**

这是汉乐府民歌,是一首爱情诗。开头的"上邪"相当于现代的"天呀",这句话是说:"天呀,我要和君相知相爱,就让我们的感情永远不破灭,不衰减。"她为了表明自己对爱情的忠贞,用"山无陵,江水为竭,冬雷震震,夏雨雪,天地合"来发誓,这是一片痴情。正由于这种情景不可能实现,所以永远没有"与君绝"的那一天,只会和君永远地相爱下去。这是这个女子最胆大、最炙热、最真挚的告白。

全诗写情不加点缀铺排,感情一泻千里,直抒心意。"上邪"三句,笔势突兀,气势不凡,直吐真言,从中我们可以看到感情之炽热与真挚,透露着压抑已久的郁愤。"长命无绝衰"这几个字掷地有声,铿锵有力,无不流露着女子的忠贞之意。从这篇文章中,我们可以看到女子反抗封建礼教、追求幸福生活的坚定和执着。

从艺术上看,《上邪》的感情抒发极富浪漫主义色彩,其中的爱情之火犹如泉涌喷发,很是震撼,可谓感天动地,气势雄放。在读《上邪》的句子中,读者透过这些明快的语句体会到女子用自己的生命铸就爱情的呼喊声,可歌可泣,为之动容。句式长短错落,随情布置,跌宕起伏。

## 曹刿论战

十年春,齐师伐我。公将战。曹刿请见。其乡人曰:"肉食者谋之,又何间焉?"刿曰:"肉食者鄙,未能远谋。"乃入见。问:"何以战?"公曰:"衣食所安,弗敢专也,必以分人。"对曰:"小惠未徧,民弗从也。"公曰:"牺牲玉帛,弗敢加也,必以信。"对曰:"小信未孚,神弗福也。"公曰:"小大之狱,虽不能察,必以情。"对曰:"忠之属也。可以一战。战则请从。"

公与之乘。战于长勺。公将鼓之。刿曰:"未可。"齐人三鼓。刿曰:"可矣。"齐师败绩。公将驰之。刿曰:"未可。"下视其辙,登轼而望之,曰:"可矣。"遂逐齐师。

既克，公问其故。对曰："夫战，勇气也。一鼓作气，再而衰，三而竭。彼竭我盈，故克之。夫大国，难测也，惧有伏焉。吾视其辙乱，望其旗靡，故逐之。"

【赏析】

《国语》是一部优秀的历史散文，具有较高的文学成就。它以记言为主，长于说理，由其形成和固定的宾主问答的"对话体"方式上承《尚书》，下启《论语》，推动了先秦说理散文的发展，不同程度地影响了后来的《战国策》和诸子百家散文。《国语》语言平易浅近，文风简洁流畅，在人物塑造、情节结构等方面也都有自己的特色，在先秦散文史上有着《尚书》《春秋》《左传》无法代替的独特文学价值。而这篇文章是《国语》中比较优秀的片段。这篇文章主要是通过三问三答，写出了公将战、公将鼓之、公将驰之、公问其故，表现了鲁庄公在政治上的无能和军事上的无知，从而突出了曹刿这个人物的形象特点——政治上的深谋远虑、军事上的卓越指挥才能，进而表现了他的政治主张——民心向背是决定战争胜负的主要原因，突出表现了他重视人民力量的政治远见。但是即使在这样的对比中，读者依然可以看到鲁庄公作为人君的品质。他广开言路、心胸宽广，还能虚心接受、总结经验，这些美好的品质成就了曹刿，成就了这次战争的胜利。

## 《论语》十则

子曰："学而时习之，不亦说乎？有朋自远方来，不亦乐乎？人不知而不愠，不亦君子乎？"

曾子曰："吾日三省吾身：为人谋而不忠乎？与朋友交而不信乎？传不

习乎？"

子曰："温故而知新，可以为师矣。"

子曰："学而不思则罔，思而不学则殆。"

子曰："由，诲女知之乎！知之为知之，不知为不知，是知也。"

子曰："见贤思齐焉，见不贤而内自省也。"

子曰："三人行，必有我师焉。择其善者而从之，其不善者而改之。"

曾子曰："士不可以不弘毅，任重而道远。仁以为己任，不亦重乎？死而后已，不亦远乎？"

子曰："岁寒，然后知松柏之后凋也。"

子贡问曰："有一言而可以终身行之者乎？"子曰："其恕乎！己所不欲，勿施于人。"

【赏析】

在《论语》十则中，人们可以看到作为君子的一些处世态度："人不知而不愠，不亦君子乎？""吾日三省吾身：为人谋而不忠乎？与朋友交而不信乎？传不习乎？""己所不欲，勿施于人。"人们看到了作为君子的自律、仁爱，只有做到这些，才能被称之为"君子"。同时，人们还看到了学习时需要注意的一些方法和态度，需要"温故而知新"、学思合一，需要"知之为知之，不知为不知"，当然还要学会"择其善者而从之，其不善者而改之"。《论语》教给人们的知识比字面的意思要多得多，大家只有深入学习，才能够体会到更多，才能树立良好的道德和端正的学习态度，在以后的路上越走越远。

# 寡人之于国也

梁惠王曰:"寡人之于国也,尽心焉耳矣。河内凶,则移其民于河东,移其粟于河内;河东凶亦然。察邻国之政,无如寡人之用心者。邻国之民不加少,寡人之民不加多,何也?"

孟子对曰:"王好战,请以战喻。填然鼓之,兵刃既接,弃甲曳兵而走。或百步而后止,或五十步而后止。以五十步笑百步,则何如?"

曰:"不可,直不百步耳,是亦走也。"

曰:"王如知此,则无望民之多于邻国也。

不违农时,谷不可胜食也;数罟不入洿池,鱼鳖不可胜食也;斧斤以时入山林,材木不可胜用也。谷与鱼鳖不可胜食,材木不可胜用,是使民养生丧死无憾也。养生丧死无憾,王道之始也。

五亩之宅,树之以桑,五十者可以衣帛矣;鸡豚狗彘之畜,无失其时,七十者可以食肉矣;百亩之田,勿夺其时,数口之家可以无饥矣;谨庠序之教,申之以孝悌之义,颁白者不负戴于道路矣。七十者衣帛食肉,黎民不饥不寒,然而不王者,未之有也。

狗彘食人食而不知检,涂有饿莩而不知发,人死,则曰:'非我也,岁也。'是何异于刺人而杀之,曰:'非我也,兵也。'王无罪岁,斯天下之民至焉。"

【赏析】

文章整体可分为三部分:第一部分,由梁惠王提出尽管自己"尽心",却"民不加多"的疑问;第二部分,孟子以战为喻,顺理成章地亮明自己"王如知此,则无望民之多于邻国也"的观点,进而为下文提出自己的主张做足了文章;第三部分,孟子全面、生动地阐述了自己的"仁政"主张,最后还不忘以"王无罪岁"来强调使民"加多"的应有态度。从表面看,孟子的文章铺张扬厉,散漫无纪,仔细分析就会发现孟子的文章确实"抓住要害、突出中心、脉络分明、摇曳多姿",可谓环环相扣,引人入胜。

在这段文字中,读者可以看到孟子的治国理念和治国方略。在开头,读者可以看到梁惠王的治国政策,那就是一个"移"字,由此可知君主的贪婪和无知:想要不劳而获地增加自己的土地。孟子看到了这个治国策略的破绽,于是循循善诱,谈到自己的治国理念,以"五十步和百步"进行比喻,然后吐出自己的想法。之后,孟子谈到作为君子需要做到的就是得民心、顺民意、行民事,做到"五亩之宅,树之以桑""鸡豚狗彘之畜,无失其时""百亩之田,勿夺其时""谨庠序之教,申之以孝悌之义"。只有这样,才能扩大自己的势力,达到称王的目的。这充分体现了孟子的"养生丧死无憾,王道之始也"的民本思想。

## 第二节　魏晋南北朝文学

魏晋南北朝是中国文学发展史上一个充满活力的创新期,诗、赋、小说等体裁,在这一时期都出现了新的时代特点,并奠定了它们此后的发展方向。从思想文化的角度来看,魏晋南北朝文学出现的这些"新变",与佛教在中土的传播有着极为密切的关系。文学史上所说的魏晋南北朝时期,始于东汉建安年代,迄于隋统一,历时约400年。这一时期的历史情况比较复杂,是一个人才辈出的时期,主要代表作家有曹操、陶渊明等,他们的文字或豪迈或深邃。通过文字,读者可以感悟到那个时代的思想。

观沧海

曹操

东临碣石①,以观沧②海。

水何澹澹③,山岛竦峙。

树木丛生,百草丰茂。

秋风萧瑟,洪波涌起。

日月④之行,若⑤出其中;

星汉⑥灿烂,若出其里。

幸甚至哉⑦,歌以咏志⑧。

【注释】

①碣(jié)石:山名。碣石山,在现在河北昌黎。汉献帝建安十二年(207年)秋天,曹操征乌桓时经过此地。

②沧:通"苍",青绿色。

③澹澹(dàn dàn):水波摇动的样子。

④日月:太阳和月亮。

⑤若:如同,好像是。

⑥星汉:银河。

⑦幸甚至哉(zāi):真是幸运极了。

⑧歌以咏志:可以用歌来表达自己内心的心志或理想。最后两句与本诗正文没有直接关系,是乐府诗结尾的一种方式,是为了配乐歌唱而加上去的。

【赏析】

这首诗是曹操的代表作，也是艺术成就较高的一首诗。这首诗表现了雄浑壮阔的意境。诗首六句，直奔主题，用朴素的语言、白描的手法，写登山所见的眼前景物。接着笔锋一转，"秋风萧瑟，洪波涌起"，映射出一幅烟波浩渺、波涛汹涌的壮阔海景图。"日月之行，若出其中；星汉灿烂，若出其里。"这两句诗又向人们转换出另一幅海景图，日月星辰好像都在大海的怀抱中运行，饱含了作者俯仰天地的广阔胸怀。

短歌行

曹操

对酒当歌①，人生几何②！譬如朝露，去日苦多③。慨当以慷，忧思难忘。何以解忧？唯有杜康④。青青子衿，悠悠我心⑤。但为君故，沉吟至今。呦呦鹿鸣，食野之苹⑥。我有嘉宾，鼓瑟吹笙。

明明如月，何时可掇⑦？忧从中来，不可断绝。越陌度阡⑧，枉用相存⑨。契阔谈䜩⑩，心念旧恩。月明星稀，乌鹊南飞。绕树三匝⑪，何枝可依？山不厌高，海不厌深⑫。周公吐哺，天下归心。

【注释】

①对酒当歌：一边喝着酒，一边唱着歌。当，对着。

②几何：多少。

③去日苦多：跟（朝露）相比一样痛苦却漫长。有慨叹人生短暂之意。

④杜康：相传是最早造酒的人，这里代指酒。

⑤青青子衿(jīn)，悠悠我心：出自《诗经·郑风·子衿》。原写姑娘思

念情人,这里用来比喻渴望得到有才学的人。子,对对方的尊称。衿,古式的衣领。青衿,是周代读书人的服装,这里指代有学识的人。悠悠,长久的样子,形容思虑连绵不断。

⑥呦呦:鹿叫的声音。苹:艾蒿。

⑦何时可掇(duō):什么时候可以摘取呢? 掇,拾取,摘取。另解:掇读chuò,为通假字,掇,通"辍",即停止的意思。"何时可掇"意思就是什么时候可以停止呢?

⑧越陌度阡:穿过纵横交错的小路。陌,东西向田间小路。阡,南北向的小路。

⑨枉用相存:屈驾来访。枉,这里是"枉驾"的意思;用,以。存,问候,思念。

⑩讌(yàn):通"宴"。

⑪三匝(zā):三周。匝,周,圈。

⑫海不厌深:一作"水不厌深"。这里是借用《管子·形解》中的话,原文是:"海不辞水,故能成其大;山不辞土,故能成其高;明主不厌人,故能成其众。"意思是表示希望尽可能多地接纳人才。

【赏析】

这首诗的主旨是求贤,最后两句"周公吐哺,天下归心"是曹操心目中自己与天下贤士之友好关系的写照。全诗从感慨人生无法永恒这一主题入手,强调"时不我待,求贤若渴"的心切。诗中大量运用比兴,从"譬如朝露"到"山不厌高,海不厌深",比喻贴切,含义深刻,形象性强,使全诗充满了以情动人的感情色彩。"呦呦鹿鸣,食野之苹。我有嘉宾,鼓瑟吹笙。"前两句以鹿享用丰美的水草而欢叫作为起兴,后两句说"我"看到人才投奔到"我"这里,就奏乐设宴款待他们,让他们像鹿一样高兴。这几句诗充分地表现了诗歌的"兴"。以上诗句足以说明曹操四言诗对《诗经》比兴手法的继承。

## 归园田居(其一)

### 陶渊明

少无适俗韵,性本爱丘山。

误落尘网①中,一去三十年②。

羁鸟恋旧林,池鱼思故渊。

开荒南野际,守拙归园田。

方宅③十余亩,草屋八九间。

榆柳荫后檐,桃李罗堂前。

暧暧远人村,依依墟里④烟。

狗吠深巷中,鸡鸣桑树颠。

户庭无尘杂,虚室有余闲。

久在樊笼⑤里,复得返自然。

【注释】

①尘网:指尘世,官府生活污浊而又拘束,犹如网罗。这里指仕途。

②三十年:有人认为是"十三年"之误(陶渊明做官十三年)。一说,此处是三又十年之意(习惯说法是十又三年),诗人意感"一去十三年"音调嫌平,故将十三年改为倒文。

③方宅:宅地方圆。一说,"方"通"旁"。

④墟里:村落。

⑤樊笼:蓄鸟工具,这里比喻官场生活。樊,藩篱,栅栏。

【赏析】

诗中的方宅、草屋、榆柳、桃李、远村、人烟、狗吠、鸡鸣、深巷、桑树等众多的意象,构成了一幅极为和谐的山村风景画。其中方宅、草屋、榆柳、桃李、村庄都是静态意象,而狗吠、鸡鸣通过声音的描摹写出了动态的意象,意象的契合非常自然。这样动静结合、以动写静,为人们展示了一幅优美静谧的田园风光图画。画中的一切经过诗人的点化也都诗意盎然,显得那么安静、恬淡、自然。以上这些完全是陶渊明意象化了的景物,其中渗透了他对这些景物的喜爱与赞美之情,充分表达了诗人对隐逸生活的由衷赞美。

## 饮酒(其五)

### 陶渊明

结庐在人境,而无车马喧①。

问君何能尔? 心远地自偏②。

采菊东篱下,悠然见南山③。

山气日夕佳,飞鸟相与还④。

此中有真意⑤,欲辨已忘言。

【注释】

①结庐:建造住宅,这里指寄居。人境:人间,世上。车马喧:车马往来的喧闹声,指世俗交往。

②尔:如此,这样。心远地自偏:意思是说,内心清静,远远超脱于世俗,因而虽居喧闹之地,也就像住在偏僻之处一样。

③悠然:闲适自得的样子。南山:指庐山。

④山气:山间雾气。日夕:近黄昏之时。相与还:结伴而归。

⑤此中:录本从《文选》作"此还",今从李本、焦本、苏写本改。真意:纯真自然。

【赏析】

这首诗写在和谐宁静的环境中,写的是诗人悠然自得的隐居生活。诗人在平静的心境中,体悟着自然的乐趣和人生的真谛。这一切给诗人的精神带来了极大的快慰与满足。在陶渊明的《饮酒》中人们可以看到,在诗人理想的生活状态中,饮酒是一项重要的内容。《饮酒》(其五)不仅是陶渊明诗歌中的杰作,更是中国古代文学史上的绝唱。这首诗有情趣,有理趣,思想性与艺术性兼容,远离仕途的诗酒人生成为失意文人一种理想的生活方式。陶渊明的隐居生活很平实,住在简陋的茅屋里,耕种、饮酒、作诗,自食其力,自得其乐。诗人在东篱下采菊花,在不经意间看到了远处青苍的南山,仿佛就在眼前,有一种悠然神会的意境,这就是诗人理想的生活状态。因此,从《饮酒》中,人们可以看出诗人对自己的人生自得自适,而且充满自信与自豪。

## 咏怀（82首）

### 阮籍

夜中不能寐，起坐弹鸣琴。

薄帷鉴明月，清风吹我襟。

孤鸿号外野[①]，翔鸟[②]鸣北林。

徘徊将何见？忧思独伤心。

【注释】

①孤鸿：失群的大雁。号：鸣叫、哀号。该句意思是失群的大雁在野外哀号。

②翔鸟：飞翔盘旋着的鸟。

【赏析】

如果只是阅读这一首诗歌，读者大概不能体会出阐释者所指出的意义。刘履曰："此嗣宗忧世道之昏乱，无以自适，故托言夜半之时起坐而弹琴也。所谓薄帷照月，已见阴光之盛；而清风吹衿，则又寒气之渐也。况贤者在外，如孤鸿之哀号于野；而群邪之阿附权臣，亦犹众鸟回翔而鸣于阴背之林焉。是时魏室既衰，司马氏专政，故有是喻。其气象如此，我之徘徊不寐，复将何见耶？意谓昏乱愈久，则所见殆有不可言者，是以忧思独深而至于伤心也。"这里的阐释首先赋予诗中出现的景象以政治意义，这种景象似乎具有了这样的政治寓意从而证明阮籍的政治态度。现有的关于阮籍的资料中，能够"证明"阮籍对魏晋易代具有哀伤态度的确切资料，基本上只有《咏怀诗》。而从诗歌发展的角度来看，这首诗中夜不能眠、揽衣徘徊的形象与其中"明月薄帷"的环境物象,在阮籍之前已经有不少诗人描写了出来。

## 咏史(其二)

### 左思

郁郁涧底松①,离离山上苗②。

以彼径寸茎,荫此百尺条③。

世胄蹑④高位,英俊沉下僚⑤。

地势使之然,由来非一朝⑥。

金张藉旧业,七叶珥汉貂⑦。

冯公岂不伟,白首不见招⑧。

【注释】

①郁郁:严密浓绿的样子。涧:两山之间。涧底松:比喻才高位卑的寒士。

②离离:下垂的样子。苗:初生的草木。山上苗:山上小树。

③荫:遮蔽。此:指涧底松。条:树枝,这里指树木。

④胄:长子。世胄:世家子弟。蹑(niè):履、登。

⑤下僚:下级官员,即属员。沉下僚:沉没于下级的官职。

⑥"地势"两句是说这种情况恰如涧底松和山上苗一样,是地势造成的,其所从来久矣。

⑦金:指汉金日磾,他家自汉武帝到汉平帝,七代为内侍(见《汉书·金日传》)。张:指汉张汤,他家自汉宣帝以后,有十余人为侍中、中常侍。《汉书·张汤传》赞云:"功臣之世,唯有金氏、张氏亲近贵宠,比于外戚。"七

叶:七代。珥(ěr):插。珥汉貂:汉代侍中、中常侍的帽子上,皆插貂尾。这两句是说金张两家的子弟凭借祖先的世业,七代做汉朝的贵官。

⑧冯公:指汉冯唐,他曾指责汉文帝不会用人,自己年老了还做中郎署长的小官。伟:奇。招:召见。不见招:不被进用。这两句是说冯唐难道不奇伟? 可他年老了还不被重用。以上四句引证史实,说明"世胄蹑高位,英俊沉下僚"的情况,是由来已久。

【赏析】

左思的妹妹左棻被选入宫,只是由于辞藻华美受到重视,但由于貌寝最终没有获得武帝的宠幸,因此左思也一直没有得到重用。借助裙带关系以改变命运的机会化为泡影,因此,充满无比自信与高远理想的左思面对理想与现实之间的巨大落差,愤愤难平。黑暗的社会现实与坎坷的人生经历最终使他清醒了,诗人向黑暗的门阀制度发出了愤怒的抗议,写下了这首《咏史》。诗人揭露了"世胄蹑高位,英俊沉下僚"这种不合理的社会制度,抒发了对扼杀寒士的门阀制度的不满与反抗,激昂愤懑之情溢于言表,表达了诗人对现实的不满、对权贵的蔑视。


## 桃花源记

### 陶渊明


晋太元①中,武陵②人捕鱼为业。缘溪行,忘路之远近。忽逢桃花林,夹岸数百步,中无杂树,芳草鲜美,落英缤纷。渔人甚异之。复前行,欲穷其林。

林尽水源,便得一山,山有小口,仿佛若有光。便舍船,从口入。初极狭,才通人。复行数十步,豁然开朗。土地平旷,屋舍俨然,有良田美池桑竹之属。阡陌交通③,鸡犬相闻④。其中往来种作,男女衣着,悉如外人。黄发垂髫⑤,并怡然自乐。

见渔人,乃大惊,问所从来,具答之。便要还家,设酒杀鸡作食。村中闻有此人,咸来问讯。自云先世避秦时乱,率妻子⑥邑人⑦来此绝境,不复出焉,遂与外人间隔。问今是何世,乃不知有汉,无论魏晋。此人一一为具言所闻,皆叹惋。余人各复延至其家,皆出酒食。停数日,辞去。此中人语云:"不足为外人道也。"

既出,得其船,便扶向路,处处志之。及郡下,诣太守,说如此。太守即遣人随其往,寻向所志,遂迷,不复得路。

南阳刘子骥,高尚士也,闻之,欣然规往。未果,寻病终,后遂无问津者。

【注释】

①太元:东晋孝武帝的年号(376—396 年)。

②武陵:郡名,今武陵山区或湖南常德一带。

③阡陌交通:田间小路交错相通。阡陌,田间小路,南北走向的叫阡,东西走向的叫陌。交通,交错相通。

④鸡犬相闻:(村落间)能相互听见鸡鸣狗叫的声音。相闻,可以互相听到。

⑤黄发垂髫(tiáo):老人和小孩。黄发,旧说是长寿的象征,用以指老人。垂髫,垂下来的头发,用来指小孩子。

⑥妻子:指妻室子女,"妻""子"是两个词。妻:指男子配偶。子:指子女。

⑦邑人:同乡(县)的人。邑,古代区域单位。《周礼·地官·小司徒》:"九夫为井,四井为邑。"

【赏析】

这篇文章的主题有批判说、隐逸说、理想说等,但是人们可以看出,陶渊明正是因为对现实社会的不满和批判从而产生了避世归隐之意,有了避世之心而开始设想心中的理想生活,这就如同陶渊明的思想性格是复杂的一样。孙绍振先生从真切而朦胧的叙述角度来阐释这个问题,他认为陶渊明以写实的叙述把缥缈的想象说得很逼真。写实的叙述主要体现在以人物的籍贯来证明人物的真实性,营造真实的氛围,如武陵渔人、南阳刘子骥。朦胧的叙述体现在文章虽然一方面在强调时间(晋太元中)、人物(武陵渔人)的可靠性,但是另一方面又在强调地点的不确定性,即不确定桃花源的具体地点(忘路之远近)。同时,故事情节经历了两次曲折:第一次,发现桃花源美好的环境和美好的人际关系,完全是偶然的,是一种没有原因的结果;第二次,明明是亲身经历的,而且回来时还做了标记,却找不到了,去寻找的人也很快死了,这也是没有原因的。这就使得这个超越因果的情节显得很独特,很神秘,迷离恍惚。张电春老师认为,陶渊明是通过层层渲染来写出桃花源的亦真亦幻的特点的:从开篇一个"忘"字的渲染到"忽逢"再到遇见大片的桃花林,然后是"初极狭,才通人"的山洞,以及最后"处处志之"却"遂迷,不复得路"的结局,刘子骥的"欣然规往"却"未果",而且"寻病终",所有这些细节的不断渲染都增加了桃花源的真实性和神秘性。

《桃花源记》全文共 320 个字。陶渊明用最少的语言叙述了一个有人物、有对话、有情节的完整的故事,并向读者展现了一个淳朴安宁、远离人世的理想社会。有研究者从句法、词汇等角度来看,文中句子多用散句,而且总体上都是短的,句式简单,音节短促(每句大致在五个音节以下);多用省略句,有的是省略主语,有的是省略时间副词和连接词,时间的顺序、空间的转换、"初""复"几个简单的副词;所用的词汇也都是常用的,通俗易懂,明白晓畅,除了极少数必要的副词,全是动名词,没有形容词。这样的语言风格用简洁来概括,可能不够到位,更准确的说法应该是严格意义上的"简练"。詹丹老师在《笔记体和〈短文两篇〉》中结合《开明文言读本》对《桃花源记》的用词特点的解读,以及吕叔湘对《桃花源记》中武陵人告诉太守其经历的一段句子的分析,从而指出《桃花源记》的语言风格体现了笔记文体所共有的十分质朴、自然的特性。众所周知,陶渊明的诗文"文体省净"(钟嵘语),"质而实绮,癯而实腴"(苏轼语),擅长以朴素自然取胜,这些评价已成为学界的共识。《桃花源记》当然也不例外,主要表现在文章中没有形容和渲染,不用感叹和夸张、比喻等修辞,只用素描手法淡淡地点染。有研究者在此基础上提出,陶渊明的语言风格体现的是一种从容不迫的心态。孙绍振先生认为,《桃花源记》所体现的陶渊明式语言风格是充满情感的,但又是特别平静的,在表现理想境界的时候,并不强调激情。

# 第三节　唐代文学

唐代文学是中国文学发展的一座高峰,整个文坛出现了自战国以来所未有的"百花齐放、万紫千红"的局面。其中,诗歌的发展更是到了高度成熟的黄金时代。在这个时期,中国的诗歌无论是在内容上还是形式上,都达到了前所未有的高度,成了唐代文学的一个标签,出现了"唐诗"这一名词。唐代不到300年的时间中遗留下来的诗歌就将近50 000首,比自西周到南北朝 1 600—1 700 年间遗留下的诗篇数目多出两三倍不止。在这个时期,出现了"古文运动""新文化运动"等各种文化实践;在诗歌的创作上出现了山水诗、边塞诗、浪漫主义诗歌、现实主义诗歌等诗歌类型,形成了盛世唐朝。

## 登幽州台①歌

### 陈子昂

前不见古人,后不见来者。

念天地之悠悠②,独怆然而涕③下。

【注释】

①幽州:古十二州之一,现今北京市。幽州台:即黄金台,又称蓟北楼,故址在今北京市大兴,是燕昭王为招纳天下贤士而建。

②念:想到。悠悠:形容时间的久远和空间的广大。

③怆(chuàng)然:悲伤凄恻的样子。涕:古时指眼泪。

【赏析】

这首诗历来被当作是陈子昂的代表作,一些文学史著作和评论将其誉为"齐梁以来 200 多年中没有听到过的洪钟巨响""唱出了盛唐之音的序曲,预示着诗国高潮的即将到来"。就这首诗本身而言,短短的 22 个字,无论就其思想内容还是其语言的艺术性,容量都是有限的,但何以取得了如此巨大的成就并且得到历代文人及评论家的认可?笔者认为,这并非只是这首诗本身的魅力,而是通过这首诗,大家更容易联想到诗人孤独苦闷的一生。诗人孤独的一生和诗歌的创作合二为一,相得益彰。诗歌是一把钥匙,通过这把钥匙,读者进入了一个异乎寻常的审美空间,真正打动读者的还是诗人终其一生的孤独,这是一代文学先驱者、改革者、伟人在茫茫荒野上独自奋进、开拓中的强烈的、深刻的心理体验,因此包含了多重内涵。

终南山①

王维

太乙②近天都③,连山接海隅。

白云回望合,青霭入看无。

分野④中峰变,阴晴众壑殊⑤。

欲投人处宿,隔水问樵夫。

【注释】

①终南山:在长安南50里,秦岭主峰之一。古人又称秦岭山脉为终南山。秦岭绵延800余里,是渭水和汉水的分水岭。

②太乙:又名太一,秦岭之一峰。唐人称终南山,一名太一,如《元和郡县志》:"终南山在县(京兆万年县)南50里。按经传所说,终南山一名太一,亦名中南。"

③天都:天帝所居,这里指帝都长安。

④分野:古天文学名词。古人以天上的28个星宿的位置来区分中国境内的地域,被称为分野。地上的每一个区域都对应星空的某一处分野。

⑤壑:山谷。"分野中峰变,阴晴众壑殊"这两句是说终南山连绵延伸,占地极广,中峰两侧的分野都变了,众山谷的天气也阴晴变化,各自不同。

【赏析】

太乙是终南山主峰,这里代指整个终南山。事实上,终南山西起甘肃天水,东至河南陕县,离海尚远。但作者为了突出终南山的雄浑巍峨,有意将其写得高远不尽,辽阔无际,并以此作为整个画面的大背景。额联写山间的云雾。人行山中,白云转眼之间在身后合拢,远处青青的云气,走近了却无法看到。这两句写缭绕在山间的迷离变幻、浑茫无际的白云青霭,仍然是为了表现山之高峻。宋代郭熙说的"山欲高,尽出之则不高,烟霞锁其腰则高矣"便是此意。颈联写人行至峰巅所见。群山由阴阳而隔的明暗、峰壑由高下而分的阴晴,尽收眼底,景物也变得较为分明。尾联是一个特写,画面上出现了人物形象,"隔水"二字,写得饶有趣味。过去有人认为尾联并非写景,与前三联不类,因而持否定态度。其实这一联写人物,也是与写景有关的。清代王夫之曾经指出:"欲投人处宿,隔水问樵夫。则山之辽阔荒远可知,与上六句初无异致,且得宾主分明,非独头意识悬相描摹也。"沈德潜也说:"或谓末二句似与通体不配,今玩其语意,见山远而人寡也,非寻常写景可比。"这都说明末二句的生动细节,是融入整个画幅、为全诗的景物描写服务的。分析此诗的构思过程,人们不难发现,作者先写终南山的大背景,又写云霭迷茫的山间,再写明暗阴晴的峰壑,最后写山路行人,其间的层次非常清楚。

山居秋暝①

王维

空山新雨后,天气晚来秋。明月松间照,清泉石上流。

竹喧归浣女,莲动下渔舟。随意春芳歇②,王孙自可留③。

【注释】

①暝(míng):日落,天色将晚。

②随意:任凭。春芳:春天的花草。歇:消散,消失。

③王孙:原指贵族子弟,后来也泛指隐居的人。留:居。此句反用淮南小山《招隐士》中的"王孙兮归来,山中兮不可久留"的意思,王孙实亦自指。反映出无可无不可的襟怀。

【赏析】

空山中的光色生香在诗人的心里被谱写成了活泼的自然旋律,又顺着诗人感觉的次序构成美好的生活画卷,读之令人仿佛呼吸到了山中雨后湿润的空气,听到了石出清泉时潺潺的轻响,看到了夜幕映衬下松林的倩影,令人从竹林的喧哗想象到浣女归途的热闹,从莲花的摇动想象出渔舟穿行的轻盈。这样空灵蕴藉的诗境宛如一支恬静柔美的山村小夜曲。王维的山水诗醉心于表现宁静幽远的境界,他善于以诗人的目光抚慰万物,善于在诗中创造虚幻的时空。在这一巨大的时空中激荡生命,让生命优游徘徊、自由舒卷,让心灵去谛听自然的奥秘。他的诗富有远韵,而且丰富多彩,营造了诗人巨大的心灵空间。诗人通过描绘世界万象,自由地展现生命活动,观物中,把握最幽深最远阔的生命精神。

过①故人庄

孟浩然

故人具②鸡黍,邀我至田家。

绿树村边合,青山郭外斜。

开轩面场圃③,把酒话桑麻。

待到重阳日,还来就④菊花。

【注释】

①过:拜访。

②具:准备。

③场圃:农家的小院。

④就:赴。这里指欣赏的意思。

【赏析】

这是一幅非常朴实的田园风景画。诚挚亲切的友情,典型农家生活场景,容自然美、生活美、友情美于一体,可以看出诗人内心世界的和谐。在这首诗中,读者不仅能领略到更强烈的农村风味、劳动生产的气息,甚至还可以嗅到场圃上的泥土味,看到庄稼的成长和收获,乃至地区和季节的特征。诗中绿树、青山、村舍、场圃、桑麻和谐地打成一片,构成一幅优美宁静的田园风景画,而宾主的欢笑和关于桑麻的话语仿佛都萦绕在读者耳边。它不同于纯然幻想的桃花源,而是更富有盛唐社会的现实色彩。正是在这样一个天地里,这位曾经慨叹过"当路谁相假,知音世所稀"的诗人不仅把政治追求中所遇到的挫折以及名利得失忘却了,就连隐居中孤独抑郁的情绪也丢开了。从他对青山绿树的顾盼、与朋友对酒而共话桑麻,似乎不难想见,他的思绪舒展了,甚至连他的举止都灵活自在了。农庄的环境和气氛,在这里显示了它的征服力,使得孟浩然似乎有几分皈依的想法。"待到重阳日,还来就菊花。"孟浩然深深为农庄生活所吸引,于是临走时,向主人率真地表示将在秋高气爽的重阳节再来观赏菊花。淡淡两句诗,故人相待的热情、做客的愉快、主客之间的亲切融洽都跃然纸上了。这不禁使人联想起杜甫的《遭田父泥饮美严中丞》:"月出遮我留,仍嗔问升斗。"杜诗田父留人,情切语急;孟诗与故人再约,意舒词缓。杜之郁结与孟之恬淡之别,从这里或许可以窥见一些吧。

## 将进酒①

### 李白

君不见,黄河之水天上来,奔流到海不复回。

君不见,高堂明镜悲白发,朝如青丝暮成雪②。

人生得意须尽欢,莫使金樽空对月。

天生我材必有用,千金散尽还复来。

烹羊宰牛且为乐,会须一饮三百杯。

岑夫子,丹丘生③,将进酒,杯莫停。

与君歌一曲,请君为我倾耳听。

钟鼓馔玉④不足贵,但愿长醉不复醒。

古来圣贤皆寂寞,惟有饮者留其名。

陈王昔时宴平乐,斗酒十千恣欢谑⑤。

主人何为言少钱,径须沽取对君酌。

五花马⑥,千金裘,呼儿将出换美酒,与尔同销万古愁。

【注释】

①将进酒:属汉乐府旧题。将:请。《将进酒》选自《李太白全集》。这首诗大约作于天宝十一年(752 年)。距诗人被唐玄宗"赐金放还"已达八

年之久。当时他跟岑勋曾多次应邀到嵩山(在今河南登封市境内)元丹丘家里做客。

②高堂:指的是父母。青丝:黑发。此句意为年迈的父母从明镜中看到了自己的白发而悲伤。

③岑夫子:指岑勋。丹丘生:元丹丘。二人均为李白的好友。

④钟鼓:富贵人家宴会中奏乐使用的乐器。馔(zhuàn)玉:美好的食物。形容食物如玉一样精美。馔,吃喝。玉,像玉一般美好。

⑤陈王:指陈思王曹植。平乐:观名。在洛阳西门外,为汉代富豪显贵的娱乐场所。恣(zì):放纵,无拘无束。谑(xuè):玩笑。

⑥五花马:指名贵的马。一说毛色作五花纹,一说颈上长毛修剪成五瓣。

【赏析】

此诗开头即用鲍照创造的"君不见"发端,直接以抒情主人公的口气唤起听者注意。接下来的两句运用夸张手法,通过空间和时间两方面的巨大变化悲叹人生短促,把人生的衰老过程说成朝暮间事,极度表现了人生之短。再回头去看第一句写黄河的奔流不息,顿时感到人生的渺小脆弱。但这种感伤却是大气的李白式的感伤,并不纤弱,和温庭筠《望江南》中的名句"斜晖脉脉水悠悠"两相对照就可以看出其风格之不同。正在悲伤的气氛充斥的时候,接下来却突然转折,由悲而翻作乐,直到"杯莫停",诗情渐趋狂放。行乐不可无酒,于是诗歌自然转入饮酒之事,这样就照顾到了《将进酒》古题"饮酒放歌"的内容特点。其中运用"莫使""空"的双重否定句式代替直陈,语气更为强烈。从"天生我材必有用,千金散尽还复来"一句才能明白在貌似消极的表面下其实隐藏着作者渴望入世的强烈进取心。劝酒词中短句的加入使诗歌节奏加快,同时口语化的写法仿佛使人看到李白眼花耳热后的醉态。但是诗人的话还没有说完,借着酒兴,诗人吐露了忧愤而狂饮的真正原因:现实生活对诗人的不公。范传正对李白这种"饮酒非嗜其酣乐,取其昏以自富"的心理分析得很到位。

行路难(其一)

李白

> 金樽清酒斗十千,玉盘珍羞①直万钱。
>
> 停杯投箸不能食,拔剑四顾心茫然。
>
> 欲渡黄河冰塞川,将登太行雪满山。
>
> 闲来垂钓碧溪上②,忽复乘舟梦日边③。
>
> 行路难!行路难!多歧路,今安在?
>
> 长风破浪会有时,直挂云帆济沧海。

【注释】

①珍:名贵的菜肴。"羞"同"馐",美味的食物。

②垂钓碧溪上:传说吕尚未遇周文王时,曾在溪(今陕西宝鸡市东南)垂钓。

③乘舟梦日边:传说伊尹见汤以前,梦乘舟过日月之边。合用这两句典故,是比喻人生遇合无常,多出于偶然。

【赏析】

"行路难"多写世道艰难,表达离情别意。李白《行路难》共三首,蘅塘退士辑选其一。诗以"行路难"比喻世道险阻,抒写了诗人在政治道路上遭遇艰难时产生的不可抑制的激愤情绪。但他并未因此而放弃远大的政治理想,仍盼着总有一天会施展自己的抱负,表现了他对人生前途乐观豪迈的气概,充满了积极的浪漫主义情调。

诗开头写"金樽美酒""玉盘珍羞",给人一个欢乐的宴会场面。接着写"停杯投箸""拔剑四顾",又向读者展现了作者感情波涛的冲击。中间四句,既感叹"冰塞川""雪满山",又恍然神游千载之上,看到了吕尚、伊尹忽然得到重用。"行路难"四个短句又表现了进退两难和继续追求的心理。最后两句,写自己理想总有一天能够实现。全诗在高度彷徨与大量感叹之后,以"长风破浪会有时"忽开异境,并且坚信美好前景终会到来,因而"直挂云帆济沧海",激流勇进,蕴意波澜起伏,跌宕多姿。

这首诗中的"欲渡黄河冰塞川,将登太行雪满山"刻画出了诗人离开长安之后山穷水尽的境地。诗人虽曾有机会施展抱负,然而却无奈君主不明,小人当道,于是只好归隐以求个人解脱,可是在"闲来垂钓碧溪上"的时候,又爆发出"忽复乘舟梦日边"的想法。诗人歧路彷徨的心境、进取与退隐的思想矛盾,最后统一于"直挂云帆济沧海"的追求。

## 春望

### 杜甫

国①破山河在,城春草木深②。

感时花溅泪,恨别鸟惊心。

烽火③连三月④,家书抵万金。

白头搔⑤更短,浑欲不胜簪⑥。

【注释】

①国:国都,指长安(今陕西西安)。

②城:长安城。草木深:指人烟稀少。

③烽火:古时边防报警的烟火,这里指安史之乱的战火。

④三月:正月、二月、三月。

⑤白头:这里指白头发。搔:用手指轻轻地抓。

⑥簪:一种束发的首饰。古代男子蓄长发,成年后束发于头顶,用簪子横插住,以免散开。

【赏析】

这首诗全篇情景交融,感情深沉,而又含蓄凝练,言简意赅,充分体现了"沉郁顿挫"的艺术风格。且这首诗结构紧凑,围绕"望"字展开,前四句借景抒情,情景结合。诗人由登高远望到焦点式的透视,由远及近,感情由弱到强,就在这感情和景色的交叉转换中含蓄地传达出诗人的感叹忧愤。这首诗由开篇描绘国都萧索的景色,到眼观春花而泪流,耳闻鸟鸣而怨恨;再写战事持续很久,以致家里音信全无;最后写到自己的哀怨和衰老。环环相生、层层递进,创造了一个能够引发人们共鸣、深思的境界,表现了在典型的时代背景下所生成的典型感受,反映了同时代的人们热爱国家、期待和平的美好愿望,表达了大家一致的内在心声,也展示出诗人忧国忧民、感时伤怀的高尚情感。

# 蜀 相①

## 杜甫

丞相祠堂②何处寻,锦官城外柏森森③。

映阶碧草自春色,隔叶黄鹂空好音。

三顾频烦天下计④,两朝开济⑤老臣心。

出师未捷身先死,长使英雄泪满襟⑥。

【注释】

①蜀相:三国蜀汉丞相,指诸葛亮(孔明)。诗题下有注:诸葛亮祠在昭烈庙西。

②丞相祠堂:即诸葛武侯祠,在现在成都,晋李雄初建。

③锦官城:成都的别名。柏(bǎi)森森:柏树茂盛繁密的样子。

④三顾频烦天下计:意思是刘备为统一天下而三顾茅庐,问计于诸葛亮。这是在赞美在对策中所表现的天才预见。频烦,犹"频繁",多次。

⑤两朝开济:指诸葛亮辅助刘备开创帝业,后又辅佐刘禅。两朝:刘备、刘禅父子两朝。开:开创。济:扶助。

⑥出师未捷身先死,长使英雄泪满襟(jīn):出师还没有取得最后的胜利就先去世了,常使后世的英雄泪满衣襟。指诸葛亮多次出师伐魏,未能取胜,至蜀建兴十二年(234年)卒于五丈原(今陕西岐山东南)军中。出师:出兵。

【赏析】

这首诗分两部分,前四句凭吊丞相祠堂,从景物描写中感怀现实,透露出诗人忧国忧民之心;后四句咏叹丞相才德,从历史追忆中缅怀先贤,又蕴含着诗人对祖国命运的期盼与憧憬。全诗蕴藉深厚,寄托遥深,造成深沉悲凉的意境。概言之,这首七律话语奇简,但容量颇大,具有高度的概括力。短短56字,诉尽诸葛亮生平,将名垂千古的诸葛亮的形象展现在读者面前。后代的爱国志士及普通读者在吟诵这首诗时,对诸葛亮的崇敬之情油然而生。特别是读到"出师未捷身先死,长使英雄泪满襟"两句时,不禁黯然泪下。

在艺术表现上,这首诗设问自答,以实写虚,情景交融,叙议结合,结构起承转合、层次波澜,又有炼字琢句、音调和谐的语言魅力,使人一唱三叹,余味不绝。人称杜诗"沉郁顿挫",《蜀相》就是典型代表。

本诗借游览古迹,表达了对诸葛亮雄才大略、忠心报国的赞颂,以及对他出师未捷而身先死的惋惜。

## 第四节　宋代文学

宋代封建专制机制本身的老化、运转失序和指挥不灵加强了促使其社会衰落的种种矛盾和弊端。这种衰落的社会情态和繁荣起来的文化形势出现了不平衡性,原因是北宋大开科举,庶族地主阶层及广大中下层知识分子蜂拥登上政治历史舞台,逐步形成以庶族地主阶层占主导统治地位的政治格局,来自庶族地主反压抑、反迫害的文化要求成为两宋文化繁荣的主要动力,庶族地主阶层及其士子们一旦在封建专制统治的重压下腾跃而出,释放出巨大的能量,迸发出各种文化艺术创造的才华。宋代后期封建社会衰落时代的现实生活,哺育出两宋文学繁荣。

宋代文学主要涵盖了宋代的词、诗、散文、话本小说、戏曲剧本等,其中词的创作成就最高,诗、散文次之,话本小说、戏曲剧本又次之。宋代文学作品在北宋初期秉承了晚唐风格,用词浮艳,常作唱和酬答之用。随着王禹偁关注民生,朝廷又偏重儒学,文学作家开始注重儒家说教功能,但成就不高。直到欧阳修带起的"第二次古文运动",文人才以平实的语言来创作,加上内容多反映生活时弊,雅俗共赏,文学创作达到了高峰期。宋代文学在我国文学发展史上有着重要的特殊地位,它处在一个承前启后的阶段,即处在中国文学从"雅"到"俗"的转变时期。

从文学繁荣方面看,宋词是两宋文学繁荣的突出代表,历来有"诗盛于唐,词盛于宋,曲盛于元"之说。标志宋词繁荣的作家和辞章数量是相当多的。据唐圭璋辑录《全宋词》及孔凡礼《全宋词补辑》合计,共有作家1 400余位,辞章20 000余首。在诗文创作方面,宋代士子也有新的开拓,出现了"以文字为诗,以才学为诗,以议论为诗"所形成的与唐诗抗衡比肩的宋诗体制,使两宋诗家群星璀璨、光耀夺目。散文则有以欧阳修、苏轼主盟文坛的新古文运动,形成了"自秦以下,文莫盛于宋"和"唐宋八大家,宋居其六"的繁荣局面。

鹊踏枝①

冯延巳

谁道闲情抛掷久,每到春来,惆怅还依旧②。日日花前常病酒,敢辞镜里朱颜③瘦。

河畔青芜堤上柳，为问新愁，何事年年有？独立小桥风满袖，平林新月人归后。

【注释】

①清王鹏运《半塘丁稿·鹜翁集》云："冯正中《鹤踏枝》十四首，郁伊倘况，义兼比兴。"调名即《蝶恋花》。

②近人梁启超云："稼轩《摸鱼儿》起处从此脱胎。文前有文，如黄河液流，莫穷其源。"（《阳春集笺》引。）闲情：闲愁、春愁。

③朱颜：这里指红润的脸色。

【赏析】

这首诗前者以反问起句，直言对"闲情"抛掷的纠结与挣扎，并借冬去春来的循环往复写"惆怅"的持续性，同时以"花前常病酒""镜里朱颜瘦"再次强调"闲情"所带来的苦痛，然而"敢辞"二字一抒"虽九死其犹未悔"之意。作者再次以青芜堤柳等春景写闲情之愁"年年有"，更以末句"独立""风满袖"递进，写尽孤寂之情。全词结构跌宕起伏，情感沉郁顿挫。

### 蝶恋花

### 欧阳修

庭院深深深几许，杨柳堆烟，帘幕无重数。玉勒雕鞍游冶处，楼高不见章台路。

雨横风狂三月暮，门掩黄昏，无计留春住。泪眼问花花不语，乱红飞过秋千去。

【赏析】

毛先舒评论此词说："人愈伤心，花愈恼人，语愈浅而意愈入，又绝无刻画费力之迹，谓非层深而浑成耶？然作者初非措意，直如化工生物，笋未出而苞节已具，非寸寸为之也。"此词上阕写闺中人盼人相思之情，下阕怨春恨花，以抒闺思。细致品来，庭院深深与杨柳堆烟是一层，游冶不归与楼高不见是一层，雨横风狂与留春不住是一层，乱红飞过与问花不答是一层。层层关联递进，情感逻辑更是清晰深入，直指别恨，是谓"层深"。其《玉楼春》（别后不知君远近）与此词相类，亦写别恨，结构上也是两句一意，情景交融，层层深入，句句沉着。

## 雨霖铃
### 柳永

寒蝉凄切。对长亭①晚，骤雨初歇。都门②帐饮无绪，留恋处，兰舟③催发。执手相看泪眼，竟无语凝噎。念去去，千里烟波，暮霭沉沉楚天阔。

多情自古伤离别，更那堪冷落清秋节！今宵酒醒何处？杨柳岸，晓风残月。此去经年，应是良辰好景虚设。便纵有千种风情，更与何人说？

【注释】

①长亭：古代在交通要道边每隔十里修建一座长亭供行人休息，又称"十里长亭"。靠近城市的长亭往往是古人送别的地方。

②都门：国都之门。这里代指北宋的首都汴京（今河南开封）。

③兰舟：古代传说鲁班曾刻木兰树为舟（南朝梁任昉《述异记》）。这里用作对船的美称。

【赏析】

这首词的上阕描绘的是依依惜别的离情离景，由三个场景组成。开篇直接描写，点明此次送别的时间、地点以及景象：突然而来的雨急急地下了一阵，刚刚停下来。四野显得格外安静，唯有寒蝉在凄凄切切地鸣叫着，预示着已到了夏末秋初。接近傍晚了，暮色沉沉中，主人公面对着为行人休息和饯别之用的长亭顿生凄凉之意。这是第一个场景，其中的物象有寒蝉凄切的叫声、雨后的长亭、将晚的天色，营造出一种凄凉孤寂的氛围，对下文的场景起烘托渲染作用。

第二个场景由两个动态的画面构成，表现的是离别时的情景：都城城门郊外的野地上，搭设着帐幕，朋友正在和主人公宴饮，为主人公饯行。可面对满桌的佳肴，主人公却无法下箸，醇香的美酒在前，也无心畅饮，只因马上就要面临着分别。这是第一个宴饮的画面。第二个画面是恋人分离。正在这难舍难分的时刻，撑船的舟子催促登船，因船马上要出发了。离别的时刻就在眼前，主人公和他的恋人都情不自禁地紧紧握着对方的手，相互看着对方的朦胧泪眼，悲痛到喉咙哽咽，张唇却发不出一个音，正如屈原所云："悲莫悲兮生别离。"这个场景中的物象有都门外帐幕下的宴饮，撑船舟子的催促，恋人紧握的双手、泪眼、无声哽咽。这是对离别场面的直接叙述，采用"白描"的写作手法，客观再现送别的场面，语言贴切，委曲尽致。

第三个场景由"念"字领起，是主人公想象出的离去之后的画面，是虚景。"念"这个领字使得词中由实景到虚景的转换自然连贯，起到了斡旋缓冲的效果。词人想到，自己所乘的船在江上渐行渐远，这一路上千里烟波浩荡，直行到江南，那里辽远而空阔，暮色迷蒙深沉，弥漫在天地之间。这样的场景中,景物是暗淡的暮霭、缥缈的烟波、茫远的"楚天阔",更衬托出词人此去前途的迷茫和暗淡无期。场景的构造与词人的心绪紧密结合在一起,景中含情,情景交融,具体而又细致深刻。

词的下阕侧重于别离之后悲伤情感的直接抒发。第一个场景是从古至今普遍意义上的离别。自古以来,对于多情如词人的人来说,离别的场面本来就黯然神伤,而在这样冷冷清清、凄凄惨惨的清秋时节就更加令人无法经受了。将"冷落清秋节"加入离别的场面,使得离别的场景更加真实可感,寂寞孤独凄凉的感觉扑面而来。

第二个场景写的是虚景,是词人对别离之后情形的描述,采用的是实写的手法,是对自己酒醒后的情形的设想。"杨柳岸晓风残月"这是千古传诵的名句,清人徐旭旦在《世经堂词评》中评论道:"'晓风残月',一读一销魂。""晓风残月"甚至成为柳永的别称。如王士祯因柳永葬在真州西仙人掌,故在《花草蒙拾》中作诗云:"残月晓风仙掌路,何人为吊柳屯田。"酒醒的时候,早晨的风带着凉意吹过,一轮冷寂的残月漫不经心地装饰着青灰色的天幕,江岸边的杨柳整齐排列,柔软的枝条随着晓风飘来荡去。这个场景中的物象有长满柳树的岸堤、早晨的风和残缺的月亮。岸边的柳树象征刚刚与词人分离的恋人,拥有娉娉婷婷的身姿;那随风摇摆的枝条,表现出的是恋人舍不得与词人分离的柔情蜜意;残缺的月亮是词人惨淡心绪的外在物象。"此去经年"及其以下几句采取了直行胸臆的写法,直接简约而又感情真挚深刻。这种恋人不在身边,故而良辰美景也形同虚设的心情,被如此传神直接地写出来,情切动人,更见柳永的功力。明代李攀龙点评说:"'千里烟波''惜别之情'已停。'千种风情''相期之愿'已除。真所谓善传情者。"这几句虽然没有直接写到场景,但是人物心理活动的直接描写,对于整首词场景的总体理解和把握,有很强的指导意味,不可或缺。

## 水调歌头①
### 苏轼

丙辰中秋,欢饮达旦,大醉,作此篇,兼怀子由②。

明月几时有?把酒问青天。不知天上宫阙,今夕是何年。我欲乘风归去,又恐琼楼玉宇,高处不胜寒。起舞弄清影,何似在人间?

转朱阁,低绮户,照无眠。不应有恨,何事长向别时圆?人有悲欢离合,月有阴晴圆缺,此事古难全。但愿人长久,千里共婵娟③。

【注释】

①大曲《水调歌》的首段,故曰"歌头"。双调,95 字,平韵。

②丙辰:熙宁九年(1076 年)。苏辙,字子由。

③婵娟:月色美好。

【赏析】

苏轼以"青天""宫阙"指代神宗与朝廷,所谓"我欲乘风归去",不是归隐,而是希望回到朝廷,其中流露出难以掩饰的兴奋。原因是在熙宁九年前政局发生变化。王安石罢相后,吕惠卿入相,新党内部发生倾轧,神宗对吕惠卿渐感失望,于是于熙宁八年二月再次起用王安石,继续推行新法。然新派内部的斗争仍在继续,邓绾与吕惠卿等相互告发,吕惠卿与曾巩等新派主将纷纷外放,王安石身边无可信之人,加上自然灾害严重,新法难以推行,王安石于熙宁九年七月上章求退,神宗也有意答应王安石的请求。总体上说,熙宁九年中秋前,新派的势力出现瓦解趋势,守旧派有机会重新回到权力中心,苏轼也感觉到归朝有望,所以在词中难抑激情。然而当时的政治斗争可谓波诡云谲,未来到底会怎么样,实难预料。回想此前,自己为新派排挤,先后判官告院、任开封府推官,以及被谢景温诬陷等,可以说旧伤犹在。新派内部的斗争能否在守旧派内部重演?神宗与王安石之间的际遇离合会不会在苏轼身上发生?这些无不令苏轼对朝廷充满疑虑与恐惧。所以当苏轼刚想"乘风归去"之际,随即生发"琼楼玉宇,高处不胜寒"的忧虑,甚而转念一想,觉得还是在"人间""起舞弄清影"自由。所以,该词展现的就是此期矛盾、微妙的心情。

## 江城子·密州①出猎

### 苏轼

老夫聊发少年狂,左牵黄,右擎苍,锦帽貂裘②,千骑卷平冈。为报倾城随太守,亲射虎,看孙郎③。

酒酣胸胆尚开张,鬓微霜,又何妨。持节④云中⑤,何日遣冯唐?会挽雕弓如满月,西北望,射天狼⑥。

【注释】

①密州:今山东诸城。

②锦帽貂裘:名词作动词使用。头戴着华美鲜艳的帽子。貂裘,身穿貂鼠皮衣,貂鼠皮衣是汉羽林军穿的服装。

③看孙郎:孙郎,孙权。这里借以自喻。

④持节:是奉有朝廷重大使命。

⑤云中:汉时郡名,今内蒙古自治区托克托县一带,包括山西省西北

一部分地区。

⑥天狼:星名,又称犬星,旧说指侵掠,这里隐指西夏。《楚辞·九歌·东君》:"长矢兮射天狼。"《晋书·天文志》:"狼一星在东井南,为野将,主侵掠。"词中以之隐喻侵犯北宋边境的辽国与西夏。

【赏析】

这首词是东坡词中的名篇,其为国效力的政治抱负和豪情壮志展现无遗。短短的一首词中,包含了众多为国报效的典故。"左牵黄,右擎苍"出自《太平御览》卷九二六《羽族部·鹰》引《史记》:"李斯临刑,思牵黄犬,臂苍鹰,出上蔡东门,不可得矣。"崔骃《与窦宪笺》:"今旦汉阳太守棱,吏卒数十人皆臂鹰牵狗,陈于道侧。""亲射虎,看孙郎"出自《三国志》卷四七《吴书·吴主传》:"(建安)二十三年十月,权将如吴,亲乘马射虎于废亭。马为虎所伤,权投以双戟,虎却废。常从张世击以戈,获之。""冯唐"出自《史记》卷一〇二《张释之冯唐列传》:汉文帝时魏尚为云中太守,抵御匈奴,颇有战功,却因"坐上功首虏差六级"被"下之吏,削其爵,罚作之"。冯唐向文帝劝谏,文帝"是日令冯唐持节赦魏尚"。这些典故反映了苏轼此时的政治热情,既有为国效力的激情壮志,也有不为双鬓微霜而感慨的自负。此词并没有像其他表达儒家思想的词作一般有些许的纠结之情,全是豪迈之情。可见此时的苏轼,儒家思想在他的思想意识中还是占据着主导地位的。

点绛唇

李清照

蹴①罢秋千,起来慵整纤纤手。露浓花瘦,薄汗轻衣透。

见客入来,袜刬金钗溜②。和羞走,倚门回首③,却把青梅嗅。

【注释】

①蹴:踏。此处指打秋千。

②袜刬:这里指跑掉鞋子以袜着地。金钗溜:意谓快跑时首饰从头上掉下来。

③倚门回首:这里只是靠着门回头看的意思,不必有何出典,更与"倚门卖笑"无关。假如一定要追问其出处的话,"倚门"语出《史记·货殖列传》的"刺绣文不如倚市门"。司马迁是以此说明"农不如工,工不如商"的道理。而"倚门卖笑"是后人的演绎,以之形容妓女生涯是晚至元代和清代的事:"你看人似桃李春风墙外枝,卖俏倚门儿"(王实甫《西厢记》三本一折)、"婉娈倚门之笑,绸缪鼓瑟之娱,谅非得已"(汪中《经旧苑吊马守真文》)。

【赏析】

在这阕词作中,李清照描述了一个无忧无虑、活泼可爱的少女。从荡秋千到玩毕整理,到被访客惊扰时的一溜烟儿慌忙躲避,再到欲拒还迎的倚门回首嗅青梅的娇羞态,无一不生动地展现在读者面前。礼教对她有影响吗?当然有,否则也不会"见客入来,袜刬金钗溜"了。但在被礼教约束的同时,她又有自己的想法,并不是一味地按照礼教规定来行事,她也想看看来访者的面容,所以才有了"倚门回首嗅青梅"这一违背礼教的举动。李白曾有"郎骑竹马来,绕床弄青梅"(《长干行·其一》)的诗句,青梅也可作"情郎"的代指。词中女主人翁少女心的萌动,礼教的约束与不遵礼教的个性皆生动地表现出来了。


一剪梅

李清照


红藕香残玉簟①秋,轻解罗裳,独上兰舟。云中谁寄锦书②来?雁字回时,月满西楼。

花自飘零水自流,一种相思,两处闲愁③。此情无计可消除,才下眉头,却上心头④。

【注释】

①玉簟(diàn):光滑似玉的精美竹席。

②锦书:前秦苏惠曾织锦作《璇玑图诗》,寄其夫窦滔,计840字,纵横反复,皆可诵读,文辞凄婉。后人因称妻寄夫为锦字,或称锦书,亦泛为书信的美称。

③一种相思,两处闲愁:彼此都在思念对方,可又不能互相倾诉,只好各在一方独自愁闷着。

④才下眉头,却上心头:眉上愁云刚消,心里又愁了起来。

【赏析】

这是一首倾诉相思、别愁之苦的词。这首词在黄昇《花庵词选》中题作"别愁",是李清照写给新婚未久即离家外出的丈夫赵明诚的,她诉说了自己独居生活的孤独寂寞,急切思念丈夫早日归来的心情。伊世珍《琅嬛记》

说:"易安结褵(婚)未久,明诚即负笈远游。易安殊不忍别,觅锦帕书《一剪梅》词以送之。"作者在词中以女性特有的敏感捕捉稍纵即逝的真切感受,将抽象而不易捉摸的思想感情,以素淡的语言表现出具体可感、为人理解、耐人寻味的东西。

总之,《一剪梅》笔调清新,风格细腻,给景物以情感,景语即情语,景物体现了词人的心情,显示着她的形象特征。词人移情入景,借景抒情,情景交融,耐人寻味。

渔家傲①

李清照

天接云涛连晓雾,星河欲转千帆舞。仿佛梦魂归帝所。闻天语,殷勤问我归何处。

我报路长嗟日暮②,学诗谩有惊人句③。九万里④风鹏正举。风休住,蓬舟吹取三山⑤去!

【注释】

①渔家傲:又名吴门柳、忍辱仙人、荆溪咏、游仙关。

②我报路长嗟日暮:路长,隐括屈原《离骚》"路漫漫其修远兮,吾将上下而求索"之意。日暮,隐括屈原《离骚》"欲少留此灵琐兮,日忽忽其将暮"之意。嗟,慨叹。

③这两句诗的意思是人生路长而时光渐晚,徒有诗才,志事难酬。王灼《碧鸡漫志》云:李清照少时便有古诗名气,"才力华赡,逼近前辈"。但在男女不平等的封建社会,其才华被扼制,不能有所作为,故说"谩有"。谩:

徒，空。惊人句，化用《江上值水如海势聊短述》中的诗句"语不惊人死不休"。

④九万里：《庄子·逍遥游》中说大鹏乘风飞上九万里高空。

⑤三山：《史记·封禅书》记载：渤海中有蓬莱、方丈、瀛洲三座仙山，相传为仙人所居住，可以望见，但乘船前往，临近时就被风吹开，终无人能到。

【赏析】

《渔家傲》所写并非实景，而是作者梦中海天溟濛的景象及与天帝的问答。隐喻对南宋黑暗社会现实的失望，对理想境界的追求和向往。作者以浪漫主义的艺术构思、梦游的方式，设想与天帝问答，倾诉隐衷，寄托自己的情思，景象壮阔，气势磅礴。

## 诉衷情

### 陆游

当年万里觅封侯①，匹马戍梁州②。关河梦断③何处？尘暗旧貂裘。

胡④未灭，鬓先秋，泪空流。此生谁料，心在天山⑤，身老沧洲。

【注释】

①万里觅封侯：奔赴万里外的疆场，寻找建功立业的机会。《后汉书·班超传》载：班超少有大志，曾说，大丈夫应当"立功异域，以取封侯，安能久事笔砚间乎？"

②戍（shù）：守边。梁州："兴元府，梁州汉中郡，山南西道节度。"（《宋史·地理志》）治所在南郑。陆游著作中，称其参加四川宣抚使幕府所在地，常杂用以上地名。

③关河:关塞、河流。一说指潼关黄河之所在。此处泛指汉中前线险要的地方。梦断:梦醒。

④胡:古泛称西北各族为胡,亦指来自彼方之物。南宋词中多指金人。此处指金入侵者。

⑤天山:在中国西北部,是汉唐时的边疆。这里代指南宋与金国相持的西北前线。

【赏析】

陆游回忆当年从戎陕南和初为朝官的情景,想到"胡未灭,鬓先秋",纵有一腔报国斗志,命运却只让自己老守山林、吟咏风月,不禁感慨万千。当年"匹马戍梁州",何等英武勇猛,而今只能隐居镜湖之畔终老此生。词尾发出悲哀深沉的慨叹,表达了理想与现实的巨大反差、报国无门的深广忧愤以及浓烈的爱国痴情。陆游这种对祖国无限忠诚、至老不渝的精神是难能可贵的。梁启超在《读陆放翁集》中云:"诗界千年靡靡风,兵魂销尽国魂空。集中什九从军乐,亘古男儿一放翁。"并于《饮冰室文集》之45自注:"中国诗家无不言从军苦者,惟放翁则慕为国殇,至老不衰。"乾道八年冬,陆游离开南郑,第二年春天在成都任职,之后又在西川淹留了六年。据《放翁词编年笺注》,此词就写于这段时间。杜鹃是蜀中望帝的化身,它的啼鸣哀凄动人,似乎总在提醒羁人"不如归去"。陆游在成都时的情绪低落消沉,加上他"夜闻杜鹃",自然会百感交集、思绪万千了。

## 第五节 元明清文学

元代的历史并不是很长,总共只有 96 年(1271—1367 年),自蒙古王朝灭金、统一北方到元末,则有 133 年。和之前的文学相比,元代文学的主要成就在戏曲方面,元曲常常与唐诗、宋词并称,屹立于中国文学之林中,在诗、词等方面则相对衰弱。

明代是小说、戏曲等俗文学昌盛而正统诗文相对衰微的时期。然而,这种力量消长的变化并不表现在诗文数量的减少,而是表现在作品思想和艺术质量的蜕化。从时间上看,明代享国的时间分别大致与唐代和宋代相等,都是 300 年左右;从数量上看,明代诗文作家及作品的数量也远在唐宋之上,仅《千顷堂书目》著录的明人别集就有近 5 000 种,《明诗综》收录的诗人也有 3 400 多人;然而,从质量上看,明代的诗文作家中很难找到像李白、杜甫、苏轼那样在诗文方面做出划时代贡献的巨匠,缺乏唐宋诗文作家在艺术上的创新精神。

清代文学集封建时代文学发展之大成,是古代文学的一个光辉总结。各种文体无不具备,蔚为大观;诸多样式齐头并进,全面繁荣。诗、词、散文等传统文学样式,在清代得到复兴;小说、戏曲、民间讲唱等新兴文学样式,在清代登峰造极。

双调·沉醉东风①(第五首)

关汉卿

面比花枝解语,眉横柳叶长疏。想着雨和云,朝还暮,但开口只是长吁。纸鹞儿休将人厮应付,肯不肯怀儿里便许。

【注释】

①沉醉东风:曲牌名,南北曲兼有。北曲属双调,南曲属仙吕入双调。

【赏析】

在古代的文人诗歌里,像这样"俗"的内容还从来没有出现过。因为它将传统爱情诗词中讳言的性的因素披露无遗,故"直白"得令人难以接受。贯云石云:"关汉卿、庾吉甫造语妖娇,适如少女临杯,使人不忍对殢。"就是指关汉卿有的曲子写情过于直露,含蓄太少,心中的事,宣言道之,故其情"逼"人太甚,使人难以"对付"。

水仙子①·夜雨

徐再思

一声梧叶一声秋,一点芭蕉一点愁,三更归梦三更后②。落灯花③,棋未收,叹新丰④孤馆人留。枕上十年事⑤,江南二老忧,都到心头。

【注释】

①水仙子:曲牌名,又名凌波仙、凌波曲、湘妃怨等。句式为七七、七五七、三三四。八句四韵。

②一点芭蕉:雨点打在芭蕉叶上。归梦:梦归故乡。三更归梦三更后:夜半三更梦见回到了故乡,醒来时三更已过。这三句的意思是梧桐叶的落下,预示了秋天的到来,雨打在芭蕉上的声音更使人增添了一份愁闷。

③灯花:油灯结成花形的余烬。

④新丰:在陕西新丰镇一带。

⑤枕上十年事:借唐人李泌所作传奇《枕中记》故事,抒发作者的辛酸遭遇。

【赏析】

一开始,曲家就开门见山地写眼前之景。梧桐叶落,飘然有声;雨打芭蕉,愁在心上。一个"愁"字,将全曲的基调明确落实,曲中所取意象都紧贴愁意,如雨点般密集而下,创造出一个使人不胜怅惘、无限凄凉的环境。从户外的梧叶芭蕉引发愁思,再将目光拉近,曲家身边的灯花、残局都附着上愁苦的气息,在静谧的秋夜中,不断提示着曲家的孤独。窗外窗内的景物融合在一起,造就了最孤单的氛围,逼迫着曲家把自己一直潜藏在心里的感叹发出来。有家不能归,思亲不得见,长叹不已。"独在异乡为异客"的孤苦感既是"异客"的真实感受,也是曲家在字面上就明示的主题。孤独之人最常做的事就是回忆。再接下来,"枕上十年事"是时间的纵轴。由此时到过往,时光在不经意间飞逝,十年的光阴只换得了今夜的孤独,这种失落感与寂寞重叠,为曲家的愁又添了一层人生的感叹。"江南二老忧"是空间的横轴,以父母为坐标,离家越远,牵挂越多,失意也越多。是路遥不便回,还是失意不愿回?人到中年,遥想家中二老对子女的企盼,曲家的秋夜孤寂又添了一层为人子的悔恨自责。孤独、失意、迷茫、忏悔、思亲等感情汇成巨流,冲击着曲家情绪的堤坝。曲家在深秋夜雨之中的愁思在最高峰处戛然而止,这种欲说还休为读者留下了无限遐思,使文字的张力达到了最大化。回看这支散曲,它就是以这样层层深入的细密文字,细腻真实地铺展着曲家的情绪历程。这篇散曲情景交融,最动人处就在其中一以贯之的情绪线索,因秋景而生寂寥,因寂寥而弃残棋,因残棋而思过往,因过往而忆双亲,曲家的愁情在具体的景物与缥缈的思绪中反复印证,这种创作中的线性思维结构与读者的阅读思维是一致的。因此,即使作品具有抒情文学意象的跳跃性,在曲句之间多有留白,也不会妨碍读者的理解。可以说,它结合了诗词与曲两种文体的优势,既以流畅的线性思维引领读者的思绪,又留给读者丰富的想象空间。这样的散曲用词雅致又语意豁然,确是散曲中的精品。

## 天净沙·秋思

### 马致远

枯藤老树昏鸦,小桥流水人家①,古道西风瘦马②。夕阳西下,断肠人③在天涯④。

【注释】

①人家:农家。此句写出了人对温馨家庭的渴望。

②古道:已经废弃不堪的古老驿道或年代久远的驿道。西风:寒冷、萧瑟的秋风。瘦马:骨瘦如柴的马。

③断肠人:形容伤心悲痛到极点的人,在此指漂泊天涯、极度忧伤的旅人。

④天涯:远离家乡的地方。

【赏析】

马致远是杰出的戏剧家、散曲家,他的《天净沙·秋思》历来被人们推为小令中出类拔萃的杰作,被誉为"秋思之祖"。几百年来,它以其"深得唐人绝句妙境"(王国维《人间词话》)的艺术魅力而脍炙人口,久诵不衰。马致远少年时曾热衷功名,但由于元统治者在初期执行民族高压政策,因而一直未能得志。可以说,马致远几乎一生都过着漂泊不定的羁旅生活,他的人生也因此注定为郁郁不志、困窘潦倒的一生。这是马致远著名的小曲,28个字勾画出一幅羁旅荒郊图。这支曲子以断肠人触景生情组成。头两句"枯藤老树昏鸦,小桥流水人家"给人营造一种冷落黯淡的气氛,又显示出一种清新幽静的境界。这里的"枯藤""老树"给人以凄凉的感觉;"昏鸦"点出时间已是傍晚;"小桥流水人家"让人感到幽雅闲致。12个字画出一幅深秋僻静的村野图景。"古道西风瘦马"描绘出了秋风萧瑟、苍凉凄苦的意境,为僻静的村野图又增加一层荒凉感。"夕阳西下"使这幅昏暗的画面有了几丝惨淡的光线,更加深了悲凉的气氛。作者一共用28个字,就把十种平淡无奇的客观景物巧妙地连缀起来,通过"枯""老""昏""古""西""瘦"六个字,将自己的无限愁思自然地寓于图景中。最后一句"断肠人在天涯"是点睛之笔,这时在深秋村野图的画面上出现了一位漂泊天涯的游子,在残阳夕照的荒凉古道上,牵着一匹瘦马,迎着凄苦的秋风,愁肠绞断,不知自己的归宿在何方,透露了作者怀才不遇的悲凉情怀,恰当地表现了主题。这首小令是采取寓情于景的手法来渲染气氛和显示主题的,完美地表现了漂泊天涯的旅人的愁思。

## 山坡羊·潼关怀古
### 张养浩

峰峦如聚,波涛如怒,山河表里潼关①路。望西都②,意踌躇。伤心秦汉经行处,宫阙万间都做了土③。兴,百姓苦;亡,百姓苦!

【注释】

①山河:外面是山,里面是河,形容潼关一带地势险要。具体指潼关外有黄河,内有华山。表里:即内外。《左传·僖公二十八年》:"表里山河,必无害也。"潼关:古关口名,在今陕西省临潼区,关城建在华山山腰,下临黄河,扼秦、晋、豫三省要冲,非常险要,为古代入陕门户,是历代的军事重地。

②西都:指长安(今陕西西安)。泛指秦汉以来在长安附近所建的都城。秦、西汉建都长安,东汉建都洛阳,因此称洛阳为东都,长安为西都。

③伤心:令人伤心的事,形容词作动词。秦汉经行处:秦(公元前221—公元前203年)都城咸阳和西汉(公元前202—公元8年)的都城长安都在陕西省境内潼关的西面。经行处,经过的地方。指秦汉故都遗址。宫阙:宫,宫殿;阙,皇宫门前面两边的楼观。这两句的意思是目睹秦汉遗迹,旧日宫殿尽成废墟,内心伤感。

【赏析】

这首曲子是张养浩晚年的代表作,也是最为大家熟知的一首元散曲。这首曲子的开头通过"峰峦如聚,波涛如怒"写出了潼关雄伟险要的形势,运用比喻、拟人的修辞手法,展现了潼关的壮观景色,十分生动形象。接下来,这首曲子通过"望西都,意踌躇"写作者驻马远望、感慨横生的样子。末四句总写作者沉痛的感慨：历史上无论哪一个朝代，它们兴盛也罢，败亡也罢，老百姓总是遭殃受苦。一个朝代兴起了，必定大兴土木，修建奢华的宫殿，从而给人民带来巨大的灾难；一个朝代灭亡了，在战争中遭殃的也是人民。作者指出历代王朝的或兴或亡，带给百姓的都是灾祸和苦难。这是作者从历代帝王的兴亡史中概括出来的一个结论。三层意思环环相扣，层层深入，思想越来越显豁，感情越来越强烈，浑然一体。全曲景中藏情、情中有景、情景交融。

《潼关怀古》中对历史的概括显指元代现实生活：怀古实乃伤今，沉重实乃责任。这种复杂的感情要结合作家的生平经历才能理解。张养浩特殊的仕途经历决定了他的怀古散曲中有一种看破功名富贵的思想。《骊山怀古》中写道："赢，都变做了土；输，都变做了土。"《洛阳怀古》中写道："功，也不久长；名，也不久长。"《北邙山怀古》中写到道："便是君，也唤不应；便是臣，也唤不应。"这些曲中，张养浩把胜负之数、功名之分、生死之际看得毫无差别，只是借古人古事述说富贵无常、人生如梦。只有《潼关怀古》以难得的沉重，以深邃的目光，揭示了封建社会里一条颠扑不破的真理："兴，百姓苦；亡，百姓苦！"

在写法上，作者采用的是层层深入的方式，由写景而怀古，再引发议论，将苍茫的景色、深沉的情感和精彩的议论三者完美结合，让这首小令有了强烈的感染力。字里行间中充满着历史的沧桑感和时代感，既有怀古诗的特色，又有与众不同的沉郁风格。

## 《窦娥冤》第三折

### 关汉卿

（外扮监斩官上，云）下官监斩官是也。今日处决犯人，着做公的把住巷口，休放往来人闲走。

（净扮公人鼓三通、锣三下科，刽子磨旗、提刀，押正旦带枷上，刽子云）行动些，行动些，监斩官去法场上多时了。（正旦唱）

【正宫·端正好】没来由犯王法，不提防遭刑宪，叫声屈动地惊天。顷刻间游魂先赴森罗殿，怎不将天地也生埋怨。

【滚绣球】有日月朝暮悬，有鬼神掌着生死权。天地也！只合把清浊分辨，可怎生糊突了盗跖颜渊？为善的受贫穷更命短，造恶的享富贵又寿延。天地也！做得个怕硬欺软，却原来也这般顺水推船！地也，你不分好歹何为地！天也，你错勘贤愚枉做天！哎，只落得两泪涟涟。

（刽子云）快行动些，误了时辰也。（正旦唱）

【倘秀才】则被这枷纽的我左侧右偏，人拥的我前合后偃，我窦娥向哥哥行有句言。（刽子云）你有甚么话说？（正旦唱）前街里去心怀恨，后街里去死无冤，休推辞路远。（刽子云）你如今到法场上面，有什么亲眷要见的，可教他过来，见你一面也好。（正旦唱）

【叨叨令】可怜我孤身只影无亲眷，则落的吞声忍气空嗟怨。（刽子云）难道你爷娘家也没的？（正旦云）止有个爹爹，十三年前上朝取应去了，至今杳无音信。（唱）早已是十年多不睹爹爹面。（刽子云）你适才要我往后街里去，是什么主意？（正旦唱）怕则怕前街里被我婆婆见。（刽子云）你的性命也顾不得，怕他见怎的？（正旦云）俺婆婆若见我披枷带锁赴法场餐刀去呵，（唱）枉将他气杀也么哥，枉将他气杀也么哥。告哥哥，临危好与人行方便。

（卜儿哭上科，云）天那，兀的不是我媳妇儿！（刽子云）婆子靠后。（正旦云）既是俺婆婆来了，叫他来，待我嘱咐他几句话咱。（刽子云）那婆子，近前来，你媳妇要嘱咐你话哩。（卜儿云）孩儿，痛杀我也！（正旦云）婆婆，那张驴儿把毒药放在羊肚儿汤里，实指望药死了你，要霸占我为妻。不想婆婆让与他老子吃，倒把他老子药死了。我怕连累婆婆，屈招了药死公公，今日赴法场典刑。婆婆，此后遇着冬时年节，月一十五，有浇不了的浆水饭，澄半碗儿与我吃；烧不了的纸钱，与窦娥烧一陌儿。则是看你死的孩儿面上。（唱）

【快活三】念窦娥葫芦提当罪愆，念窦娥身首不完全，念窦娥从前已往干家缘。婆婆也，你只看窦娥少爷无娘面。

【鲍老儿】念窦娥伏侍婆婆这几年，遇时节将碗凉浆奠；你去那受刑法尸骸上烈些纸钱，只当把你亡化的孩儿荐。（卜儿哭科，云）孩儿放心，这个老身都记得。天那，兀的不痛杀我也！（正旦唱）婆婆也，再也不要啼啼哭哭，烦烦恼恼，怨气冲天。这都是我做窦娥的没时没运，不明不暗，负屈衔冤。

（刽子做喝科，云）兀那婆子靠后，时辰到了也。（正旦跪科）（刽子开枷科）（正旦云）窦娥告监斩大人，有一事肯依窦娥，便死而无怨。（监斩官云）你有什么事，你说。（正旦云）要一领净席，等我窦娥站立；又要丈二白练，挂在旗枪上。若是我窦娥委实冤枉，刀过处头落，一腔热血休半点儿沾在地下，都飞在白练上者。（监斩官云）这个就依你，打甚么不紧。（刽子做取

席站科,又取白练挂旗上科)(正旦唱)

【要孩儿】不是我窦娥罚下这等无头愿,委实的冤情不浅。若没些儿灵圣与世人传,也不见得湛湛青天。我不要半星热血红尘洒,都只在八尺旗枪素练悬。等他四下里皆瞧见,这就是咱苌弘化碧,望帝啼鹃。

(刽子云)你还有甚的说话?此时不对监斩大人说,几时说那?(正旦再跪科,云)大人,如今是三伏天道,若窦娥委实冤枉,身死之后,天降三尺瑞雪,遮掩了窦娥尸首。(监斩官云)这等三伏天道,你便有冲天的怨气,也召不得一片雪来,可不胡说!(正旦唱)

【二煞】你道是暑气暄,不是那下雪天,岂不闻飞霜六月因邹衍?若果有一腔怨气喷如火,定要感的六出冰花滚似绵,免着我尸骸现;要什么素车白马,断送出古陌荒阡?

(正里再跪科,云)大人,我窦娥死的委实冤枉,从今以后,着这楚州亢旱三年。(监斩官云)打嘴!那有这等说话!(正旦唱)

【一煞】你道是天公不可期,人心不可怜,不知皇天也肯从人愿。做甚么三年不见甘霖降,也只为东海曾经孝妇冤。如今轮到你山阳县,这都是官吏每无心正法,使百姓有口难言。

(刽子做磨旗科,云)怎么这一会儿天色阴了也?(内做风科,刽子云)好冷风也!(正旦唱)

【煞尾】浮云为我阴,悲风为我旋,三桩儿誓愿明题遍。(做哭科,云)婆婆也,直等待雪飞六月,亢旱三年呵,(唱)那其间才把你个屈死的冤魂这窦娥显。

(刽子做开刀,正旦倒科)(监斩官惊云)呀,真个下雪了,有这等异事!(刽子云)我也道平日杀人,满地都是鲜血,这个窦娥的血都飞在那丈二白练上,并无半点落地,委实奇怪。(监斩官云)这死罪必有冤枉。早两桩儿应验了,不知亢旱三年的说话,准也不准,且看后来如何。左右,也不必等待雪晴,便与我抬他尸首,还了那蔡婆婆去罢。(众应科,抬尸下)

【赏析】

这是《窦娥冤》的第三折,也是最精彩的一折。这一折的主要内容是窦娥被押上刑场,准备处死。处死之前,窦娥怒斥天地鬼神,临前许下了三桩誓愿。当窦娥处死之后,发现真的如窦娥说的那样,血溅白练、六月飞雪。

作品中运用了浪漫主义手法,也符合中国人的心理审美。看似三桩誓愿很不合理,但是实际上又是那样的合情合理,没有任何牵强之感,这种浪漫主义手法的运用正是《窦娥冤》的魅力所在。

窦娥的三桩誓愿在内容上是层层深入的。文章这样写道:"若是我窦娥委实冤枉,刀过处头落,一腔热血休半点儿沾在地下,都飞在白练上者。""如今是三伏天道,若窦娥委实冤枉,身死之后,天降三尺瑞雪,遮掩了窦娥尸首。""大人,我窦娥死的委实冤枉,从今以后,着这楚州亢旱三年。"前两句用了"若"字,但是第三句却变成了什么也没用,直接说"我窦娥死的委实冤枉"。内容一层层递进、深入,饱含着窦娥内心的满腔怒火,表现出窦娥对这个社会现实的控诉和无奈。从而凸显出一个善良但同时具有反抗精神的妇女形象,写尽了当时社会现实的黑暗。

## 王熙凤出场

### 曹雪芹

一语未了，只听后院中有人笑声，说："我来迟了，不曾迎接远客。"黛玉纳罕道："这些人个个皆敛声屏气，恭肃严整如此，这来者系谁，这样放诞无礼？"心下想时，只见一群媳妇丫鬟围拥着一个人从后房门进来。这个人打扮与众姑娘不同，彩绣辉煌，恍若神妃仙子：头上戴着金丝八宝攒珠髻，绾着朝阳五凤挂珠钗；项下带着赤金盘螭(chī)璎珞圈；裙边系着豆绿宫绦双鱼比目玫瑰珮；身上穿着缕金百蝶穿花大红洋缎窄裉(kèn)袄，外罩五彩刻丝石青银鼠褂；下罩翡翠撒花洋绉裙。一双丹凤三角眼，两弯柳叶吊梢眉，身量苗条，体格风骚，粉面含春威不露，丹唇未启笑先闻。黛玉连忙起身接见。贾母笑道："你不认得他。他是我们这里有名的一个泼皮破落户儿，南省俗谓作'辣子'，你只叫他'凤辣子'就是了。"黛玉正不知以何称呼，只见众姊妹都忙告诉他道："这是琏嫂子。"黛玉虽不识，也曾听见母亲说过，大舅贾赦之子贾琏娶的就是二舅母王氏之内侄女，自幼假充男儿教养的，学名王熙凤。黛玉忙赔笑见礼，以嫂呼之。这熙凤携着黛玉的手，上下细细打量了一回，便仍送至贾母身边坐下，因笑道："天下真有这样标致的人物，我今儿才算见了！况且这通身的气派，竟不像老祖宗的外孙女儿，竟是个嫡亲的孙女，怨不得老祖宗天天口头心头，一时不忘。只可怜我这妹妹这样命苦，怎么姑妈偏就去世了！"说着，便用帕拭泪。贾母笑道："我才好了，你倒来招我。你妹妹远路才来，身子又弱，也才劝住了，快再休提前话。"这熙凤听了，忙转悲为喜道："正是呢！我一见了妹妹，一心都在他身上了，又是喜欢，又是伤心，竟忘记了老祖宗。该打，该打！"又忙携黛玉之手，问："妹妹几岁了？可也上过学？现吃什么药？在这里不要想家，想要什么吃的、什么顽的，只管告诉我。丫头老婆们不好了，也只管告诉我。"一面又问婆子们："林姑娘的行李东西可搬进来了？带了几个人来？你们赶早打扫两间下房，让他们去歇歇。"

说话时，已摆了茶果上来。熙凤亲为捧茶捧果。又见二舅母问他月钱放完了不曾。熙凤道："月钱也放完了。才刚带着人到后楼上找缎子，找了这半日，也并没有见昨日太太说的那样，想是太太记错了。"王夫人道："有没有，什么要紧。"因又说道："该随手拿出两个来，给你这妹妹去裁衣裳的，等晚上想着，叫人再去拿罢，可别忘了。"熙凤道："这倒是我先料着了。知道妹妹不过这两日到的，我已预备下了，等太太回去过了目，好送来。"王夫人一笑，点头不语。

【赏析】

这是《红楼梦》中的节选，通过外貌、语言、神态各个方面表现王熙凤的人物形象。王熙凤出场时，未见其人，先闻其声："我来迟了，不曾迎接远客。"之后，展现在作者眼前的是一个穿金戴银的华贵形象："头上戴着金丝八宝攒珠髻，绾着朝阳五凤挂珠钗；项下带着赤金盘螭璎珞圈；裙边系着豆绿宫绦双鱼比目玫瑰珮；身上穿着缕金百蝶穿花大红洋缎窄裉袄，外罩五彩刻丝石青银鼠褂；下罩翡翠撒花洋绉裙。"这些穿的、戴的无一不衬托出她的身份地位、审美品位、内在性格。然后，作者就通过黛玉之眼介绍了王熙凤的外貌："一双丹凤三角眼，两弯柳叶吊梢眉，身量苗条，体格风骚，粉面含春威不露，丹唇未启笑先闻。"从"丹凤三角眼""吊梢眉""威不露"等词语中我们可以看到王熙凤泼辣、阴险的性格特点。接下来，写到王熙凤的语言和神态,那真是精妙。她本想来讨贾母喜欢,于是说道:"天下真有这样标致的人物,我今儿才算见了! ……只可怜我这妹妹这样命苦,怎么姑妈偏就去世了!"说着,便用帕拭泪。可是贾母才刚刚哭完,这样又来招惹很是不好,于是王熙凤立马转悲为喜:"正是呢! 我一见了妹妹,一心都在他身上了,又是喜欢,又是伤心,竟忘记了老祖宗。该打,该打!"一个善于奉承的人物形象活生生地出现在读者的眼里,栩栩如生。

# 第二章 中国近代文学

## 第一节 近代前期文学

中国近代文学的起止年限是 1840 年到 1919 年。近代中国面临着全面的危机，"反帝反封建和救亡启蒙运动思想"成为中心议题，这决定了近代文学的基本主题是反帝反封建、救亡与启蒙。近代文学的复杂性和过渡性决定了近代文学的新旧杂糅性。

近代文学根据时代特点可以划分为两个时期，分别是前期和后期。鸦片战争到甲午中日战争属于近代文学前期，是近代文学首开风气的时期，整体风貌没有很大的变化，紧承乾嘉以来的文学风气，只有个别启蒙家可以创设新的社会风气，打破文坛守旧的气象，翻开近代文学创作的新篇章。因此，在这个时期的文坛形成了新旧交替的格局，代表作家有龚自珍、魏源、曾国藩、康有为等。

### 一、龚自珍的《己亥杂诗》

龚自珍（1792—1841），字璱人，号定庵，浙江仁和（今杭州）人，是中国近代史上著名的文学家、思想家、诗人和改良主义的先驱。他出生于一个官宦家庭,祖父龚禔身官至内阁中书军机处行走,父亲龚丽正官至江南苏松太兵备道,署江苏按察使。母亲段驯是乾嘉时期著名的朴学大师段玉裁的女儿。龚自珍受母亲的影响,自幼酷爱诗文,从八岁起研究经史,后师从外祖父段玉裁和公羊学家刘逢禄,精通古文字学、经学及公羊学。

龚自珍 27 岁考中乡试,29 岁担任内阁中书,之后便屡试不第,直到 38 岁才考中进士。为官期间,他壮志难酬,受尽排挤,仕途不顺,于是在 48 岁时辞官南归。也就是在辞官南归又北上的往返途中,百感交集的龚自珍写下了深情激扬而又忧国忧民的诗篇,也是他人生中著名的代表作——《己亥杂诗》。龚自珍作为近代诗坛上异军突起的人物,其大型组诗《己亥杂诗》是一个空前绝后的创造,组诗不仅涉及政治、经济、文化、时事等方方面面,对研究清代的历史具有极为重要的作用,并且还叙述了作者的家世、经历、思想等,对龚自珍研究也具有一定的价值。除此之外,《己亥杂诗》在诗歌题材、内容及艺术手法上也富于创造性以启迪后世。

曾兆贤先生在《龚自珍〈己亥杂诗〉分类探析》中根据《己亥杂诗》的内容题材将其分为述怀诗、怀旧诗、赠别诗、爱情诗、山水诗、叙事诗及其他诗歌七大类。述怀诗主要包括抒发经世之志无由施展的苦闷,关心民瘼、抨击时政,揭露殖民主义者侵略中国的野心三个方面。怀旧诗是龚自珍对自己一生的回忆与记录,包括诗人对自己志趣、抱负、经历和学术活动的回顾,表达对好友、同僚及仆人的思念,甚至于还有对京城花木及小动物的回忆等。赠别诗主要是赠友诗和送别诗。叙事诗主要是诗人在往返京城与杭州期间单纯记录生活点滴的诗,包括咏物诗、题画诗等。

## 己亥杂诗(第五首)

### 龚自珍

浩荡离愁白日斜,吟鞭东指即天涯。

落红不是无情物,化作春泥更护花。

【赏析】

诗中龚自珍将自己的感情寄托于落红中,并以此自比。诗人作为时代的先锋,却被黑暗腐朽的官场所排挤,被濒临崩溃的制度所抛弃,无助且惆怅。然而诗人始终未突破时代的禁锢,用戏谑的反语表明自己虽然已是落花的身份,但毕竟还抱着好心情,平生都在默默感激皇上的恩惠。即使有无限的惆怅思绪,也要"化作春泥"去护育下一代的鲜花。在广阔无边的离愁当中,看着夕阳西下,自己即将离开京城与朝廷远隔天涯。即使离开朝廷,诗人也未曾消沉,而是展开了另一种新的心境,想着替国家培养下一代的人才。诗人也在《己亥杂诗》第 227 首中表现出这种愿望:"剩水残山意度深,平生几两屐难寻。栽花郑重看花约,此是刘郎迟暮心。"尽管诗歌开头是对亡国的悲哀与感慨,但后两句仍旧把重心放在"花"上,诗人要倾尽余生把心放在"护花"上,反映在实际中即是寄希望于下一代。

### 己亥杂诗(第 26 首)

逝矣斑骓胃落花,前村茅店即吾家。

小桥报有人痴立,泪泼春帘一饼茶。

【赏析】

辞官离开京城那天,在离都城七里的小桥上,吴虹生站在桥上等候给诗人送别。一个"痴"字写出了诗人与朋友的感情至深。面对龚自珍的离开,吴虹生难过得只能痴痴地站立等候,两人相对无言,以茶代酒对敬,眼泪却控制不住流了出来,滴到了茶里。感情之真挚,让人读来不禁动容。这首诗也是对朋友的称赞。他们与龚自珍志同道合,于分别之际,诗人既有百般不舍,亦有无限的感慨与回忆。

## 己亥杂诗(第220首)

### 龚自珍

九州生气恃风雷,万马齐喑究可哀。

我劝天公重抖擞,不拘一格降人才。

【赏析】

当时,整个中国都需要有生气,生气则要通过大风大雷才能显现出来;而局面无声无息、死气沉沉,甚是可悲。"风雷"是诗人针对"万马齐喑"的清朝衰世所发出的呼喊,其意在通过"风雷"式的变革重现"九州"的生机勃勃。在龚自珍的诗歌中,"风雷"是一种象征,是激浊扬清的变革理想与力量,同时是诗人力挽波澜、拯救衰世的雄心壮志的体现。诗人认为,"风雷"的力量来源于人才,诗人重视人才的任用,认为人才是一个社会盛衰的主要原因,因此诗人呼吁统治者要"不拘一格"任用有才之人。龚自珍大声疾呼"风雷",正是出于他急于挽救衰亡社会的迫切。正是秉持着"高吟肺腑走风雷"(《右题方百川遗文》)的创作理念,龚自珍在衰世中创作出了具有独特魅力的篇章,意象新奇诡异而蕴藉深厚,散发着无限热情,展现着一位时代先锋的忧患意识与救世理想,充满了强大的精神力量,形成了奇丽的诗歌风貌,使《己亥杂诗》成为古典诗歌历史长河中的杰作,也成为开创近代诗风的代表作。

## 二、《三侠五义》

清代中后期,从嘉庆年间到20世纪初,出现了以《儿女英雄传》《三侠五义》为代表的侠义小说。由于这类小说产生在清末社会大变革时期,因而产生了巨大的社会影响;又由于它们主要是对"侠"的形象进行塑造,所以对后来的新、旧派武侠小说有着极为深远的影响。从《三侠五义》中自然可以窥见清官与侠客在社会大背景下,适应新的民间理想和民间期待的感召下的流变,也可以感受到侠士形象对当时人思想的影响、对民族气节的影响。

### 1. 仗义救人的侠士

《三侠五义》的侠义世界当然是以"三侠"和"五义"为主。虽然他们出身不尽相同,性格也存在差异,但他们打抱不平、除暴安良、扶弱济贫这些义举是相似的。"南侠"和"北侠"是作者极力推崇的人物,他们出手大方,极为豪爽,行事光明磊落,为人侠肝义胆。书中的侠士以南侠出场最早,且贯穿始终,地位极其重要。包公一望"南侠"展昭就觉得他与众不同、气质独特,"叠暴着英雄精神,面带着侠气"。而"南侠"也没让包公和读者失望,出场之前就施恩于人,一上场就被人称为"恩公",一出手就是一锭银,当天夜里又救包公于危难之中。自此之后,"南侠"数次救包公于水火之中,两人也因此结下了深厚的情谊。"北侠"欧阳春相貌独特,碧睛紫髯。他高强的武艺,曾让心高气傲的"锦毛鼠"白玉堂心服口服。一些恶人,如马刚之流，为恶被"北侠"撞见，其必然恶有恶报，身首异处。"北侠"并非官府中人，诛杀襄阳王自是与他无关，但是收服钟雄，剪除襄阳王的羽翼，"北侠"却功不可没。因为襄阳王谋反会使生灵涂炭，胸怀大义的"北侠"怎忍袖手旁观？

"双侠"（大爷丁兆兰、二爷丁兆蕙）名列"三侠"之中，路见不平自然也会拔刀相助，岂能落于人后。马禄强拉邓九如去抵债，大爷丁兆兰恰逢其事。他一面吃酒，一面向张老儿仔细盘问太岁庄的情况，暗自盘算如何除去马刚，还向在座的"北侠"慷慨陈词，表明心迹："似你我行侠尚义，理当济困扶危，剪恶除奸。若要依小弟的主意，莫若将他除却，方是正理。"倘使大爷当时身带利刃，早就拔刀相助，让马禄尸横当场了。正是鉴于自己手无兵刃，丁兆兰只好再一次试探"北侠"："若举此义，不但与民除害，而且也算与国除害，岂不是件美事？"

"北侠"表面上的无动于衷让大爷忍无可忍，只好盗刀行义。大爷的仗义除害之举实在值得赞赏。二爷丁兆蕙也同大哥一样，行侠仗义不落人后。他救了跳水寻短的周老后，本着"救人须救彻"的信条，马上去郑家茶楼查看形势，当晚就惩治了郑新。第二天即把所有的银子全部给了周老开茶楼，让他有了生的希望。"南侠"都不禁感叹："如此仗义疏财，真正难得。"

"五义"也是书中的主角，他们能成为结义兄弟，主要原因就是"好行侠仗义"。卢方初到东京就碰上了"花花太岁"严奇指使家奴强抢民女，他放下寻找兄弟的大事，仗义出手救下了民女，却为自己惹来了官司，可是他并不后悔自己的行为，主动和王朝、马汉去见官。韩二爷恩救二公差、义救邓九如、奋力擒花蝶，哪一件不是当成自己的事在尽心尽力？为了擒住花蝶，他被毒药镖打伤，几乎丧命。但这并没有影响他抓住花蝶的决心，伤好以后，他马上又投入战斗，和大伙共同努力，终于抓住了花蝶。三爷徐庆、四爷蒋平、五爷白玉堂更是行侠仗义、不顾自身的人，他们深信"天下人管天下事"，一遇不平事，立即就出手。

### 2. 充满侠气的普通人

除了那些武功了得的女侠以外，《三侠五义》中也塑造了不少不会武功的奇女子。她们同样心存正义，遇见不平之事，敢于挺身相救。相比较而言，她们更为难得，其行为更值得称赞。《三侠五义》一开篇就写了"为人正直，素怀忠义"，为救太子勇于牺牲的寇珠。她敢于违抗刘娘娘的严命，把太子给了老公公陈琳。事情败露后，她抗住严刑，至死不招，让贵为太后的刘氏也无可奈何。

《三侠五义》中这样充满侠气的纤纤女子不在少数，最值得一提的是朱绛贞和宁婆婆。朱绛贞义放倪继祖，最终还成就了一段良缘。恶棍马强私扣倪太守，朱绛贞设法搭救太守及被掳女子锦娘后，自知难以活命，在死前她自言自语道："哎，人生百岁，终须一死。何况我爹爹冤枉已有太守搭救，心愿已完，莫若自尽了，省得担惊受怕。但死于何地才好呢？有了，我索性缢死在地牢。他们以为是锦娘悬梁，及至细瞧，却晓得是我，也叫他们知道是我放的锦娘，由锦娘又可以知道那主仆也是我放的。我这一死，也就有了名了。"朱绛贞舍身救人的同时还注重死后留名，可以说是一个有行侠意识的侠女了。宁婆婆只是一个普通的老妇人，却有勇有谋，为人仗义，救人于危难，不愧一个"侠"字。

书中的一些书生寒窗苦读多载，想要赴考，却无奈囊中羞涩，每当这时，仗义疏财的侠士就出现了。先有慷慨赠金的刘洪义，后有助友赴考的金必正。颜查散进京赶考，书生金必正不仅赠送银两，更为其设想周到：

"我们相公知道相公无人,惟恐上京路途遥远不便,叫小人特来服侍相公进京。又说这位老主管有了年纪,眼力不行,可以在家伺候老太太,照看门户,彼此都可以放心。又叫小人带来十两银子,惟恐路上盘川不足,是要富余些个好。"金必正不只仗义疏财,还为颜生想得极为周到,遣了雨墨来随其上京,让老太太可以有人照顾,颜生可以安心赴考,没有后顾之忧。

杨芳本是水贼陶宗、贺豹的帮闲,可是他临危向善,救了李氏夫人后,又去救她的儿子,并且以仆人的身份在孩子(倪继祖)身边生活了将近20年,直到他长大成人,才讲明了他的身世。后来倪继祖身陷霸王庄,得蒙朱绛贞搭救,趁夜放走主仆二人,不料仓皇间慌不择路,"忽听后面人马声嘶,猛回头见一片火光燎亮。倪忠着急道:'不好了!有人追了来了。老爷且自逃生,待老奴迎上前去,以死相拼便了。'说罢,他也不顾太守(倪继祖),一直往东,竟奔火光而来"。倪忠在危难时全把个人生死置之度外,一心为主,在他身上表现出来的忠义让人钦佩。

颜查散的小书童雨墨也是一个有情有义的孩子,颜查散被诬谋害金蝉小姐而被投入监狱,多亏了雨墨服侍,不至受苦。后来雨墨受白玉堂指点,尽管他从未见过官,但为了主人鼓起勇气拦舆告状,洗清了主人的冤屈。一个14岁的孩子能做到这样,十分难得。

这些人并不以武功取胜,甚至手无缚鸡之力,但是关键时刻却能挺身而出,舍生取义,这种壮举令人赞叹。可以说他们勇于献身的精神比那些身手不凡的侠客更为可贵,更加令人唏嘘不已。

### 三、《海上花列传》

《海上花列传》是晚清狭邪小说的压卷之作。全文以赵朴斋为线索,写他由乡下至上海访舅谋生意到逐渐堕落沉迷烟粉,牵引出38位性情各异的风月女子与各类嫖客之间的露水姻缘，真切地呈现出清末沪妓的生存样貌。本文主要从小说的创作背景，妓女的形象特征、生存状态、形象塑造的成就以及作家的创作思想出发，试图挖掘传统文化与现代文明交织下妓女职业生活和情感生活的态度与观念，了解作家的情感倾向和矛盾心理。

1. 从李漱芳、赵二宝、周双玉看妓女的不同性格特征

妓女从良为妻在传统伦理观念里从来都只是文人对才子佳人的理想化诉求，一般很难实现。作者在文中塑造了三个想要当"大老母"的妓女形象，在目标或愿望落空时，她们不同的应对方式即反映出不同的性格特征。

李漱芳因亲娘李秀姐开了堂子，无奈做起了生意，第一个生意对象就是上海宦家子弟陶玉甫。她与陶玉甫情投意合，本可嫁为人妾，可偏偏玉甫要娶其为妻。这遭到陶氏家族的反对，李淑芳"大老母"的梦想也就由此破灭，她终因气不过生出病来，成了"东方茶花女"。起先对她而言，名分并不重要，倘若没有陶玉甫对正室理想化的坚持，她也就能顺利成为陶家的妾室，走上妓女从良的常规之路。可陶家因其出身风尘而不愿娶其为妻时，她"当初为了顺从社会期待而显现的自卑与虚荣"一度转化为"志比天高的妓女自尊"。她以柔弱的病体和敏感自伤的方式对抗着世俗伦理的偏见，以近乎自我折磨的方式令身边的人担忧，终致香消玉殒，只留时人慨叹。所以，李漱芳要当"大老母"的目标本质上并不是自己内心真正的诉求，因外力所阻而自戕的抗争方式使得她的性格颇具林黛玉式的悲剧姿态。

以"乡下人"自愿入妓的赵二宝，在遭"石灰布袋"嫖客施瑞生怄气不做之后，遇着了来沪养病的金陵翰苑公子史天然。第二次叫局之后，史天然即向二宝交代家里在正妻之外再娶二房的打算，二宝也就从此专做史公子一人，梦想着做"大老母"。自史天然回去说亲后，她即闭门谢客，以为

"你既视我为妻,我亦不当自视为妓"。待至史天然辜负二宝在扬州成亲,二宝的"大老母"梦想终于破灭。不同于李漱芳的一病不起,二宝由最初的惊吓到冷静计议重做生意,最终在梦中仍企盼史公子,直至梦中惊醒,表现的是一个由乡下至都市独自打拼的年轻女子在追求富贵虚荣的过程中,失去了对从良之路的清醒认知。在等待中,她极具寻常人家的气节,闭门谢客;在得知结果后,她又迅速商议对策,以偿还账款。从赵二宝身上,读者可以看到她独自奋斗、受现实虚荣欺骗而充满幻想却又心高气硬的人物性格。与李漱芳消极残弱的应对方式不同,赵二宝的重操旧业虽是其现实无奈的选择,却也显示出她坚强自立的一面。

身为讨人的周双玉做了一节清倌人之后,即私下与上海本地富贵公子朱淑人定了终身。在朱淑人看来,"双玉个性子强得野哚,到仔该搭来就算计要赎身,一径搭我说,再要讨仔个人末,俚定归要吃生鸦片烟哚"。相比较李漱芳与赵二宝的"大老母"梦想是由她们的"相好"主动提出,周双玉的"大老母"梦想却是她自己一人的算计,并不是懦弱的朱淑人主动提出。从这可以看出,她的"大老母"梦想缺少像陶玉甫那般坚定的执着,一旦遇到家族的反对便会迅速破裂。而个性要强、工于心计的周双玉则"移花接木妙计安排",上演一出报复寻死的闹剧,最终以朱家一万洋钱补偿了事。与自伤无奈的李漱芳、重操旧业的赵二宝相比,骄盈果敢的周双玉采取近乎壮烈的"殉情"方式为自己争得颇丰的物质补偿——五千洋钱的赎身和五千洋钱的嫁妆,也就无怪乎作者对其"贵腾"结局的安排。

2. 由说书人、叙事者和人物间矛盾构成的复调

如果说,巴赫金在讲复调的时候,反复强调的是指作者与主角、自我与他者的相互对话和交流,由作者和主角的自觉意识构成对话性复调,那

么套用严家炎先生对鲁迅先生作品复调的研究，《海上花列传》的复调就是由"现实主义与象征主义的交互运用""作者个人的经历和体验所决定的思想的复杂性""叙述角度的自由变化"来构成的。

从上文可知，《海上花列传》包含了多个叙事人，虽然大致上都是"梦醒"而欲"惊醒"他人迷梦的叙事者，但在第一回出现的背景叙事层中，读者看到这样一段对黑甜乡主人花也怜侬——这既是叙事人又是书中人物的描写："若不是遇着了蝶浪蜂狂，鸾欺燕妒，就为那蚱蜢、蜈螂、虾蟆、蝼蚁之属，一味的披猖折辱，狼藉踩躏。惟夭如桃，穰如李，富贵如牡丹，犹能砥柱中流，为群芳吐气；至于菊之秀逸，梅之孤高，兰之空山自芳，莲之出水不染，那里禁得起一些委屈，早已沉沦泅没于其间！花也怜侬见此光景，辄有所感，又不禁怆然悲之。"《海上花列传》作为警示的寓言，原本在规诫的笼罩下，妓女应被视为浮花浪蕊，却被比作桃李、牡丹甚至花中君子。如果说这种反差使训诫的旨趣显得暧昧不明，那么"花也怜侬"为娇俏如桃李、端庄如牡丹的妓女尚能自持自保，并能带"群芳吐气"而得以安心、予以敬佩，继而将人格特质早已被公认为"猿子无情"的妓女比作花中君子——莲，并为其"早已沉沦泅没于其间""不禁怆然悲之"，不免给人一种主题混乱的感觉。当阅读继续延伸下去，只见"这一喜一悲也不打紧，只反害了自己，更觉得心慌意乱，目眩神摇；又被罡风一吹，身子越发乱撞乱磕的，登时闯空了一脚，便从那花缝里陷溺下去，竟跌在花海中了。"花也怜侬从花海"直坠至地""揉揉眼睛"，"自觉好笑道：'竟做了一场大梦。'"如果这可以视作故事背景叙事层中对"见当前之媚于西子，即可知背后之没于夜叉；见今日之密于糟糠，即可卜他年之毒于蛇蝎"，"黑甜乡主人"执笔记梦然后"唤醒了那场书中之梦"的回应。但接下来出现的说书人在将故事引到了现实中的上海，却也引出一团迷雾："看官，你道这花也怜侬究竟醒了不曾？请各位猜一猜这哑谜儿如何。但在花也怜侬自己以为是醒的了，想要回家里去，不知从那一头走，模模糊糊踅下桥来。"这一节叙述，虽可视为叙事者对叙事权力和文本结构的控制，然而，另一方面也持有一种对花也怜侬"是否清醒"避言不答的模糊的叙事态度。那在现实中的花也怜侬究竟醒了不曾？在叙事人背后的作者所持的是哪一种态度呢？

无论是儒家以"礼乐"来规训人们，使人们摆脱蒙昧，知礼仪、懂廉耻，以优雅之态立身，还是宗教天然所包含的对人世的虚妄感，都有一种意图对人的物欲、情欲施以控制的愿望。在源远流长的"儒释道三教合一"的文化浸染之下，从史传文学开始，文学作品便开启了训诫的传统，从轶闻野史、唐传奇、宋话本到章回小说，无不充盈着训诫的意味。话本文学的源头正是口头文学和变文讲经。在话本文学作品中，作为叙事者的说书人也常在叙事中跳出，进而对故事事件、人物进行品评与规诫。例如，《海上花列传》回目第一章就表明了"盖总不离警觉提撕之旨"的意图。但文学作品本是一种陈述性的虚构艺术，叙事者在偶然出现的说教、规劝、训诫之外往往是全知而中立性的叙述。因此，在古代章回小说中的叙事者是由说书人、全知叙事者（中立性）组成的。但当人们对作品解读时，发现与作品有关的三位叙事者——说书人、全知叙事人、人物——之间不总是协调一致的。通过解读他们之间的矛盾，读者似乎跃过迷雾，看到了隐藏在作品中的呈现着不同面目的人物。

# 第二节　近代后期文学

　　1905 年, 中国同盟会成立, 中国资产阶级民主革命进入一个新阶段, 革命报刊和文学期刊纷纷出现, 为革命呼号和宣传, 主要代表作家有章太炎、邹容、秋瑾、柳亚子、黄遵宪、梁启超等, 代表作品有小说《孽海花》《老残游记》《官场现形记》等。

## 一、黄遵宪诗词

　　中国是诗歌的国度, 自西周、秦、汉魏发展到唐宋, 中国的古典诗歌到达全盛。唐宋以后, 诗歌自金式微, 元代散曲、明代传奇各领时代风骚。而在清代晚期之前, 虽然诗歌流派众多, 但难免拘泥于前人, 没有跳脱前人诗作的禁锢。19 世纪中下叶, 国口大开, 近代西方文明对当时闭关自守的社会带来了猛烈冲击, 这迫使一群有志于变革的先觉者尝试着去寻求救世救民的良方, 同时为中国的古典诗歌带来了新变, 黄遵宪就是其中之一。黄遵宪是晚清"诗界革命"的中坚力量, 他不仅见证了置身于西方坚船利炮下的晚清社会的摇摇欲坠, 也因其外交官的身份走遍五洲四海, 体验到了西方文明的先进性。而在这两者的共同作用下, 他的诗歌创作有着古典性与现实性相碰撞的显著痕迹, 因此也具有特殊价值。

　　黄遵宪的一生取得了多方面的成就: 政治家、思想家、外交家、诗人等。他在诗歌方面取得的成就尤为突出。他自己也看到"诗虽小道……竟有左右世界之力", 对以诗言志抱有强烈的兴趣。在晚年评价自己的一生时, 黄遵宪说: "生平怀抱, 一事无成, 惟古今体诗能自立耳。"这是黄遵宪对自己诗歌创作生涯的肯定。虽然黄遵宪生前并不喜欢以诗人自居,仅将作诗看作"余事",但在时间的变迁中,他依然被看作"中国近现代转型期的第一诗人",其在文学上的地位可见一斑。下面,笔者选取一些他的诗歌进行鉴赏。

杂 感

黄遵宪

大块凿混沌,浑浑旋大圜;隶首不能算,知有几万年。羲轩造书契,今始岁五千;以我视后人,若居三代先。俗儒好尊古,日日故纸研;六经字所无,不敢入诗篇。古人弃糟粕,见之口流涎;沿习甘剽盗,妄造丛罪愆。黄土同抟人,今古何愚贤;即今忽已古,断自何代前?明窗敞流离,高炉蒸香烟;左陈端溪砚,右列薛涛笺;我手写我口,古岂能拘牵!即今流俗语,我若登简编;五千年后人,惊为古斓斑。

【赏析】

这首诗作于黄遵宪乡试失败之后。全诗旨在讽刺社会上厚古薄今的积弊。前四句描述了从宇宙混沌到开天辟地,再到三皇五帝时代,直至今日的历史变迁,意图告诉人们时间随历史的变化而成为过去。第五至八句则批判了当时所谓的文人雅士过于尊崇古代,尚古主义盛行导致良莠不分的现象,批判了科举制度对人性的禁锢,表达了黄遵宪对当时教育和政治的不满。而后几句中的"我手写我口,古岂能拘牵"则充分体现了诗人的价值观和创作态度:不崇古语,亦不弃古语,追求古今交融,反映实事,巧发实感。纵观全诗,我们不难发现诗人推崇的是与当时崇古薄今的时弊相对立的历史进化观。即从历史角度上看,随着历史不断推进,今人要优于前人。这无疑是号召人们摆脱封建古旧思想的枷锁,追求进步和革新。

## 铁汉楼歌
### 黄遵宪

湿云漠漠山有无,登城四望遥踟蹰。频垣败瓦不可踏,劫灰昏黑堆城隅。

剜苔剔藓觅碑读,字缺半亦形模糊。公无遗像有精气,恍惚左右神风趋。

忆公秉政宣仁日,自许稷契君唐虞。英名卓卓惊殿虎,辣手赫赫锄城狐。

同文狱起事一变,先生遂尔南驰驱。洞庭寒夜走蛟蜃,潇湘清昼啼猩鼯。

臣心万折必东去,一生九死长征途。岂知章蔡恨未雪,谓臣虽死犹余辜。

如飞判使暗挟刃,来取逐客寒头颅。梅州太守亦义士,告语先生声呜呜。

先生湛然色不变,倔强故态犹狂奴。有朋诬诼细料理,对客酣饮仍歌呼。

呜呼先生真铁汉,品题不愧眉山苏。一楼高插北城角,中有七尺先生躯。

铁石心肠永不变,腾腾敛气光湛卢。荔丹蕉黄并罗列,无有远迩群南膜。

军书忽报寇氛炽,官民空巷争逃逋。先生独坐北楼北,双眼炯炯张虬须。

跳梁小鼠敢肆恶,公然裂毁无完肤。迩来雕瘵渐苏息,无人收拾前规模。

东坡已往仲谋死,起人忠义谁匡扶?金狄摩挲事如昨,铅水清泪流已枯。

我来凭吊空恻怆,呀呀屋上啼寒乌。

【赏析】

这些诗句中存在着对仗诗句和不对仗诗句并行的现象。其中第六句和第八句采用了严格的对仗手法,词性、结构都保持完全的整齐。在黄遵宪的诗句中,这种完全对仗的诗句比例很少。剩余几句则呈现出明显的不对仗,这与黄遵宪提倡的"放宽诗歌格律规则,以古体诗方法写诗"理念相一致。工于对仗的格律诗诚然有整齐、简洁的音乐美,但是这种疏于格律的诗歌体式也是对诗歌整体结构的新定义,它代表着一种工整简明的诗学美向另一种自由通俗的诗学美的转化。这种重新定义诗歌结构的形式是诗歌发展的必然,它让诗歌突破了严格格律的限制,使诗歌具备了更大的开放性。

山　歌

黄遵宪

买梨莫买蜂咬梨,心中有病没人知。

因为分梨故亲切,谁知亲切转伤离。

催人出门鸡乱啼,送人离别水东西。

挽水西流想无法,从今不养五更鸡。

【赏析】

这首山歌描绘了男女离别之际的画面。诗人用"鸡"来暗喻离别时间的到来,"乱啼"则刻画了主人公不舍但又不得不离别的慌乱恼怒情绪,看到"水"匆匆流过,无计可施,只好迁怒于通告时间的司晨鸡。"鸡"在这里不仅指乡间常见的生物,还被赋予了新的含义,它象征着时间的流逝与男女主人公的难舍难分,侧面反映了男女主人公的情感很深。这些诗句巧妙地运用了语义双关的修辞手法,形成了含蓄婉转却又意味深长的艺术效果。

## 二、梁启超的《少年中国说》

梁启超是清末"戊戌变法运动"的领袖之一,是中国近代史上著名的政治活动家、启蒙思想家、资产阶级宣传家、教育家、史学家和文学家。鸦片战争之后,尤其是中日甲午战争惨败之后,众多的有识之士开始对中国的政治体制、传统文化及社会生活的方方面面进行深刻的反思,寻找中国致贫致弱的根源,并探求富国强兵的途径。梁启超就是其中一位杰出的代表人物。无论对中国的政治变革,还是传统文化的继承与创新,他都做出了许多有益的尝试,并为后人留下了弥足珍贵的财富。下面,笔者选取了梁启超的《少年中国说》,让我们一起来感受一下文字背后激荡的感情和语言的魅力。

龚自珍氏之集有诗一章,题曰《能令公少年行》。吾尝爱读之,而有味乎其用意之所存。我国民而自谓其国之老大也,斯果老大矣;我国民而自知其国之少年也,斯乃少年矣。西谚有之曰:"有三岁之翁,有百岁之童。"然则国之老少,又无定形,而实随国民之心力以为消长者也。吾见乎玛志尼之能令国少年也,吾又见乎我国之官吏士民能令国老大也。吾为此惧!夫以如此壮丽浓郁翩翩绝世之少年中国,而使欧西日本人谓我为老大者,何也?则以握国权者皆老朽之人也。非哦几十年八股,非写几十年白折,非当几十年差,非捱几十年俸,非递几十年手本,非唱几十年诺,非磕几十年头,非请几十年安,则必不能得一官、进一职。其内任卿贰以上,外任监司以上者,百人之中,其五官不备者,殆九十六七人也。非眼盲则耳聋,非手颤则足跛,否则半身不遂也。彼其一身,饮食步履视听言语,尚且不能自了,须三四人左右扶之捉之,乃能度日,于此而乃欲责之以国事,是何异立无数木偶而使治天下也!且彼辈者,自其少壮之时既已不知亚细、欧罗为何处地方，汉祖唐宗是哪朝皇帝，犹嫌其顽钝腐败之未臻其极，又必搓磨之、陶冶之，待其脑髓已涸，血管已塞，气息奄奄，与鬼为邻之时，然后将我二万里山河，四万万人命，一举而畀于其手。呜呼！老大帝国，诚哉其老大也！而彼辈者，积其数十年之八股、白折、当差、捱俸、手本、唱喏、磕头、请安，千辛万苦，千苦万辛，乃始得此红顶花翎之服色，中堂大人之名号，乃出其全副精神，竭其毕生力量，以保持之。如彼乞儿拾金一锭，虽轰雷盘旋其顶上，而两手犹紧抱其荷包，他事非所顾也，非所知也，非所闻也。于此而告之以亡国也，瓜分也，彼乌从而听之，乌从而信之！即使果亡矣，果分矣，而吾今年七十矣，八十矣，但求其一两年内，洋人不来，强盗不起，我已快活过了一世矣！若不得已，则割三头两省之土地奉申贺敬，以换我几个衙门；卖三几百万之人民作仆为奴，以赎我一条老命，有何不可？有何难办？呜呼！今之所谓老后、老臣、老将、老吏者，其修身齐家治国平天下之手段，皆具于是矣。"西风一夜催人老，凋尽朱颜白尽头。"使走无常当医生，携催命符以祝寿，嗟乎痛哉！以此为国，是安得不老且死，且吾恐其未及岁而殇也。

梁启超曰：造成今日之老大中国者，则中国老朽之冤业也；制出将来之少年中国者，则中国少年之责任也。彼老朽者何足道？彼与此世界作别之日不远矣！而我少年乃新来而与世界为缘。如僦屋者然，彼明日将迁居他方，而我今日始入此室处。将迁居者，不爱护其窗棂，不洁治其庭庑，俗人恒情，亦何足怪！若我少年者，前程浩浩，后顾茫茫。中国而为牛为马为奴为隶，则烹脔鞭棰之惨酷，惟我少年当之；中国如称霸宇内，主盟地球，则指挥顾盼之尊荣，惟我少年享之。于彼气息奄奄、与鬼为邻者何与焉？彼而漠然置之，犹可言也；我而漠然置之，不可言也。使举国之少年而果为少年也,则吾中国为未来之国,其进步未可量也;使举国之少年而亦为老大也,则吾中国为过去之国,其渐亡可翘足而待也。故今日之责任,不在他人,而全在我少年。少年智则国智,少年富则国富,少年强则国强;少年独立则国独立,少年自由则国自由,少年进步则国进步;少年胜于欧洲,则国胜于欧洲;少年雄于地球,则国雄于地球。红日初升,其道大光。河出伏流,一泻汪洋。潜龙腾渊,鳞爪飞扬。乳虎啸谷,百兽震惶。鹰隼试翼,风尘吸张。奇花初胎,矞矞皇皇。干将发硎,有作其芒。天戴其苍,地履其黄。纵有千古,横有八荒。前途似海,来日方长。美哉我少年中国,与天不老!壮哉我中国少年,与国无疆!

"三十功名尘与土,八千里路云和月。莫等闲,白了少年头,空悲切。"此岳武穆《满江红》词句也,作者自六岁时即口受记忆,至今喜诵之不衰。自今以往,弃"哀时客"之名,更自名曰"少年中国之少年"。

【赏析】

首先,梁启超在文章中使用了大量的修辞手法,如排比、设问、反复、夸张、象征,这样就会形成强大的感染力与认同感。这些手法增强了感情的穿透力,给读者留下了极其深刻的印象。例如,"少年智则国智,少年富则国富,少年强则国强;少年独立则国独立,少年自由则国自由,少年进步则国进步;少年胜于欧洲,则国胜于欧洲;少年雄于地球,则国雄于地球。红日初升,其道大光。河出伏流,一泻汪洋……"这一段话直到如今读起来仍然朗朗上口,让人热血澎湃。除了情感上的共鸣,长得让人透不过气的排比句式的运用也极大地增强了作品的感染力。同时,在文字的背后,人们看到了梁启超拳拳爱国之心,这种背负民族的使命感让每一个中国人感到热血沸腾。

### 三、《孽海花》

《孽海花》是一部诞生于清末民初的历史小说，是著名文学家、翻译家曾朴的代表作。在同时代浩如烟海的小说中，该书鹤立鸡群，傲视群峰，取得了很高的成就，影响甚为深远，对我国小说的现代化做出了独特的贡献。

《孽海花》作为叙事文学的典范之作，上承中国古典小说的优良传统，下启中国现代小说，其在中国小说现代化的进程中所起的作用是不容忽视的，贡献是不可磨灭的。特别是在叙事方面，该书不但继承了传统小说的叙事艺术，如中国古典小说的说书人模式、第三人称全知叙事角度、叙述中插入韵语等，而且有自己巨大的突破与创新，借鉴并灵活运用了西方文学特别是法国文学的长处，如法国小说的细节描写、历史的全景观念、多线索的历史小说叙述范式、曲折照应的结构给曾朴创作《孽海花》带来了重要的启发。曾朴从新的角度构建了自己的叙事框架，《孽海花》串串相连的新颖叙事手法使小说富有张力，引人入胜。

《孽海花》这部小说对"天时"观念的注解演绎不像《三国演义》那样俯拾皆是，但也是披沙拣金。其中最著名的当然是"烟台孽报"了。金雯青在没有考中状元之前，曾经落魄潦倒，流落烟台，与烟台名妓梁新燕颇为相得。金雯青上京赶考临行之时，梁新燕曾赠予盘缠助其考试。金雯青中状元之后却回避不见，违背旧约，五百两银子打发了旧相好，结果导致梁新燕上吊自杀。梁新燕后转世托生为傅彩云，年后又跟随金雯青，最终将其活活气死，完成了这一场轮回孽报。就像作品中所说的"一施一报，天道循环"。书中有不少地方对这场孽缘进行描写，举例如下。

傅彩云初次见到金雯青，就径直走到其身边，并肩坐下。山芝道："奇了，好像是预先约定似的！"胜芝笑道："不差，多管是前生的旧约。"次芳就笑着朗吟道:"身无彩凤双飞翼,心有灵犀一点通。"

这其实是在暗示金雯青与梁新燕的旧情一灵不散,余恨绵绵,又在年后再续前缘。

又如以下片段。

雯青也想立起来走出去,却被彩云轻轻一拉,一扭身就往房舱里床沿上坐着。雯青不知不觉,也跟了进去。两人并坐在床沿上,相偎相倚,好像有无数体己话要说,只是我对着你、你对着我地痴笑。歇了半天,雯青就兜头问一句道:"你知道我是谁么?"彩云怔了一怔道:"我很认得你,只是想不起你姓名来。"……彩云看着,暗暗吃惊,止不住就拿着帕子替他拭泪,说道:"你怎的没来由哭起来。"口虽如此说,却自己也一阵透骨心酸,几乎也哭出来。雯青对着彩云,只是上下打量,低低念道:"愁到天地翻,相看不相识。"

傅彩云诞生之日正是梁新燕自尽之时,真可以说是宿情旧冤,滔滔不尽了。两世孽缘,注定了欠债当还,报应不爽。今生之傅彩云,即前世之梁新燕。金雯青于年前种下了恶因,现在该来自尝恶果,自偿旧债了。金雯青在大郎桥巷傅彩云家的"四宵诗"更是鲜明地体现了这种时运。天命的观念中,笔者每首选择一联,叙述如下。

忽忆灯前十年事,烟台梦影浪痕淘。

胡麻手种葛鸦儿,红豆重生认故枝。

灵箫辜负前生约,紫玉依稀入梦时。

青衫痕渍隔年泪,绛蜡心留未死灰。

尤其是金雯青在诗的结尾处赫然题写着"谶情生写彩云旧侣慧鉴"一行小字。"旧侣"二字分明点出了金傅二人的前世今生的恩恩怨怨,前就像个人账簿一样，有借有还、有欠有讨。

《孽海花》这部小说在四时循环架设故事上也有着自己鲜明的特色，虽然没有《三国演义》或《红楼梦》那么突出。在该书中，四时的交替循环，不但为人物的活动提供了背景，而且烘托渲染了人物的情绪，甚至可以暗示、象征人物的命运和事件的结局，可见其作用之大。小说一开始提起了奴乐岛，随后爱自由者在寻找自由神时看到了自由花，又从自由神那里听到一大篇故事，这都是在花气氤氲的时节，交代小说的缘起，预示故事的发端，并由此引出小说的叙述者东亚病夫。故事开始后，同治七年春三月，金雯青中状元，十年寒窗有了喜人的回报，正是"春风得意马蹄疾"。以这年春天为起点，他便开始了其宦海的浮沉。特别是年后，又是一个春天，书中如下写道：

> 这日正是清明佳节，日丽风和，姑苏城外，年年例有三节胜会，倾城士女如痴如狂，一条七里山塘，停满了画船歌舫，真个靓妆藻野，炫服缛川，好不热闹！

金雯青在清明出游时偶然遇到傅彩云，二人相见恨晚，有如事先约好的旧侣一样，一见如故，于是金雯青有了偷偷纳妾之举，这样便拉开了金傅孽缘的大幕。此后金对傅言听计从，而傅则为所欲为。清明春风和丽，都服务于金傅孽缘之情的沾染，特别是二人出现于清明时节的这段感情，有一种果报的性质。

金雯青在同治七年端阳之后，便在同乡好友陆菶如陪同下衣锦还乡、荣归故里。到苏州之后，几乎是万人空巷，沿路挤得满满的，都来一睹状元郎的风采。书中如下写道：

> 流光如水，已过端阳，雯青就同着菶如结伴回苏。衣锦还乡，原是人生

第一荣耀的事，家中早已挂灯结彩，鼓吹喧阗；官场卤簿，亲朋轿马，来来往往，把一条街拥挤得似人海一般。等到雯青一到，有挨着肩攀话的，有栏着路道喜的，从未认识的故意装成热络，一向冷淡的格外要献殷勤，直将雯青当了楚霸王，团团围在垓下。好容易左冲右突，杀开一条血路，直奔上房，才算见着了老太太赵氏和夫人张氏。

夏季的炎热，与乡里乡亲、亲朋好友如火的热情交相辉映，足可见当时人们对功名富贵的艳羡，足可见金雯青的轰动之大，是一种狂风暴雨般的效应。后来，金雯青出使欧洲四国归来，正值金风送爽的重九，桂花飘香，便欣然参加了谈瀛会豪饮剧谈。金公使带回了"累累硕果"，艳遇连连的公使夫人更是盆满钵满，三年出使海外的经历是金雯青仕途的高峰。此后，金雯青的个人生活便走上了下坡路，每况愈下。在他前往北京赴任总理衙门的时候，走到京西河务局时，有这样一段关于秋景的描写。

此时正是秋末冬初，川原萧索，凉风飒飒，黄沙漫漫。这日走到河西务地方，一个铜盆大的落日，只留得半个在地平线上，颜色恰似初开的淡红西瓜一般，回光反照，在几家野店的屋脊上，煞是好看。

这段描写可谓奇绝。表面写的是自然之秋，是主人公的人生之秋、事业之秋、感情多事之秋，又何尝不是满清政府的国运之秋呢？就像那轮西斜的红日，当时的老大帝国已经江河日下、风雨飘摇了。在故事开始时，褚爱林曾经追述：龚定庵在宗人府任职时，邂逅明善侧福晋太清西林春，当日茫茫大雪衬着太清大红的毡笠，红白相映。其实这寒冬雪景不仅供托出了太清那种绝世风华，还暗示了定庵的命运已经进入严冬。正是这次偶遇，为后来定庵被毒死埋下了种子，种下了祸根。这场凄美的暮年之恋，注定会在霜刀雪剑的摧残下黯然凋零。还有，在光绪二十一年初，也是朔风凛冽、风雪载途的时候，威毅伯率团东渡日本前去议和。这个时间固然有历史事实为据，并非作者向壁虚构，但是暮冬这个时节，既是自然时间的交代，说明了人物活动的背景要素，也另外含有丰富的意蕴。威毅伯在垂暮之年，接受了这样一个出力不讨好的差事，本身就为这次活动涂上了一层浓重的悲剧色彩。尤其有反讽意义的是他在日本全力议和，不料又挨了日本浪人小山六之介一枪。国运的衰落式微，使臣的年迈昏聩，又是在这样一个漫天风雪的暮冬，伴随着自然而然产生的割地赔款妥协退让，使这次屈辱的求和之旅显得多么凄怆，所谓的天朝大国显得多么衰弱，就像那冬末的残雪一样，大去之期不远矣！

# 第三章　中国现代文学

## 第一节　五四新文学

近现代中国围绕"武化"和"文化"两个方向、两条路径选择、取舍，做了种种尝试。近代以"武化"为主，并在整个世纪得到延续。进入现代，接受现代教育的知识分子成长起来，"文化"的力量大大加强。以五四运动为标志，"文化"逐渐取得了主导地位，社会日益分化成为"武化"与"文化"两个群体。受此影响，中国革命实际分成互相关联、互相支持的两个部分："文化革命"与"武装革命"。进步知识分子在五四运动中成长起来，这使得五四运动成为中国社会"武化"与"文化"的分水岭。此前，中国社会变革是不同的群体选择不同的道路，选择是单一、分离、各自孤立的。五四运动把不同的群体、道路，统一、连接起来，从各自分头奋进到相互融合共生，社会组织化程度进入一个新阶段。这个新阶段的文学被称之为五四新文学，而其主要主题是启蒙和救亡。

### 一、鲁迅小说

20 世纪初期，面对东西方文化、古今文化的激烈碰撞，在众声喧嚣之中，鲁迅却做出了与自己的阶级出身阵营截然相反的文化选择，即把文化批判的矛头直指中国传统文化。至1918年，中年鲁迅在开始现实题材小说创作时，不仅没有站在他中国传统文化出身的阵营中，反而自觉担当起了中国传统文化的掘墓人角色；不仅没有对曾经滋养他的中国传统文化有丝毫的溢美之词，反而把中国传统文化当作了他小说文化批判的终极标靶。可以说，鲁迅小说文化批判的目标指向就是中国传统文化。鲁迅现实题材小说集《呐喊》和《彷徨》最鲜明的思想文化特征就是对中国传统思想文化全面、彻底和激烈的批判，探讨的核心问题在于人与文化的关系。鲁迅小说中愚弱国民性和病态"文化人"的形象皆与中国腐朽的专制文化有着直接的关系。鲁迅小说高举思想文化启蒙的旗帜，对中国传统文化进行全面、彻底和激烈的批判，其所要达到的最终目的就是要通过文化改造，实现文化立人、文化强国的目标。

下面，笔者选取了《呐喊》中《故乡》的有关片段。

"哈！这模样了！胡子这么长了！"一种尖利的怪声突然大叫起来。

我吃了一吓，赶忙抬起头，却见一个凸颧骨，薄嘴唇，五十岁上下的女人站在我面前，两手搭在髀间，没有系裙，张着两脚，正像一个画图仪器里细脚伶仃的圆规。

我愕然了。

"不认识了么？我还抱过你咧！"

我愈加愕然了。幸而我的母亲也就进来，从旁说：

"他多年出门，统忘却了。你该记得罢，"便向着我说，"这是斜对门的杨二嫂，……开豆腐店的。"

哦，我记得了。我孩子时候，在斜对门的豆腐店里确乎终日坐着一个杨二嫂，人都叫伊"豆腐西施"。但是擦着白粉，颧骨没有这么高，嘴唇也没有这么薄，而且终日坐着，我也从没有见过这圆规式的姿势。那时人说：因为伊，这豆腐店的买卖非常好。但这大约因为年龄的关系，我却并未蒙着一毫感化，所以竟完全忘却了。然而圆规很不平，显出鄙夷的神色，仿佛嗤笑法国人不知道拿破仑，美国人不知道华盛顿似的，冷笑说：

"忘了？这真是贵人眼高……"

"那有这事……我……"我惶恐着，站起来说。

"那么，我对你说。迅哥儿，你阔了，搬动又笨重，你还要什么这些破烂木器，让我拿去罢。我们小户人家，用得着。"

"我并没有阔哩。我须卖了这些，再去……"

"阿呀呀，你放了道台了，还说不阔？你现在有三房姨太太；出门便是八抬的大轿，还说不阔？吓，什么都瞒不过我。"

我知道无话可说了，便闭了口，默默的站着。

"阿呀阿呀，真是愈有钱，便愈是一毫不肯放松，愈是一毫不肯放松，便愈有钱……"圆规一面愤愤的回转身，一面絮絮的说，慢慢向外走，顺便将我母亲的一副手套塞在裤腰里，出去了。

此后又有近处的本家和亲戚来访问我。我一面应酬，偷空便收拾些行李，这样的过了三四天。

一日是天气很冷的午后，我吃过午饭，坐着喝茶，觉得外面有人进来了，便回头去看。我看时，不由的非常出惊，慌忙站起身，迎着走去。

这来的便是闰土。虽然我一见便知道是闰土，但又不是我这记忆上的闰土了。他身材增加了一倍；先前的紫色的圆脸，已经变作灰黄，而且加上了很深的皱纹；眼睛也像他父亲一样，周围都肿得通红，这我知道，在海边种地的人，终日吹着海风，大抵是这样的。他头上是一顶破毡帽，身上只一件极薄的棉衣，浑身瑟索着；手里提着一个纸包和一支长烟管，那手也不是我所记得的红活圆实的手，却又粗又笨而且开裂，像是松树皮了。

我这时很兴奋，但不知道怎么说才好，只是说：

"阿！闰土哥，——你来了？……"

我接着便有许多话，想要连珠一般涌出：角鸡，跳鱼儿，贝壳，猹，……但又总觉得被什么挡着似的，单在脑里面回旋，吐不出口外去。

他站住了，脸上现出欢喜和凄凉的神情；动着嘴唇，却没有作声。他的态度终于恭敬起来了，分明的叫道：

"老爷！……"

我似乎打了一个寒噤；我就知道，我们之间已经隔了一层可悲的厚障壁了。我也说不出话。

他回过头去说，"水生，给老爷磕头。"便拖出躲在背后的孩子来，这正是一个廿年前的闰土，只是黄瘦些，颈子上没有银圈罢了。"这是第五个孩子，没有见过世面，躲躲闪闪……"

母亲和宏儿下楼来了，他们大约也听到了声音。

"老太太。信是早收到了。我实在喜欢的不得了，知道老爷回来……"闰土说。

"阿，你怎的这样客气起来。你们先前不是哥弟称呼么？还是照旧：迅哥儿。"母亲高兴的说。

"阿呀，老太太真是……这成什么规矩。那时是孩子，不懂事……"闰土说着，又叫水生上来打拱，那孩子却害羞，紧紧的只贴在他背后。

"他就是水生？第五个？都是生人，怕生也难怪的；还是宏儿和他去走走。"母亲说。

宏儿听得这话，便来招水生，水生却松松爽爽同他一路出去了。母亲叫闰土坐，他迟疑了一回，终于就了坐，将长烟管靠在桌旁，递过纸包来，说：

"冬天没有什么东西了。这一点干青豆倒是自家晒在那里的，请老爷……"

我问问他的景况。他只是摇头。

"非常难。第六个孩子也会帮忙了，却总是吃不够……又不太平……什么地方都要钱，没有定规……收成又坏。种出东西来，挑去卖，总要捐几回钱，折了本；不去卖，又只能烂掉……"

他只是摇头；脸上虽然刻着许多皱纹，却全然不动，仿佛石像一般。他大约只是觉得苦，却又形容不出，沉默了片时，便拿起烟管来默默的吸烟了。

《故乡》以鲁迅的心理时间重构异化了故事结构，人物内在的心灵漂泊达到了一条"离去—归来—离去"的人生循环的曲线，深远的意境溢满了对往日情谊逝去的叹息，对昔日好友蹉跎命运的无奈，更多的是充满了对生命变化的感悟和期望。在《故乡》中，鲁迅运用素描手法为读者描绘了一幅记忆中精神家园的美丽画卷，在如诗如画的景色中，孩童的纯真善良本性得到了充分彰显。鲁迅《故乡》的意义首先是在文学场中生成的。它是文学传统中的一个传承，这种传承最初的形式就是一种"乡思"的传递。"我"是一个阔别家乡20多年的郁郁不得志的小知识分子，"我"接受过新教育，渴望民主与自由，对故乡的沉闷有不满却无能为力，"我"代表的是"为了生活而辗转的人"，"我"念念不忘童年的玩伴——闰土，因为少年的闰土是那样的活泼可爱。那时的"我"也过着幸福的少爷的生活。"我"正沉浸在美好的往昔的回忆之中时，杨二嫂突然闯进了"我"的视野，这一突如其来，瞬间把"我"拉回到残酷的现实——眼前的"圆规"竟是从前的"豆腐西施"。这一今昔对比，仿佛就是现实对命运的嘲讽。在杨二嫂的"铁齿铜牙"下，"我"嘴笨无助，任凭这"圆规"施加"语言暴力"。这二人的隔膜是不言而喻的。当闰土不经意地来到"我"跟前，一声"老爷"就轻易地摧毁了"我们"之间的往昔情谊。至此，"我"关于故乡的美好记忆烟消云散了，"我"对这片乡土的最后牵念也没有了。如果说时光的流逝只是带走了"我"的过去，而中年闰土则粉碎了"我"过去的记忆，这份记忆随着闰土而暗淡了。

### 二、郭沫若的《女神》

郭沫若的《女神》仍以它独特的自然意象立于时代的前沿，获得了大量读者的喜爱。这不仅因为自然负载了时代精神并张扬了自我，更因为它暗合了千年来延续的"天人合一"在受众心中的积淀。1921年8月5日，郭沫若的第一部诗集《女神》由上海泰东书局出版发行。此书的出版不仅奠定了郭沫若在中国新诗史上的地位，而且奠定了整个中国现代新诗发展的基础。

《女神》中的"自然"蕴含了深刻的时代思想意义，体现着五四新文化运动时期狂飙突进的精神特征，而这正是对古代文学中自然远离时代的最有力的反驳，从而在自觉不自觉中化解了新文学一开始就与自然产生的断裂危机。如果说，在郭沫若的《女神》中，"自然"成为时代的载体，成为时代奏鸣曲的五线谱的话，那么人就是那跳动的音符，二者结合，才能奏响或悲壮、或优美的协奏曲。而在这一时代的浪潮中，人与自然并驾齐驱正是郭沫若"扭转"传统的策略之二。在传统"天人合一"观念中,人处于弱势的被动状态。而郭沫若使自我与自然处于同等的地位,在描写自然的同时,张扬自我,正暗合了五四新文学以"人的文学""个性解放"区别于旧文学的新文学的主张。

《女神》主要表现了抒情主人公"开辟鸿荒的大我"——五四时期觉醒的中华民族的自我形象。这是一个具有彻底破坏和大胆创新的新人,是一个把自己的本质神化、热烈地追求精神自由和个性解放的新生的巨人。其中主张着"无我的自然人格",自然就是"我","我"就是自然,自然的破坏与新生,就是"我"的蜕变与重生。凭借着这个"我",《女神》也弥合了现代与传统的断裂,使其因为有了传统的积淀,而有了自己的力度与高度,在仅有自我、缺少自然的同期新文学作品中,独树一帜。

下面,笔者选取相关的内容分析这首诗。


天 狗


我是一条天狗呀!

我把月来吞了,

我把日来吞了,

我把一切的星球来吞了,

我把全宇宙来吞了。

我便是我了!


我是月的光,

我是日的光，

我是一切星球的光，

我是 X 光线的光，

我是全宇宙的 Energy 的总量！


我飞奔，

我狂叫，

我燃烧。

我如烈火一样地燃烧！

我如大海一样地狂叫！

我如电气一样地飞跑！


我飞跑，

我飞跑，

我飞跑，

我剥我的皮，

我食我的肉，

我吸我的血，

我啮我的心肝，

我在我神经上飞跑，

我在我脊髓上飞跑，

我在我脑筋上飞跑。

我便是我呀！

我的我要爆了！

【赏析】

艺术上，诗作充分体现出郭沫若诗歌的浪漫主义风格特色。首先是比喻新颖生动。天狗本来只存在于民俗传说中，而诗人却将其拿来作为崇尚歌颂的偶像。诗中的天狗形象成为旧的时代、旧的传统、旧的世界的叛逆者的象征，成为吐故纳新、具有无限能量的个性解放与新的世界、新的社会、新的未来创造者的象征。这一比喻手法的运用既生动地表现了诗人张扬个性、追求解放的强烈愿望，又在诗歌意象上给人以耳目一新的感觉。此外，诗人将"我"比作是"X 光线的光""如电气一样地飞跑"等，也都十分新颖。其次是想象大胆奇特。天狗的形象在传说中带有很大模糊性，而在诗中则具化成为有着无限能量、充分得以解放了的个性"我"的形象。他一会儿把月来吞了、把日来吞了、把一切的星球来吞了，一会儿成为月的光、日的光、一切星球的光，一会儿又飞奔、狂叫、燃烧，而且在神经上飞跑、在脊髓上飞跑、在脑筋上飞跑，这都表现了诗人想象的大胆奇特。最后是感情奔放激越。诗中全篇都以"我"的口吻来写，诗人以天狗自喻，通过天狗气吞宇宙的非凡之势来抒发内心豪情。诗歌自始至终贯穿着强烈的感情，具有浓厚的主观色彩。

《天狗》讲究韵律和节奏感，诗作多采用简短的句式，并将其与叠句、排比等手法结合起来，造成一种强烈的旋律、急促有力的节奏和摧枯拉朽般逼人的气势。

### 三、闻一多、徐志摩代表的"新月诗派"

"新月诗派"在中国现代诗歌史上主张重新与中国古典诗歌传统的主

流取得联系与衔接，以促进新诗的规范化建设。这不仅对早期白话诗的弊病起到纠正作用，也对中国现代新诗的发展做出了重要贡献。"新月诗派"与中国古典诗歌传统取得衔接与沟通主要有两个方面的原因，即诗人自身的选择与外界环境的影响。"新月派"诗人大多接受过良好的传统私塾教育，自幼便熟读古典诗歌，而求学时又都有过相似的留学经历，在传统文化与西学文化的冲突下逐渐形成了自我的融合过程，从而选择以中国博大精深的传统文化为基础来创立自己的诗歌理论。此外，五四新文化运动之后，现代诗坛发展的偏颇与对中国古典诗歌传统的摒弃都为"新月诗派"选择与中国古典诗歌传统进行沟通和衔接提供了时代机遇。

在诗歌理论上，"新月派"诗人自觉与中国古典诗歌传统诗论取得沟通。他们从古典诗歌传统所提倡的"哀而不伤，乐而不淫"中提出了自己的新诗理论，即理智节制情感。在追求诗歌内在理论的建设之余，他们也注重诗歌外在形式的探索，积极从中国古典诗歌传统的形式美中提出了自己的诗歌体制建构，即"三美"理论，倡导诗歌要有音乐美、绘画美与建筑美。到了后期，"新月诗派"在前期诗歌理论的基础上，又一次从中国古典诗歌传统中寻求理论资源，倡导诗歌的隐晦与象征，这与中国古典诗论中所提倡的"兴"是有联系的。在诗歌的艺术特色上，"新月派"诗人注重从中国古典诗歌传统的美学追求中寻求新的艺术特征，从意象与意境、诗歌与音乐、诗歌与绘画等几个方面创造了独具特色的诗歌美学，不仅对古典诗歌的美学有所继承，同时又有自己的创造，创作了大量优秀的诗歌经典作品。主要的代表诗人是闻一多和徐志摩。

下面，笔者选取闻一多的《死水》和进行赏读。

死　水

闻一多

这是一沟绝望的死水，

清风吹不起半点漪沦。

不如多扔些破铜烂铁，

爽性泼你的剩菜残羹。


也许铜的要绿成翡翠，

铁罐上绣出几瓣桃花；

再让油腻织一层罗绮，

霉菌给他蒸出些云霞。


让死水酵成一沟绿酒，

飘满了珍珠似的白沫；

小珠笑一声变成大珠，

又被偷酒的花蚊咬破。


那么一沟绝望的死水，

也就夸得上几分鲜明。

如果青蛙耐不住寂寞，

又算死水叫出了歌声。

这是一沟绝望的死水，

这里断不是美的所在，

不如让给丑恶来开垦，

看他造出个什么世界。

【赏析】

饶孟侃回忆说："《死水》一诗，即君偶见西单二龙坑南端一臭水沟有感而作。"闻一多因臭水沟有感而发，由一潭死水联想到丑恶的社会现状，其内蕴十分明显。但是几十年来，人们对它却有多种诠释，这主要在于特殊意象的选取和以丑为美的表现手法。19世纪20年代黑暗的社会正是孕育苦闷、感伤的"温床"，闻一多目睹孱弱的国势、阴惨的人生，"挂在悬崖上的噩梦"使他发现浪漫主义乐观进取的梦粉碎了。哈代的批判现实主义悲观情调、波特莱尔"以丑为美"的艺术手法契合他的思想，于是他一面抨击现实的丑恶，一面沉重地传达内心的愤慨，这便是《死水》带有现代派意味的原因。闻一多曾说："我并非绅士派，'苍蝇似的思想，垃圾桶里爬'；我也有顾不到体面的时候，但碰到'梅毒''生殖器'一类的字句，我却不敢下手。"的确，丑陋、邪恶的艺术表现客体在闻一多那里从不是机械地、赤裸裸地表现，总是经过艺术的修饰与升华才进入审美境界。在《死水》中，闻一多施展了"艺术的神技"为丑恶穿上了美丽的外衣。破铜、烂铁、油腻、霉菌、死水这些极丑的物象却表现为美的极致——翡翠、桃花、罗绮、云霞、珍珠。正如被称为"锦绣的垃圾"的西班牙名画《国王的一家》，艳丽的色彩、豪华的服饰、奢侈的住房暴露出昏庸、腐朽的灵魂，闻一多的《死水》也当之无愧为"锦绣的死水"。正是这些怪异、奇特、违反常态的物象强烈地刺激了人们的感官,引起人们情感上尖锐的矛盾冲突,在震惊之余产生一种奇异的美感。"死水"象征"人生死水""社会死水""国家死水"的各种悲剧。"死水"意象是"黑色"意象中较全面也较有深度的一个层次,体现了诗人对国家、对人生的双重关怀。深沉的忧国疾世的情怀使得诗人"以清明的眼,对一切人生景物凝眸,不为爱欲所炫目,不为污秽所恶心,同时,也不为尘俗卑猥的一片生活厌烦而有所逃遁"。在诗人笔下,颓败的中国是一汪"死水",其中受污染的人的精神也是"死水",但他并未失掉信心。"这里断不是美的所在,不如让给丑恶来开垦",这正是绝望之于希望,死之于重生。"这不是'恶之花'的赞颂,而是索性让丑恶早些恶贯满盈,绝望里才有希望。"闻一多用"死水"给那个时代以诗的回应,同时为生命的本真言说。诗人从独立的人情人格出发,带着强烈的生命意识、忧患意识,循着心灵的路,踏入人性的最深处,去探寻那"人生的半面"。

下面,我们再来看徐志摩的一首诗。


### 再别康桥
#### 徐志摩


轻轻的我走了,正如我轻轻的来;

我轻轻的招手,作别西天的云彩。


那河畔的金柳,是夕阳中的新娘;

波光里的艳影,在我的心头荡漾。

软泥上的青荇,油油的在水底招摇;
在康河的柔波里,我甘心做一条水草!

那榆荫下的一潭,不是清泉,是天上虹;
揉碎在浮藻间,沉淀着彩虹似的梦。

寻梦? 撑一支长篙,向青草更青处漫溯;
满载一船星辉,在星辉斑斓里放歌。

但我不能放歌,悄悄是别离的笙箫;
夏虫也为我沉默,沉默是今晚的康桥!

悄悄的我走了,正如我悄悄的来;
我挥一挥衣袖,不带走一片云彩。

【赏析】

显然,《再别康桥》是徐志摩依循"三美"理论创作的。新诗的"三美"即音乐美、绘画美、建筑美。《再别康桥》实践"三美"原则可以说是达到炉火纯青的地步。建筑美在诗中有独特的体现。从视觉方面,它是要求节的匀称和句的匀称,创造出一种类似建筑物外形的美感。《再别康桥》基本上实践了这个要求,但又有所独创。这首诗共七节,每节四行,每行字数和音节虽不尽相等,但整首诗看起来工整而又摇曳多姿,极富音乐性,即音乐美。接着让读者可以看到徐志摩此诗的绘画美,它体现在《再别康桥》多种多样的意象组合里。《再别康桥》中大量特点鲜明、华美的意象和优美回味的辞藻,给读者广阔的想象空间,读上去朗朗上口。丰富的意象构成了一幅幅康桥作别图,读者的脑海里也会情不自禁地跟随着诗人一起,不断出现诗中的景物,一起跟旧地告别。当然,《再别康桥》的绘画美不仅仅体现在诗歌如画的景物构成中,还在于诗中动态的画面与静态的景致完美结合。"轻轻/悄悄的来""轻轻的招手""挥一挥衣袖""在我心头荡漾""在水底招摇""寻梦""撑一支长篙,向青草更青处漫溯""在星辉斑斓里放歌",这些诗句所描写的不是静态的画,而是动态的意境,表达诗人对康桥的眷恋、热爱、感激、赞美和依依不舍的感情。所谓"诗中有画",这里的画不是静态的而是动态的,体现出一种流动美。

### 四、朱自清的散文

朱自清是极少能够用白话文写出脍炙人口名篇的散文家,他的重要性被很多评论家所公认。朱自清擅长写一种漂亮精致的抒情散文,无论是朴素动人的《背影》,还是明净淡雅的《荷塘月色》,从中人们都可以感受到他的真挚和正直。朱自清散文的绘画美可以用两个词加以概括——漂亮、缜密。"漂亮"即语言及语言创造的意境美,"缜密"即结构上的严谨圆和,这主要得益于朱自清善于将文字作为画笔。作画讲究的莫过于设色与构图。设色至少包含两层含义:一为客观事物色彩;二为主观感情色彩。两者常常水乳交融,难以分辨,虽然殊途,却是同归的,最终都为所抒之情服务。朱自清善于安排文章的行文结构,一般来说,他都会设置一个文眼,使文章主题突出、线索明了,达致形散神聚的艺术效果。在段落布局中则依靠事物间的内在关联,使得过渡自然,如行云流水般地畅快,不着痕迹,这就是朱自清散文结构的独特之美。

## 背　影
### 朱自清

　　我与父亲不相见已二年余了,我最不能忘记的是他的背影。

　　那年冬天,祖母死了,父亲的差使也交卸了,正是祸不单行的日子。我从北京到徐州,打算跟着父亲奔丧回家。到徐州见着父亲,看见满院狼藉的东西,又想起祖母,不禁簌簌地流下眼泪。父亲说:"事已如此,不必难过,好在天无绝人之路!"

　　回家变卖典质,父亲还了亏空;又借钱办了丧事。这些日子,家中光景很是惨淡,一半为了丧事,一半为了父亲赋闲。丧事完毕,父亲要到南京谋事,我也要回北京念书,我们便同行。

　　到南京时,有朋友约去游逛,勾留了一日;第二日上午便须渡江到浦口,下午上车北去。父亲因为事忙,本已说定不送我,叫旅馆里一个熟识的茶房陪我同去。他再三嘱咐茶房,甚是仔细。但他终于不放心,怕茶房不妥帖;颇踌躇了一会。其实我那年已二十岁,北京已来往过两三次,是没有什么要紧的了。他踌躇了一会,终于决定还是自己送我去。我再三劝他不必去;他只说,"不要紧,他们去不好!"

　　我们过了江,进了车站。我买票,他忙着照看行李。行李太多了,得向脚夫行些小费才可过去。他便又忙着和他们讲价钱。我那时真是聪明过分,总觉他说话不大漂亮,非自己插嘴不可,但他终于讲定了价钱;就送我上车。他给我拣定了靠车门的一张椅子;我将他给我做的紫毛大衣铺好座位。他嘱我路上小心,夜里要警醒些,不要受凉。又嘱托茶房好好照应我。

我心里暗笑他的迂；他们只认得钱，托他们只是白托！而且我这样大年纪的人，难道还不能料理自己么？唉，我现在想想，那时真是太聪明了。

我说道："爸爸，你走吧。"他往车外看了看，说："我买几个橘子去。你就在此地，不要走动。"我看那边月台的栅栏外有几个卖东西的等着顾客。走到那边月台，须穿过铁道，须跳下去又爬上去。父亲是一个胖子，走过去自然要费事些。我本来要去的，他不肯，只好让他去。我看见他戴着黑布小帽，穿着黑布大马褂，深青布棉袍，蹒跚地走到铁道边，慢慢探身下去，尚不大难。可是他穿过铁道，要爬上那边月台，就不容易了。他用两手攀着上面，两脚再向上缩；他肥胖的身子向左微倾，显出努力的样子。这时我看见他的背影，我的泪很快地流下来了。我赶紧拭干了泪。怕他看见，也怕别人看见。我再向外看时，他已抱了朱红的橘子往回走了。过铁道时，他先将橘子散放在地上，自己慢慢爬下，再抱起橘子走。到这边时，我赶紧去搀他。他和我走到车上，将橘子一股脑儿放在我的皮大衣上。于是扑扑衣上的泥土，心里很轻松似的。过一会儿说："我走了，到那边来信！"我望着他走出去。他走了几步，回过头看见我，说："进去吧，里边没人。"等他的背影混入来来往往的人里，再找不着了，我便进来坐下，我的眼泪又来了。

近几年来，父亲和我都是东奔西走，家中光景是一日不如一日。他少年出外谋生，独力支持，做了许多大事。哪知老境却如此颓唐！他触目伤怀，自然情不能自已。情郁于中，自然要发之于外；家庭琐屑便往往触他之怒。他待我渐渐不同往日。但最近两年不见，他终于忘却我的不好，只是惦记着我，惦记着我的儿子。我北来后，他写了一信给我，信中说道："我身体平安，惟膀子疼痛厉害，举箸提笔，诸多不便，大约大去之期不远矣。"我读到此处，在晶莹的泪光中，又看见那肥胖的、青布棉袍黑布马褂的背影。

唉！我不知何时再能与他相见！

【赏析】

第一次背影是"我与父亲不相见已二年余了，我最不能忘记的是他的背影"。这个背影是这段记忆的开始，是表露真情的纽带，读者从作者的"背影"走进了这段真挚的感情故事。

第二次"背影"是父亲为"我"买橘子翻栏杆时而留下来的背影。那天，父亲不考虑自己年老的身躯，"蹒跚地走到铁道边，慢慢探身下去"，但是父亲很胖，所以父亲很吃力。这背影是一个简简单单的背影，可又不是一个简简单单的背影，这是一个老父亲拖着年迈的身躯翻栅栏为"我"买橘子的背影，是一个虽然弱小但是十分伟大的背影，是一个使"我"羞愧难当、为之心酸的背影。这个背影体现了"我"对父亲的真挚感情和父亲对"我"的疼爱之情。

第三次背影是"等他的背影混入来来往往的人里，再找不着了，我便进来坐下，我的眼泪又来了"。这个背影是父亲终于离开的背影，这个背影是"我"对父亲深深的心疼之情，是离别时的不舍之意。

第四次背影是"我读到此处，在晶莹的泪光中，又看见那肥胖的、青布棉袍黑布马褂的背影。唉！我不知何时再能与他相见！""我"突然情不能自已，在晶莹的泪光中，看到了父亲的背影，那个背负着各种责任的背影，那个背负着对"我"的深深爱意的背影。这个记忆中的背影，表现了作者对父亲的深深眷念之情。

## 第二节　左翼革命文学

现代文学的第二个阶段是国民党政权由建立到相对稳定，同时又危机四伏的历史时机，主要是 1928—1937 年。这个时期的文学主要呈现出多元共生的文学特点，但是以左翼革命文学为主。进入现代，文学由批判、破坏旧文学转向建设现代文学，由理论倡导转向创作实践。革命文学思潮以革除非人的文学、建设"人学"为目标。五四运动以后，迎来了中国革命形势的高涨和中国共产党的发展壮大，于是在这个时期出现了以革命文学论证和"左联"为核心的无产阶级文学思潮。与此同时，文艺思潮领域也呈现出十分活跃的状态，形成了马克思主义与自由主义两大文艺思想相对立的局面，主要是左翼作家和"新月派"的论争。这个时期主要的文学作品以中长篇小说为代表，内容一般反映时代的特点，表现人的生存困境。下面，笔者主要介绍几篇有代表性的文学作品，以期帮助读者进行有效的文本赏读。

### 一、茅盾的《子夜》

茅盾的《子夜》是 20 世纪 30 年代中国最杰出的都市小说，其大规模的都市生活描摹历来受到学界的肯定和赞誉。茅盾笔下的上海是一个丰富多彩的存在。

新文学革命之后的现代都市小说，似乎总是处在一个尴尬的、被批判的位置。在老舍笔下，都市就像一个恐怖的魔窟，不断蚕食着美好的人性。勤劳质朴的祥子在受尽剥削和凌辱后终于沉沦在行尸走肉的都市生活中;《月牙儿》中的母女二人也先后在城市中沦为娼妓。在呼唤"自然"和"淳朴人性"的沈从文眼中,都市同样是避之而不及的罪恶陷阱。在《八骏图》《绅士的太太》《有学问的人》等作品中,作家犀利地批判和讽刺了城市商人、资产阶级知识分子等都市人,都市的黑暗腐朽与《边城》式的清新淳朴形成了巨大的反差。可见,这些作家对现代都市持有的是一种鲜明的批判态度。

茅盾的《子夜》则是站在了这种心态的对立面。首先,《子夜》开篇的一段文字为:"暮霭挟着薄雾笼罩了外白渡桥的高耸的钢架,电车驶过时,这钢架下横空架挂的电车线时时爆发出几朵碧绿的火花。从桥上向东望,可以看见浦东的洋栈像巨大的怪兽,蹲在暝色中,闪着千百只小眼睛似的灯火。向西望,叫人猛一惊的,是高高地装在一所洋房顶上而且异常庞大的霓虹灯电管广告,射出火一样的赤光和青燐似的绿焰:Light,Heat,Power!"茅盾所歌颂的光和力,正是现代都市所独具的不同于古老中国闭塞乡村的景象。仅此一段描写,读者便可见茅盾与上述两位作家的不同。虽然在茅盾笔下,都市也有着残酷的阶级压迫和殖民统治,但对都市这一现代社会形式本身,茅盾是持肯定态度的。作家对声、光、电的歌颂和赞扬,也正是对现代化都市和国家的肯定与憧憬。茅盾对都市的赞颂当然不仅限于上述直接的歌颂,从《子夜》中的主要人物吴荪甫身上,人们同样可以发现茅盾对现代都市的赞扬。身为资本家的吴荪甫身上拥有着许多优点:敬业、认真、果敢、铁的手腕和魄力。这些都是茅盾赋予吴荪甫的人格特质,这明显区别于以往众多现代作家对资本家形象的贬斥化处理。茅盾对吴荪甫实业救国的肯定也正是他对中国现代都市能够逐步发展壮大的热切期望。由此看来,茅盾对都市的总体态度是肯定和称颂的。

下面是《子夜》中的相关片段。

太阳刚刚下了地平线。软风一阵一阵地吹上人面，怪痒痒的。苏州河的浊水幻成了金绿色，轻轻地，悄悄地，向西流去。黄浦的夕潮不知怎的已经涨上了，现在沿这苏州河两岸的各色船只都浮得高高地，舱面比码头还高了约莫半尺。风吹来外滩公园里的音乐，却只有那炒豆似的铜鼓声最分明，也最叫人兴奋。暮霭挟着薄雾笼罩了外白渡桥的高耸的钢架，电车驶过时，这钢架下横空架挂的电车线时时爆发出几朵碧绿的火花。从桥上向东望，可以看见浦东的洋栈像巨大的怪兽，蹲在暝色中，闪着千百只小眼睛似的灯火。向西望，叫人猛一惊的，是高高地装在一所洋房顶上而且异常庞大的霓虹电管广告，射出火一样的赤光和青燐似的绿焰：Light，Heat，Power！

这时候——这天堂般五月的傍晚，有三辆一九三○年式的雪铁龙汽车像闪电一般驶过了外白渡桥，向西转弯，一直沿北苏州路去了。

过了北河南路口的上海总商会以西的一段，俗名唤作"铁马路"，是行驶内河的小火轮的汇集处。那三辆汽车到这里就减低了速率。第一辆车的汽车夫轻声地对坐在他旁边的穿一身黑拷绸衣裤的彪形大汉说：

"老关！是戴生昌罢？"

"可不是！怎么你倒忘了？您准是给那只烂污货迷昏了啦！"

老关也是轻声说，露出一口好像连铁梗都咬得断似的大牙齿。他是保镖的。此时汽车戛然而止，老关忙即跳下车去，摸摸腰间的勃朗宁，又向四下里瞥了一眼，就过去开了车门，威风凛凛地站在旁边。车厢里先探出一个头来，紫酱色的一张方脸，浓眉毛，圆眼睛，脸上有许多小疤。看见迎面那所小洋房的大门上正有"戴生昌轮船局"六个大字，这人也就跳下车来，一直走进去。老关紧跟在后面。

"云飞轮船快到了么？"

紫酱脸的人傲然问，声音宏亮而清晰。他大概有四十岁了，身材魁梧，举止威严，一望而知是颐指气使惯了的"大亨"。他的话还没完，坐在那里的轮船局办事员霍地一齐站了起来，内中有一个瘦长子堆起满脸的笑容抢上一步，恭恭敬敬回答：

"快了，快了！三老爷，请坐一会儿罢。——倒茶来。"

瘦长子一面说，一面就拉过一把椅子来放在三老爷的背后。三老爷脸上的肌肉一动，似乎是微笑，对那个瘦长子瞥了一眼，就望着门外。这时三老爷的车子已经开过去了，第二辆汽车补了缺，从车厢里下来一男一女，也进来了。男的是五短身材，微胖，满面和气的一张白脸。女的却高得多，也是方脸，和三老爷有几分相像，但颇白嫩光泽。两个都是四十开外的年纪了，但女的因为装饰入时，看来至多不过三十左右。男的先开口：

"荪甫，就在这里等候么？"

紫酱色脸的荪甫还没回答，轮船局的那个瘦长子早又陪笑说：

"不错，不错，姑老爷。已经听得拉过回声。我派了人在那里看着，专等船靠了码头，就进来报告。顶多再等五分钟，五分钟！"

"呀，福生，你还在这里么？好！做生意要有长性。老太爷向来就说你肯学好。你有几年不见老太爷罢？"

"上月回乡去，还到老太爷那里请安。——姑太太请坐罢。"

叫做福生的那个瘦长男子听得姑太太称赞他，快活得什么似的，一面急口回答，一面转身又拖了两把椅子来放在姑老爷和姑太太的背后，又是献茶，又是敬烟。他是荪甫三老爷家里一个老仆的儿子，从小就伶俐，所以苏甫的父亲——吴老太爷特嘱苏甫安插他到这戴生昌轮船局。但是苏甫他们三位且不先坐下，眼睛都看着门外。门口马路上也有一个彪形大汉站着，背向着门，不住地左顾右盼；这是姑老爷杜竹斋随身带的保镖。

在这段文字描写中，读者看到了现代都市所具有的景色，还看到了吴苏甫这个人物的形象。通过"紫酱脸的人傲然问，声音宏亮而清晰。他大概有四十岁了，身材魁梧，举止威严，一望而知是颐指气使惯了的'大亨'"这段文字，读者可以看到吴苏甫雷厉风行的性格特点。同时，通过文字人们还看到了他们的生活画面，展现了资本家的生活状况。

## 二、老舍的《骆驼祥子》

《骆驼祥子》作为老舍先生的经典作品，其主题具有多义性。老舍在谈《骆驼祥子》的创作时，这样说道："便造成了心理生活的失望、追求、挣扎、失败、堕落的全部悲剧心理历程，要由车夫的内心状态观察到地狱竟是什么样子。"作者清楚地阐述交代了《骆驼祥子》一文的创作动机，因此，"表现旧社会的阴森可怖，揭露和控诉旧制度罪恶"这一主题成为大多数人的共识。还有相当一部分的读者联系了中国20世纪20至30年代的时代背景，提出了文明进步带来的负面作用。他们认为小说的主题是从精神层面上来揭示资本主义的金钱法则、享乐主义对传统美德和乡村文化的腐蚀力量。祥子的命运，为车夫这一群体所认同。无论他怎样进行个人的奋斗，都逃不过命运的悲剧。各种各样的洋车夫过的都是悲惨的生活，就从侧面补充说明了祥子的命运是不公平的，也是社会中穷苦人无法摆脱的共同命运，因此相当一部分读者认为小说的主题是揭示生存的困境与命运的安排。这些解读更加强调从人文、哲学的角度来解读。在《骆驼祥子》中，作者除了塑造了祥子这样一个普通车夫的形象，同时塑造了其他一系列个性鲜明的人物如虎妞、小福子、刘四、曹先生、高妈、老马、小马。在众多的人物形象阅读研究中,祥子和虎妞是最为突出的两个人物形象。

小说的一开始,展现在大家面前的祥子充满青春活力、富有进取精神、有生气、十分体面与要强。他有着勤劳、朴实、善良、忠厚、不服输、积极进取、充满责任心的性格。然而,残酷的社会现实、生活的屡次波折和打击,逐渐毁灭、侵吞了他的希望,美好的性格也失去了坚持下去的动力和方向,最终他蜕变成一个堕落、自私、懒惰、贪婪、麻木不仁、没有灵魂的行尸走肉。在这部作品里,老舍以其独特的视角,着力挖掘致使祥子性格蜕变的悲剧性因素。祥子性格的最终蜕变有力地揭露和批评了当时整个社会的病态。透过老舍的这部经典之作,人们对人性有了更深一步的思考。因此,不少研究者从剖析祥子的生活轨迹和心理变化着手,对祥子的人物形象做简要探悉,并由此引申到祥子悲剧产生的个人因素和社会根源。

除了书中的人物特点,书中的艺术特点也是十分有特色的。老舍是著名的语言艺术大师,他的一生都致力于描绘北京市民生活世界,表现下层百姓的日常生活和精神状态。现在大多数的研究都认可老舍小说的典型风格:擅长民间叙事,具有浓郁的京味风格,追求亲切幽默的艺术风格,语言俗白、生动,结构匀称、严谨。同时他的作品善于运用比喻,他所运用的比喻手法传神,感情色彩鲜明,富有哲理意味。例如下面的一些精彩的语句。

"四外什么也看不见,就好像全世界的黑暗都在等着他似的,由黑暗中迈步,再走入黑暗中;身后跟着那不声不响的骆驼。"

从"由黑暗中迈步,再走入黑暗中"中可以看出他在走,在挣扎,在对黑暗的社会进行反抗;但是由于意志是盲目的,所有挣扎注定是没有结果,最终还是回归于"无",也就是"再走入黑暗中"。

"其实雨并不公道,因为下落在一个没有公道的世界上。"

一方面可以从音律节奏上赏析,另一方面将没有情感的雨跟世界联系起来,突出了社会的黑暗和祥子对当时社会的不满。

他们的车破,又不敢"拉晚儿",所以只能早早的出车,希望能从清晨转到午后三四点钟,拉出"车份儿"和自己的嚼谷。他们的车破,跑得慢,所以得多走路,少要钱。到瓜市,果市,菜市,去拉货物,都是他们;钱少,可是无须快跑呢。

描述车夫的坎坷和悲惨生活,深刻地揭露了当时社会的黑暗。

他不甚注意他的模样,他爱自己的脸正如同他爱自己的身体,都那么结实硬棒;他把脸仿佛算在四肢之内,只要硬棒就好。是的,到城里以后,他还能头朝下,倒着立半天。这样立着,他觉得,他就很像一棵树,上下没有一个地方不挺脱的。他确乎有点像一棵树,坚壮,沉默,而又有生气。

运用比喻的修辞手法形象生动地写出了祥子的坚定性格与锲而不舍的精神。

### 三、巴金的《家》

《家》是激流三部曲之一,是一部反映大家族衰落历史的作品,体现了作者对于社会问题的深入思索,在一定程度上可以说是对于民族命运的一种预演。忧国忧民的意识激发了五四知识分子救国救民的历史使命感和社会责任感。民族危亡时刻,爱国主义情感在作家的心中升华,拯救民族危亡成了当时作家们的主题。

五四运动是一次伟大的思想解放运动,它从反对帝国主义开始,突出的功绩却反映在文化上。接受了五四运动新思想洗礼的知识分子更加看清楚了封建专制制度的专横腐败和必然没落的命运,看清了"封建道德、封建礼教吃人"的本质。于是,反封建专制成了知识分子向几千年来神圣不可侵犯的孔教宣战的不竭动力。巴金的《家》既代表着中国古老的话题——家,也象征着面临近代文化重大转型期的家的新挑战。古老的家在近代将如何变化,古老的家族在新的形势下如何转型,古老的家族制度在新的文化冲击下又是如何演变,所有这些都是巴金这位伟大的艺术家在《家》这部作品中一直关注的文化问题。《家》是以爱情故事为主线,主要写了觉慧和鸣凤之间,觉新和钱梅芬、李瑞珏之间,觉民和琴之间爱情上的不同遭遇,以及他们所选择的不同生活道路。

下面是《鸣凤之死》的有关内容,从中可以看出那个时代的社会悲剧。

忽然她又站住了。她想她不能够就这样地死去,她至少应该再见他一面,把自己的心事告诉他,他也许还有挽救的办法。她觉得他的接吻还在她的唇上燃烧,他的面颜还在她的眼前荡漾。她太爱他了,她不能够失掉他。在生活中她所得到的就只有他的爱。难道这一点她也没有权利享受?为什么所有的人都还活着,她在这样轻的年纪就应该离开这个世界?这些问题一个一个在她的脑子里盘旋。同时在她的眼前又模糊地现出了一幅乐园的图画,许多跟她同年纪的有钱人家的少女在那里嬉戏、笑谈、享乐。她知道这不是幻象,在那个无穷大的世界中到处都有这样的幸福的女子,到处都有这样的乐园,然而现在她却不得不在这里断送她的年轻的生命。就在这个时候也没有一个人为她流一滴同情的眼泪,或者给她送来一两句安慰的话。她死了,对这个世界,对这个公馆并不是什么损失,人们很快地就忘记了她,好像她不曾存在过一般。"我的生存就是这样地孤寂吗?"她想着,她的心里充满着无处倾诉的哀怨。泪珠又一次迷糊了她的眼睛。她觉得自己没有力量支持了,便坐下去,坐在地上。耳边仿佛有人接连地叫"鸣凤",她知道这是他的声音,便止了泪注意地听。周围是那样地静寂,一切人间的声音都死灭了。她静静地倾听着,她希望再听见同样的叫声,可是许久,许久,都没有一点儿动静。她完全明白了。他是不能够到她这里来的。永远有一堵墙隔开他们两个人。他是属于另一个环境的。他有他的前途,他有他的事业。她不能够拉住他,她不能够妨碍他,她不能够把他永远拉在她的身边。她应该放弃他。他的存在比她的更重要。她不能让他牺牲他的一切来救她。她应该去了,在他的生活里她应该永久地去了。她这样想着,就定下了最后的决心。她又感到一阵心痛。她紧紧地按住了胸膛。她依旧坐在那里,她用留恋的眼光看着黑暗中的一切。她还在想。她所想的只是他一个人。她想着,脸上时时浮出凄凉的微笑,但是眼睛里还有泪珠。

最后她懒洋洋地站起来,用极其温柔而凄楚的声音叫了两声:"三少爷,觉慧。"便纵身往湖里一跳。

平静的水面被扰乱了,湖里起了大的响声,荡漾在静夜的空气中许久不散。接着水面上又发出了两三声哀叫,这叫声虽然很低,但是它的凄惨的余音已经渗透了整个黑夜。不久,水面在经过剧烈的骚动之后又恢复了平静。只是空气里还弥漫着哀叫的余音,好像整个的花园都在低声哭了。

在这段文字中,读者看到了爱情的悲剧,这个悲剧是由封建家族造成的。鸣凤是这个封建家族的婢女。自她被卖进高家,她的命运就是注定了的。在这个家庭贡献自己的童年与少年,干各种作为一个丫鬟必须干的活,被奴役被责罚被打骂都不能有半分怨言。因为这便是千百年来奴仆的命运。鸣凤是这个封建家族最底层的一员,她的生命和生活都被这个封建堡垒所控制,她的婚姻、她的命运都由不得自己的意愿。小人物鸣凤是在怎样一个场合被冯老太爷看中?高老太爷是怎样应允把鸣凤给他做妾?人们不得而知。人们唯一可知的是,在小说中鸣凤第四次正式出场时,她的命运已经被决定了,而且做决定的还是这个封建家庭的最高家长——高老太爷。她无法反抗,无从反抗。当可怜的鸣凤抱着残存的希望哭着求太太给自己说情时,人们看到太太的母性被触动,万分同情鸣凤,但还是说:"这是老太爷答应了的。他说怎么办就要怎么办,我做媳妇的怎敢违抗?"可见封建家长的绝对权威与封建家庭内部的腐朽统治。最终,鸣凤还是要嫁到冯家去,接受她被蹂躏、被摧残的命运。

### 四、曹禺的《雷雨》

《雷雨》是一部有着丰富文学价值的文学作品。它是如此精彩,让观众和读者为之惊叹与唏嘘。曹禺在23岁的年纪创作出了他最杰出的作品,然而,由于初出茅庐,再加上作品中蕴含的禁忌话题,《雷雨》并没能一夜成名,它的广为人知经历了漫长的由沉寂到轰动的过程。它是新颖的、复杂的且说不尽的,它还是中国现代文学丰富矿藏中闪耀着独特光芒的明珠,有着深刻且独创的精神内涵与审美价值。曹禺自己也说《雷雨》的结构"有些太像戏了",技巧上也"用得过分",是一部"说不清楚"的作品。主题解说多元,结构严谨,冲突精彩,人物形象复杂深刻,语言巧妙生动,无不体现了《雷雨》丰富的文学价值。《雷雨》的艺术特色可以概述如下:郁热与压迫的情境、欲望与挣扎的人性、憧憬与幻灭的命运、无奈与困顿的悲悯、优美与浓郁的诗意。

郁热与压迫是《雷雨》的情境之美。在"三一律"打造的完美戏剧结构下,隐约透着作者刻意营造的郁热的场景,从而形成了一个闭塞封锁的世界。在如同谜一样密不透风的戏剧氛围中，周家像一个永不见天日的深井。曹禺也说："在《雷雨》里，宇宙正像一口残酷的井，落在里面，怎样呼号也难逃脱这黑暗的坑。"高墙大院之内，监狱一般的周公馆，隐藏着阶级关系与血缘关系的错位。在郁热氛围的压迫下，预示着抗争的结局只能是毁灭。欲望与挣扎，是《雷雨》中人物的生存方式。欲望是对于生命、对于活着的状态的一切幻想。当人无法得到获得这种欲望的满足感的时候，他激烈挣扎，痛苦不安。正面的反抗是挣扎，甚至逃避也是一种挣扎。《雷雨》塑造了在克制与欲望、是与非之间艰难徘徊的人们，直露人性的最底层。一颗颗躁动不安的灵魂，昭示着一种不可扼制、不可控制的欲望的力量。最能代表这种欲望和挣扎的人物是周繁漪，她有着最"雷雨"的性格，充溢着极端的爱和极端的恨。在她出场的描写中人们就能找到显露她极端性格的蛛丝马迹："她会爱你如一只饿了三天的狗咬着它最喜欢的骨头，她恨起你来也会像只恶狗狺狺地，不，多不声不响地狠狠地吃了你的。"她是反抗、叛逆、报复的女性的代表，有着极端的性格，而致使性格分裂，在这样的欲望中挣扎的人是极端痛苦的。最应该受到谴责与惩罚的始作俑者是周朴园，由于他犯下无法克制的错误，导致恶因种下恶果，让读者看到了人性最深层的真实，纠缠不休的命运始终没有放过他。他的欲望是最大最显著的。爱上侍萍、生下两个儿子是纯真情爱的欲望，为发家致富致死诸多矿工是贪婪精明的资本家欲望，通过压抑家人个性而获得权威的封建大家长性格是父权的欲望。当这些欲望都得到满足后，挣扎就会随之而来。

憧憬与幻灭，是命运的轮回，也是《雷雨》作品中表达的命运观。曹禺在创作之初受到了原始情绪、神秘色彩的吸引，这样一种原始的情绪、神秘的色彩，常常被广泛运用于《雷雨》的解读。不得不承认，《雷雨》中的每个人似乎都立在命运的风口浪尖，在憧憬与幻灭的轮回中接受拷打。剧情在一开始便似乎注定了什么，往往让人看得到开头却猜不到结尾。曹禺在写作中也加入了自己对此神秘力量的思索和对命运偶然性的疑惑。《雷雨》通过对人性真切直白的关怀，拷问人性底层的罪与恶，以一种悲悯的眼光看待命运悲剧的残忍与冷酷，以及人对生的欲望、对困境的无奈、对人生的困顿。曹禺用他全部的身体和心灵去体验人类生存窘迫和价值毁灭时所带来的剧痛，通过叙述那个时代典型的周鲁两家的恩怨情仇，深刻地描绘了人们在当时社会中的生存困境和命运悲剧，体现出曹禺对人类苦难的深深的悲悯情怀。结合曹禺苦闷的童年经历，在静得像座坟墓的家庭里成长起来的曹禺，更能体会这份生存困境，也只有曹禺才能写出如此精彩的人的悲剧。

在《雷雨》中，不同人物的语言具有不同的鲜明特色，每个人都以自己特殊的方式来说话，反映出一个人特殊的生活经验、积累的教养和特定情境下的心理状态。例如，周朴园简短、盛气凌人的语气，契合他一家之长的权威；鲁侍萍时而缓和、时而冲动的语调，体现一个饱受生活风霜摧残的中国妇女的无奈；鲁大海直截了当的语言，展现他冲动易怒的耿直个性。《雷雨》中也有很多处富有创意、凝练含蓄、意蕴深远的潜台词。这些潜台词意中有意、弦外有音，给读者和观众留下了一定的阐释和延伸的空间，留有咀嚼和回味的绵长余韵。

### 五、沈从文的《边城》

很多文学史及学者在提及沈从文的《边城》时，都用"牧歌"作为评价。这一评价始于1934年的文章《读〈边城〉》，作者称《边城》里充满了"牧歌情调"。牧歌起初是西方的一个文学品种，指的是那些歌咏家园、哀悼死

中国文学赏读

亡、表现牧羊人村野生活的诗歌作品。后来几经演化,体裁由诗歌延伸到了小说、戏剧,泛指那些美化乡村生活,以命运和死亡、爱情和理想为主题的作品。牧歌的实质是通过对比复杂败坏的城市生活来表现自然纯朴的乡村生活。许多牧歌虽然在描述上与实际的城市、乡村生活大相径庭,但其二元对立的模式表达了人们对自然、乡村以及单纯朴质生活的回归向往。《边城》通过牧歌情调和对理想湘西的塑造,其最终指向还是为了塑造"民族品格",重塑"中国形象"。所谓民族品格,在小说中,即茶峒人身上正直朴素的人情美。与都市人们充盈着的民族"劣根性"相比,他们还保有着民族的"优根性",连娼妓都那么淳厚。最能代表湘西人性美的就是老船夫了,他的身上既有苗族几千年来的传统价值观念和美德,也有着苗族文化观照下的自闭落后。作为一个典型的乡下人,老船夫虽然沉默孤独、不善言辞,但是忠于职守、任劳任怨,不仅安于贫穷、清白高洁,而且古道热肠、乐善好施、善良慈爱、成人之美,即便是遭受了许多苦难,也仍然乐天安命、坚定顽强。他身上这些"去功利化"和"无己"的特质,在被现代文明侵蚀、唯利是图、庸俗的都市上流社会和当下湘西现实生活中尤为可贵。与翠翠健康优美的人生形式一起,一老一少,一个代表民族的过去伟大,一个代表民族的未来希望,共同构筑了《边城》理想中的乐土家园,也形成了作品整体的牧歌风格。作为《边城》之魂,翠翠的身上倾注了作者"爱"和"美"的理想。她是沈从文理想湘西的精神象征,是桃源世界的构成要素,她的身上寄予了沈从文向往的价值理想。翠翠形象的多层次性在于翠翠是湘西的青山秀水孕育的"自然人",象征着人与自然的契合,寄寓着作者理想中的人生形式。

下面,笔者选取一些精彩片段,让我们一起来感受文章中翠翠的人物形象和文章语言的诗化。

小溪流下去,绕山岨流,约三里便汇入茶峒的大河。人若过溪越小山走去,则只一里路就到了茶峒城边。溪流如弓背,山路如弓弦,故远近有了小小差异。小溪宽约二十丈,河床为大片石头作成。静静的水即或深到一篙不能落底,却依然清澈透明,河中游鱼来去皆可以计数。

还是两年前的事。五月端阳,渡船头祖父找人作了代替,便带了黄狗同翠翠进城,过大河边去看划船。河边站满了人,四只朱色长船在潭中滑着,龙船水刚刚涨过,河中水皆豆绿,天气又那么明朗,鼓声蓬蓬响着,翠翠抿着嘴一句话不说,心中充满了不可言说的快乐。河边人太多了一点,各人皆尽张着眼睛望河中,不多久,黄狗还在身边,祖父却挤得不见了。

翠翠一天比一天大了,无意中提到什么时会红脸了。时间在成长她,似乎正催促她,使她在另外一件事情上负点儿责。她欢喜看扑粉满脸的新嫁娘,欢喜说到关于新嫁娘的故事,欢喜把野花戴到头上去,还欢喜听人唱歌。茶峒人的歌声,缠绵处她已领略得出。她有时仿佛孤独了一点,爱坐在岩石上去,向天空一起云一颗星凝眸。祖父若问:"翠翠,想什么?"她便带着点儿害羞情绪,轻轻地说:"在看水鸭子打架!"

天气渐渐地越来越热了。近六月时,天气热了些,老船夫把一个满是灰尘的黑陶缸子从屋角隅里搬出,自己还匀出闲工夫,拼了几方木板做成一个圆盖。又锯木头做成一个三脚架子,且削刮了个大竹筒,用葛藤系定,放在缸边作为舀茶的家具。

黄昏照样的温柔,美丽,平静。但一个人若体念或追究到这个当前一切时,也就照样的在这黄昏中会有点儿薄薄的凄凉。于是,这日子成为痛苦的东西了。翠翠觉得好像缺少了什么。好像眼见到这个日子过去了,想在一件新的人事上攀住它,但不成。好像生活太平凡了,忍受不住。

月光如银子,无处不可照及,山上篁竹在月光下皆成为黑色。身边草丛中虫声繁密如落雨。间或不知道从什么地方,忽然会有一只草莺"落落落落嘘"啭着它的喉咙,不久之间,这小鸟儿又好像明白这是半夜,不应当那么吵闹,便仍然闭着那小小眼儿安睡了。

夜间果然落了大雨,夹以吓人的雷声。电光从屋脊上掠过时,接着就是訇的一个炸电。翠翠在暗中抖着。祖父也醒了,知道她害怕,且担心她着凉,还起身来把一条布单搭到她身上去。祖父说:"翠翠,不要怕!"

一群过渡人来了,有担子,有送公事跑差模样的人物,另外还有母女二人。母亲穿了新浆洗得硬朗的蓝布衣服,女孩子脸上涂着两饼红色,穿了不甚称身的新衣,上城到亲戚家中去拜节看龙船的。等待众人上船稳定后,翠翠一面望着那小女孩,一面把船拉过溪去。那小孩从翠翠估来年纪也将十三四岁了,神气却很娇,似乎从不曾离开过母亲。脚下穿的是一双尖尖头新油过的皮钉鞋,上面玷污了些黄泥。裤子是那种泛紫的葱绿布做的,滚了一道花边。见翠翠尽是望她,她也便看着翠翠,眼睛光光的如同两粒水晶球。神气中有点害羞,有点不自在,同时也有点不可言说的爱娇。

雨后放晴的天气,日头炙到人肩上背上已有了点儿力量。溪边芦苇水杨柳,菜园中菜蔬,莫不繁荣滋茂,带着一分有野性的生气。草丛里绿色蚱蜢各处飞着,翅膀搏动空气时嗡嗡做声。枝头新蝉声音虽不成腔,却已渐渐洪大。两山深翠逼人的竹篁中,有黄鸟与竹雀、杜鹃交递鸣叫……

黄昏来时翠翠坐在家中屋后白塔下,看天空为夕阳烘成桃花色的薄云。十四中寨逢场,城中生意人过中寨收买山货的很多,过渡人也特别多,祖父在渡船上,忙个不息。天快夜了,别的雀子似乎都休息了,只杜鹃叫个不息。石头泥土为白日晒了一整天,草木为白日晒了一整天,到这时节皆放散出一种热气。空气中有泥土气味,有草木气味,还有各种甲虫类气味。翠翠看着天上的红云,听着渡口飘来乡下生意人的杂乱声音,心中有些儿薄薄的凄凉。

月光极其柔和,溪面浮着一层薄薄白雾,这时节对溪若有人唱歌,隔溪应和,实在太美丽了。翠翠还记着先前祖父说的笑话。耳朵又不聋,祖父的话说得极分明,一个兄弟走马路,唱歌来打发这样的晚上,算是怎么回事?她似乎为了等着这样的歌声,沉默了许久。

日子平平的过了一个月,一切人心上的病痛,似乎皆在那份长长的白日下医治好了。天气特别热,各人只忙着流汗,用凉水淘江米酒吃,不用什么心事,心事在人生活中,也就留不住了。翠翠每天到白塔下背太阳的一面去午睡,高处既极凉快,两山竹篁里叫得使人发松的竹雀和其他鸟类又如此之多,致使她在睡梦里尽为山鸟歌声所浮着,做的梦也便常是顶荒唐的梦。

从这些文字中,人们看到了一个小城的美好、人性的和美,体会到了诗化的语言的优美,以及翠翠这个处在少女阶段特有的心思和形象。在这样的语言和人物的形象中,人们可以感受到一种理想化的东西,这种理想化的世界应该就如文中的城、文中的人、文中的语言,似乎就是陶渊明的桃花源,目光不得不为之停留。

# 第三节 抗战文学

抗战时期的文学主要是指抗日战争时期的文学,从 1937 年卢沟桥事变到 1949 年中华人民共和国成立。12 年的战争使中国处于一个十分动荡的时期,从而要求文学承担起民族救亡的使命。战争时期特殊的文化氛围直接导致了特殊的思维方式和审美心态,从而影响到这个时期作家的写作心理、姿态以及题材和风格,形成了新的文学风貌。根据全国划分的政治区域,可以把文学创作分为国统区(国民党统治的地区)、解放区(共产党领导的抗日敌后根据地)、沦陷区(日本侵略军占领的地区)以及上海"孤岛"(1937 年 11 月日军占领上海后,租界处于被包围的特殊地区之中,直到 1941 年 12 月珍珠港事件发生,日军进入租界为止)。每个地区的文学创作风貌各异,但是爱国主义是其共同的主题。

## 一、赵树理的《小二黑结婚》

赵树理初登文坛便以这篇婚姻问题小说引起注意,这除了归功于作品的鲜明风格和独特的语言艺术外,对爱情这一传统主题的重新审视也起到了关键性的作用。在赵树理深思熟虑的探索下,《小二黑结婚》这篇表现一双青年男女争取婚姻自由跟封建意识残余和恶霸势力斗争的小说在我国文学史上写下了浓墨重彩的一笔。它以新的题材、新的人物和新的民族形式使得在过去文学史上没有得到最充分、最深刻表现的爱情主题得到了进一步的阐释。这实质上是一个具有历史意义的改变。长期以来,由于旧制度和封建思想的深刻影响, 中国文学史上以婚姻爱情为主题的小说在反映青年男女为争取爱情做斗争时,结局往往是很悲惨的,不外乎三种情况:第一种,不是死亡,便是遁入空门;第二种,在梦幻中团圆,要不就茫茫然双双出走;第三种,在苟且地满足爱情的要求下与封建势力相妥协。这三种结局的最终结果都是真正的爱情得到毁灭。但在《小二黑结婚》中,主人公则获得了全面、彻底的胜利。赵树理将小二黑和小芹争取婚姻自由这一主题提高到对封建制度和封建意识的根本否定上,从而得到了完全崭新的表现。因此,作品的主题不仅是爱情的颂歌,也是对新的社会形态、对共产党和人民政府的歌颂。

《小二黑结婚》能够在很短时间内广泛流传并且能够直接融入广大普通农民的文化生活,这在很大程度上归功于赵树理在小说中塑造了几个经典而传神的农民形象:勇敢正直的小二黑、坚强不屈的小芹、顽固迷信的二诸葛和装神弄鬼的三仙姑。赵树理是以真人真事为模特儿创作的,再加上他擅长的大众语言和幽默笔调,使得这几个人物活灵活现,在群众中极受欢迎。《小二黑结婚》的深远意义绝不只是它反映了农民在婚姻问题上表现出来的反封建斗争性,更重要的是它塑造了在新的社会环境下成长起来的新的人物。

《小二黑结婚》塑造了两个敢于向封建势力做斗争、勇于争取婚姻自由的新人——小二黑和小芹。在新的社会环境里,小二黑和小芹已经完全成长为新时代的青年,他们对新事物的理解让他们对父辈们身上具有的根深蒂固的旧意识和旧习惯产生了怀疑和排斥。"小二黑从小就聪明,像那些算属相、卜六壬课、念大小流年或'甲子乙丑海中金'等口诀,不几天就都弄熟了",但他并不相信"他爹的鬼八卦",更不拿它去卖弄。小芹也以母亲三仙姑"米烂了"的故事为不光彩。不仅如此,在新时代的影响下,他们还坚决反对父辈给他们安排的生活道路，勇敢地同旧思想做激烈的斗争。二诸葛给小二黑弄了个童养媳，小二黑说："你愿意养你就养着，反正我不要"；三仙姑给小芹找了个退职军官做丈夫，小芹说："我不管，谁收了人家的东西谁跟人家去"。一个态度坚决，一个个性倔强，更为重要的是，他们成了新政权和新政策的拥护者。对于民主政府制定的关于婚姻自由的新法令，他们坚决执行；对于金旺兄弟的无理阻挠，他们毫不犹豫地进行斗争。即使在最困难的情况下，他们也不悲观、不绝望，而是理直气壮、异常坚定。在金旺要斗争他们的时候，小二黑公然反问"无故捆人犯法不犯"，小芹则走进村公所劈头就问："村长，捉贼要赃，捉奸要双，当了妇女主任就不说理了吗？"最终，他们凭借力量与勇气掌握了自己的命运。除了这两个新人，赵树理还特意安排了三仙姑、二诸葛这么两个立于主婚人地位的人物。这两个人物既是封建思想的忠实实践者，也是"父母之命"的忠实守卫者。同时，作者赋予他们一个特殊的身份——"神仙"，使他们具有鲜明的个性。两个旧时代的"神仙"来到新社会里，必然处处表现出他们的不适应。作家对此展开了有趣的描写，使他们成了不朽的典型。

下面，笔者选取了一段关于小二黑的文字内容。

小二黑，是二诸葛的二小子，有一次反扫荡打死过两个敌人，曾得到特等射手的奖励。说到他的漂亮，那不只在刘家峻有名，每年正月扮故事，不论去到那一村，妇女们的眼睛都跟着他转。

小二黑没有上过学，只是跟着他爹识了几个字。当他六岁时候，他爹就教他识字。识字课本既不是《五经》《四书》，也不是常识国语，而是从天干、地支、五行、八卦、六十四封名等学起，进一步便学些《百中经》《玉匣记》《增删卜易》《麻衣神相》《奇门遁甲》《阴阳宅》等书。小二黑从小就聪明，像那些算属相、卜六壬课、念大小流年或"甲子乙丑海中金"等口诀，不几天就都弄熟了，二诸葛也常把他引在人前卖弄。因为他长得伶俐可爱，大人们也都爱跟他玩；这个说："二黑，算一算十岁属什么？"那个说："二黑，给我卜一课！"后来二诸葛因为说"不宜栽种"误了种地，老婆也埋怨，大黑也埋怨，庄上人也都传为笑谈，小二黑也跟着这事受了许多奚落。那时候小二黑十三岁，已经懂得好歹了，可是大人们仍把他当成小孩来玩弄，好跟二诸葛开玩笑的，一到了家，常好对着二诸葛问小二黑道："二黑！算算今天宜不宜栽种？"和小二黑年纪相仿的孩子们，一跟小二黑生了气，就连声喊道："不宜栽种不宜栽种……"小二黑因为这事，好几个月见了人躲着走，从此就和他娘商量成一气，再不信他爹的鬼八卦。

小二黑跟小芹相好已经二三年了。那时候他才十六七，原不过在冬天夜长时候，跟着些闲人到三仙姑那里凑热闹，后来跟小芹混熟了，好像是一天不见面也不能行。后庄上也有人愿意给小二黑跟小芹做媒人，二诸葛不愿意，不愿意的理由有三：第一小二黑是金命，小芹是火命，恐怕火克金；第二小芹生在十月，是个犯月；第三是三仙姑的名声不好。恰巧在这时候彰德府来了一伙难民，其中有个老李带来个八九岁的小姑娘，因为没有吃的，愿意把姑娘送给人家逃个活命。

二诸葛说是个便宜，先问了一下生辰八字，掐算了半天说：

"千里姻缘一线牵。"就替小二黑收作童养媳。

虽然二诸葛说是千合适万合适，小二黑却不认账。父子俩吵了几天，二诸葛非养不行，小二黑说："你愿意养你就养着，反正我不要！"结果虽然把小姑娘留下了，却到底没有说清楚算什么关系。

这段文字可以充分展现小二黑和二诸葛这两个人物鲜明的性格特点

和人物形象,语言文字幽默生动,富有生活气息,描写得十分生动而且细腻,带有浓郁的山西地域色彩,避免了五四运动以来语言西化的特点,能够熔民族化、艺术化、大众化于一炉,十分有味道。

## 二、张爱玲的《金锁记》

对张爱玲来说,最适合她的就是关于结婚或者恋爱的题材。她曾说过:"像结婚、恋爱都是很普遍的现象,可以用很多观点来写它,写一辈子也写不完。"况且写别的题材对作者来说具有经验上的限制,所以不太可能。张爱玲的具有代表性的短篇小说集《传奇》的内容可以用"男女、婚姻"来概括。《金锁记》的主题同样也是通过男女关系和封建社会的婚姻制度来批判封建文化的食人制度。在中国传统社会里,女子被要求到了一定年龄就必须要嫁人。所以,把女子嫁人称"回婆家"。在以家族为中心的社会里,组成小家庭的最基本的结婚制度是非常重要的惯例,所以结婚不能取决于当事者的自由想法,而是由很多利害关系来决定。在传统社会,结婚不单单意味着男女的结合,更是满足两个家族政治、经济利益的一个手段。结婚不是个人行为,而是社会行为。婚姻关系是一种社会约定,所以必须经过社会的公证和认可。过去,媒人起了公证婚姻的作用,所以通过媒人介绍的婚姻理所当然地被人们所接受。现在的婚礼只意味着婚礼当天进行的仪式,但是在传统社会意味着从结婚商议到订婚、结婚的全部过程。

在传统社会里,女人在出生的那一瞬间就不可逃避结婚的命运。传统社会的婚姻制度里,婚姻不是男女个人的问题,社会赋予女性新的角色,那就是儿媳妇和妻子的角色。女性成了丈夫家族新的一员,要努力地去适应新的家风,去讨好他们。在这过程中,女性所受的痛苦和酿成的悲剧在张爱玲的《金锁记》中表现得淋漓尽致。

在《金锁记》中有两个非常典型的人物形象,那就是曹七巧和长安。在故事的结尾,人们看到了曹七巧终于把长安变成了自己,长安也终于重蹈了母亲的覆辙,就像是生命的轮回一样,可悲、可叹。在张爱玲小说里登场的母亲形象中,《金锁记》里的曹七巧是在封建传统社会里代替丈夫角色的掌握父权制的母亲。张爱玲小说中登场的大部分女性,包括曹七巧,不是通过自己的努力来改变自己的命运,而是通过结婚来追求安定的生活。而且无论学问多还是少,不愿去深思,缺乏自立精神。大部分女性被传统观念束缚着,因此,她们关心的只有爱情、婚姻问题。但是婚姻本身会让她们陷进不幸的旋涡里。对金钱的贪爱、爱情的缺乏等原因使曹七巧慢慢脱离正常人的心理而变成"畸形人"。被情欲、物欲束缚着,在怨恨和痛苦中度过一生的她,最后成了造成儿子、女儿不幸的母亲。她是个虐待狂特征非常明显的人,是用别人的不幸来安慰自己的人。虽然她为儿子长白和女儿长安提供了丰厚的金钱,但是也夺走了他们的思想和主见,随便操纵他们。这表现了她非合理性、感性、即发性的思维方式,与以合理性、理性为代表的男性思考方式有着鲜明对比。这是因为封锁了女人本应该可以正确面对这个世界的自身可能性,所以女人面对这个世界的唯一方法就是脱离合理的秩序。《金锁记》中登场的人物也是如此。不是时代的牺牲品,而是成了母亲的牺牲品的长安就具有这种特征。即便是同性,母亲也不是那种理解、疼惜长安的具有温柔母性的人物,而且也不是开拓自己人生的具有新思想的女性。所以,对长安来说,几乎没有看到好母亲或新女性的机会。从小积累下来的对母亲的恐惧感,使长安没能把握住曾摆在自己面前的多次机会,长安之前一直过着为母亲牺牲的生活,但是遇到喜欢的人之后,她重新整理之前的生活,用重新开始新生活的意志来打造自己的人生。但是改变她生活的不是她自己规划的人生目标,而是借助了婚姻制度的力量,因此她也有可能会被别人而左右。长安幸福的样子并没让曹七巧满意,最终,长安抛弃了自己的一切来感受自己的牺牲。

以下文字节选自《金锁记》。

第二天她大着胆子告诉她母亲:"娘,我不想念下去了。"七巧睁着眼道:"为什么?"长安道:"功课跟不上,吃的也太苦了,我过不惯。"七巧脱下一只鞋来,顺手将鞋底抽了她一下,恨道:"你爹不如人,你也不如人?养下你来又不是个十不全,就不肯替我争口气!"长安反剪着一双手,垂着眼睛,只是不言语。旁边老妈子们便劝道:"姐儿也大了,学堂里人杂,的确有些不方便。其实不去也罢了。"七巧沉吟道:"学费总得想法子拿回来。白便宜了他们不成?"便要领了长安一同去索讨,长安抵死不肯去,七巧带着两个老妈子去了一趟回来了,据她自己铺叙,钱虽然没收回来,却也着实羞辱了那校长一场。长安以后在街上遇着了同学,脸上红一阵白一阵,无地自容,只得装做不看见,急急走了过去。朋友寄了信来,她拆也不敢拆,原封退了回去。她的学校生活就此告一结束。

有时她也觉得牺牲得有点不值得,暗自懊悔着,然而也来不及挽回了。她渐渐放弃了一切上进的思想,安分守己起来。她学会了挑是非,使小坏,干涉家里的行政。她不时地跟母亲怄气,可是她的言谈举止越来越像她母亲了。每逢她单叉着裤子,撑开了两腿坐着,两只手按在胯间露出的凳子上,歪着头,下巴搁在心口上凄凄惨惨瞅住了对面的人说道:"一家有一家的苦处呀,表嫂——一家有一家的苦处!"——谁都说她是活脱的一个七巧。她打了一根辫子,眉眼的紧俏有似当年的七巧,可是她的小小的嘴过于瘪进去,仿佛显老一点。她再年青些也不过是一棵较嫩的雪里红——盐腌过的。

也有人来替她做媒。若是家境推板一点的,七巧总疑心人家是贪她们的钱。若是那有财有势的,对方却又不十分热心,长安不过是中等姿色,她母亲出身既低,又有个不贤惠的名声,想必没有什么家教。因此高不成,低不就,一年一年耽搁了下去。那长白的婚事却不容耽搁。长白在外面赌钱,捧女戏子,七巧还没甚话说,后来渐渐跟着他三叔姜季泽逛起窑子来,七巧方才着了慌,手忙脚乱替他定亲,娶了一个袁家的小姐,小名芝寿。

行的是半新式的婚礼,红色盖头是蠲免了,新娘戴着蓝眼镜,粉红喜纱,穿着粉红彩绣裙袄。进了洞房,除去了眼镜,低着头坐在湖色帐幔里。闹新房的人围着打趣,七巧只看了一看便出来了。长安在门口赶上了她,悄悄笑道:"皮色倒白净,就是嘴唇太厚了些。"七巧把手撑着门,拔下一只金挖耳来搔搔头,冷笑道:"还说呢! 你新嫂子这两片嘴唇,切切倒有一大碟子!"旁边一个太太便道:"说是嘴唇厚的人天性厚哇!"七巧哼了一声,将金挖耳指住了那太太,倒剔起一只眉毛,歪着嘴微微一笑道:"天性厚,并不是什么好话。当着姑娘们,我也不便多说——但愿咱们白哥儿这条命别送在她手里!"七巧天生着一副高爽的喉咙,现在因为苍老了些,不那么尖了,可是扁扁的依旧四面刮得人疼痛,像剃刀片。这两句话,说响不响,说轻也不轻。人丛里的新娘子的平板的脸与胸震了一震——多半是龙凤烛的火光的跳动。

三朝过后,七巧嫌新娘子笨,诸事不如意,每每向亲戚们诉说着。便有人劝道:"少奶奶年纪轻,二嫂少不得要费点心教导教导她。谁叫这孩子没心眼儿呢!"七巧啐道:"你别瞧咱们新少奶奶老实呀——一见了白哥儿,她就得去上马桶!真的!你信不信?"这话传到芝寿耳朵里,急得芝寿只待寻死。然而这还是没满月的时候,七巧还顾些脸面,后来索性这一类的话当着芝寿的面也说了起来,芝寿哭也不是,笑也不是,若是木着脸装不听见,七巧便一拍桌子嗟叹起来道:"在儿子媳妇手里吃口饭,可真不容易!动不动就给人脸子看!"

这一片段中的大量语言描写和动作描写把每一个人物刻画得栩栩如生,在阅读的过程中人们总会被毫不自知地带入文章的内容。同时,在这段文字中,读者看到了曹七巧自私、随性的性格特点,还看到了文字表面潜藏着的悲剧人物——长安。长安虽然受过西式教育,但是在母亲的操纵和影响下越来越像母亲,麻木、刻薄。《金锁记》无论从语言还是人物塑造上都值得一读。

### 三、钱钟书的《围城》

钱钟书的《围城》历来被人们赞扬和推荐,主要表现在书中精妙的语言和人物刻画的深度,体现出这个时代中国知识分子的无奈。《围城》能够成为一部中国现代文学史上有重要分量的小说作品,所依赖的不是作者锱铢积累的故事情节。可以毫不夸张地说,《围城》中并没有一条十分明确的故事线索,甚至很多情节都是作者通过方鸿渐的经历和见闻所"拼凑"出来的。它所依赖的是作者运用得登峰造极的修辞手法,其中尤其以比喻的修辞手法最为大家称道。所以虽然情节平平,但是多少年来《围城》仍然为世人津津乐道。除去它所体现的深刻的主题外,大量、合理地运用比喻是它成功的主要因素。20多万字的小说当中有700多处比喻,说《围城》是"一片比喻的海洋"是一点也不为过的。

文学作品中的主要人物形象一般都倾注着作者对人生的思考和对生活的体味,当然,也会从另外一方面体现作品的主旨。《围城》中的方鸿渐是贯穿小说情节始终的人物,是作品的"男一号"。小说表现的是中国20世纪40年代部分知识分子的思想状态和生活状态。正当日本的侵略已经深入大陆腹地之时,方鸿渐从西欧返回了"外患内乱的祖国"。小说就此展开了对他的思想性格的刻画。在情场上,方鸿渐陷入了第一个"围城"。苏文纨竭力追求、百般纠缠他,却激不起他爱的激情。而他追求唐晓芙却不能如愿,最终和孙柔嘉结了婚,但二人的感情却不融洽。方鸿渐在这一"围城"中有着闯荡的欣喜,但同时有被围困的苦恼。小说形象地表现了方鸿渐在情场争斗中的失意。在家庭中方鸿渐陷入了第二个"围城"。小说用了15%的篇幅描写了方鸿渐家庭的矛盾,形象地表现了他在家庭"围城"中的痛苦。另外,在事业上,方鸿渐陷入了第三个"围城"。他奔向的三间大学,充满着人生的陷阱,在这种互相诽谤、尔虞我诈、造谣中伤的生存空间中,"不是你刺痛我的肉,就是我擦破你的皮"。通过方鸿渐的人生感叹,可以看出他在这样的"围城"中无力挣扎的状态。整体来看这部小说对方鸿渐的刻画,可以看出,主人公方鸿渐忧世伤生的心态里面包含了太多作者自己忧世伤生的情愫。小说的结尾颇有寓意,方鸿渐和太太打闹吵骂以后,太太抛下他而去,他"周身疲乏,肚子饥饿""情思弥漫纷乱",而"落伍的"老钟非常适时地敲了起来,"无意中包含对人生的讽刺和感伤,深于一切语言,一切啼笑"。小说到这里,对一个无所作为也无力挣扎的在人生的"围城"中几乎要窒息的软弱的知识分子形象进行了最后刻画,使整部小说的结尾意味深长。方鸿渐悲哀的人生道路正是整个时代悲哀的浓缩。

　　以下是《围城》开头的片段。

　　红海早过了。船在印度洋面上开驶着。但是太阳依然不饶人地迟落早起,侵占去大部分的夜。夜仿佛纸浸了油,变成半透明体;它给太阳拥抱住了，分不出身来，也许是给太阳陶醉了，所以夕照晚霞褪后的夜色也带着酡红。到红消醉醒，船舱里的睡人也一身腻汗地醒来，洗了澡赶到甲板上吹海风，又是一天开始。这是七月下旬，合中国旧历的三伏，一年最热的时候。在中国热得更比常年利害，事后大家都说是兵戈之象，因为这就是民国二十六年。

这条法国邮船白拉日隆子爵号正向中国开来。早晨八点多钟，冲洗过的三等舱甲板湿意未干，但已坐满了人，法国人、德国流亡出来的犹太人、印度人、安南人，不用说还有中国人。海风里早含着燥热，胖人身体给炎风吹干了，蒙上一层汗结的盐霜，仿佛刚在巴勒斯坦的死海里洗过澡。毕竟是清晨，人的兴致还没给太阳晒萎，烘懒，说话做事都很起劲。那几个新派到安南或中国租界当警察的法国人，正围了那年轻善撒娇的犹太女人在调情。俾斯麦曾说过，法国公使大使的特点，就是一句外国话不会讲；这几样警察并不懂德文，居然传情达意，引得犹太女人格格地笑，比他们的外交官强多了。这女人的漂亮丈夫，在旁顾而乐之，因为他几天来，香烟、啤酒、柠檬水沾光了不少。红海已过，不怕热极引火，所以等一会甲板上零星果皮、纸片、瓶塞之外，香烟头定又遍处皆是。法国人的思想是有名的清楚，他们的文章也明白干净，但是他们的做事，无不混乱、肮脏、喧哗，但看这船上的乱糟糟。这船，倚仗人的机巧，载满人的扰攘，寄满人的希望，热闹地行着，每分钟把沾污了人气的一小方水面，还给那无情、无尽、无际的大海。

照例每年夏天有一批中国留学生学成回国。这船上也有十来个人。大多数是职业尚无着落的青年，直在暑假初回中国，可以从容找事。那些不愁没事的学生要到秋凉才慢慢地肯动身回国。船上这几位，有在法国留学的,有在英国、德国、比国等读书,到巴黎去增长夜生活经验,因此也坐法国船的。他们天涯相遇,一见如故,谈起外患内乱的祖国,都恨不得立刻就回去为它服务。船走得这样慢,大家一片乡心,正愁无处寄托,不知哪里忽来了两副麻将牌。麻将当然是国技,又听说在美国风行;打牌不但有故乡风味,并且适合世界潮流。妙得很,人数可凑成两桌而有余,所以除掉吃饭睡觉以外,他们成天赌钱消遣。早餐刚过,下面餐室里已忙打第一圈牌,甲板上只看得见两个中国女人,一个算不得人的小孩子——至少船公司没当他是人,没要他父母为他补买船票。那个戴太阳眼镜、身上摊本小说的女人,衣服极斯文讲究。皮肤在东方人里,要算得白,可惜这白色不顶新鲜,带些干滞。她去掉了黑眼镜,眉清目秀,只是嘴唇嫌薄,擦了口红还不够丰厚。假使她从帆布躺椅上站起来,会见得身段瘦削,也许轮廓的线条太硬,像方头钢笔划成的。年龄看上去有二十五六,不过新派女人的年龄好比旧式女人合婚帖上的年庚,需要考订学家所谓外证据来断定真确性,本身是看不出的。那男孩子的母亲已有三十开外,穿件半旧的黑纱旗袍,满面劳碌困倦,加上天生的倒挂眉毛,愈觉愁苦可怜。孩子不足两岁,塌鼻子,眼睛两条斜缝,眉毛高高在上,跟眼睛远隔得彼此要害相思病,活像报上讽刺画里的中国人的脸。他刚会走路,一刻不停地要乱跑;母亲在他身上牵了一条皮带,他跑不上三四步就给拉回来。他母亲怕热,拉得手累心烦,又惦记着丈夫在下面的输赢,不住骂这孩子讨厌。这孩子跑不到哪里去,便改变宗旨,扑向看书的女人身上。那女人平日就有一种孤芳自赏、落落难合的神情——大宴会上没人敷衍的来宾或喜酒席上过时未嫁的少女所常有的神情——此刻更流露出嫌恶,黑眼镜也遮盖不了。孩子的母亲有些觉得,抱歉地拉皮带道:"你这淘气的孩子,去跟苏小姐捣乱!快回来。——苏小姐，你真用功！学问那么好，还成天看书。孙先生常跟我说，女学生像苏小姐才算替中国争面子，人又美，又是博士，这样的人哪里去找呢？像我们白来了外国一次，没读过半句书，一辈子做管家婆子，在国内念的书，生小孩儿全忘了——吓！死讨厌！我叫你别去，你不干好事，准弄脏了苏小姐的衣服。"

苏小姐一向瞧不起这寒碜的孙太太，而且最不喜欢小孩子，可是听了这些话，心上高兴，倒和气地笑道："让他来，我最喜欢小孩子。"她脱下太阳眼镜，合上对着出神的书，小心翼翼地握住孩子的手腕，免得在自己衣服上乱擦，问他道："爸爸呢？"小孩子不回答，睁大了眼，向苏小姐"波！波！"吹唾沫，学餐室里养的金鱼吹气泡。苏小姐慌得松了手，掏出手帕来自卫。母亲忙使劲拉他，嚷着要打他嘴巴，一面叹气道："他爸爸在下面赌钱，还用说么！我不懂为什么男人全爱赌，你看咱们同船的几位，没一个不赌得昏天黑地。赢几个钱回来，还说得过。像我们孙先生输了不少钱，还要赌，恨死我了！"

苏小姐听了最后几句小家子气的话，不由心里又对孙太太鄙夷，冷冷说道："方先生倒不赌。"

孙太太鼻孔朝天，出冷气道："方先生！他下船的时候也打过牌。现在他忙着追求鲍小姐，当然分不出工夫来。人家终身大事，比赌钱要紧得多呢。我就看不出鲍小姐又黑又粗，有什么美，会引得方先生好好二等客人不做，换到三等舱来受罪。我看他们俩要好得很，也许到香港，就会订婚。这真是'有缘千里来相会'了。"

苏小姐听了，心里直刺痛，回答孙太太同时安慰自己道："那绝不可能！鲍小姐有婚夫，她自己跟我讲过。她留学的钱还是她未婚夫出的。"

孙太太道:"有未婚夫还那样浪漫么?我们是老古董了,总算这次学个新鲜。苏小姐,我告诉你句笑话,方先生跟你在中国是老同学,他是不是一向说话随便的? 昨天孙先生跟他讲赌钱手运不好,他还笑呢。他说孙先生在法国这许多年,全不知道法国人的迷信:太太不忠实,偷人,丈夫做了乌龟,买彩票准中头奖,赌钱准赢。所以,他说,男人赌钱输了,该引以自慰。孙先生告诉我,我怪他当时没质问姓方的,这话什么意思。现在看来,鲍小姐那位未婚夫一定会中航空奖券头奖;假如他做了方太太,方先生赌钱的手气非好不可。"忠厚老实人的恶毒,像饭里的砂砾或者出骨鱼片里未净的刺,会给人一种不期待的伤痛。

在这段文字中,读者可以看到这本书的语言艺术成就。在文中存在着妙句:"夜仿佛纸浸了油,变成半透明体;它给太阳拥抱住了,分不出身来,也许是给太阳陶醉了,所以夕照晚霞褪后的夜色也带着酡红。""这船,倚仗人的机巧,载满人的扰攘,寄满人的希望,热闹地行着,每分钟把沾污了人气的一小方水面,还给那无情、无尽、无际的大海。"……这些句子用的比喻很新奇,用的拟人手法、排比手法都很是新颖,能够给人耳目一新的感觉。接下来写到了船上苏小姐、孙太太、方先生等人,在语言和动作方面也是很到位,语言塑造能力很强,读者在阅读的过程中会很容易被吸引,值得读者阅读和学习。

### 四、艾青的诗歌

被人们称为"土地的歌者"的艾青是中国新诗发展史上最伟大的诗人之一。20 世纪 30 年代,艾青以《大堰河——我的保姆》正式登上诗坛,引起了文学界的广泛关注。此后,随着艾青诗歌创作的不断发展,学术界对艾青及其诗歌的研究也逐步深入,学者从不同角度入手,新意迭出,有关艾青及其诗歌的研究呈现出百花齐放的局面。

　　诗歌是语言的艺术。艾青诗歌的语言简明质朴，但却能营造出一种深沉、壮阔的气势，具有震撼人心的力量。这源于艾青诗歌语言巧妙传神的修辞手法、独特新奇的语言运用和真切细腻的细节描写。诗歌艺术在语言运用上具有极大的创造性，高超的诗人会通过独特新奇的语言运用来增强自己所创作的诗歌的表现力和艺术感染力。艾青作为中国新诗发展史上一位杰出诗人，锤字炼句，水到渠成且色彩鲜明，语言风格独树一帜。细节描写可以表达作者的情感，展现文学作品的主题，增强作品的感染力，它包括动作描写、语言描写、心理描写和环境描写等。艾青诗歌也会使用细节描写来刻画人物，烘托诗歌氛围，表达情感。

我爱这土地

艾青

假如我是一只鸟，

我也应该用嘶哑的喉咙歌唱：

这被暴风雨所打击着的土地，

这永远汹涌着我们的悲愤的河流，

这无止息地吹刮着的激怒的风，

和那来自林间的无比温柔的黎明……

——然后我死了

连羽毛也腐烂在土地里面。

为什么我的眼里常含泪水?

因为我对这土地爱得深沉……

爱国主义是艾青诗歌中最重要的主题,艾青在诗歌中所抒发的爱国情感是真挚的、深沉的,这足以震撼人心。在《我爱这土地》一诗中,诗人以一只鸟自比,面对"这被暴风雨所打击着的土地",虽然自己失去了生命,依然要"连羽毛也腐烂在土地里面",至死也不愿离开自己深爱着的土地,写出了诗人与祖国无法分割的血肉联系。面对被日本侵略者肆意蹂躏的祖国,诗人满含一腔悲愤,用诗句记录下中华儿女的顽强抗争,依旧对祖国的未来充满信心。最后两句"为什么我的眼里常含泪水?因为我对这土地爱得深沉……",将诗人对祖国的热爱之情毫无保留地抒发出来,气势磅礴,震撼人心,极具感染力。

同时在这首诗中读者还可以看到诗人语言的魅力,能够通过诗歌的精练的语言来承载这深厚的爱国之情。诗人关注语言细节的描写和运用,注意语言文字的锤炼,让语言极富有感染力,能够把其中的感情直泻而下,读者为之动容,泪流满面。

# 第四章　中国当代文学

## 第一节　"十七年"文学至"文革"时期文学

"十七年"(1949—1966年)是一段充满了一体与异质复杂纠缠的文学史,其高度的意识形态性及"唯政治化"的创作思维已经成了当今学术界讨论的热点。对于在历史上曾经做出过重要贡献和发挥过重要作用的理论武器,人们往往会加以珍视并力求发扬光大。于是,阶级论成为中华人民共和国成立后文学批评和创作的主导机制。在1949年后,其成为中国新文学史建构的指导思想,逐渐形成系统性的文学批评与研究的理论、方法,一直带到了"文革"时期的文学创作中。因此,"十七年"文学和"文革"时期文学在本质上没有什么区别,"文革"时期文学可以说是"十七年"文学的延续和极端化。虽然文学带有明显的政治色彩和阶级性,但是也出现了不少的优秀作家和作品,如柳青的《创业史》、杨沫的《青春之歌》,这些也值得读者饱览了。

### 一、柳青的《创业史》

柳青怀着对祖国的热爱、对生命的敬畏和对生活的挚诚,以一颗赤子之心投身生活的大学堂。他安心驻扎于乡野，虚心求教于人民，用实际行动践行着"走下书卷，走进工农兵群众"的号召。在经年累月的艺术积淀下，他更加坚信创作之源就是生活。这使他深谙民生民俗，洞察民情民意，黄土的滋养也为他日后的生活化、底层化写作奠定了深厚基础。最终在日积月累的积淀下，柳青终于创作出了《创业史》这篇鸿篇巨制。

柳青《创业史》中的故事发生在陕西渭河平原的乡村。第一部主要写互助合作"带头人"梁生宝带领的互助组的巩固和发展；第二部主要是写到试办农村合作社。文中通过活跃贷款、买稻种、进山割竹等事件，展示了农村广阔生活的深刻程度，揭示了各种潜在的还未充分暴露的农村各阶级心理动向和阶级冲突，具有时代意义。显然，《创业史》正是以"见一叶而知秋，窥一斑而知全豹"的方式将在全国如火如荼开展的农业合作化运动聚焦在了革命的根据地——陕西。在本民族文学的熏陶下，基于陕西的风土人情而展开了宏大叙事，对乡村中国自然场景和民俗风情的展现也潜藏着柳青内心浓郁的乡土认同感与恋土情结，具有独特的个人风格和鲜明的民族特色。《创业史》的成功原因之一正是其以鲜明的时代性完成了对历史的文化学记录。《创业史》的一个显著特点就是并非一味地讲故事，而是将叙事、抒情、议论有机结合，在完成叙事的同时给人以美的享受，评议之处也发人深省、引人深思，这种艺术效果的完成离不开作者的深情介入。同时，正是源于作者本人对平静而真实的乡村生活的日常性欣赏以及对农业合作化的历史风貌和农民群众精神世界的巨变的深刻体悟，他笔下那巍巍秦岭、浩浩汤河、鸡鸣鸟啼、泥墙茅舍、关中平原黏胶样的黑土、蛤蟆滩的茂林渠岸都能给人以丰富多质的语言快感和审美愉悦，使读者即使跳出情节依然流连忘返。可以说，《创业史》就是作者用一块熟悉的地理空间支撑起的文学场域，它可以浓缩成一蔬一饭的脉脉温情，也能延展到一个国家、民族筚路蓝缕的创业之路。今天，作为农业合作化背景的历史已经过去，但《创业史》作为记录了我国历史巨变的壮丽画卷，将会在文苑里流传下去。

《创业史》被奉为经典的一个主要原因是其塑造了许多有血有肉、性格鲜明的人物形象。特别是梁生宝和梁三老汉这两个典型人物，更是受到大家的认可。《创业史》在《延河》杂志月号上刚刚连载完，郑伯奇在读后感中说："读过《创业史》第一部的人都会感到作者笔下的人物栩栩如生。"作者简单谈了两个人物形象，一个是梁三老汉，一个是郭振山。其次，《创业史》构成两种思想、两样典型，预示了暴风骤雨的来临，揭开了伟大史诗的序幕。而且在语言方面，文章的布局、气势在吸收传统小说的优良传统上，都取得了很大的成绩。这些都是《创业史》经久不衰的原因。

下面是《创业史》中的一段文字。

繁星一批接着一批，从浮着云片的蓝天上消失了，独独留下农历正月底残余的下弦月。在太阳从黄堡镇那边的东原上升起来以前，东方首先发出了鱼肚白。接着，霞光辉映着朵朵的云片，辉映着终南山还没消雪的奇形怪状的巅峰。现在，已经可以看清楚在刚锄过草的麦苗上，在稻地里复种的青稞绿叶上，在河边、路旁和渠岸刚刚发着嫩芽尖的春草上，露珠摇摇欲坠地闪着光了。

梁三老汉是下堡乡少数几个享受这晨光的老人之一。他在天亮以前，沿着从黄堡通县城的公路，拾来满满一筐子牲口粪。他回来把粪倒在街门外土场里的粪堆上，女儿秀兰才离开暖和的被窝，胳膊上挂着书兜，一边走着，一边整理着头发夹子，从街门里出来，走过土场，向汤河边去了。老婆也是刚起来,在残缺的柴堆跟前扯柴,准备做早饭。

梁三老汉提着空粪筐走进小院,用鄙弃的眼光,盯了梁生宝独自住的那个草棚屋一眼。他迟疑了一刻,考虑他是不是把这位"大人物"叫醒来;但是在生宝的草棚屋背后那个解放后新搭的稻草棚棚里,独眼的老白马大约听见老主人的走步声了吧,咳咳地叫着,那么亲切。老汉终于忍住一肚子气,把粪筐气恨恨地丢在草棚屋檐底下的门台上,向马棚走去了。

过了一刻,老汉手里换了长木柄笊篱,重新出现在街门外的土场上。他开始摊着互助组锄草时拣回来的稻根。这是他套起独眼老白马,曳着碌碡碾净土的,再晒两天就晒干了。晒干了好烧啊!

"睡着吧,梁老爷!睡到做好早饭,你起来吃吧!"老汉在心里恨着生宝,"黑夜尽开会,清早不起来,你算啥庄稼人嘛?"

生宝黑夜什么时候从外头回来,他不知道;老汉为了给独眼白马添夜草方便,独自睡在马棚的一角砌起的小炕上。他脑里思量:"我让你小子睡在干净的草棚屋里,你小子还不给我过日子?常就这个样子,看我常给你小子当马夫不?……"

"梁三叔,秀兰上学走了没?"

老汉抬起头,是官渠岸徐寡妇的三姑娘改霞。啊呀!收拾得那么干净,又想着和什么人勾搭呢?老汉心里这样想。

"走了。"他低下头才说,继续摊着稻根,表示不愿意理睬她。

徐改霞轻盈的脚步,沙沙地从土场西边的草路向汤河走去了。

文章开头首先展示了一段景物描写。在这段描写中,作者通过拟人、比喻等多种修辞手法生动、形象地描写出了黎明之景,动态地描写出太阳初升之态和晨光普洒大地之姿,作家观察之细腻、语言之高深都是值得读者惊叹的。接下来写梁老汉的出场:"梁三老汉提着空粪筐走进小院,用鄙弃的眼光,盯了梁生宝独自住的那个草棚屋一眼。他迟疑了一刻,考虑他是不是把这位'大人物'叫醒来。"用"提""走""盯""迟疑"等动词细腻地刻画出梁老汉生气之状态,充分展现了人物性格特点和行事态度,活灵活现,栩栩如生,十分生动。下面,作者还通过语言来加深人物的形象,方言味很浓,具有地域性和民族性,可以充分体现出陕北农民的形象。

## 二、《红岩》

《红岩》的署名作者是罗广斌、杨益言,他们并非是专业的作家,但是他们是这段事件的亲历者。在这部小说中,以革命更具纯洁性的追求来实现对这一历史事件的本质的讲述。小说的主要篇幅放在狱中斗争上,但同时涉及中共在城市的地下组织所领导的革命运动,并安排了四川华蓥山根据地的武装斗争和农民运动的另一条线。革命者(许云峰、江姐、华子良)和敌人被安放在两种不同的阵营里,代表着两种道路、两种政治力量和两种精神选择。在人们的意识深处,与其说《红岩》是一部以历史叙事为目标的"小说",不如说是一部关于人的信仰的"启示录"更为准确。

《红岩》的意义主要在于崇高的情感力量。《红岩》作为一部革命史诗,呈现出雄浑壮丽的崇高风格,这种崇高蕴含着巨大的情感力量。审视《红岩》的崇高美特征,首先表现为革命力量的巨大和无穷。《红岩》通过对气势恢宏的革命斗争形势的描写和对汹涌澎湃的革命力量的描述,展现出历史前景的壮阔及革命必将胜利的伟大阶级信念。其次,《红岩》的崇高美特征表现为革命情感的震撼力量。小说《红岩》的崇高是以英雄的受难和牺牲等方式得以实现,但痛感所引发的革命激情释放出了巨大的心理能量,个体生命的受难与消逝,成为阶级情感爆发的导火索和推动力。《红岩》正是通过描写战争活动中革命者激昂壮烈的行为引发读者共鸣,实现心灵净化。正如康德所说:"每种具有英勇性质的激情,都是在审美上崇高的。"死亡所生发的鼓舞力量使个体生命的结束成为整个阶级能量爆发的开始,并延续和转化成强烈的震撼和共鸣。

就《红岩》而言,作品的崇高品格和崇高美主要是通过一系列英雄形象的塑造得以更突出的彰显。其内在层次首先是革命英雄的崇高信仰。《红岩》讲述了在敌人的集中营中革命者的斗争故事。这个特殊的斗争场景为身体和信仰的关系提供了矛盾冲突的集中展现场所。只有经过了身体的考验才能获得革命身份的合法性确认。换句话说,身体能否经过敌人的考验同样关系到个体的精神信仰能否通过党的考验。身体遭受的折磨越是残忍,意志距离党的革命信仰就越是接近,革命英雄获得的成就感和豪迈感就越是强烈。他们与敌人斗争的方式不是战场上的你死我活,而是在精神信仰世界的对峙中的坚定不屈,一种超越生理之痛的信仰之美在文字中呈现出来。

其次是革命英雄的献身精神。牺牲是革命者崇高的最高表现形式,它标志着革命者完全舍弃自身生命以成就阶级事业的崇高精神力量。而且《红岩》中革命者的牺牲表现出的不是悲剧气氛,而是豪迈之气。他们的生命虽然被敌人残害,但对未来胜利的信念却是敌人所无法撼动的。敌人的摧残反而激起了革命者的无限豪情,肉体的牺牲成就了精神的胜利。如果说身体的受难是革命信念对革命者意志的必要考验,那么牺牲就义则是革命者对信仰的自觉捍卫。巨大的精神力量使牺牲超越了一般意义上的殉难,成为崇高庄严的精神盛典。

再次是革命英雄的乐观主义情怀。如果说革命者身体受刑及牺牲是精神的凯旋仪式和对信仰的终极捍卫，那么充溢在受刑与牺牲过程中的乐观主义精神所展现出的激昂情绪，把革命者的崇高烘托得淋漓尽致。这种乐观主义精神一方面表现为正面描述战争胜利的激情狂欢，另一方面表现为革命集体苦中作乐的精神面貌。在这种情感的感染下，人们的灵魂会得到一些纯净的东西，感受到时代精神的巨大感召力。

下面，我们通过描写余新江的这段文字，感受一下《红岩》文字的魅力。

余新江心里有事，急促地走着。可是，满街光怪陆离的景色，不断地闯进他的眼帘。街道两旁的高楼大厦，商场、银行、餐馆、舞厅、职业介绍所和生意畸形地兴隆的拍卖行，全都张灯结彩，高悬着"庆祝元旦""恭贺新禧"之类的大字装饰。不知是哪一家别出心裁的商行带头，今年又出现了往年未曾有过的新花样：一条条用崭新的万元大钞结连成的长长彩带，居然代替了红绿彩绸，从雾气弥漫的一座座高楼顶上垂悬下来。有些地方甚至用才出笼的十万元大钞，来代替万元钞票，仿佛有意欢迎即将问世的百万元钞票的出台。也许商人算过账，钞票比红绿彩绸更便宜些？可惜十万元钞票的纸张和印刷，并不比万元的更大、更好，反而因为它的色彩模糊，倒不如万元的那样引人注目。微风过处，这些用"法币"做成的彩带满空飞舞，哗哗作响。这种奇特景象似乎并不犯忌，所以不像燃放爆竹和焰火那样，被官方明令禁止。

余新江不屑去看更多的花样，任那些"新年大贱卖，不顾血本！""买一送一，忍痛牺牲！"的大字招贴，在凛冽的寒风中抖索。谁都知道，那些招贴贴出之前，几乎所有商品的价格标签上都增加了个"0"；而且，那些招贴的后面，谁知道隐藏着多少垂死挣扎、濒于破产的苦脸？

几声拖长的汽车喇叭，惊动了满街行人，也惊散了一群抢夺烟蒂的流浪儿童。这时,纪功碑顶上的广播喇叭里,一个女人的颤音,正在播唱:"好花不常开,好景不常在……"

余新江不经意地回头,只见一辆白色的警备车,飞快地驶过街心,后面紧跟着几辆同样飞驰的流线型轿车。轿车上插着星条旗,涂有显眼的中国字:"美国新闻处"。这些轿车,由全副武装的军警用警备车开路,驶向胜利大厦,去参加市政当局为"盟邦"举行的新年招待会。余新江冷眼望着一辆辆快速驶过身边的汽车,仿佛从车窗里看见了那些常到兵工厂去的美国人。这时,他忽然发现,最后一辆汽车高翘着的屁股上,被贴上了一张大字标语:"美国佬滚出中国去!"

"呸!"余新江向那汽车碾过的地方,狠狠地吐了一口痰,然后穿过闹市,继续朝前走。

他沉着地转过几条街,确信身后没有盯梢的"尾巴",便向大川银行5号宿舍径直走去。这里是邻近市中心的住宅区,路边栽满树木,十分幽静,新年里街道上也很少行人。他伸手按按电铃,等了不久,黑漆大门缓缓地开了。一个穿藏青色哔叽西服的中年人,披了件大衣出现在门口。见了余新江,微微点头,让进去。关门以前,又习惯地望了望街头的动静。看得出来,这是个在复杂环境里生活惯了的人。

从这段文字中,读者看到了这个时代的生活场景以及生活在这个时代的余新江的态度和人物性格。此文是用第三视角来写的,也就是余新江的视角,写出了当时的社会风气和社会现状,展现了他内心的心理状态,突出他的身份、性格等,为下面人物命运埋下伏笔,进而拉开情节的发展。

### 三、老舍的《茶馆》

1937 年老舍开始涉足话剧剧本写作。初入剧坛的老舍已是著名的小说家，日本侵略中国，中华民族遭受灾难的现实深深地触动了老舍的社会使命感，激发了他的话剧创作热情。在老舍看来，戏剧这种艺术形式最能够贴近时代，又最能够贴近广大群众，最能够表达时代赋予文学家、艺术家的使命，由此老舍走向了话剧创作的道路，并始终坚持在小说和话剧两个方面的创作。期间，他创作了不少的话剧作品，如《龙须沟》《西望长安》《春华秋实》。其中，《茶馆》是"十七年"文学到"文革"时期文学的代表作。

《茶馆》取源于老舍的原创话剧《秦氏三兄弟》中的第一幕。在进行剧本研究会的时候，北京人艺的导演、演员一致认为第一幕发生在茶馆的故事非常精彩，并希望老舍以此情节进行发展并描写旧时代的中国的更迭变化，由此《茶馆》得以诞生。如果没有北京人艺与老舍对于剧本的密切交流和对剧本多次的推敲琢磨，也许在中国乃至世界的话剧史上就不会有如此光辉的一笔。新时期老舍全部话剧都是与北京人艺合作而成的。老舍的剧本固然精彩，但是如果缺乏了一个能够对剧本深入贯彻的演出团体，老舍的话剧也不会有今天如此大的影响力。在艺术上，老舍与北京人艺和"京味儿"文化已经融为一体，其不仅培养了一批优秀的演员，更是塑造了老舍在中国话剧史上对话剧中国化所做的推动以及不可撼动的位置。老舍话剧接近现实生活的结构形式，打破了西方戏剧"三一律"的模式，这一点与俄国戏剧家契诃夫的戏剧思想有着明显的关联。

契诃夫作为俄国伟大的戏剧家，他的戏剧突破了西方戏剧"三一律"的传统。他的作品如《万尼亚舅舅》和《樱桃园》都突破了"三一律"，不追求情节的冲突性，而是注重人物性格的塑造，让人物的不同性格形成冲突与矛盾，进而反映社会现实。在老舍的话剧《茶馆》中，不难看出老舍对契诃夫戏剧的自觉借鉴与接收，充分地体现了契诃夫的戏剧思想。其中，《茶馆》通过多个人物形象承揽了中国三个时代的变迁,并表现了时代动荡对各种社会底层人物命运的影响。

在老舍的《茶馆》中,有一个主要的人物,那就是王利发。老舍就是通过这个人物一生经历的时代变迁来感叹世事的种种。茶馆是人们茶余饭后消遣的地方,这里有着形形色色的过客,这些形形色色的人来来往往,谈着各式各样的事儿,正好可以从人的谈话看出时代的变迁。而茶馆又恰巧是社会上各个阶层的人物来往的交集地,这里三教九流、鱼龙混杂,又恰能够知道各类人物的思想、生活和时代变迁带来的改变。总体来说,一个小小的茶馆就是一个社会的缩影,作者通过这个小型社会来窥视整个社会和时代。

下面,我们通过《茶馆》中最后的一部分来感受一下时代变迁的沧桑。

〔秦仲义进来。他老的不像样子了,衣服也破旧不堪。〕

秦仲义:王掌柜在吗?

常四爷:在! 您是……

秦仲义:我姓秦。

常四爷:秦二爷!

王利发:(端茶来)谁? 秦二爷? 正想去告诉您一声,这儿要大改良! 坐! 坐!

常四爷:我这儿有点花生米,(抓)喝茶吃花生米,这可真是个乐子!

秦仲义:可是谁嚼得动呢?

王利发:看多么邪门,好容易有了花生米,可全嚼不动! 多么可笑! 怎样啊? 秦二爷! (都坐下)

秦仲义:别人都不理我啦,我来跟你说说:我到天津去了一趟,看看我的工厂!

王利发:不是没收了吗?又物归原主啦?这可是喜事!

秦仲义:拆了!

常四爷、王利发:拆了?

秦仲义:拆了!我四十年的心血啊,拆了!别人不知道,王掌柜你知道:我从二十多岁起,就主张实业救国。到而今……抢去我的工厂,好,我的势力小,干不过他们!可倒好好地办哪,那是富国裕民的事业呀!结果,拆了,机器都当碎铜烂铁卖了!全世界,全世界找得到这样的政府找不到?我问你!

王利发:当初,我开的好好的公寓,您非盖仓库不可。看,仓库查封,货物全叫他们偷光!当初,我劝您别把财产都出手,您非都卖了开工厂不可!

常四爷:还记得吧?当初,我给那个卖小妞的小媳妇一碗面吃,您还说风凉话呢。

秦仲义:现在我明白了!王掌柜,求您一件事吧:(掏出一二机器小零件和一支钢笔管来)工厂拆平了,这是我由那儿捡来的小东西。这支笔上刻着我的名字呢,它知道,我用它签过多少张支票,写过多少计划书。我把它们交给你,没事的时候,你可以跟喝茶的人们当个笑话谈谈,你说呀:当初有那么一个不知好歹的秦某人,爱办实业。办了几十年,临完他只由工厂的土堆里捡回来这么点小东西!你应当劝告大家,有钱哪,就该吃喝嫖赌,胡作非为,可千万别干好事!告诉他们哪,秦某人七十多岁了才明白这点大道理!他是天生来的笨蛋!

王利发:您自己拿着这支笔吧,我马上就搬家啦!

常四爷:搬到哪儿去?

王利发：哪儿不一样呢！秦二爷，常四爷，我跟你们不一样：二爷财大业大心胸大，树大可就招风啊！四爷你，一辈子不服软，敢作敢当，专打抱不平。我呢，做了一辈子顺民，见谁都请安、鞠躬、作揖。我只盼着呀，孩子们有出息，冻不着，饿不着，没灾没病！可是，日本人在这儿，二栓子逃跑啦，老婆想儿子想死啦！好容易，日本人走啦，该缓一口气了吧？谁知道，(惨笑)哈哈，哈哈，哈哈！

常四爷：我也不比你强啊！自食其力，凭良心干了一辈子啊，我一事无成！七十多了，只落得卖花生米！个人算什么呢，我盼哪，盼哪，只盼国家像个样儿，不受外国人欺侮。可是……哈哈！

秦仲义：日本人在这儿，说什么合作，把我的工厂就合作过去了。咱们的政府回来了，工厂也不怎么又变成了逆产。仓库里(指后边)有多少货呀，全完！哈哈！

王利发：改良，我老没忘了改良，总不肯落在人家后头。卖茶不行啊，开公寓。公寓没啦，添评书！评书也不叫座儿呀，好，不怕丢人，想添女招待！人总得活着吧？我变尽了方法，不过是为活下去！是呀，该贿赂的，我就递包袱。我可没有做过缺德的事，伤天害理的事，为什么就不叫我活着呢？我得罪了谁？谁？皇上，娘娘那些狗男女都活得有滋有味的，单不许我吃窝窝头，谁出的主意？

常四爷：盼哪，盼哪，只盼谁都讲理，谁也不欺侮谁！可是，眼看着老朋友们一个个的不是饿死，就是叫人家杀了，我呀就是有眼泪也流不出来喽！松二爷，我的朋友，饿死啦，连棺材还是我给他化缘化来的！他还有我这么个朋友，给他化了一口四块板的棺材；我自己呢？我爱咱们的国呀，可是谁爱我呢？看，(从筐中拿出些纸钱)遇见出殡的，我就捡几张纸钱。没有寿衣,没有棺材,我只好给自己预备下点纸钱吧,哈哈,哈哈!

秦仲义:四爷,让咱们祭奠祭奠自己,把纸钱撒起来,算咱们三个老头子的吧!

王利发:对!四爷,照老年间出殡的规矩,喊喊!

常四爷:(立起,喊)四角儿的跟夫,本家赏钱一百二十吊!(撒起几张纸钱)(原注:三四十年前,北京富人出殡,要用三十二人、四十八人或六十四人抬棺材,也叫抬杠。另有四位杠夫拿着拨旗,在四角跟随。杠夫换班须注意拨旗,以便进退有序;一班也叫一拨儿。起杠时和路祭时,领杠者须喊"加钱"——本家或姑奶奶赏给杠夫酒钱。加钱数目须夸大地喊出。在喊加钱时,有人撒起纸钱来。)

秦仲义、王利发:一百二十吊!

秦仲义:(一手拉住一个)我没的说了,再见吧!(下)

王利发:再见!

常四爷:再喝你一碗!(一饮而尽)再见!(下)

王利发:再见!

王利发从20岁继承父业,成为裕泰茶馆的掌柜,到抗日战争后茶馆被抢夺,悲愤而死,一生经历了三个时代。他有过兴盛,也有过没落,结局是悲惨的。他的悲剧不在于他本人,而在于他所处的那个时代,他是被半封建半殖民地社会制度所吞噬了的一个人物。

王利发、秦仲义和常四爷这三个同病相怜的老朋友碰在一起,他们一腔悲愤无处发泄,为了悲悼自己的不幸,三个老人异常悲伤地自撒纸钱,自唱葬歌,来了一个自奠自葬。这个场面的含义也非常深奥,作者在让他们埋葬自己的同时,埋葬了万恶的时代。这一部分充分地展示了社会黑暗对穷苦劳动人民的压迫。

# 第二节　20世纪80年代文学

进入20世纪80年代,解放思想、重获独立成为时代的主音,思想领域的"拨乱反正"便应运而生。文艺理论界也不例外,文艺理论界思想解放运动的第一步便是对"政治工具论"和"认识反映论"的质疑和批判。摆脱文学作为政治的附庸地位,关注文学自身的特点和规律。于是,在这个时期,人生的思想得到了解放,出现了各种类型的文学思潮,如"伤痕小说""反思小说"的潮流、"寻根文学"热、现代派文学。这些文学的出现反映了对"文革"的反思、对传统文化的重视和对西方主义文学的吸收和借鉴,也最终迎来了思想解放后的第一个文化繁荣时代。

## 一、诗歌文学

在这个解放思潮的影响下,中国诗歌界迎来了大发展和大繁荣的时期。在"文革"时期,地下诗坛老中青诗人的创作实践中,诗歌与政治、诗歌的传统与创新、诗歌的个性和自我表现等一系列艺术问题探索已初步展开。新时期到来之后,对上述诸多艺术问题的探索便由萌芽状态转向全面展开和深入探究阶段。从这个角度上说,"文革"时期的诗歌,尤其是地下诗歌,是新时期诗歌创作走向健全发展之路的前奏和预演。在这个时期,许多诗人在开始的时候抱着与"文革"诗歌断裂、实现诗歌重建的期待。诗歌最初的努力是对诗人的"诚实"和诗歌的"真实性"的呼吁。因此,将诗歌写作与当地政治权利剥离,是这个时期诗歌的特点和表现。于是出现了

"归来"（从"文革"中归来）作家群的诗歌和第三代诗歌，主要代表作家有流沙河、食指、顾城、舒婷、海子、北岛等。从这些作家的作品中，人们知道"断裂"与"重建"成为这一时期中国新诗的关键词。这个时期的诗歌也被赋予了新的时代气息。下面笔者将带领读者走进这个时代的诗歌，感受这个时代的新气象。

## 理想（节选）

### 流沙河

理想是石，敲出星星之火；
理想是火，点燃熄灭的灯；
理想是灯，照亮夜行的路；
理想是路，引你走到黎明。

饥寒的年代里，理想是温饱；
温饱的年代里，理想是文明。
离乱的年代里，理想是安定；
安定的年代里，理想是繁荣。

理想如珍珠，一颗缀连着一颗，
贯古今，串未来，莹莹光无尽。
美丽的珍珠链，历史的脊梁骨，
古照今，今照来，先辈照子孙。

理想是罗盘，给船舶导引方向；

理想是船舶，载着你出海远行。

但理想有时候又是海天相吻的弧线，

可望不可即，折磨着你那进取的心。


理想使你微笑地观察着生活；

理想使你倔强地反抗着命运。

理想使你忘记鬓发早白；

理想使你头白仍然天真。


理想是闹钟，敲碎你的黄金梦；

理想是肥皂，洗濯你的自私心。

理想既是一种获得，

理想又是一种牺牲。


理想如果给你带来荣誉，

那只不过是它的副产品，

而更多的是带来被误解的寂寥，

寂寥里的欢笑，欢笑里的酸辛。

【赏析】

　　理想是一个抽象的东西，但又是可以借助外物说明清楚的东西。因此，诗人化抽象为形象，化概念为具体，借助各种物象把理想的意义和作用说得一清二楚,让人振奋,让人热血沸腾,让人对未来和人生充满激情和梦想。"理想是石,敲出星星之火",一开始,诗人就从最可感的火写起,逐步写出了理想的意义。火、灯、路、黎明,都是形象的、可感的,人们印象深刻的、熟悉的东西,自然能引起人们的共鸣。后面,诗人又写理想如珍珠,理想是罗盘,理想是闹钟,这些形象可感的东西既让人感到亲切,又加深了人们的理解,使人对理想有了更清楚的认识。

为了使诗歌有气势,诗人运用了一些修辞手法,如大量运用比喻、排比、顶针。这些修辞手法的运用使得该诗的气势更加强烈。第一、二节一上来就是一个顶针句,又近似排比,很有气势。每一小节内部有排比,几个小节之间又有排比,这样气势就更强烈了。第四节,诗人用了三个比喻句,即"理想是罗盘""理想是船舶""理想是弧线"。这三个比喻句一起运用显得比较有气势,这样也可以使诗歌的节奏强。整篇诗歌分为12小节,句式整齐,每节都是四句话,读起来朗朗上口。诗歌只有在句式上一致,在节奏上一致,才能读出气势,才有一种一贯到底的感觉,才能起到震撼人心的作用。整首诗,除了个别小节句子不整齐外,绝大多数句子是整齐的。

下面,我们一起来欣赏一下顾城的诗。


远和近

顾城


你,

一会看我,

一会看云。

> 我觉得,
>
> 你看我时很远,
>
> 你看云时很近。

【赏析】

《远和近》表现了特定心理和审美情趣,表达含蓄、精炼而内容深刻。第一节写"你"左顾右盼的行为,第二节写"我"的独特感觉。从表层看,这是一种错觉。因为"你"既然能看到"我",说明双方距离并不遥远,而"云"处天际,它与人的距离遥不可及。诗人透过表层形象着意揭示一种心理距离的远和近。人与人,虽然近在咫尺,但心理却存在各种隔膜与不可逾越的鸿沟,因而觉着"很远"。而人与云、人与大自然却能沟通感情,因而觉得"很近"——亲近、融洽。诗人运用象征手法,表现了心理距离与物理距离的不和谐,表达了对人与人之间良好关系的追求与向往。

诗作言简意赅,使人很容易联想到个人的生活经验,它的美就隐含在抽象的线条之中。但细细品味,冷静之中暗含一种热切的期盼,呼唤一种相互理解、相互信任、和谐融洽的人际关系。而由于诗人隐去了造成错觉的原因,有意留下较大的空白,引发读者去想象,读者的心理因素不同,这种想象图景也会不尽相同。

从诗作表达的纤细情感来看,作品好像一位腼腆男孩的心灵独白。他爱慕一个女孩,但羞于表白,甚至连目光都不敢和女孩的目光相交,他只能趁女孩的目光转向别处时偷偷地望上一眼。在目不转睛、如饥似渴的观望中,他悲哀地发现自己是那么怯懦、无助、自卑,爱情的热焰没能燃烧他内心的羞涩,他不敢让目光泄露他内心的焦灼。"你看我时很远,你看云时很近",那么幽怨又那么平淡,那么焦急又那么彷徨,字里行间饱含着温润的气息。

诗的诗眼是"远"和"近",一个"很"字让远和近所指代的距离变得极端,要缓和、改变这种状况,需要付出相当的努力。情感的拉近不是一厢情愿的事情,有时甚至不是两相情愿的,它需要切合的气氛、愉悦的心情、无畏的勇气、长久的坚持,特别是明哲的智慧。虽然距离的存在让人辗转反侧、焦灼不安、无所适从,但在爱情的虚幻想象中,心上人的侧面形象最美,它激发了人内心对爱情的憧憬,这大概是爱情最有魔力的一个阶段。

一个远,一个近,引发了人类与自然、物质与精神、肉体与灵魂、存在与虚无的种种思索,还能给读者带来很多联想,唤起共鸣。它短小精悍的外质包裹着丰富的内涵,一千个读者就有一千个"我"和"你"。

### 面朝大海,春暖花开

### 海子

从明天起,做一个幸福的人

喂马、劈柴,周游世界

从明天起,关心粮食和蔬菜

我有一所房子,面朝大海,春暖花开

从明天起,和每一个亲人通信

告诉他们我的幸福

那幸福的闪电告诉我的

我将告诉每一个人


给每一条河每一座山取一个温暖的名字

陌生人，我也为你祝福

愿你有一个灿烂的前程

愿你有情人终成眷属

愿你在尘世获得幸福

我只愿面朝大海，春暖花开

【赏析】

这首诗读起来让人莫名感动，因为它选取自然界中的美好事物，建构了一个"面朝大海，春暖花开"的个人世界，契合了每个生命对真善美的期待。这份诗意与生命本能中的肯定力量不谋而合。《面朝大海，春暖花开》是海子的抒情名篇，写于1989年1月13日。两个月后，海子在山海关附近卧轨自杀。海子，这个用心灵歌唱的诗人，一直都在渴望倾听远离尘嚣的美丽回音，他与世俗的生活相隔遥远，甚而一生都在企图摆脱尘世的羁绊与牵累。

"从明天起，做一个幸福的人/喂马，劈柴，周游世界"，似乎宣告了诗人面向尘世，开始了一系列的体验式行动，不再任时间在贫穷、单调和孤寂中逝去。"周游世界"是诗人的理想，那便是让自己的心灵充分向世界开放，充分享有这个世界。"从明天起，关心粮食和蔬菜"，"粮食和蔬菜"本来是物质世俗的代表，是生存的最基本的资料。"关心粮食和蔬菜"是积极的生活态度，是热爱生活的表现，从这可以感受日常生活本身包含的享受物质的快乐，使人休闲放松。诗人下定决心"从明天起，关心粮食和蔬菜"，表明过去诗人缺少幸福感，对生活漠不关心，于是踌躇满志，打算重整心绪，重建生活，追求幸福。"我有一所房子，面朝大海，春暖花开。"诗人在想象中构建着自己的幸福家园，想象自己有一个超离生活之外、眺望大海的姿态和空间。在那里，诗人可以面朝大海，获得逍遥的精神自由。诗歌的审美意蕴往往凭借单个词语或者一句话产生。"面朝大海，春暖花开"这个情景显示了诗人丰富的想象力，创造了富有生命力的审美情境，在此，读者感受到自然和人的内心世界融合为一体，达到了崇高的境界。

### 致橡树

舒婷

我如果爱你——

绝不像攀援的凌霄花，

借你的高枝炫耀自己；

我如果爱你——

绝不学痴情的鸟儿，

为绿荫重复单调的歌曲；

也不止像泉源，

常年送来清凉的慰藉；

也不止像险峰，

增加你的高度，衬托你的威仪。

甚至日光。

甚至春雨。

不，这些都还不够！

我必须是你近旁的一株木棉，

作为树的形象和你站在一起。

根，紧握在地下；

叶，相触在云里。

每一阵风过，

我们都互相致意，

但没有人，

听懂我们的言语。

你有你的铜枝铁干，

像刀，像剑，也像戟；

我有我红硕的花朵，

像沉重的叹息，

又像英勇的火炬。

我们分担寒潮、风雷、霹雳；

我们共享雾霭、流岚、虹霓。

仿佛永远分离，

却又终身相依。

这才是伟大的爱情，

坚贞就在这里：

爱——

不仅爱你伟岸的身躯，

也爱你坚持的位置,足下的土地。

【赏析】

《致橡树》抒情主体即"我",一方面展现了"我"这样新型知识者生存空间的自由度、优越性超越了前辈,一方面表现"我"对未来生活充满了信心。"我",一个自信的启蒙者,对前辈知识者的精神和意志充满无比钦佩,大胆抒写了自己的爱意。《致橡树》呈现出自信的启蒙意识。所以在这首诗歌中,舒婷传达出了女性意识,表现了很大的时代主题。在传统的思想意识中,女性是封建纲常礼教中最底层的群体。先天的弱势、人格的扭曲,形成了对男人天然的、根深蒂固的依附心理,很自然地形成了固定的人生价值模式:生活内容——相夫教子,生活准则——夫唱妇随,生活理想——夫荣妻贵。这种心理在现代社会也仍然有很强大的市场。这类女性固守着这份传统,或攀附,或痴情,或认为仅靠温柔、善良、勤劳、奉献就能维系爱情,这种观念注定了婚姻悲剧。还有一些女性对独立自由的要求过于严苛,同样造成了情感生活的失败,更有甚者心甘情愿地成了金钱的附庸……因此,舒婷诗篇中所表达的人生观包含传统因子兼现代理念,承载着重大的意义。

**二、《晚霞消失的时候》**

《晚霞消失的时候》是20世纪80年代颇具争议并很有影响的一部经典作品。少年时代的李淮平与南珊在春暖花开的时候相识,并且彼此萌生爱意。然而,在"文革"中,出身国民党家庭的南珊受到批斗,而坐在批斗台上的正是李淮平。内心情感与社会角色的强烈冲突致使他们形同陌路,各奔东西。20年后,作为军舰官的李淮平在泰山山顶再次遇到南珊。这时候,南珊已经从当年单纯的少女成长为一名成熟的翻译官。李淮平向南珊表达多年来内心的情爱和悔恨，然而为期已晚。这是一个伤感的爱情故事，同时是"一部现代中国思想解放的激动人心的文献"。小说中对文明与野蛮、科学与宗教、爱与恨、情与理、真善美的关系的形象性探索令人深思。

在这部小说中，主人公南珊始终相信"善"的价值和人类推广、实现这个价值的能力，支持个体心灵反省以达到人格的提升。它提出了宗教式的心灵完善，作为拯救和自我救赎的理想道路，这事实上超越了成为20世纪80年代思想主潮的启蒙主义意识形态，超越了乐观的历史进化论，因此才会饱受守旧派和先锋派的争议。但是单从这部书来看，确实有很多可圈可点的内容值得读者欣赏。

下面，笔者选取了相关片段请读者欣赏。

在这个公园的山后，有一片浓密的树林。树林中间，有一块绿草如茵的空地，那里有一座不知道是哪个朝代修下的石筑高台。这座高台已经颓势破败了，四面的砖壁上长着灌木和青松。台顶上，汉白玉石的栏杆已经残缺不全。巨大的铺地青砖也破碎了。碎砖乱石中，长满了青苔绿草和星星点点的黄色或紫色的小花。在石台的东面，有一条台阶直通高高的台顶。

当我终于钻进这片空地，大步登上台顶，并坐在石栏杆上以后，快跑后的喘息和心跳很久才平息下来。

我环顾了一下四周，除了栏杆外面的青松伸出枝梢，在晨风中轻微地晃动外，一点声响也没有。

我打开书包，一边掏出点心啃着，一边拿出我今天早上必须温习的俄文课本。我皱着眉头翻了翻这门我最讨厌的功课，一种无可奈何的心情顿时涌上心头。我不禁深深地叹了一口气，昨天晚上在我房间里发生的情景，又浮现在了眼前……

"你把这一课给我背出来。"

爸爸此刻正和妈妈一起坐在我的桌子前面，手里拿着我的这本俄文书。由于背向台灯，他们的脸都很暗。

我规规矩矩地坐在床沿上，应付着这场不曾防备的考试。说实话，我根本无法把它背下来，因为那根本不是我们的作业。但爸爸向来是严厉的，在这种时候不容我不要强。我只好尽量背得快一些，管它对不对，只要显得熟练就有可能混过去。

这可真糟糕。三十年前，爸爸妈妈都在苏联学习过，这点俄文当然难不住他们。我的脸红了。

"一个学生，不老老实实地掌握功课，投机，取巧，这叫什么态度？"爸爸声色俱厉地说着，好像我是一个只知淘气的糟糕透顶的学生一样。这真使我满肚子都是委屈。

"爸爸！在学校里我的各门功课都是最好的，就是俄文我实在受不了，它实在太枯燥了。再说，我又不想当翻译，学好了有什么用！"我忍不住为自己争辩起来。

本来么！我在学校里所有功课都学得不错、不管是文史地还是数理化，我的成绩都足以叫爸爸自豪。这也没什么奇怪的，因为我从小就喜欢它们。但是俄语，它算什么呢？在学习的时候，整整一个班的中学生跟着老师喊什么："妈——妈""爸——爸""桌——子""椅——子"。我一点也不喜欢它，也断定我将来根本用不着。所以，去年考试，这门倒霉的功课使我破天荒第一次闹了个不及格。从那以后，爸爸就不再夸奖我，而是越来越严厉了。

"有什么用？"爸爸奇怪地看了妈妈一眼，"你看这样的问题有多奇怪！"

妈妈笑笑，什么也没说。

"我问你，"爸爸合上书放在膝盖上，"在我们的部队里，战士们天天要出操。可是齐步走和立正在作战中有什么用？难道有一个士兵提出这样的问题吗？"

我不说话，但我心里认为这完全是另一码事。

"谁也不能提这样愚蠢的问题。"爸爸继续说，"因为每一个军人都晓得，军队必须具备严格的纪律才能作战。而纪律在战争中不是一种手段，而是一种素质，你记住，是素质！一种素质比一百种手段都重要。那么，你们做学生的是否也需要一种什么素质呢？需要的。这种素质就是善于学习，善于记忆，善于思考。要知道学校里开了这样多的课程，并不仅仅是为了教给你们那些专门知识，不，这种全面的学习还在于培养你们一种善于学习的能力。善于学习，你懂吗？如果你能学到这一条，天下的本事都是你的！"

他说着，一根竖起的指头还在空中一挥，好像天下的本事都在这根指头上拴着，他想丢给谁就丢给谁似的。

"不错，你今天学的东西将来并不一定都会用得着。但是，我的孩子，你又怎么能知道你将来用得着什么，用不着什么呢？人是无法事先挑着有用的东西去学的。书到用时方恨少，学任何东西都不会多余！"

"孩子，你爸爸说得对。我们从前也学了很久俄语，到后来几乎一点也没用。但是那种学习却开阔了我们的眼界。它的好处现在我们还能感觉得到。"

爸爸对妈妈的插话很满意，特地向她点了点头。

"妈妈,我根本办不到!"我叫了起来,"没有兴趣的事我得花十倍的力气去做它。您不知道为了这门倒霉的俄语我熬了多少夜了。今年市教育局难得举行的数学竞赛,我没有能得奖,就是死抠了俄语的过……"

"糊涂!"爸爸把书啪的一声放在桌子上,发火了。"我不要你去争什么竞赛,我要你的知识全面发展,我要你完成党交给你的所有学业!什么兴趣?那是你学习的出发点吗?年纪不小啦,孩子,不是你抱着木头枪趴在泥巴里玩打仗的时候了!"

爸爸把手撑在膝盖上,摆着威严的架势。我再也不说话了。

我坐在石栏杆上,轻轻叹了一口气:"唉,还得温它呀!"

这段文字是第一章中的,描写了李淮平的一段回忆,潜在地交代了李淮平的家庭情况和爸爸的身份以及教育观念,展示了小说主人公与中国现代史密切相关的家庭背景。在语言表现上,主要是通过对话来反映人物形象和身份,十分注意语言的使用,符合人物的身份、地位、思想,能够真实地再现回忆中的实践,写活"爸爸"这个人物形象。在叙事上,主要是运用插叙的叙事手法,能够有效地避免叙事的单调,推动情节发展,为下面的情节做好铺垫。

### 三、韩少功与寻根文学

韩少功是我国新时期以来一位不可多得的思想型作家。他的创作一直保持着与时代、社会强烈地互动。同时,不同于一般的思想评论家,他的思考视角、表达方式、认识和介入现实的方式始终是巫楚文学性的,都是从文学本身出发去干预社会、现实和文化,带有文学家风格的批判视野。在韩少功的文学作品中,读者可以发现"寻根文学"的痕迹。韩少功曾在《文学的"根"》中谈到过,乡土是城市的过去,是民族历史的博物馆。哪怕农舍的一梁一栋、一砖一瓦，都有传统文化的投影；而城市，南北都一样，多少缺乏个性，历史短暂，容易变换。因此，他更倾向于肯定凝聚了丰富传统文化因素的乡土文化，尤其是其中少数民族的不规范文化，在韩少功这里则首先体现为对巫楚文化价值的挖掘。他认为，包括巫楚文化在内的少数民族文化蕴含着旺盛的原始生命力，其中暗含的直觉思维、非理性思维，正是艺术的生产方式，而艺术又是对于人类精神和认知方式越来越科学化、技术化、理性化倾斜的逆向补充。在这个时期发表的《爸爸爸》《女女女》《归去来》《火宅》都可以看作韩少功"寻根文学"的代表作。

下面，笔者选取了《爸爸爸》的有关片段，请读者来体会一下韩少功的文学作品韵味。

"汽车算个卵。"他说，"卧龙先生，造了木牛流马。只怪后人蠢了，就失传了。"

他还说："先人一个个身高八尺，力敌千钧。哪像现在，生出那号小杂种。"

大家知道他是说丙崽。

他越这样感慨，越觉得日子不顺心。摇着蒲扇，还是感到闷，鼻尖上直冒汗——呸！妖怪，先前哪有这么热呢？他恨椅子也太不合意，吱吱呀呀叫得很阴险——妖怪，如今的手艺也真是哄鬼啊，先前一张椅子从出嫁坐到外婆，还是紧紧实实的。想来想去，觉得没有了卧龙先生，世道怕是要败了，这鸡头寨怕是要绝了。

是要绝了么？

眼下，听人们都在议论要祭谷神，他坐在家里不知要做点什么才好。好像出了点问题，仔细思量，才知是肚子饿了。近来很少有人接他去做衣，得自己煮饭。即使接他去，人家的饭食也越来越软，这是他最不能忍受的。

如果米饭不是粒粒如铁砂,他决不摸筷子。

"仁拐子!"他叫喊。

没有人回答。

他又喊了一声,想了想,上楼去找。发现儿子的铺盖蚊帐,还有他的锈马灯壳子一类,都不翼而飞。只剩下一张空床,还有几个大瓦坛子,很久没有酸菜可装的,倒立在墙角,像几个囚犯在受大刑,永远倒栽在那里。还有一具棺木,不知是仁宝为谁准备的,横霸中央,呼呼大睡。

明白了什么,一句话也没说。

他看见墙边一只老鼠一晃,好像更明白了什么。妖怪!对了,就是这个妖怪!——他梦见过的,梦里的这只老鼠,还拱手而立,同情地冲他笑了笑。这畜生耳红足赤,眼睛也红鲜鲜的。在书上不是说过吗?那是偷吃胭脂所致。妖妇捕之可为媚药。仁拐子一定是被它媚去的,这个寨子也一定是被它败了的!

仲裁缝骂着娘,一铁尺打过去,咣地破了个坛子,老鼠尾巴又缩进壁缝去了。他跑到另一房间,撬破一个木柜,捅烂两只蔑篓,还是没有胜利。咚咚咚地跑到楼下,凡可疑之处都给以惊天动地的检查。一瞬间,碗钵烂了,吊壶也倒了,桌椅板凳都苦苦地跪倒或趴下,或歪歪斜斜地艰难站立,他引火烧鼠洞,黑油油的帐子又接上了火,燎起热爆爆的一片金黄色光亮。

老鼠总算被他戳死了,大小六只,全被他斩首断肢,拿到火塘中烧出了一股奇臭。他听见地坪中有沉着的脚步声,回过头,又看见丙崽娘若无其事地朝这边看了一眼,更冒出一股无名火。咬咬牙,把老鼠的尸灰泡在水里,全都喝了下去。

他脸发黑,感到丹田之气已尽,默坐一阵之后,出了门。

公鸡正在叫午，寨里静得像没有人，像死了。对面是鸡公岭，鸡头峰下一片狰狞的石壁，斑斓石纹有的像刀枪，有的像旗鼓，有的像兜鍪铠甲，有时像战马长车，还有些石脉不知含了什么东西，呈棕红色，如淋漓鲜血，劈头劈脑地从山顶泻下来，一片惨烈的兵家气象。仲裁缝觉得，那是先人们在召唤自己。

路边瓜棚里，冒出一张老人的笑脸。

"仲老，吃了？"

"吃了。"也淡淡一笑。

"要祭谷神？"

"要祭的。"

"要谁的脑袋？"

"听说……摇签罢。"

"摇签？"

"你吃了？"

"吃了。"

"哦，吃了的。"

双方不再说话。

山上的树漫天生长。从茶子坡过去，大木就多了。有些树上扎了篾条，那都是寿木。寨里的人很小就要上山给自己看寿木的，看中了，留个记号，以后每年来看一两次。但仲裁缝很少进山，也一直没来选过寿木，而且憎恶这一根根居心不良的鸟树。君子坐有坐相，立有立相，死也要有个死相，死得不能倒威。说死就死，准备什么？他捏着弯刀来的，要选一块好位置，砍出一个尖尖的树桩，坐桩而死，死得慷慨。他见过这样死去的人，前些年马子洞龙拐子就是一个,他咳痰,咳得不耐烦,就去死。死后人们发现树桩前的地皮都被十指抓得坑坑洼洼的,起了一层浮土,可见死得惨烈,死得好。载上了族谱。

他选了一颗小松树,用裁缝的手,不熟练地砍削起来。

这是描写仲裁缝的一段文字描写。在这段文字中,人们看到了仲裁缝愚昧无知的人物形象,以及落后的祭谷神风俗。在这些文字中,人们隐隐约约地可以感受到韩少功在书中解剖了古老、封闭、近乎原始状态的文化惰性,表现了对传统文化持否定批判的态度。

## 第三节  20 世纪 90 年代文学

20 世纪 90 年代以来,我国社会主义市场经济逐步确立,城市化进程加快,经济的繁荣使得社会面貌焕然一新,以电视、互联网为主体的电子传播媒介迅速崛起。乘着经济腾飞之势,后现代消费文化也日益普及,中国的社会语境发生了重大改变,即以传媒语境和消费社会语境为主导的社会形成。在此基础上,90 年代文学身体叙事如一株株野草顺着传媒和消费社会这一股燎原之火熊熊燃烧开来。90 年代文学身体叙事呈现出多样化的文学景观。精英写作在理想化的坚守中抵抗世俗,通过欲望话语的转移表达人无法缺失精神的庇护;大众化写作则顺应大众文化的兴盛,肯定了"物欲""情欲"的正当性;女性写作却借身体叙事建构女性主体意识,自身经历了由救赎到自我放逐的过程。90 年代文学身体叙事成功突围了"传统""启蒙""理性"等宏大叙事的禁锢,还原了人的主体性,也透过"日常生活审美化"以及"身体的美学化"拓宽了文学的审美疆域。这个时期出现了各种文学事件,如文化"毛泽东热"、顾城等的诗人之死、"张爱玲热"、"30年代闲适散文热"。在这些文化事件中,《废都》《白鹿原》等文学作品出版发行,走进了人们的视野中。

## 一、诗歌文学

相对于 20 世纪 80 年代的诗歌向心运动,20 世纪 90 年代的诗歌更多地呈现出一种离心状态。正如美国诗人华莱士·史蒂文斯所说的,诗歌的可贵是用内在的暴力反抗和抵御一种外在的暴力问题,在 20 世纪 90 年代发生了方式上的变化。那种在 20 世纪 80 年代发生的团体性名义的运动,在 20 世纪 90 年代销声匿迹,对于政治的观察变得内敛。20 世纪 90 年代的诗人放弃了某种企图再造历史和现实的瞬间可能性,重新回归到自身和语言,认识到诗歌终究不是一种行动者,它的本质仍然需要回归到诗意和语言上来。

在 20 世纪 90 年代,一些诗人和评论家敏感地意识到诗歌在历史变迁中发生的变化,不约而同地思考、调整自己的诗学信念和写作路向,调整自己的写作姿态、想象方式、语言策略。90 年代的诗歌,从主要的方面看,是向诗人的个性、诗歌的个人经验缩化,因而呈现出与当代抒情诗歌和朦胧诗歌完全不同的诗歌面貌,代表作家有北岛、多多、西川、欧阳江河等。

下面，请欣赏张曙光的一首诗。

## 1965 年

### 张曙光

那一年冬天，刚刚下过第一场雪

也是我记忆中的第一场雪

傍晚来得很早。在去电影院的路上

天已经完全黑了

我们绕过一个个雪堆，看着

行人朦胧的影子闪过——

黑暗使我们觉得好玩

那时还没有高压汞灯

装扮成淡蓝色的花朵，或是

一轮微红色的月亮

我们的肺里吸满茉莉花的香气

一种比茉莉花更为凛冽的香气

（没有人知道那是死亡的气息）

那一年电影院里上演着《人民战争胜利万岁》

在里面我们认识了仇恨与火

我们爱着《小兵张嘎》和《平原游击队》

我们用木制的大刀与手枪

演习着杀人的游戏

那一年,我十岁,弟弟五岁,妹妹三岁

我们的冰爬犁沿着陡坡危险地

滑着。突然,我们的童年一下子终止

当时,望着外面的雪,我想,

林子里的动物一定在温暖的洞里冬眠

好度过一个漫长而寒冷的冬季

我是否真的这样想

现在已无法记起

【赏析】

在这首诗作中,对于历史的记忆已经变得个人化,不再是代言人似的身份,诗人作为独立的个体将集体的记忆化为自身个人化的经验。之前虚化的历史幻化为集体的多人、民族的,而20世纪90年代的诗歌已经完全将宏大的历史按照个人的生活史去书写。实际上,历史无非就是由一个个单个人的历史组成的,与其说是历史,不如说是经验。然而,在这首著名的诗作当中,个人的经验也变得模糊不清。诗中种种相互关照的纬度,通过细节默默地描摹出了当时历史的诸多细节和经验。诗歌在平淡的叙述中,蕴藏着个人史与集体民族历史的冲突,这看起来轻而易举,但实际上已经是一种新的写作风格了。

下面,请欣赏北岛的一首诗。

回　答

北岛

卑鄙是卑鄙者的通行证,

高尚是高尚者的墓志铭,

看吧,在那镀金的天空中,

飘满了死者弯曲的倒影。


冰川纪过去了,

为什么到处都是冰凌?

好望角发现了,

为什么死海里千帆相竞?


我来到这个世界上,

只带着纸、绳索和身影,

为了在审判前;

宣读那些被判决的声音:


告诉你吧,世界,

我——不——相——信!

纵使你脚下有一千名挑战者,

那就把我算作第一千零一名。

我不相信天是蓝的，

我不相信雷的回声，

我不相信梦是假的，

我不相信死无报应。

如果海洋注定要决堤，

就让所有的苦水都注入我心中，

如果陆地注定要上升，

就让人类重新选择生存的峰顶。

新的转机和闪闪星斗，

正在缀满没有遮拦的天空。

那是五千年的象形文字，

那是未来人们凝视的眼睛。

【赏析】

这首诗主要用了象征和排比的修辞手法来进行创作。在北岛的笔下，政治的黑暗犹如漆黑的、无所不在的夜，生活的束缚好比四处张开的网，希望的境界成了被堤岸阻隔的黎明，而觉醒者恰如被河水包围的孤独的岛屿。在谈到这首诗时，读者不能抛开历史的语境来谈问题。北岛的诗歌在当时的环境中是先锋性的，具有很大的先导性意义，其中语言的音乐性值得读者注意。细读北岛的全诗，音乐性都是依靠字数上的相等和意向上的对立形成的。而这些恰恰是 90 年代诗歌最为忌讳和避免的。因此,北岛的《回答》具有很大的先导性。同时,由于心理感受的真实外向化,这首诗歌染上了一层阴冷的色彩,给人以冷峻凄怆的感觉。北岛诗歌阴恺的冷峻虽不是象征主义的直接感染,但他却从生命感受这共同层次上验证了现代艺术的本质。

**二、陈忠实的《白鹿原》**

《白鹿原》被陈忠实视为"垫棺作枕"之作,历经六年呕心沥血而成。"小说被认为是一个民族的秘史。"巴尔扎克这句话昭示着陈忠实重构民族史诗的宏大叙事的雄心与抱负。

《白鹿原》整部小说都是农历纪年,只有四处是公元纪年。四处公元纪年都是中华人民共和国成立之后,而且均与死有关。一处是黑娃被错杀,一处是革命者白灵之死。小说开始于死亡(白嘉轩前六任妻子),终结于死亡(鹿子霖),中间数十处描写有名有姓者之死,可以说整部小说笼罩在死亡氛围中。作为起义的有功人员,黑娃在农历二月二被处死。二月二,是民间传说中蒙冤的龙王获救之日,但黑娃作为有功者却被共产党处死,农历节日的喜庆染上不祥的血色。古老的报应不爽的故事被现代革命所逆转,叙事者选择这一节日,暗示着新中国并非一个光明的开始。更耐人寻味的是叙事者如何讲述白灵之死。对于白嘉轩而言,白灵之死不仅是痛失亲人,更是革命之务。在白嘉轩心中,其父、其母、其妻、其姐夫等人之死之所以与白灵之死无法相提并论,并非感情亲疏所致,而是叙事者试图反思革命。

在《白鹿原》中,陈忠实为读者描写了许多生动形象的人物,如白嘉轩、黑娃、田小娥。通过对这些人物的个性描写来宣传中国文化的深刻价值,表达自己"寻根"的理念。作者的寻根性思考,不仅仅停留在以道德的人格追求为核心的文化之根，而且进一步深刻地揭示出传统文化所展现的人之生存的悲剧性。《白鹿原》在以关中人生存为大的文化背景下，展开了一系列的人物活动，粗野朴实的乡村习俗、慎独隐忍的儒家精神，体现出文中"寻根"的主题。

下面是《白鹿原》节选片段。

夜里，白嘉轩常常先关后门，再锁上街门，端着水烟壶走进马号，坐在鹿三的炕边上，一锅接着一锅抽水烟，看着鹿三一遍又一遍给牛马拌草撒料，说："三哥，撂出一折乱弹哇！"鹿三也不推诿，靠着槽帮就吼起来。先一折慷慨激昂的《辕门斩子》，接着又撂出一段《别窑》。嘉轩听得热了，从炕边上溜下来，端着水烟壶站在地上也唱起来，更是悲壮飞扬的《逃国》。直唱到给牲口喂过三槽草，白嘉轩才端着水烟壶走出马号回屋去睡觉。

这天晌午，白嘉轩又夹好煮熟一锅老鸹头，跑进马号，一边揩着汗水一边喊："三哥吃饭。"鹿三没有应声，端直坐在炕边上一动不动。白嘉轩又喊了一声："三哥吃饭呀，你聋咧？"鹿三突然歪侧一下脑袋，斜吊着眼瞅过来，发出一种女人的尖声俏气的嗓音："光叫你的三哥哩！咋不叫我哩？"白嘉轩一愣："你就是三哥嘛！还要我叫谁呢？"鹿三晃晃头："我不是你的三哥。"白嘉轩走近两步，细细瞅视着鹿三，他的尖细的声调，轻佻的眼神和歪头侧脸的忸怩动作，显然都不是鹿三的习惯做派。白嘉轩不由得打个冷颤，加重威严的声调逼问："你不是三哥你是谁？"鹿三扭扭腰晃晃头说："你连我都认不得吗？你仔细认一认就认得了。"白嘉轩头顶"嗡"地一声头发倒竖起来，浑身像浇下一桶凉水抽紧了筋骨，鹿三现在的忸怩姿态和轻佻的声调，使他突然想起了小娥。白嘉轩猛然扬起手，抽击到鹿三的脸上，狠声骂说："婊子！我怕你个婊子不成？"鹿三突然使出素常浑重的嗓门："嘉轩,你打我做啥?我弄下啥瞎事了你打我？"说着跳下炕来扑到嘉轩对面,气得脸红脖子粗地吼叫。白嘉轩站在那儿不知是鹿三刚才迷了还是自己发迷了？于是再三道歉赔不是,拽着怒气不息的鹿三去吃饭。

　　主仆二人走进院子,鹿三径自坐在石桌旁的矮凳上,等待嘉轩给自己把饭端来。自从仙草过世以后,鹿三总是和嘉轩一起搭手做饭,怎么也不忍心脊背上像扣着一口锅的主人给自己端饭倒茶。现在他挺着腰坐在石桌旁,像一位文质彬彬的上等宾客,拘谨而又客气地接受主人的侍奉。白嘉轩佝偻着腰, 一手拄着拐杖,一手端着饭碗从厨房走出来送到鹿三手上,口里叮嘱着:"吃吧吃吧快吃。"转过身又去给自己端来一碗,坐到鹿三对面,放下拐杖吃起来。鹿三吃完一碗饭,咣一声把碗重重地蹾到石桌上,又把筷子扣到碗上,霍地一下跳起来,在白嘉轩对面哈哈大笑,直笑得前俯后仰,又一蹦蹦到厅房的台阶上喊起来:"哈呀呀,值了值了,我值得了!族长老先生给我侍候饭食哩!族长跟我平起平坐在一张桌子上吃饭哩!值了值了我值得了!我是个啥人嘛族长?我是个婊子是个烂婆娘!族长你给婊子烂婆娘端饭送食儿,你不嫌委窝了你的高贵身份吗……"白嘉轩瞪着眼瞅着鹿三豁脚扬手的大动作,把剩下的半碗饭摔到地上,碗片和饭汤四处迸溅,随手从石桌旁捞起拐杖,追打鹿三。鹿三三闪两躲,跳着蹦着窜出院子奔到村巷里去了。白嘉轩气喘吁吁追到门外,叫几个小伙子把鹿三强扭到马号里,把一只簸箕扣到头上,用桃树条子抽击,发出嘭嘭嘭的响声。鹿三突然掀翻簸箕跳起来大叫一声:"你们这些人折腾我做啥?"睁着疑惑不解的目光瞅着围在马号里的男女。白嘉轩从声音和神色上判断出来,真正的鹿三又活转来了。

【赏析】

在这段文字中,读者可以体会到《白鹿原》文字的本土化和地域性,很有文化韵味和风格特点。同时在人物塑造方面,通过语言和动作、神态分别展示了白嘉轩和鹿三这两个人物的形象。白嘉轩是族长,宽厚仁义。鹿三是白家最好的长工,他为白嘉轩的人格魅力所征服并且选择终身追随,同时是黑娃的亲生父亲,对儿子要求严格,对家风管治严谨。在文字描写中,通过白嘉轩错打鹿三以及白嘉轩、鹿三的饭桌之战,读者看出鹿三和白嘉轩的关系,从而展示了白嘉轩、鹿三的人物性格和人物形象。

### 三、阿来的《尘埃落定》

阿来的长篇小说《尘埃落定》在 1998 年出版后,好评如潮。阿来的文学创作具有典型的空间化书写特征,他以本土视野,具体而微地呈现了"藏族大家庭中这样一个特殊的文化群落"——嘉绒部族生息的地理空间、人文脉息与集体记忆,展示了一种生动有机的地域文化身份。空间化书写构成阿来文学文本生产空间的多元性和文本自身的异质性,也给读者阅读和阐释中国当代少数民族文学提供了多重思考空间。

阿来试图通过他的文学创作,解读、阐释处于地理和文化过渡地带的嘉绒藏区独特的地域文化和历史命运,进而探求身处多元文化背景中的嘉绒藏人的心灵轨迹。阿来的空间化书写涉及空间地理、空间文化身份、空间记忆、空间体验、空间观念、空间立场、空间叙事策略等诸多空间命题。《尘埃落定》截取了地处藏、汉两大地理和文化版块"接壤地带"的嘉绒藏区一段尘封的历史,作者以其独特的诗性语言和鲜活的生活画面向读者展现了历史文明进程中藏文化与汉文化、本土文化与域外文化的种种矛盾和冲突,展示了"过渡地带"不同族群文化之间的冲突、融和、涵化与变迁。

《尘埃落定》首先展示的是一个新奇、立体、多元的地理文化空间。阿来围绕伴随着他生命成长的嘉绒藏区的空间转换、历史记忆及与之关联的社会转型，将那片地域空间的过去、现在和未来并置呈现，共时展开，如同鲁迅笔下的江浙小镇、沈从文笔下的湘西、老舍笔下的北京，是一种既"由内及外"，又"由外及内"的多重视域性的空间化写作。《尘埃落定》为作家阿来，也为读者建构了一个精神空间。《尘埃落定》描述的是阿来"想象中的家园"。阿来的精神原乡深植于极富宗教精神的藏文化。"尘埃落定"一语的创生就表现了作者的宗教情怀和诗性智慧。深沉的宗教情怀并不意味着导向宗教本身，而更多地意味着人性、人生、生命以及人类共享的精神价值理念。另外，《尘埃落定》关注的是多重文化交流融汇中的历史进程。作品所建构的复合文化背景、多重文化交汇的历史现实及变化轨迹都经由"我"——麦其土司的傻瓜儿子的视域获得表现。"傻子"二少爷身上集中了社会和文明形态过渡时期的丰富性和复杂性，体现了现代主义诗学对人的存在的"无限敞开性"以及对丰富深邃人性的关注。

下面是《尘埃落定》节选。

## 罂粟花战争（节选）

门巴喇嘛做了好几种占卜，显示汪波土司那边的最后一个回合是要对麦其土司家的人下手。这种咒术靠把经血一类肮脏的东西献给一些因为邪见不得转世的鬼魂来达到目的。门巴喇嘛甚至和父亲商量好了，实在抵挡不住时，用家里哪个人作牺牲。我想，那只能是我。只有一个傻子，会被看成最小的代价。晚上，我开始头痛，我想，是那边开始作法了。我对守在旁边的父亲说:"他们找对人了,因为我发现了他们的阴谋。你们不叫我作牺牲,他们也会找到我。"

父亲把我冰凉的手放在他怀里,说:"你的母亲不在这里,要不然,她会心疼死。"

门巴喇嘛卖力地往我身上喷吐经过经咒的净水。他说,这是水晶罩,魔鬼不能进入我的身体。下半夜,那些叫我头痛欲裂的烟雾一样的东西终于从月光里飘走了。

门巴喇嘛说:"好歹我没有白作孽,少爷好好睡一觉吧。"

我睡不着,从帐篷天窗里看着一弯新月越升越高,最后到了跟亮闪闪的金星一般高的地方。天就要亮了。我突然看到了自己的将来。我看得不太清楚,但我相信那朦朦胧胧的真是一个好前景。然后,我就睡着了。醒来的时候,我就把这件事情完全忘记了。

早上起来,我望着山下笼罩在早晨阳光里的官寨,看到阳光下闪着银光的河水向着官寨大门方向涌去,直碰到下面的红色岩石才突然转向。我还看到没有上山的人们在每一层回廊上四处走动。这一切情景都和往常一模一样。但我感到有什么事发生了。我不想对任何人说起这事。我比别人先知道罂粟在别人的土地上开花,差点被别人用咒术要了性命。我又回到帐篷里睡下了。我睡不着,觉得经过一些事情,自己又长大一些了。脑子里那片混沌中又透进一些亮光。我走到外面,草上的露水打湿了我的双脚。我看到翁波意西的毛驴正在安详地吃草。有人打算杀掉它作为祭坛上的牺牲。我解开绳子,在它屁股上拍一巴掌。毛驴踱着从容的步子吃着草往山上走去。我宣布,这是一头放生的驴了。

父亲问我,到底是喜欢驴还是它的主人。

这个问题不好回答。于是,就眯起双眼看阳光下翠绿的山坡。如果说我喜欢这头驴,是因为它听话的样子。如果我说喜欢那个喇嘛,就没有什么理由了。虽然我喜欢他,但他并没有表现出叫人喜欢的样子。

父亲对我说,要是喜欢驴子,要放生,就叫济嘎活佛念经,挂了红,披了符,才算是真正放生了。

"不要说那个喇嘛,就是他的驴也不会要济嘎活佛念经。"那天早上,我站车山冈上对所有的人大声说,"难道你们不知道毛驴和它的主人一样看不起济嘎活佛吗?"父亲的脾气前所未有的好,他说:"要是你喜欢那个喇嘛,我就把他放了。"

我说:"他想看书,把他的经卷都交还给他。"

父亲说:"没有人在牢里还那么想看书。"

我说:"他想。"

是的,这个时候我好像看见了那个新教派的传布者,在空荡荡的地下牢房里无所事事的样子。父亲说:"那么,我就派人去看他是不是想看书。"

结果是翁波意西想看书想得要命。他带来一个口信,向知道他想看书的少爷表示谢意。

那一天,父亲一直用若有所思的眼光看着我。

门巴喇嘛说了,对方在天气方面已经惨败了。如果他们还不死心,就要对人下手了。他一再要求我们要洁净。这意思也就是说,要我和父亲不要下山去亲近女人。我和父亲在这一点上没有什么问题。要是我哥哥在这里,那就不好办了。你没有办法叫他三天里不碰一个女人。那样,他会觉得这个世界的万紫千红都像一堆狗屎。好在他到汉地去了。门巴喇嘛在这一点上和我的看法一样。他说:"我在天气方面可以,在人的方面法力不高。

好在大少爷不在,我可以放心一些。"

但我知道已经出事了。我把这个感觉对门巴喇嘛说了。他说,我也是这样想的。两个人把整个营地转了一遍。重要的人物没有问题,不重要的人也没有什么问题。

我说:"山下,官寨。"

从山上看下去,官寨显得那样厚实,稳固。但我还是觉得在里面有什么事发生了。

门巴喇嘛用十个指头作出好几种奇特的姿势。他被什么困惑住了。他说:"是有事了。但我不知道是谁,是土司的女人,但又不是你的母亲。"

我说:"那不是查查头人的央宗吗?"

他说:"我就是等你说出来呢,因为我不知道该叫她什么才好。"

我说:"你叫我说出来是因为我傻吗?"

他说:"有一点吧。"

果然,是三太太央宗出事了。

自从怀孕以后,她就占据了土司的房间,叫他天天和二太太睡在一起。这一点上,她起了围猎时那些大声吠叫的猎犬的作用。她把猎物赶到了别人那里。也是从那时起,我就再没有见过她了。只看见下人们早上把她盛在铜器里的排泄物倒掉,再用银具送去吃的东西。她的日子不太好过。她认为有人想要还未出世的孩子性命。但从送进送出的那些东西来看,她的胃口还是很好的。也可能是她保护肚子里小生命的欲望过于强烈,认为肚子才是唯一安全的地方,孩子才在她肚子里多呆了好长时间。这天晚上,那边的法师找到了麦其家未曾想到设防的地方,她再也留不住自己的孩子了。这孩子生下来时,已经死了。看见的人都说,孩子一身乌黑,像中了乌头碱毒。

这是这场奇特的战争里麦其家付出的唯一代价。

【赏析】

这是《尘埃落定》的《罂粟花战争》中的片段。在这个片段中人们看到了罂粟花这一意象的深刻含义。罂粟来到土司这片未曾污染过的洁净之地,伴随着财富、灾难和毁灭,一切美的或丑的都随之而来,沉寂的土司大地扬起了滚滚尘埃。罂粟花是原始欲望的激情燃烧,是灾难降临的预示,也是土司覆灭的象征。在文章中,"我"被作为牺牲进行施法以及三太太央宗带着孩子死去等事件,让读者看到了战争的残酷,隐约中看到土司覆灭的命运。

### 四、王安忆的《长恨歌》

王安忆是女性意识的代表作家,《长恨歌》是其重要的代表作。王安忆主要描写了王琦瑶这个女性悲惨的一生,其中交织着上海这所大都市从20世纪40年代到20世纪90年代沧海桑田的变迁,展现时代变迁中的人和城市,被誉为"现代上海史诗"。

王安忆在《长恨歌》中为王琦瑶选择了多个活动空间,从弄堂到闺阁,到片厂,到爱丽丝公寓,到邬桥,再到平安里。作者通过空间的转移来描写王琦瑶悲剧的一生,每个空间的转变都预示着女主人公命运的改变。《长恨歌》的开篇"站在一个制高点看上海",将人们的视角带到了一个足以俯视大上海的高度。作者不急不忙地描绘着上海的弄堂、流言和闺阁,然后才到了作为全文视角的鸽子。在王琦瑶的一生中,鸽子出场的次数并不多,但读者无时无刻都能感受到鸽子的存在。叙述者利用鸽子的视角平静地叙述看到的一切,当死亡来临时,鸽子才扑腾着翅膀飞向天空,出现在人们的视线。程先生从窗户跳下的时候,连鸽子都没有醒,而这一切被只有破晓时惊醒的鸽群知晓。鸽子的再次飞起,便是亲历了王琦瑶的亡难。作为白色信使的鸽子给读者带来了死亡的消息,王琦瑶在夜晚死在了自己的床边。鸽子是唯一的目击者,它们看到了每个悲剧的发生,也看见了悲剧的内在原因。鸽子作为《长恨歌》的叙述视角,不仅充当作者除了叙述者声音之外发出其他声音的一种渠道,还充当着作品中人物的心声。在《长恨歌》中人们看到了生活在上海弄堂里的女人们对情爱的追求以及躁动和怨恨,直至最后理想的幻灭。

下面是笔者选取的《长恨歌》中《上海小姐》的有关片段。

复选的名单是登在报上的,尽管胜负未决,但也已是光辉的殊荣,人人瞩目。都知道王琦瑶住在蒋丽莉家,她家竟有点门庭若市的了。凡认识些的都要来坐坐,问题是问也问不完。王琦瑶也更成了蒋家的光荣。蒋丽莉和母亲成天替她送往迎来,准备茶点,忙得不亦乐乎,只有那弟弟闭门不出,无线电唧唧哝哝不知在说唱什么。她们这三人,一早起来就穿戴整齐,坐在客厅里,等着门铃响,好去迎客,有点严阵以待的意思。都明白事情已接近最后的关头,一点儿也忽略不得的。曾有个晚报记者来采访,回去写了篇文章,把王琦瑶和蒋丽莉描写成干姐妹的关系,于是蒋家的工商背景又使她名声增添一成。其实,蒋丽莉的母亲早已将她看成比亲女儿还亲的。亲女儿是样样事情与她作对,王琦瑶则正相反,什么都遂她的心。她甚至还写信给重庆的丈夫,逼他捐一些钱给赈灾委员会,为王琦瑶的竞选再添筹码。这母女俩平时的是非全是出于无事,如今有了这事供她们忙,且又共一个目标的,于是相安无事,甚至还有些同心协力。这时候,离复选虽还有几天,但其实大家心里都有些数了。有一些人明摆就是给垫底的,还有一些人则明摆着要进入决赛,只不过走个过场的。而另有一些人却是在这两种人的之间,既不是垫底,也不是确定无疑的。这是尚待争取的人,王琦瑶便是其中之一。竞选的任务其实是由这类人真正承担的,她们可说是"上海小姐"的中流砥柱,是名副其实的"上海小姐"。这场竞选的戏剧实际上是由她们唱主角,一轮轮的考验都是冲着她们来,优胜劣汰也是冲着她们来。最后能冲出重围的,是上海小姐里的真金。

在登门来访的客人之中,有一个人却是王琦瑶始料未及,那就是吴佩珍。进门见是她,王琦瑶不由得就慌了神,吴佩珍也有点慌,眼睛看着别处,手也没处放的。两人就这么手足无措地站了一会儿,吴佩珍才从口袋里掏出一封信,交在王琦瑶手里。王琦瑶来回看了两遍,还没看懂似的,只模糊知道那是片厂的导演写来的一张请柬。吴佩珍说,要有个回话,去还是不去。王琦瑶想也没法想的,就说去。吴佩珍也不告辞一声,转身就走。王琦瑶跟在后面,一直跟出门外。吴佩珍便放慢了脚步,两人走了并肩,走出弄堂,又走了一段,到了一个邮筒跟前。吴佩珍说:回去吧,别送了。王琦瑶说再送一段,反正是没事。两人都停了脚步,也是谁也不看谁。吴佩珍又说:我本来想把信投在这里的,结果却自己送来了。王琦瑶不说话,看着那邮筒。停了一会儿,两人都哭了。她们也不知在哭些什么,有什么可哭的,只是觉得心里有一种无法挽回的难过。上午十点钟的阳光从梧桐叶里洒在她们身上,晶片似的,还像水银,有一些落叶扫着她们的腿,在路面上嚓嚓地过去。她们的眼泪把手里的手绢都浸湿了,可还是说不出名堂,还是难过。有一种和她们纯洁无忧的闺阁生活有关的东西似乎失不再来了,她们从此都要变得复杂了。有轿车从她们身后开过,无声地,车身反射着阳光,也是水银流淌般的。她俩又哭了一会儿,吴佩珍慢慢地转过身,低头抹泪地走了。王琦瑶看着她的背影,渐渐地干了眼泪,眼睛有些酸胀,被太阳刺得睁不开,脸上的皮肤是紧的。她也慢慢转过身,向回走去。

导演请王琦瑶吃饭是在新亚酒楼,王琦瑶心想吴佩珍也会去,就没告诉蒋丽莉,怕她跟着,只说要回家看看,拿点衣物。可是吴佩珍却并不在,只有导演自己。导演见面就叫她瑶瑶,使她回想起片厂的事情,几乎是隔世的了。导演说:瑶瑶成大姑娘了! 这话是兄长的亲昵,要叫人掉泪的。王琦瑶忍着,笑道:导演却是越发年轻了。导演显然没料到王琦瑶能有这样场面上的应答,倒是一怔。停了半拍,王琦瑶又问:导演召见有何贵干呢? 导演嘴上说没事,心里却开始打鼓,后悔来时太没准备,王琦瑶已今非昔比了。这时,跑堂送上菜单,导演让王琦瑶点,她略略推辞便点了两样,糟鸭掌和扬州干丝,不贵也不便宜,不叫主人破费也不叫主人难堪,也是经场面的。是临窗的桌,窗玻璃都叫泼墨似的霓虹灯染了,天上放礼花一般。餐室里只亮了几盏壁灯,桌上点了蜡烛,烛光摇摇曳曳,两人的脸忽明忽暗,心里都有些恍惚,心想对方这人是谁,又为何在了一起。导演先前已经说过没事,也不便再改口,只能拉扯些闲话。王琦瑶不会真当他没事,只是不知是怎样的事。两人心里都有些不耐,嘴上还东一句西一句的,说些往事,又说些近况,后来就说到了"上海小姐"的事情上,两人忽都停了一下。

【赏析】

从这段文字中,读者看到了繁闹的上海。在这个繁闹的上海里面,一举成名的王琦瑶渐渐地融入这个城市。文章中有这样的一句话:"有一种和她们纯洁无忧的闺阁生活有关的东西似乎失不再来了, 她们从此都要变得复杂了。"她们也将渐渐进入这个上海的喧嚣,故事也在"上海小姐"的选举中慢慢拉开了序幕。

## 第四节　21世纪文学

　　新世纪指的就是21世纪。新世纪本来是一个自然的概念,但是更多的是话语的力量,即人们借助新世纪的时间转折来积极推动文学的转折。所以在这个时期,中国文学发生了很大的变化,主要的特点是中国文学进入了高度的"自由"和"自为"的状态。

　　新世纪文坛,"底层文学"成为一股强劲的文学潮流,既有政治经济发展的社会原因,又有人类思想文化发展的原因,更是文学自身发展变化的原因。从现代文学伊始,从周作人提出的文学"地域性"到鲁迅所概述的"乡土文学",再到毛泽东所推行的"文学为人民服务,为大众服务",一方面反映了中国文学的本土化民族书写,另一方面反映出中国文学强烈的现实主义传统与精神。

　　20世纪80至90年代,随着市场经济的发展,整个社会物欲横流。在文学作品题材、主题、形式、风格的多元发展中,迎合市场消费、主流文化和市民阶层审美需求的作品日益占据主要地位,精英文学向大众文学靠拢。一度被标榜为时尚的"下半身写作""欲望叙事",在今天已被看作低级审美趣味,荒诞派、追求玄幻、流于叙事技巧和形式的先锋实验文学为符合大众审美欲求的现实主义作品让位。此时,一批作家开始冷静思考,唯实唯利的社会背景下,如何去真切地反映现实,如何继承左翼文学的新文学,关注社会现实,关注普遍人生的精神传统,使文学真正地成为人民的文学,关注普遍民众的生存困境,使文学作品与社会现实建立起密切的联系。于是，文学界自身发出了"回归"的呼吁，从呼唤回归"纯文学"再到呼唤回归"现实主义"，形成了新的文学形式，即"新世纪文学"。

到了新世纪文学时期，作家的身份也变得模糊和可疑，很多学者、演员都可能加入散文、诗歌甚至小说的领域，文学逐渐变成日常生活的"雅"的方式，变成了人们生活的一部分。在这个时期有很多优秀的作家，如余华、莫言，他们虽然在 20 世纪 80 年代就已经为读者带来了许多的优秀作品。但是在新世纪他们依然笔耕不辍。当然，在这时期还有新生代作家韩寒、郭敬明、张悦然等，也值得读者关注。

### 一、新世纪诗歌

"新世纪"是一个时间概念，用来描述世纪之交以来中国诗坛的写作现状，但是实际上，新世纪诗歌在 1999 年的"盘峰会议"就已经拉开了序幕。新世纪诗歌民生关怀的写作倾向体现出其鲜明的诗学特征。从写作立场和主体姿态来看，其诗学特征首先表现为写作者的身份焦虑和主体觉醒。身份焦虑是文学底层意识中常常表现的内容，通过对自身位置与身份的辨认，表达了一种对自我价值的质疑或确认，反映了一种维护自我尊严、追求平等公正和自我价值认同的主体意识。在这个时期的代表诗人有于坚、杨克、雷平阳等。

下面，请欣赏《避雨的鸟》一诗。


避雨的鸟

于坚


一只鸟在我的阳台上避雨

青鸟　小小地跳着

一朵温柔的火焰

我打开窗子

希望它会飞进我的房间

说不清是什么念头

我洒些饭粒　还模仿着一种叫声

青鸟　看看我　又看看暴雨

雨越下越大　闪电湿淋淋地垂下

青鸟　突然飞去　朝着暴风雨消失

一阵寒颤　似乎熄灭的不是那朵火焰

而是我的心灵

【赏析】

诗人于坚的《避雨的鸟》一诗,是一首脍炙人口的佳作,热议可谓是绵延不绝。诗里先后三次交代这是一只"青鸟":"青鸟　小小地跳着""青鸟　看看我　又看看暴雨""青鸟　突然飞去　朝着暴风雨消失"。人们对"青鸟"的说法颇多。词典解释是一种常见的麻雀似的青蓝色小鸟。《文选·江淹〈杂体诗·效阮籍"咏怀"〉》中云:"青鸟海上游,鸒斯蒿下飞。"这里指的是海鸟。《山海经·西山经》记载:"又西二百二十里,曰三危之山,三青鸟居之。"这里又指是西王母取食的神鸟。后来人们以"青鸟"为信使鸟、爱情鸟。在西方青鸟象征着幸福,还代表快乐等,真是众口不一。其实,这首诗中的"青鸟"既不是神鸟,也不是海鸟,它只是一种常见的鸟。这也符合于坚"从隐喻后退,回到存在的现场"的诗观。

"一只鸟在我的阳台上避雨／青鸟　小小地跳着／一朵温柔的火焰。"雷雨天使人感到阴森恐惧,阳台上突然燃起"一朵温柔的火焰",便一下子照亮了人心和世界。"火焰"是诗眼,也是诗人的天才。倘若没有"火焰"的存在,那么这诗也就与诗美"拜拜"了。"说不清是什么念头／我洒些饭粒还模仿着一种叫声"。诗人想留住青鸟,尽管"说不清是什么念头",但是一颗非分之心已昭示于读者面前。然而,"青鸟"并非是易留之人,"青鸟　看看我　又看看暴雨／雨越下越大　闪电湿淋淋地垂下／青鸟　突然飞去朝着暴风雨消失"。这"风萧萧兮易水寒"的悲壮场面,使人感到触目惊心。"青鸟"躲避暴风雨说明暴风雨已经对它产生了严重的威胁,乃至生命危险。但是,当"青鸟"看到人以后,特别是面对人对它洒几粒米,模仿它的叫声引诱时,它竟然于更大的暴风雨而不顾,宁可消失于暴风雨,也不肯居人檐下,拾人残羹。"一朵温柔的火焰"就这样孤单无援地陷入强大的暴风雨,直到"火焰"被浇熄、吞噬掉。因此,使诗人"一阵寒颤　似乎熄灭的不是那朵火焰／而是我的心灵"。这难道不是一场最大的悲剧吗?

请欣赏下面这首诗。

有关大雁塔

韩东

有关大雁塔
我们又能知道些什么
有很多人从远方赶来
为了爬上去

做一次英雄

也有的还来做第二次

或者更多

那些不得意的人们

那些发福的人们

统统爬上去

做一做英雄

然后下来

走进这条大街

转眼不见了

也有有种的往下跳

在台阶上开一朵红花

那就真的成了英雄

当代英雄

有关大雁塔

我们又能知道什么

我们爬上去

看看四周的风景

然后再下来

【赏析】

从内容上来看，韩东的《有关大雁塔》是令人深思的一首诗。在这首诗中，诗人消解了历史和权威，消解了英雄和崇拜，消解了富贵和精英。诗人关注的是当下的日常生活，是平常人的平常生活，是这个没有了英雄的年代的凡人的世俗化生活。读者可以从诗歌知识里学习到,源远的文化历史及厚重的诗歌传统不仅是中国第三代诗歌的养料与源泉,也成为那一代诗人突破窠臼而有所作为的巨大精神负担。对历史与传统的消解,成为第三代诗歌的一大重任。

从形式上看,韩东打破杨炼的《大雁塔》的长篇幅形式,从主体和客体两个角度分析。杨炼的《大雁塔》写得较为感性,和传统的抒情诗有着共同的美感,但同时也蕴含许多关于祖国文化、历史及人性情感的理性哲思;而韩东的《有关大雁塔》则比较口语化,属于口语诗歌的代表,没有比喻、拟人等辞格,只是一种叙述,也是一种反诗化的诗歌。还有,如果说作者的诗真是发自内心的写作,是一种本性的流露,而不仅仅是追求形式上或所谓新生代诗的反叛和超越的创作姿态,那么诸如"发福""有种"的字眼在诗中的出现,给人感觉作者在生活中是个典型的有着痞子气的现实主义者。

## 二、余秋雨的《文化苦旅》

1998 年 8 月《余秋雨台湾演讲》一经出版,便销售一空。甚至中国台湾等地一些高雅之士将"到绿光咖啡屋,听巴哈,读余秋雨"作为衡量一个人文化素养及品位的标尺,这是很少见的文化现象。余秋雨散文关注的是山水背后的历史文化,其散文也被称为"文化散文"。他的散文有着不同于山水散文的独特文化韵味,其散文语言汪洋恣肆、色彩明丽、句式多变、修辞铺排、节奏律动、大气磅礴。余秋雨用平易的语言描写历史,用抒情的语言表达哲理,完美地将诗情和哲理结合起来,为读者呈现了一篇篇文辞优美的历史文化散文。散文是一门语言的艺术,仔细品读,余氏散文从语素到词语、词组、句式、题目、篇章都是经过精心选择、千锤百炼的。由重要而且独具特色的句子成分——定语和中心语组成的定中结构更是在其散文中频频出现,用法个性,对于余氏散文气魄宏大、灵动诗意的语言风格的形成起到了重要的作用。

一旦人的精神、理念、情感从认识转化成一种语言的书面存在方式,就能够显示作家主体的生命形态。从学界突入散文界的余秋雨,带给散文的正是一种激活着的生命状态。《文化苦旅》的形象主体首先是一位探索的远行者,他拥有着行走天涯的人生情怀、对人文山水的亲切感悟、访古寻根的价值取向;其次,他是一位激昂的抒情者,有着高扬的生命意识、强烈的忧患意识和潜在的精英意识;最后,他是一位深沉的思考者,拥有着善思的心灵、文化的视角和精辟的见识。

作为文化散文的开山之作,《文化苦旅》充满了浓厚的文化意蕴,充满了对中国传统文化的反思和对健全文化人格的追寻。在《文化苦旅》中,余秋雨主要是站在文化的角度与立场上,将现代理性融注其中,加之以世界眼光与全球意识,对中国某些历史与文化现象进行了解读。荣格的人格理论对余秋雨的影响非常深刻,现代人本思想与地域人格文化也影响了他理想的健全文化人格。

下面是《文化苦旅》节选。


### 沙原隐泉(节选)


刚刚登上山脊时,已发现山脚下尚有异相,舍不得一眼看全。待放眼鸟瞰一过,此时才敢仔细端详。那分明是一湾清泉,横卧山底。动用哪一个藻饰词汇,都会是对它的亵渎。只觉它来得莽撞,来得怪异,安安静静地躲坐在本不该有它的地方,让人的眼睛看了很久还不大能够适应。再年轻的旅行者,也会像一位年迈慈父责斥自己深深钟爱的女儿一般,道一声:你怎么也跑到这里!

是的,这无论如何不是它来的地方。要来,该来一道黄浊的激流,但它是这样的清澈和宁谧。或者,干脆来一个大一点的湖泊,但它是这样的纤瘦和婉约。按它的品貌,该落脚在富春江畔,雁荡山间,或是从虎跑到九溪的树荫下。漫天的飞沙,难道从未把它填塞?夜半的飓风,难道从未把它吸干?这里可曾出没过强盗的足迹,借它的甘泉赖以为生?这里可曾蜂聚过匪帮的马队,在它身边留下一片污浊?

我胡乱想着,随即又愁云满面。怎么走近它呢?我站立峰巅,它委身山底;向着它的峰坡,陡峭如削。此时此刻,刚才的攀登,全化成了悲哀。向往峰巅,向往高度,结果峰巅只是一道刚能立足的狭地。不能横行,不能直走,只享一时俯视之乐,怎可长久驻足安坐?上已无路,下又艰难,我感到从未有过的孤独与惶恐。世间真正温煦的美色,都熨帖着大地,潜伏在深谷。君临万物的高度,到头来只构成自我嘲弄。我已看出了它的讥谑,于是急急地来试探下削的陡坡。人生真是艰难,不上高峰发现不了它,上了高峰又不能与它亲近。看来,注定要不断地上坡下坡、下坡上坡。

咬一咬牙,狠一狠心。总要出点事了,且把脖子缩紧,歪扭着脸上肌肉把脚伸下去。一脚,再一脚,整个骨骼都已准备好了一次重重的摔打。然而,奇了,什么也没有发生。才两脚,已出溜下去好几米,又站得十分稳当。不前摔,也不后仰,一时变作了高加索山头上的普罗米修斯。再稍用力,如入慢镜头,跨步若舞蹈,只十来下就到了山底。实在惊呆了:那么艰难地爬了几个时辰,下来只是几步!想想刚才伸脚时的悲壮决心,哑然失笑。康德说滑稽是预期与后果的严重失衡,正恰是这种情景。

来不及多想康德了,巫巫向泉水奔去。一湾不算太小,长可三四百步,中间最宽处,相当一条中等河道。水面之下,飘动着丛丛水草,使水色绿得更浓。竟有三只玄身水鸭,轻浮其上,带出两翼长长的波纹。真不知它们如何飞越万里关山,找到这儿。水边有树,不少已虬根曲绕,该有数百岁高龄。总之,一切清泉静池所应该有的,这儿都有了。至此,这湾泉水在我眼中又变成了独行侠,在荒漠的天地中,全靠一己之力,张罗出了一个可人的世界。

树后有一陋屋,正迟疑,步出一位老尼。手持悬项佛珠,满脸皱纹布得细密而宁静。她告诉我,这儿本来有寺,毁于20年前。我不能想象她的生活来源,讷讷地问,她指了指屋后一路,淡淡说:会有人送来。我想问她的事情自然很多,例如为何孤身一人,长守此地?什么年岁,初来这里?终是觉得对于佛家,这种追问过于钝拙,掩口作罢。目光又转向这脉静池。答案应该都在这里。

茫茫沙漠,滔滔流水,于世无奇。惟有大漠中如此一湾,风沙中如此一静,荒凉中如此一景,高坡后如此一跌,才深得天地之韵律、造化之机巧,让人神醉情驰。以此推衍,人生、世界、历史,莫不如此。给浮嚣以宁静,给躁急以清冽,给高蹈以平实,给粗犷以明丽。惟其这样,人生才见灵动,世界才显精致,历史才有风韵。

因此,老尼的孤守不无道理。当她在陋室里听够了一整夜惊心动魄的风沙呼啸时,明晨,即可借明净的水色把耳根洗净。当她看够了泉水的湛绿,抬头,即可望望灿烂的沙壁。

——山,名为鸣沙山;泉,名为月牙泉。皆在敦煌县境内。

【赏析】

脉络清晰,构思精巧。《沙原隐泉》特意描绘了寺庙老尼淡然的生活,为最后大谈对人生世相的认识打下坚实的基础。在整个结构的安排上,各层次之间起承转合自然而无斧凿之痕迹,铺垫蓄势有力而无矫揉之虚情。收尾一段,看似多余,实则神来之笔,一笔导出三世界,境界全出。

表情道理,意境高远。先生写鸣沙山的壮美、月牙泉的静美,并不单纯地是为了写景,而是意在表达自己在游历鸣沙山、月牙泉时,领悟到的人生哲理和生活感悟,更主要的是要揭示出人文维度上的深邃寓意。《沙原隐泉》隐含的哲理和感悟大体有以下三个层面:其一,美在身边,美在平实,美在多样化互补;其二,人生的真谛,在于永不停歇地攀登;其三,认识人生必须保持一颗平和的心态。寓意清泉永远不在高处,即使你达到了人生的高峰,也未必得到了你需要的。对于生活,希望人们能满足现在的丰衣足食,像老尼一样,守护清泉一生一世。

# 外国文学赏读

# 第五章　古代文学

## 第一节　荷马史诗

公元前 12 世纪末,在希腊半岛南部地区的古希腊人和小亚细亚北部的特洛伊人之间发生了一次为期十载的战争,最后希腊人毁灭了特洛伊城。这是一次部落之间的战争。此后,英雄传说和神话故事交织在一起,由民间口头传授,代代相传。大约在公元前 8 世纪至 9 世纪,一位盲人荷马以短歌为基础,将这些传说和故事加工和整理,最后形成了具有完整情节和统一风格的两部史诗——《伊利亚特》和《奥德赛》。这就是荷马史诗形成的大致情况。

### 一、《伊利亚特》和《奥德赛》的简介

《伊利亚特》的意思是关于伊利昂的史诗,古希腊人习惯将"特洛伊"称为"伊利昂"。特洛伊是小亚细亚西北岸达达尼尔海峡入口处的一个城市,富庶而美丽。特洛伊王子帕里斯因为接受了爱神阿弗洛狄忒的许愿,将女神厄利斯的金苹果判给了她。之后帕里斯来到斯巴达做客,阿弗洛狄忒遵守承诺让帕里斯带走了世界上最美的女人——斯巴达王后海伦。古

希腊人无法忍受这个耻辱，斯巴达国王墨涅拉奥斯发誓要夺回自己的女人和财富，古希腊其他各个国家群起响应，很快组成了十万大军，由阿伽门农为最高统帅，集合了古希腊最有智慧的人奥德修斯和最勇敢的战士阿喀琉斯，开始渡过爱琴海远征特洛伊。此时，特洛伊各部落也组成联军奋起反抗，交战双方都裹挟了许多城邦在内，对峙双方都是大规模的政治团体。在两军对战的早期，阿喀琉斯和联军统帅阿伽门农因为一个女仆发生争执，史诗以此为开篇。阿喀琉斯愤然带着自己的士兵退出了战争，进而导致希腊联军节节败退。好友帕特洛克罗斯代他出战，却不幸被赫克托尔杀死。阿喀琉斯伤心欲绝，为了复仇，他重回战场挑战赫克托尔。两位大英雄决斗后，赫克托尔死在阿喀琉斯的刀下，特洛伊老王普里阿摩斯前来赎回儿子的尸体，全诗在为赫克托尔举行的盛大葬礼中结束。在战争的第十年，足智多谋的奥德修斯献出著名的"木马计"，攻陷了特洛伊城后残忍屠城，最后带着战利品返乡。

"奥德赛"的意思是关于奥德修斯的故事。《奥德赛》描写了特洛伊战争后奥德修斯返乡的故事。故事分两部分：第一部分讲述奥德修斯海上漂泊的十年艰辛；第二部分是奥德修斯回到伊达卡向求婚者复仇的故事。特洛伊战争结束后，奥德修斯带领部下离开特洛伊后，因风暴漂到了基科涅斯，他们残忍屠城，掳获钱财，正在饮酒作乐时被反攻包围。奥德修斯率部突围后，又漂到了洛托法弋伊，随即又闯进独眼巨人的岛上，被囚禁在山洞里。他使计戳瞎了巨人的眼睛，逃回船上，不料独眼巨人是海神波塞冬的儿子。奥德修斯因此惹怒海神，海神兴风作浪阻挠奥德修斯的航行。奥德修斯航行途中到过艾奥利埃岛，遇到过巨人族，又因为在太阳神岛宰杀神牛触犯天律，船只被宙斯用雷击沉，损失了全部同伴。奥德修斯独自漂到奥古吉埃岛后,被仙女卡吕普索留作丈夫,住了七年。在离开特洛伊的第十年,宙斯命仙女放他回乡,奥德修斯才漂流到费埃克斯,国王阿尔基诺奥斯得知他的身份,派快船送他回国。此时奥德修斯离开伊达卡已 20年,国内局势动荡,众多贵族青年向他的妻子帕涅罗佩求婚,想夺取他的财产和王位,之后终日在宫里吃喝玩乐,胡作非为,把奥德修斯的家产几乎花光。奥德修斯回国后,在雅典娜的帮助下,化装成乞丐,运用种种计谋试探了妻子、儿子和仆人的忠心,惩罚并杀死了那 108 位求婚者。

**二、《伊利亚特》内容欣赏**

> 女神啊,请歌唱佩琉斯之子阿喀琉斯的
>
> 致命的愤怒,那一怒给阿开奥斯人带来
>
> 无数的苦难,把战士的许多健壮英魂
>
> 送往冥府,使他们的尸体成为野狗
>
> 和各种飞禽的肉食,从阿特柔斯之子、
>
> 人民的国王同神一样的阿喀琉斯最初在争吵中
>
> 分离时开始吧,就这样实现了宙斯的意愿。

【赏析】

这是《伊利亚特》的开篇,诗人在开篇揭示了三个重要的主题,即愤怒、神明和英雄。

首先是愤怒。愤怒是《伊利亚特》的第一个词,荷马如是宣告他的主题——阿喀琉斯的愤怒。在史诗中,阿喀琉斯因为阿伽门农抢夺了自己的女仆而愤怒,继而退出了联军的战斗,导致古希腊人全面退却。后来他的密友帕特洛克罗斯代他出战,却被赫克托尔杀死,阿喀琉斯因此痛不欲生,出于愤怒再次出战,杀死了赫克托尔,最终愤怒得以平息。因此可以这样说,全诗围绕着"愤怒"展开,推动剧情发展的正是凡人和神的愤怒。从词源学上来看,公元前2世纪,阿里斯塔库斯把"愤怒"和动词"持续"联系起来定义为"持久的怨恨"。亚里士多德也对阿喀琉斯的愤怒进行了解释:阿伽门农侮辱了他,而阿伽门农侮辱古希腊的头号英雄就是显示自己的优越,荣誉的背后是"优越",大家都想成为优秀的人,所以难免会产生冲突。两人发生冲突的关节点并不在女奴,而是在于"力"的较量,一个是权力,另一个是力量。阿伽门农对自己的力量缺乏信心,当然只能依仗权力。阿伽门农夺去了阿喀琉斯的荣誉礼物,侮辱了阿喀琉斯的尊严,把他"当作一个不受人尊重的流浪汉"。阿喀琉斯的母亲忒提斯深知这一点,因而她找到宙斯并请求他"重视"自己的儿子。从阿喀琉斯开始愤怒到阿喀琉斯如愿以偿,全部都是宙斯的计划,体现了宙斯的意志。这种"愤怒"是人类原始的自然情感,是不正义事件出现时个体的情感反应。因而,"愤怒"所表征的是正义主题。

其次是神明。荷马史诗中有两个世界,一个是神的世界,一个是人的世界。荷马史诗中的神对人的世界有绝对的控制权,人的活动与神息息相关,神明几乎参与了所有英雄事件,帮助人取得胜利或者阻止人达到某一目的,这种关系是不朽的神与有死的人的关系。诸神代表着理性、智慧和原则,理性的力量由神赐予,神赋予人的智慧和勇气等于赋予人美德。荷马史诗中,每个古希腊王国都有自己的保护神。古希腊人认为生死全靠神定,没有什么可悲哀,他们关心的是荣誉。有人认为荷马史诗里的神明热爱正义,因此"荷马的宗教在伦理上是一种非常好的宗教"。在讨论荷马史诗中的伦理思想时,不可能不涉及宗教问题。在这种与神共存的世界中,很大程度上伦理的逻各斯也是宗教的逻各斯,神通过"神喻"立下了宇宙秩序,用"诅咒"发话以惩罚违反秩序的人,一切事情由神裁定。宗教与伦理生活交叉在一起,荷马史诗中的英雄经常毫不犹豫地把自己的过错推到神身上。荷马笔下的这些神,个个性格鲜明,他们是神也是人,有着人的喜怒哀乐、七情六欲,甚至有人的缺点,人类的贪婪、自私、虚荣、奸诈在奥林匹斯诸神身上也时常体现。荷马和赫西俄德认为神灵也会有偷盗、奸淫、欺诈等恶行。再说,荷马笔下的神明也不是无所不能的(战神阿瑞斯打不过凡人,竟然连救自己亲生儿子一命都不能),人与神之间有着永远不可逾越的界限,为了正义,即使是神的儿子也不能免于一死。荷马史诗中宙斯的意志代表着正义,这种正义代表着事物之间不可违抗的因果关系,宙斯意志的实施便是维护宇宙和人间正常秩序。换句话来说,真正支配人生死祸福的不是神明,而是命运。英雄也是人,而人的命运总与死亡相关,这命运是如此不详,必然是毁灭性的,这种命运感赋予了荷马史诗深度,人逃不过命运,就连神明也拗不过命运。

最后是英雄。英雄表征的是德行和卓越。荷马史诗中的英雄是天之骄子,他们具备让人艳羡的所有东西,他们出身高贵,有可夸耀的家族门第,相貌俊美,仪表不凡,是人中翘楚。荷马突出首领级的贵族英雄,这些英雄多具有军事上的德行,或英勇善战,或足智多谋。无论身体或心智,英雄都超越常人。随着叙述的推进,战斗变得越来越残酷,荣誉被诗人视为英雄的道德标准。诗人往往用动物来比喻战士,因为在战斗中,他们失去了人性,只剩下野蛮般的互相角斗。特洛伊的命运是密封的,因为赫克托尔被描绘成城市唯一的后卫。作为一个战士,在战场上阿喀琉斯证明了他的优秀,在他杀死特洛伊战斗冠军之后收获了巨大的名声。阿喀琉斯作为一个勇士的故事在这里结束(至少在《伊利亚特》),但这首诗里,诗人似乎暗示,卓越的战斗并不是唯一值得关注的。对荷马的英雄来说,死亡不可怕,可怕的是死不得其所。他们落在必死的命运中,对生命中这些欢乐和痛苦,荷马的英雄都一并接受,生命虽然短暂却要卓越地展开。

### 三、《奥德赛》内容欣赏

在《奥德赛》中,奥德修斯历经千辛万苦终返乡,但同行的伙伴却都在归家途中死去。同伴的死亡显示了生命的脆弱和人性的弱点,而奥德修斯多次化险为夷也表现出人的能力,有人文主义的味道。笔者在此仅举一例:奥德修斯和他的同伴来到太阳神赫利奥斯的光辉岛屿,岛上有壮牛和肥羊。在抵达岛之前,基尔克曾告诫奥德修斯切勿登岛,奥德修斯也转告同伴,并提醒他们不可宰杀岛上的牛羊。然而伙伴们忽视了奥德修斯的忠告,没能忍受住饥饿的煎熬,最终宰杀了几头牛,于是他们在海上受到了神明的报复。人在神面前是何等弱小,可这样的悲剧却又是源于人自身的欲望。而抵制住诱惑的奥德修斯尽管受尽折磨,但终究摆脱了厄运,又让读者看到人性的闪光处。

读者可以在下面这段文字中看到裴奈罗佩编织的计谋。

鲁莽的忒勒马科斯,大言不惭,真能!

然而,你没有理由责难阿开亚求婚者,

错在你亲爱的母亲,她的诡诈超人。

眼下已是第三个年头,很快将进入第四年,

她一直在钝挫阿开亚人胸中的心魂。

她使所有的人怀抱希望,对每个人应承,

送出信息,给我们,心里想的却是别的念头横生。

她还构设诡计,蕴谋心胸,

安置一架偌大的织机，在她的房宫，
开始编制一件宽大精美的织物，话对我们：
"年轻人，追求我的人们，既然卓越的奥德修斯
已经死去，你们何不等等，尽管急于娶我，
待我做完此事，使织工不致半途而废不成。
我为莱耳忒斯制作披裹，为老王英雄，以便
当死亡，当那份注定的悲苦将他逮住的时候，
邻里的阿开亚人不致讥责于我，
让一位能征善战的斗士死后无有织布裹身。"
她言罢，说动了我们高傲的心魂。
她白天忙碌在偌大的织机前，从那以后，
晚上则就着火把，将织物拆散从头。
如此三年，她瞒过我们，使阿开亚人信以为真。
随着第四年的来临，季节的转动，
一个知晓全部内情的女子抖出隐秘，告诉我等，
我们现场揭穿，正当她拆散绚美织物的时分。
就这样她违心背意，只好完工。
……

然而，在这件事上她的思绪不当欠稳。
你的家产和所有将被吃空，我说，
只要她抱守这个念头，是神明，
我想，将其放入她的心中。于她，此事将带来
噪响的名声；然而，于你，却是大量财物的损失。

我们不会返回自己的田庄或别处栖身，

直到她婚配最好的阿开亚男子，不管谁人。

忒勒马科斯召开公民大会谴责求婚人无恶不作，全然不顾体面，不敢到伊卡里俄斯去求婚，却放任消耗他家的财产。安提努斯没有正面回应忒勒马科斯的指责，却把矛头转到了裴奈罗佩身上。他这段话有三层意思：裴奈罗佩没有拒绝他们，使所有的人怀抱希望，心里却想的是别的念头，玩弄编织计谋戏耍他们；裴奈罗佩这样做的目的在于获得噪响的名声；裴奈罗佩不做出决定，他们将不会离开。这三层意思有两个目的：其一反驳忒勒马科斯，中伤裴奈罗佩，证明求婚人行为的正当性，获得民众舆论支持；其二离间裴奈罗佩和忒勒马科斯，督促忒勒马科斯想要保留家产，只能尽快嫁出裴奈罗佩。裴奈罗佩设计编织计谋就是为了拖延时间，保护忒勒马科斯。这个计谋的设定不仅体现了裴奈罗佩的智慧，也说明了她的无奈。奥德修斯离开以后，特别是归返无望后，裴奈罗佩作为一个女性，其处境相当复杂。

## 第二节　古希腊戏剧

戏剧是人类共通的精神和艺术现象，甚至在某种意义上可以把戏剧的出现看成一个文明进入成熟阶段的标志。它的形成与发展需要较为成熟的文化背景，而文化背景的成熟与否并不完全取决于历史时序的先后，更主要的是依赖人类社会的物质准备和精神追求，以及所具备的认知能力。

古希腊戏剧在公元前 6 世纪时横空出世，并于此后的一两百年间迅速成熟，达至辉煌。然而盛景之后，古希腊戏剧的中心逐渐转移，其艺术形式被部分地移植在其征服民族的文化中。古希腊戏剧创生了欧洲戏剧史上一种独特的表演样式。它拥有一种雄伟而繁复的表演格局，综合了此前诞生的全部艺术种类。更为重要的是，这种综合是有机地、运用充分地。因为诗歌、音乐、舞蹈在古希腊人看来是三位一体的，都以节奏为媒介，此三者在古希腊戏剧里是合而为一的。这种载歌载舞与对白吟咏相结合的戏剧动力机制，在后世的戏剧表演中或被削弱，或被摈弃，又或者被一一分化朝单一方向进击，形成了戏剧艺术类型的细分。

古希腊戏剧主要分为古希腊悲剧和古希腊喜剧。古希腊悲剧与旧喜剧无论在剧作文本与表演形式上都堪称成熟完备，其中悲剧的主要代表作有《普罗米修斯》《俄瑞斯忒亚》《俄狄浦斯王》等，喜剧代表作有《骑士》《鸟》《蛙》等。

### 一、埃斯库罗斯的《被缚的普罗米修斯》

古希腊历史上诞生了著名的三大悲剧诗人，他们是"悲剧之父"——埃斯库罗斯、索福克勒斯和欧里庇得斯。其中，埃斯库罗斯的代表作是《被缚的普罗米修斯》。作为首席悲剧诗人，埃斯库罗斯对戏剧的贡献在于，"埃斯库罗斯的悲剧可以将伟大的人物形象、多样的形式与深邃的思想进行完美的结合"。埃斯库罗斯的《被缚的普罗米修斯》《被释的普罗米修斯》和《带火的普罗米修斯》组成三部曲，但后面两部已经找不到了，只剩下第一部。在西方文化中，普罗米修斯是和西绪福斯、毕达哥拉斯、苏格拉底、柏拉图、亚里士多德、耶稣一样著名的人物，后来学者对他们做出了不同层面的解释和深化。这些人物形象不仅是历史人物，他们身上更体现了一种文化的内涵和传承。如上文所述，普罗米修斯作为"为人类谋福利"的正面形象最初来源于赫西俄德的《工作与时日》与《神谱》。在这两部作品中，普罗米修斯是一个"盗火"的无所畏惧的英雄形象，但之前的其他作品中的普罗米修斯仅仅是一个近似偷盗者的角色。

1.《被缚的普罗米修斯》的背景和梗概

著名作家周作人说过，埃斯库罗斯作品中的普罗米修斯并非指神话中盗火的小神，而是被束缚却尽力摆脱束缚的"神"。周作人在《欧洲文学史》中写道："普罗米修斯是爱人类的典范，他反抗暴力，为人类受尽千辛万苦也在所不辞，他坚信他会获得自由。"因为在这部剧中，埃斯库罗斯把"普罗米修斯当作第一个给人类带来希望的神"。

自古以来哲学、宗教和诗歌都有联系，同样，埃斯库罗斯的悲剧这种文学形式将政治、宗教甚至哲学紧密联系在一起。读者在探讨埃斯库罗斯的悲剧时，就要先研究一下古希腊悲剧产生的大背景。古希腊悲剧的起源离不开两个重要的因素，即祭神性宗教和城邦民主政治。

希腊悲剧的主题几乎无一例外都来自古老传说和希腊神话传统的巨大母体，那些发生在上古时代的老故事却在新城邦中被重新讲述。与《工作与时日》和《神谱》相比，埃斯库罗斯在《被缚的普罗米修斯》借用普罗米修斯来暗示神对人的启蒙，说明人类从无知蒙昧到理性的过程中神起到引导的作用。在《被缚的普罗米修斯》这部著作中，普罗米修斯声称知道一个只有他一个人知道的秘密，而且这个秘密关系到宙斯的神权统治。他知道"他的性格会变温和，那是在他遭受打击之后。他会平息自己强烈的怨怒，热情地前来与我和好结友谊，我也会热情地欢迎他"。但这个秘密普罗米修斯不会轻易说出，"除非他（宙斯）先了解了这残忍的镣铐，愿意赔偿我(普罗米修斯)所受的侮辱"。

普罗米修斯认为,宙斯并没有人类想象得那么强大,以至于他所建立的正义秩序也没有那么牢靠。在普罗米修斯看来,宙斯就像一个僭主。当然,普罗米修斯为反抗僭主想了一个正当的理由,他认为宙斯做得不对:"他(宙斯)一登上他父亲的宝座,立即把各种权力送给众神,把权力也分配了;但是对于可怜的人类他不但不关心,反而想把他们种族完全毁灭,另行创造新的。除了我,谁也不挺身出来反对,只有我有胆量拯救人类。"在《神谱》与《工作与时日》中,宙斯的确给了人类灾难,但是他是为了告诉人类要安分守己、终身劳作,并且听从神的旨意,不做出违抗神的举动。普罗米修斯还向人类阐述了一个道理,那就是宙斯并不是正义的化身。到后面读者就会明白,普罗米修斯不怕受到惩罚而为人类盗火,这一点是人类学习各种技艺的基本条件。尽管普罗米修斯深知自己作为众神的一员,盗火也是有违神旨的,但一想到能给人类带来的福祉,他就义无反顾并乐此不疲。

在《被缚的普罗米修斯》中,普罗米修斯坚信自己的"预谋"可以实现。因为普罗米修斯认为,人类在技艺的应用中一定会愈发认识自己的知识和力量。但是,普罗米修斯为人类带来的"火"只是代表物质生产资料的用途,而人类还有更高层次的追求,即思想意识的启蒙。于是,普罗米修斯不仅赋予人类技艺,还赋予人类智慧。人类有了智慧就有了自己独立的思考能力,就不需要所有的技艺和智慧都受神的传授和教诲。这样一来,人就可以彻底丢掉理性之外的神和自然了。就如《俄狄浦斯王》和《安提戈涅》中类似的故事一样,两部悲剧最终还是让人类在自身痛苦的承担中警惕着人自身的有限性。

在《古希腊悲剧喜剧集》中,读者可以看到一个残暴无情而又坚不可摧的众神首领宙斯,因为就算是自己的亲儿子也说自己的父亲严厉凶残。暴力神和威力神只是认为宙斯的命令不可违抗, 所以他们只是负责押解普罗米修斯。赫菲斯托斯虽然对普罗米修斯的境遇感到非常遗憾甚至憎恨自己的手艺,但是对于宙斯的命令还是不敢违背。这从另一方面也反映出了宙斯权力的威慑力。赫菲斯托斯懦弱的性格特点,更加衬托出普罗米修斯的英勇,正如诗歌中所说:"你遭受这些惩罚,只因为你爱护人类,你自己也是位神明, 竟不怕众神愤怒, 把神明们的荣耀送给凡人, 违反常律。"这说明普罗米修斯与普通的神都不同,他有爱护人类的胸怀。在埃斯库罗斯的诗句中,由长河神奥克阿诺斯的女儿们组成的歌队也对宙斯的专横统治表示不满,但是普罗米修斯对自己现在所遭遇的惨境并不担心。普罗米修斯认为,常乐的众神明的首领终会需要他的,而且他对宙斯性情的预测也很乐观, 他认为宙斯的性格总有一天会在遭受打击后变温和,普罗米修斯等着这一天的到来,到那时他和宙斯还可以建立深厚的友谊。

2. 从命运和技艺的角度分析普罗米修斯形象

《工作与时日》和《神谱》都向大家阐述了要想幸福就必须工作与劳作的道理。终身劳作是人类无法回避的命运。神也一样,不同的神有不同的职责和功能。与之前的《工作与时日》和《神谱》相比,《被缚的普罗米修斯》主要讲普罗米修斯无比伟大的英雄形象,而宙斯成了一个卑鄙的神。埃斯库罗斯的悲剧是对古希腊神话的继承与发展, 在一定程度上代表了古希腊人对专制权力的反抗。

在《被缚的普罗米修斯》中,普罗米修斯成了地母该亚的儿子,而且从母亲那里获得了预言的能力。出身的高贵与普罗米修斯受到的残忍惩罚形成鲜明对比,更加凸显了普罗米修斯大无畏的精神品质。在命运与技艺发生冲突时,普罗米修斯面对权力、面对悲惨的命运毫不妥协。埃斯库罗斯对普罗米修斯神话的创造还在于增加了"伊俄神话"。"伊俄神话"是宙斯和普罗米修斯斗争的重要转折点, 这丰富了普罗米修斯神话的深刻蕴意——普罗米修斯最终由衷地感叹技艺胜不过命数。

早在古希腊悲剧诞生之时,技艺就与命运有密切的联系。古往今来,诸神和人类都信奉技艺战胜不了命运,因此才会有各种祭神的活动,其实质是为人类的命运祈福。古希腊悲剧中令观众畏惧的是命运本身的跌宕起伏,而不是命运带来的后果。人和神都无力改变命运。在这里,"命运"被理解为一个抽象的普遍的概念。普罗米修斯虽然认为技艺胜不过命运,但是他对宙斯的种种劣行实在是感到不满。随后,奥克阿诺斯也苦口婆心地奉劝过普罗米修斯,但是他还是没有改变,坚决要反抗宙斯。普罗米修斯为了帮助人类生存与进步,为了实现自己的理想而遭遇着莫大的痛苦,这是埃斯库罗斯所不能解释的。他认为,普罗米修斯所受的痛苦是他命中注定的。其实按照事物发展的规律,任何进步的事业必然会受到旧势力的阻挠,遭遇着困难。普罗米修斯是人类生命的缔造者,而且还教会人类很多技能,使人类为了生活不断适应自然。

在远古社会,火作为一种资源是非常宝贵的。而火种是怎么来的,这就要归功于普罗米修斯了。人们知道火种是从"天"上来的,在人类获取火种之前,只有自然能给人类火种。但随着人口的增加,自然而然的火已经不能够满足人类的需求了,于是有了后来的普罗米修斯为人类盗火。读者从中可以看出,神灵会随着社会的进步,不断提供能够使社会发展的强有力的帮助。在这一点上,神和人是一致的,他们在推动社会发展上是功不可没的。但是,埃斯库罗斯的不同之处就在于对命运带来的痛苦有独到而深刻的见解。埃斯库罗斯道出了人生的真谛：人生不顺心事十有八九，痛苦是人生的基调。在埃斯库罗斯的悲剧中，有这样三种面对痛苦的态度：其一是脆弱的人，最后被痛苦打败，如《波斯人》中的赛克赛斯，在遭遇灾难面前悲伤欲绝，不能很好地自我调节；其二，用伪善的言辞来遮掩自己的恶行，如《阿伽门农》里面的阿伽门农的妻子克吕泰莫斯特拉就是如此，她最后遭到儿子的杀害；其三，就是本篇论文的中心人物普罗米修斯，他不怕命运的种种刁难，主动承担痛苦和挑战。但是在命运面前，人和神都无能为力，人和神的自由行动都显得徒劳无益。

《普罗米修斯》中又借歌队进行了智慧的总结："我完全清楚地知道我所做的一切，我是自觉地犯罪，我不否认。"虽然人类最终都有自己的宿命，但是人类还是在人生长河中不断地挣扎，收获的是"经历"。

在《被缚的普罗米修斯》中，普罗米修斯为人类送去了各种福利。例如，他教会了人类如何将药物混合，帮助人类驱逐病痛，这是对人类身体方面的救赎；他教会人类怎样去实现梦想，这是对人类精神层面的提升；他教会人类分辨鸟类的习性，教会人类谋生的技能。由此可见，在人类社会早期，人类的一切技艺都离不开普罗米修斯的帮助，他是人类文明启蒙的先驱。就如欧里庇得斯所述，普罗米修斯的种种行为都对神这个神秘的形象发起了质疑，原来人类在掌握了各种技艺之后是可以生活得很好的，而不是什么都要依附于神。这是人类反宗教、反命运、反权威的开始。在这个过程中，普罗米修斯很好地诠释了"小我"和"大我"、局部和整体之间的关系。普罗米修斯就像人类启蒙的导师，他通过盗火，使人类掌握了一定技艺，之后人类愈加强大。普罗米修斯其实是人类反抗权威和追求自由的精神象征，这个过程体现了弗洛伊德精神分析理论中的"本我"和"超我"

的辩证统一：普罗米修斯身上体现的将人类的利益作为自己的义务正是"超我"的体现。普罗米修斯为人类的命运不断地反抗，其实就是告诉人类：人类是自己命运的主宰。普罗米修斯盗取技艺的火种和送来"盲目的希望"其实代表了人类在克服自身局限性上所做的努力：在自然面前，人有各种劣势，但人类确实是最坚强、适应性最强的物种。在该著作中，伴随着人类自我意识的逐渐苏醒，普罗米修斯带来的技艺的火种并不单纯是物种层面的，还包括精神层面的：技艺引导人类告别蒙昧和野蛮，走向文明和开化。

**二、索福克勒斯的《俄狄浦斯王》**

索福克勒斯是继埃斯库罗斯之后又一个悲剧诗人，他的创作是雅典民主制极盛时期社会生活的反映，也是古希腊艺术已臻成熟的标志。索福克勒斯出身于一个工商业主的家庭，他与民主派领袖伯里克利交情颇深，政治上属于温和的民主派。他的创作据说有120余部，但至今仅有七部流传，其中以《安提戈涅》和《俄狄浦斯王》最为杰出。下面笔者主要分析《俄狄浦斯王》这部悲剧。

1.《俄狄浦斯王》的主题

在所有的古希腊悲剧中，索福克勒斯的《俄狄浦斯王》在体系上似乎是最模糊的。它同时允许两条完全不同的解释路径，其中任何一方都不能轻松地宣称自己比对方更为深刻，当然也不比对方更加隐晦和难以发现。这是大多数关于俄狄浦斯的论文所选择的视角，并且这两种视角势均力敌地出现在各种文章之中。第一种围绕俄狄浦斯的行为举止进行，第二种则以情节为线索展开。在前一种解释中，情节只是信息披露的工具，不管其中出现了什么困境，都是围绕着展现俄狄浦斯的形象推进的；后一种解释则不会放过任何小细节，通常情况这些细节把情节变得十分复杂。现在，读者不得不开始怀疑，索福克勒斯讽刺的究竟是读者"知"而俄狄浦斯"不知"，还是读者对自己无知的"不知"。既然存在显而易见的两个关注点，读者如果要挖掘诗人的深远教益而不仅仅是把阅读作为消遣，那么就不能想当然地认为诗人让读者完全自由地去选择自己的关注点，而要把这两种路径整合在一起去揭示那个比俄狄浦斯和情节都更加隐蔽的主题。

将情节和人物形象联系得最为紧密的就是俄狄浦斯的主动选择，确切地讲是这些选择造就了他的命运。其中最能代表他的独特性的，一个是解答斯芬克斯之谜，另一个是弑父娶母，这是他最突出的两个标志。而前者只有在与后者联系在一起时，才能显示出比证明俄狄浦斯聪明更深远的意义。作为读者，人们还有属于人们自己的谜题，并且任何一种关于俄狄浦斯的严肃的解释都必须面对这个不太清晰的谜面：俄狄浦斯对斯芬克斯之谜的解答与他的弑父娶母的罪过之间是否存在某种必然联系？观众在深入思考之后，从弑父娶母的禁忌中可以看到人的欲望性这个主题，从而进入诗与哲学、对人的本性和处境的探讨。

2. 作为悲剧的俄狄浦斯

作为一个具有代表性意义的"人"，作为一个典型的"人"，俄狄浦斯对人性的发现，或者说对人的本性的展现，是通过他对两个谜语的破解来实现的。俄狄浦斯作为戏剧中的主角，他的意义首先在于他究其一生都在破解那个以"人"作为谜底的斯芬克斯之谜。然而，打败斯芬克斯是微不足道的，仅仅是走出了人对自我的漫长探索的一小步。事实上，俄狄浦斯所破译的不仅仅是他自己的身世之谜，他也破解了每个人的命运之谜，并且开启了人们对自身谜语探讨的大门。尽管对于这个谜底,或许人们永远无法抵达,但可以无限地接近它,就像俄狄浦斯做的这样。在这一点上,俄狄浦斯是一个典型的"人",解答的是每个人的命运之谜。悲剧中的俄狄浦斯通过其戏剧化的行动和结局给予人们关于命运的启示。

然而,俄狄浦斯不只是剧本中的英雄主角,他还具有一种象征意义,这被称为俄狄浦斯问题。所谓俄狄浦斯问题,绝非弗洛伊德所谓的恋母情结的狭隘解读,而是通过这部悲剧所展现出的问题。尼采将俄狄浦斯与普罗米修斯一起视为舞台上"最初主角酒神的面具",认为通过悲剧家对二者的塑造使得悲剧成为狄奥尼索斯精神的代表和古希腊文化的魅力之源,达到了对于人生或者生命的本质认识。亚里士多德同样把《俄狄浦斯王》看作悲剧的典范,但他进而论证的是:悲剧对于人的认识本身就是悲剧性的。这是诗学和哲学两种立场之间的较量,但毫无疑问的是,他们首先承认这部悲剧体现了悲剧诗人对于人的根本看法。因此,俄狄浦斯作为悲剧的象征正是悲剧精神的体现。

3.俄狄浦斯的悲剧来源

(1)理性的自以为是。戏剧一开始,俄狄浦斯的形象是一个强有力的人的形象,他在力量上或者说行动上是极端完美的。作为一个外邦人(虽然最后证明他并不是外邦的),俄狄浦斯本是没有机会成为国王的,但他凭借极高的才智,打败了斯芬克斯并折服了整个城邦,自然地获得了国王的位置。俄狄浦斯所凭借的不是神的启示,也不是先知的指引,而是自己的理性。从这一方面来说,俄狄浦斯不仅仅是骄傲的,他还是自负的、充满信心的。他的自负来源于自认为有强大的知识。然而讽刺的是,一个人最为依赖和得意的东西恰恰成为他走向毁灭的最终根源。

（2）盲目乐观。俄狄浦斯出场时，观众眼前出现的是一个对自己作为人来安排自己全部的生活有绝对信心的王者形象，这个形象最浓缩地体现在这部戏剧的题目"Tyrannus"上。"僭主"所暗含的政治意味彰显出俄狄浦斯本身狂妄的特性，即对自身力量的绝对信任。俄狄浦斯所展现出的形象其实是一个完全自己做决断的人，剧目中所有重要的决定都是他自己在一刹那决定的，直到最后观众才看到他的每个决定环环相扣，最终指向他的毁灭。

# 第六章　中世纪文学

## 第一节　中世纪的四种主要文学

在中世纪的文学中,宗教文学占有突出地位,此外还存在着世俗的骑士文学、英雄史诗和民谣以及市民阶级的城市文学。

### 一、宗教文学

中世纪的主体是基督教,在文学方面,宗教文学占有重要的地位。教会把一切文化纳入了神学的范畴,把哲学看作神学的婢女,把科学看作宗教的仆人。文学艺术也被用来为宗教服务。作诗也是为了纂写圣歌、祈祷词,作曲是为了圣歌歌曲,修辞学是为了传授说教和讲道理的技术,散文是为了写圣经传,戏剧则用来表演故事和圣徒行迹等。

基督教的经典是《圣经》。《圣经》包括《旧约》和《新约》。《旧约》是希伯来人古代典籍的总汇,其中包括神话、传说、民间故事、宗教律法、历史书等,内容十分丰富,具有很高的历史价值和文学价值;《新约》是基督教初期产生的关于耶稣以及他的信徒们的传说、言行录和书信等。

《圣经》中有各种各样的人物,这些人物都有其独特的个性。例如,《旧约》中的亚伯拉罕,虽被《新约》的作者称为"信心之父"(《罗马书》第四章),但是本性懦弱,是个性随和、与人无争的好好先生,因而与侄儿罗得分地时,先让罗得挑选。读者说他性格稳定随和但又固执怯弱。另一位《旧约》的人物是摩西。当他被神呼召出来带领以色列人离开埃及时,一再地跟神讨价还价,表示无力承担责任和即将面对的困难,这反映了他深思熟虑的性格(《出埃及记》第三、四章)。但是,当他带领以色列百姓在旷野漂泊,民众向他吵闹着要水喝时,性格谨慎的摩西却表现出个性中暴躁、挑剔的弱点,等不及泉水流出,就击打磐石,因而被耶和华神惩罚,不得进入迦南地。

《新约》的使徒彼得和保罗两人的个性可说是截然不同。彼得的个性急躁、冲动,经常没有想好就脱口而出或采取行动,甚至曾被耶稣斥责:"撒旦,退我后边去罢!你是绊我脚的;因为你不体贴神的意思,只体贴人的意思。"但他性格中有温暖、热心的一面,在高山上看到耶稣变相显荣,同时有摩西、以利亚显现并同耶稣说话时,马上对耶稣说:"主啊,我们在这里真好!你若愿意,我就在这里搭三座棚,一座为你,一座为摩西,一座为以利亚。"人们说他热心、灵活但又急躁冲动。

保罗的个性坚毅、果决,在宣教旅途中虽经许多艰难险阻,仍然勇往直前。但也有弱点,即得理不饶人,较为缺乏同情心。在与巴拿巴同工时,因为不肯接纳马可的软弱而与巴拿巴分道扬镳,这充分显示出他坚毅果断却又刚愎自用的性格特征。

《圣经》中人物的性格也不是一成不变的。如个性冲动的彼得,他独具慧眼,第一个认出耶稣"是基督,是永生神的儿子",但同时是最快不认主的门徒。但是他愿意在神面前承认错误,神使他发挥性格中好的一面,成为伟大的布道家。又如使徒保罗,原本个性冷酷、刚愎。尚未归主前,残害教会,毫不留情。可是,当他蒙神拣选成为使徒之后,大发热心,到处传道,由铁石心肠变为如母亲一般有慈心:"只在你们中间存心温柔,如同母亲乳养自己的孩子"。

### 二、骑士文学

中世纪的骑士文学是中世纪世俗文学的一朵奇葩, 在文学史上具有承上启下的地位。骑士文学中所蕴含的美学精神同样值得研究。骑士作为"上帝的战士"体现出一种文化精神,直接影响了欧洲中世纪的社会风貌和美学观念的演化。骑士制度作为一种崇高的现世生活的形式可以视为一种带有伦理理想外表的美学理想, 而这种审美与伦理道德结合的美学理想正是现代人类社会所追求的。骑士文学中的典雅爱情精神不仅构成了中世纪骑士文学的主要内容和基本格调, 而且也是欧洲社会精神生活中所追求的美学理想,显示了一种追求精神美与肉体美、体魄美、长相美、武功美之统一的和谐的审美观念,而爱情就是这二者之间的中介。骑士的生活方式鲜明地体现了欧洲中世纪时期的美学精神由对神学价值追求向世俗价值追求的审美倾向的转移。骑士文学中的美学精神,在西方启蒙现代性与审美现代性的缔造过程中,具有重要意义。

骑士文学的主题是典雅爱情和战功冒险,主要包括三种文学式样,即英雄史诗、骑士抒情诗和骑士传奇。

英雄史诗盛行于 11 世纪至 13 世纪, 分为前期英雄史诗和后期英雄史诗。前期英雄史诗的著名作品有盎格鲁－撒克逊人的史诗《贝奥武甫》,后期英雄史诗有法国的《罗兰之歌》、西班牙的《熙德之歌》、德国的《尼伯龙根之歌》、俄罗斯的《伊戈尔远征记》。《罗兰之歌》是后期英雄史诗中最杰出的作品。骑士抒情诗最早产生于 11 世纪下半叶法国南部的普罗旺斯，经由贵族的扶持，得到迅速发展，并传播到法国北部，后因战争的爆发、破坏，许多诗人流落异乡，从而把普罗旺斯抒情诗的传统带到了意大利、西班牙等国。

骑士抒情诗最常见的种类有牧歌、破晓歌、情歌、夜歌、怨歌等，大多数骑士抒情诗抒发骑士对贵妇充满渴望却无法实现的爱。骑士抒情诗篇幅短小，一般几十行、十几行，甚至几行，形式工整、结构对称、辞藻华丽，在内容上开始探索人的精神生活、心理情感。诗的内容交织着赞颂与哀叹，赞颂贵妇人的美貌芳容，哀叹自己的不幸处境。例如，"菩提树上，有一只小鸟在歌唱。我的心儿在胸中升起，我看见那玫瑰花，它勾起我对那女子的思念。曾记得，我躺在她可爱的怀抱如隔千载，我对她已陌生多时，这绝不是我的过错。自从不见鲜花，不闻鸟鸣，我便郁郁寡欢"。诗中骑士与贵妇交替诉说他们的幽怨与思念，显得缠绵婉转而又朴素率真。骑士抒情诗中最著名的无疑是描写骑士与贵妇幽会至黎明时依依惜别的《破晓歌》。恩格斯曾说："'albas'用德文来说就是破晓歌，成了普罗旺斯爱情诗的精华。它用热烈的笔调描写骑士怎样睡在他的情人——别人的妻子的床上，门外站着侍卫，一见晨曦初上，便通知骑士，使他能悄悄地溜走，而不被人发觉，接着是叙述离别的情景，这是歌词的高潮。"

骑士传奇即骑士叙事诗，产生于 12 世纪中叶的法国北部，并迅速影响到英国、德国、西班牙等欧洲国家。骑士传奇主要叙述骑士为爱情、荣誉进行冒险，及骑士与贵妇之间的缠绵情事。其中《特里斯丹与伊瑟》是流传最广的骑士传奇之一。

### 三、英雄史诗和民谣

在整个中世纪,民间文学极其丰富,有歌谣、故事、传说,甚至还有长篇叙事诗。这些人民集体的创作,主要是靠口头流传,受到广大人民的欢迎。这些作品渗透着异教精神和反对封建压迫的战斗精神,受到了广大人民的热烈欢迎。很多作品由于教会的摧残没有流传下来。那些由僧侣们记录下来的东西既残缺不全,又有失真之处。流传下来的作品中,只有个别国家的民谣还比较完整,从中可以部分地看出当时人民创作之丰富。此外,从英雄史诗中也可以看出人民创作的一些痕迹。英雄史诗是在民间文学的基础上发展起来的,内容主要是反映民族的重要历史事件和歌颂杰出的英雄人物,主要代表作是《贝奥武甫》和《罗兰之歌》。下面,笔者主要介绍《贝奥武甫》这部英雄史诗。

英格兰史诗《贝奥武甫》是英国古代最长的一首叙事诗,也是欧洲中世纪早期最完整、最优秀的史诗,它在英国文学史乃至欧洲文学史上占有重要地位。《贝奥武甫》主要讲述了半人半神的英雄贝奥武甫降伏魔怪和斩杀毒龙的伟大事迹,具有神话色彩,可以看作一部英雄神话史诗。它主要颂扬了贝奥武甫的英雄主义精神,宣扬了基督教意识,同时展现了盎格鲁-撒克逊时期英国的独特文化风貌。

从内容上看,《贝奥武甫》可分为两个部分。

第一部分(第1—1904行)为贝奥武甫青年时期的英雄事迹。丹麦国王赫罗斯加修建了一座高大宏伟的宫殿,命名为"鹿厅",供与部下宴乐使用。不料刚建好的鹿厅遭到了凶恶的怪物格兰道尔的袭击。格兰道尔在鹿厅为非作歹,无恶不作,为祸12年之久。贝奥武甫在得知这个令人气愤的消息后,即刻率领14位精壮的勇士前去支援,这一行为说明了贝奥武甫见义勇为、侠肝义胆的骑士精神。因为在氏族部落时期，国家之间的斗争是极为残酷的，能与邻国和平共处且拔刀相助实在难能可贵。从道义上来说，贝奥武甫能心系他国百姓的安危，救民于水火之中，这是十分高尚的行为。贝奥武甫到达丹麦后，国王热情地款待了勇士们。宴乐过后，格兰道尔如期而至，经过一番激烈的徒手搏斗，天生神力的贝奥武甫扯断了怪物格兰道尔的一只胳膊，受了重伤的怪物垂死逃回自己的洞穴，等待死亡。然而，第二天同样凶残的妖母在得知自己的儿子被贝奥武甫重伤后，气急败坏地前来宴乐厅寻仇，她抓走了一名勇士。贝奥武甫在找到女妖居住的沼泽地后与她在水中的洞穴拼力相搏。贝奥武甫同女妖的战斗并不顺利，就在千钧一发之际，他急中生智，取下洞壁上挂着的一把神剑才把妖母杀死，胜利而归。在同国王赫罗斯加告别时，他承诺："假如在这世上还有别的机会让我一展身手，就像我先前建立战功那样，我会随时听从你的召唤。在那大洋的彼岸，只要我有所耳闻，知道有某个邻国以武力相威胁，一如你过去的仇敌那样前来侵犯，我定会率领 1 000 名精兵为你排忧解难。"此承诺体现了他无私无畏的精神和对"英雄"这一荣誉的追求。

第二部分（第 1905—3182 行）为作为国王的贝奥武甫晚年的英雄事迹。贝奥武甫在为丹麦人民除害之后胜利回国。好景不长，高特国的国王海格拉克父子先后在意外中丧生，英勇的贝奥武甫临危受命，继承了王位。起初，国王海格拉克去世后，王后想让贝奥武甫做高特国的新国王，可他却拒绝了王后，专心辅佐海格拉克的儿子赫德莱德治理国家。直到赫德莱德也因意外死去，他才即位为王。这一情节足以表现他广阔的胸襟和对国王尽忠的无私品质。在他统治期间，高特国内出现了一条会喷火的巨龙。巨龙因自己守护的金杯被一个无知贪婪的奴隶盗走，勃然大怒，开始向高特人进行疯狂的报复。它口吐烈焰,焚烧村庄,屠杀人民,毁灭一切。为了不负国家和人民的众望,贝奥武甫毅然决定再次披挂上阵,进入龙窟与其进行殊死搏斗。在同火龙战斗时,贝奥武甫显得力不从心,结果不仅被巨龙喷出的火焰灼伤,还被火龙咬住脖子,中了剧毒。在生命垂危的情况下,他仍然不愿放弃,战斗到最后一刻。最终在一名叫威格拉夫的年轻勇士的协助下,火龙被斩杀,而悲凉的老英雄也因受伤过重献出了宝贵生命。贝奥武甫在临终前已将生死置之度外,他嘱咐威格拉夫把火龙藏在洞穴里的宝物、黄金、珍珠等不计其数的财物分给他为之奋斗的人民,最终英雄的价值也得以体现。

从内容上看,《贝奥武甫》的故事具有神话传说的性质。英雄贝奥武甫三战魔怪,属于神话传说的典型叙事结构。史诗中出现会吃人的巨人、喷火巨龙、邪恶的女妖等,这在世界范围内的史诗中都是反复出现的母题,史诗讲述的故事也具有超现实的神话色彩。从某种意义上说,《贝奥武甫》可以说是一部神话史诗,因此在研究该史诗时可以运用比较神话学的方法进行探究。贝奥武甫虽具有神的特征,却并没有因自己的天生神力而妄自菲薄、目中无人。相反,他处处表现得彬彬有礼,对国王赫罗斯加和王后始终恪守礼节,对自己的随从也谦逊低调;但在同敌人搏斗的时候,他英姿勃发、万夫莫敌。这种对朋友恭顺谦卑和对敌人勇敢无畏的精神成为后世骑士文学反复宣扬的主题。因此,贝奥武甫不仅可以说是盎格鲁-撒克逊人心中的理想英雄形象,也可看作英国文学史中第一位具有高尚道德的骑士。黎民百姓之所以如此尊敬、爱戴和拥护贝奥武甫,正是因为他身上具有爱民如子、不畏艰险、勇敢无畏的高尚品质。

贝奥武甫在人物角色上具有忠诚的模范骑士和理想的英明国王双重

特征，史诗对这个主角人物的塑造也体现了古代英格兰人民对于这两类人的品行道德和行为规范的期待与渴望。纵观整部史诗，对贝奥武甫这一人物形象刻画得十分生动形象，叙事场面也是十分宏大，展现了庄严的气氛。而故事的结构层次分明。开头以丹麦王国的始祖葬礼开始，以贝奥武甫的葬礼作为结束，首尾呼应。重点讲述了贝奥武甫杀魔怪、斩毒龙这两件大事。前一部分在情节上复杂多变，描述的气氛也是热烈豪放；后一部分在情节上则较为单一，气氛也是低沉哀婉。这种明显的对比旨在突出主人公在青年和老年两个不同时期的差别，同时深化了这部叙事史诗的主题思想，即不屈不挠的英雄主义精神。

### 四、城市文学

10 世纪至 11 世纪，由于生产力的发展、手工业和农业的分离以及工商业的兴起，欧洲各国出现了以手工业和商业为中心的城市，这标志着欧洲封建社会开始进入它的全盛时期。随着城市经济的发展，封建剥削的加重，市民阶层为维护和发展自己的利益和争取自治开始与封建主展开斗争。通过长期的斗争，许多城市取得了自治权。随着城市地发展，城市文学随之发展起来，它反映了市民阶级的反封建精神和市民的文化需要，主要代表作是《列那狐故事》和《玫瑰传奇》。下面，笔者主要介绍一下《玫瑰传奇》。

《玫瑰传奇》是法国中世纪长篇叙事诗，分为两部分。第一部分写于 13 世纪 20 年代，长约 4 300 行，作者为吉约姆·德·洛里斯，相传是教士。他采用隐喻手法，以"玫瑰"代表少女，叙述"情人"追求"玫瑰"而不得的故事，是骑士文学中贵族典雅爱情故事的翻版。第二部分写于 13 世纪 60 年代，作者为一市民，名为让·克洛皮内尔，又名让·德·墨恩，长达

17 000 多行,写"情人"经过种种努力,包括借助财富去争取对方欢心,终于获得了"玫瑰"。

这部传奇采用寓意手法,人物除诗人本人外都以概念为名,如爱情、美丽、理智、吝啬、嫉妒。前半部写诗人梦游花园,爱上一朵玫瑰。爱情、直爽、欢迎等支持他,嫉妒、危险、谣言等多方阻拦。玫瑰受到监视,诗人朝夕思念。在后半部,爱情大力帮助诗人,发动文雅、慷慨、直爽、怜悯、大胆等和诗人一起克服种种障碍,终于得到玫瑰。前后两部分的主题思想是对立的。前半部基本上继承了骑士文学的传统,宣扬骑士爱情观点,有一大段谈爱情理论,是模仿罗马诗人奥维德的《爱的艺术》的;后半部反映了市民的思想感情。它批判禁欲主义和蒙昧主义,谴责 13 世纪教皇用来蛊惑人心、压制"异端"的游乞僧团,强调要以理智和自然的原则对待爱情和生活。这部作品在中古时期产生了广泛的影响。

## 第二节　但丁的《神曲》

生活在 13 世纪末到 14 世纪初的意大利诗人但丁·阿利盖里是中世纪最伟大的作家。他的创作标志着从封建主义时代向资本主义时代的过渡,《神曲》是最具代表性的作品。

### 一、但丁

但丁命运坎坷,经历复杂,他的一生既经历了对贝雅特丽齐暗恋的煎熬和贝雅特丽齐去世的悲伤,也经历了在佛罗伦萨当政、政治斗争失败被流放、在欧洲各地流浪的凄苦生活。在这个过程中,但丁通过对欧洲古典文化的学习和研究,形成了他的神学、哲学和道德伦理观念;通过对中世纪晚期西欧社会和人的精神世界的细致观察和深刻反思,形成了他的世界帝国、政教分离、法制观念和民族国家思想。

1. 早年经历

1265 年,但丁出生于佛罗伦萨的阿利盖里家族。在火星天中,但丁的先祖卡恰圭达向但丁讲述了阿利盖里家族的来历。但丁五六岁时,其母亲贝拉去世。1277 年,但丁由父亲做主,和佛罗伦萨的名门望族杜纳蒂家族的杰玛·杜纳蒂订婚。婚后,他们生了两个儿子——比埃特罗、雅各波和一个女儿安东尼娅。

阿利盖里家族在政治上属于圭尔夫派,早年曾因佛罗伦萨城的党派斗争被流放,后被赦免回到佛罗伦萨,此后一直以经商为生。传到但丁,阿利盖里家族已变得默默无闻,因为佛罗伦萨的名门望族中不包括该家族。虽然如此,但丁的家境可能还是比较优越的。据记载,但丁的父亲除了放高利贷以外,也许还是个公证人,在从事土地买卖这方面做得很好,使得但丁在被流放以前没有必要去挣钱谋生。除此之外,关于但丁最初年的生活,我们尚找不到任何确凿的证明材料。但是,有关他成长于其中的那个社会环境的材料却比比皆是。由此,我们可以断定但丁属于富裕的、有教养的市民阶层。他所属的阶层是这座独立的城市共和国的当然领导者。

学习方面,但丁勤学好思、博览群书。据记载,但丁蔑视短暂易逝的财富,纵情地阅读文学作品以获取关于诗歌创作的知识。通过不断的学习,熟悉了维吉尔、贺拉斯、奥维德、斯塔提乌斯和其他所有著名的诗人,在思想上与他们建立了密切的联系。此外,但丁还曾拜佛罗伦萨的著名学者勃鲁内托拉蒂尼为师,并学会了用俗语写诗。1293 年,《新生》发表之后,但丁一举成名，成了佛罗伦萨无人不晓的大诗人。除了刻苦学习各种知识之外，但丁还十分热衷于各种社交活动和佛罗伦萨的政治活动。据记载，但丁积极地与他的同龄人交往，表现出优雅的风度、灵活的交际能力和雄辩的口才。《新生》暗示了但丁有活跃的社交活动，他经常与朋友交往，并常与佛罗伦萨的年轻女性调情。和他待在一起，人们是不会感到厌倦的。1289年6月，但丁作为佛罗伦萨城骑兵的先锋参加了对阿雷佐的吉卜林军的战斗；同年8月，但丁还参加了攻占比萨的卡波洛纳城堡的战斗。

2. 从政经历

但丁的从政经历十分坎坷，经历了在佛罗伦萨党政的荣耀和被流放的凄苦生活。在康帕蒂诺战役之后，佛罗伦萨市民与贵族之间斗争的结果是佛罗伦萨政府颁布了限制贵族权力的《正义法规》，从法律上彻底断绝了贵族在佛罗伦萨掌权的可能性，政权落入行会手中。但丁入医药协会，并作为行会的代表当选为执政官。

但丁当选为执政官时，意大利的政治形势十分混乱，罗马教皇与神圣罗马帝国皇帝之间的斗争和教皇与各个城邦国家之间的关系十分复杂。各个城邦国家从各自的利益出发，分别投靠罗马教皇和神圣罗马帝国皇帝，形成了对立的圭尔夫派和吉伯林派。据记载，在教廷与帝国的争吵中产生的圭尔夫派和吉伯林派一直存在，就像一盆火，只要有新的火种便熊熊不灭，而当时到处都是不和。在弗里德里希二世去世后，西西里王国处于群龙无首的局面。

由于弗里德里希二世没有直系继承人，教皇在欧洲各国叫卖西西里的王冠，最后法国的查理公爵获得了统治西西里的权力，前来西西里整顿秩序。1266年，查理公爵在本尼凡托战役中战胜了弗里德里希二世的继承人曼弗雷德,将西西里置于法国的控制之下。两年后,霍恩斯陶芬王室为了恢复它的西西里主权做了一次徒劳的尝试。康拉德的 16 岁的儿子康拉丁带领军队越过阿尔卑斯山,但是他的军队在塔利亚科佐战役中被查理的卓越指挥才能挫败了。康拉丁在那不勒斯被斩首,于是查理成为西西里当然的国王,格尔夫派的事业在整个意大利成功了。

在佛罗伦萨,由圭尔夫派分裂成的黑党和白党为了争夺对佛罗伦萨的控制权斗争得十分激烈。但丁从佛罗伦萨的稳定与安全出发,公平行事,同时对两党成员实行了严厉地镇压。据记载,但丁是当时执政团的成员,出于他的建议,执政团经过谨慎考虑,鼓起勇气,把平民鼓动起来维持秩序,乡下也来了许多人参加,他们终于强迫双方的领袖下令放下武器,并把科尔索和许多内拉派成员放逐了,为了表明不偏袒任何一方,也放逐了许多比安卡派的人。

1300 年春天,执政的白党以损害公共利益的罪名,对黑党的领袖杜纳蒂及其盟友进行了审判。同时,佛罗伦萨政府派人向教皇投诉法国的查理公爵和黑党在佛罗伦萨的所作所为。由于教皇暗中支持查理,白党的计划没有实现。执政团全体成员被开除教籍。

但丁离职后,继续参加佛罗伦萨的政治活动。1301 年 3 月,在佛罗伦萨政府的顾问会议上,但丁反对向那不勒斯国王查理二世拨款,支持他重新征服西西里的计划;同年 4 月到 9 月,但丁再度成为百人会议的成员。

## 3. 诗歌欣赏

### 我女郎的眸子里荡漾着爱情

但丁

我女郎的眸子里荡漾着爱情，

流盼时使一切都显得高洁温文，

她经过时，男士们无不凝眸出神，

她向谁致意，谁的心就跳个不停，

以致他低垂着脸儿，心神不宁，

并为自己的种种缺陷叹息不已，

在她面前，骄傲愤恨无藏身之地，

帮助我同声把她赞美，女士们。

凡是听见她说话的人，

心里就充满温情，且显得很谦虚，

谁见她一面，谁真幸福无比；

她嫣然一笑，真是千娇百媚，

无法形容，也难以记在心头，

为人们展现新的动人的奇迹。

【赏析】

但丁一生深深爱恋着一位女性，这位女性就是贝亚特丽齐。这首诗是《新生》中的一首十四行诗，突出了贝亚特丽齐外貌的美和非凡的魅力。"我女郎的眸子里荡漾着爱情，流盼时使一切显得高洁温文，她经过时，男士们无不凝眸出神,她向谁致意,谁的心就跳个不停。"这写出了她不仅娴雅,而且高贵;不仅外貌美,而且心灵美。"嫣然一笑""千娇百媚"凸显了贝亚特丽齐外貌的美和非凡的魅力。诗人一方面以充满感性的语言描写贝亚特丽齐所具有的激发情感的力量,另一方面又极力把这种女性的魅力净化为宗教情感,使人沉浸在对她的顶礼膜拜中而不产生任何肉欲之念。于是,贝亚特丽齐这人间美貌的凡女成了降自天国的天使、女神。尘世之爱与天国之爱就这样交混在一起,充分体现了但丁作为"中世纪的最后一位诗人"和"新时代的第一位诗人"的两重性。全诗就这样由恋人的外形、举止、神态逐步升华到高贵、温和、谦虚的道德境界,最后更升华为一种理想化的爱,一种天国之爱。这也是但丁整个诗歌的特点。

正如英国学者乔治·霍尔姆斯在《但丁》一书中说的那样,《新生》中的贝亚特丽齐"是一个魅力无穷,光彩照人的女性。她的人格体现着一种全新的女性之善的概念,一种新的形象"。"贝亚特丽齐是作为一个具有至高无上的美貌、美德和力量的女性形象而出现的。她既是爱情的对象,又是一位圣徒。"在不朽著作《神曲》里,但丁更是把贝亚特丽齐写成引导自己游历天堂的天使,使她成为千古不朽的女性。因此,在某种程度上来说,但丁对贝亚特丽齐的爱,已经从一种纯洁的男女之爱升华为一种神圣的爱。而正是这种爱,使人的灵魂得以飞升。

二、《神曲》

《神曲》是但丁在放逐期间(1307—1321 年)写的一部长诗,是诗人的代表作。《神曲》分为三部,即《地狱篇》《炼狱篇》《天堂篇》。诗人采用中世纪流行的梦幻文学的形式,描写了一个幻游地狱、炼狱、天堂三界的故事。诗人在诗中自叙他在人生的中途,在一片黑暗的森林中迷了路,正想往一个秀美的山峰攀登时,忽然出现了三只野兽——豹、狮、狼(分别象征着淫欲、强权、贪欲),被拦住去路。在这紧要关头,古罗马诗人维吉尔出现了,帮助但丁从一条路走向光明。于是在维吉尔的引领下,但丁游历了地狱和炼狱,来到了天堂。

## 1. 维吉尔的人物形象

维吉尔是但丁最崇敬的诗人,但丁称自己的才能全是跟维吉尔学来的。《神曲》中维吉尔受上帝的使者贝雅特丽齐所托,带领但丁游历了地狱和炼狱。在旅途中,但丁对维吉尔的称呼多种多样,有"我的向导""老师""亲爱的主人""亲爱的父亲""忠实的旅伴"等,侧面反映出维吉尔的不同形象。在《神曲》中,维吉尔被称为"诗人",又被誉为"洞察一切的高贵的哲人",他生前"不是基督徒",死后的灵魂又表现为信奉上帝,这些相左的称呼给予维吉尔一个丰满的形象。古罗马诗人维吉尔在但丁时代的意大利人眼中是一个伟大的诗人,同时被基督教宣传为预言基督降临的先知。据说《神曲》还未写完在意大利就已经相当流行,可以推断,通过《神曲》,维吉尔除了巩固原有的诗人地位,也以自己的权威形象重申了基督教的重要性。

第一,维吉尔是但丁诗学上的引路人。但丁在《神曲》中初遇维吉尔,称其为"我的老师""诗人",并说自己诗艺的才能全是跟维吉尔学来的。维吉尔在《埃涅阿斯纪》用诗艺表现了哲学与宗教间的冲突,在冲突之中寻找出路,从而组建了他理想中的城邦。但丁与维吉尔的写作目的相同,也是为了建立其理想的帝国。从价值理念上讲,维吉尔符合但丁的意图:让宗教引领哲学,让哲学辅助人类走向上帝所在的天堂。

第二,维吉尔是但丁灵魂上的引路者。但丁 35 岁时开始写作《神曲》，正值人生中年，"在人生的中途，我发现我已经迷失了正路，走进了一座幽暗的森林"，幸好"豪迈的灵魂"维吉尔及时出现，前来引领但丁游历地狱和炼狱。维吉尔在《神曲》中是一个极为特殊的形象。首先，维吉尔生前不是基督徒，却被后世认为预言了基督降临，凭此就足以享有异教徒候选者中首席被封圣之资格。"现在到了库玛谶语里所谓最后的日子，伟大的世纪的运行又要重新开始，处女星已经回来，又回到沙屯的统治，从高高的天上新的一代已经降临，在他生时，黑铁时代就已经终停，在整个世界又出现了黄金的新人。圣洁的露吉娜，你的阿波罗今已为主。这个光荣的时代要开始，正当你为都护，波利奥啊，伟大的岁月正在运行初度。在你的领导下，我们的罪恶的残余痕迹都要消除，大地从长期的恐怖中获得解脱。"其次，尽管维吉尔自己意识不到这样的意图，从君士坦丁皇帝一开始，以上诗行被认为预言了圣母玛利亚和耶稣基督的诞生。《神曲》中，但丁也借斯塔提乌斯之口赞扬维吉尔诗中寓言的基督降临："就像夜间行路的人，背后提着灯，对自己无用，却使自己后面的人，看清了道路……由于你，我成了基督徒。"据传但丁没有受过正规教育，但他很熟悉《圣经》，也熟知多明我会和方济会的思想，他很可能在当时兴起的传道活动中听取过很多神学知识。既然维吉尔是第一个预言耶稣降临的人、"基督徒的指明灯"，对于但丁这个潜在的基督徒来说，这个"豪迈的灵魂"足以做但丁灵魂上的引领者。

2.《神曲》的叙事结构

《神曲》是以"我"漫游三界这一独特经历为主线的。这种结构方式正是古希腊罗马叙事文学的基本形式，即以一个人物的一种经历为基本线索来编组作品题材。如《奥德赛》和《埃涅阿斯》都是以主人公的历险经历为主线来组织故事,而《伊里亚特》则是以主人公阿喀琉斯两次"愤怒"的经历为基本线索构组作品。《神曲》的编组形式和这三部史诗一样也是线性时间性的,是串联式结构。

但与此同时,读者还应注意到与以往的叙事文学所不同的是,《神曲》着力展现的不是"我"的行为事件,而是"我"在游历过程中的所见所闻。即但丁描写的对象是"我"看到和听到的他人的行为事件。但丁将成百的人物、事件按照它们的不同性质类型分成恶、丑、善三大类,分别安置在了地狱、炼狱、天堂之中,然后再进一步细分,分别放置在三个版块的不同圈或环中。就场景的持续性来说,叙述的时间流仿佛被中止了。在有限的时间内注意力被固定在它们之间相互作用的某种联系之中。这些联系交互并游离于诗人的线性时间经历之外。其中的无限意味不仅在于它们本身,更在于透过它们自身而产生的相互的反应与对话。这种并连组织材料的方式使《神曲》形成了多重层次结构,加深了作品的意蕴。可以说这种结构方式是《圣经》体式的一种延续。

《圣经》重点表述的不是人物的生活经历,而是通过讲述希伯来先祖、先知、士师和圣徒等与上帝的契约关系来揭示人生的法则。在上帝与人类这一核心的契约关系下,各种子契约关系环环相套形成一个立体空间。从而形成了独特的双重叙事结构——表层的时间性结构和深层的空间性结构。这种全新的文学叙事形式不仅是诗人自觉学习古希腊罗马史诗和《圣经》叙事策略的结果,更是两种异质文化熏染下两种不同的思维方式碰撞产生的火花。在基督教的思想中,人类与上帝是一种契约关系——全能的上帝创造养育了人类,人类应该虔诚地向上祭拜上帝,按上帝的意志和教导行事。如果人类违反了上帝的意志就犯了罪,必须受到惩罚。人们只有诚心悔改,等待上帝的俯就才能赎罪。因此,在基督教的意识里,向上或向下在空间和价值上都具有绝对的意义。这种等级关系在中世纪发展到了极致。

从中世纪的宇宙模式上就可看出,人们认为宇宙有地上和天上的事物之分。普通事物如土、水、气、火组成了月球之下的一切事物,月球之上由一种比较完美的事物"以太"构成。在宇宙阶梯上,一种元素所处阶梯级越高就越好。因此,任何运动的方向都被想象成向上或向下,而任何时间也被接纳为垂直向上或向下的瞬间。所以,中世纪没有形成历史时间的观念。时间在他们看来也并没有纯粹的过去、现在、将来之分。正像奥古斯丁说的那种价值观念和思维方式对社会其他领域也产生了深远影响,但丁的《神曲》创作就与这种观念的浸润不无关系。相较于基督教中上帝的高高在上来说,古希腊世界的奥林波斯众神却是可亲可近的。他们与人类同形同性,除了比人的能力强大外并无别的不同。神明与人类和谐地共同生活在同一个世界之中。生活环境的优越使古希腊人非常关注现实人生,充分享受此世生命的美好。在古希腊人看来,位置的高低没有任何意义,唯有时间的流淌才能改变人生的面貌。因此,古希腊人遵循的是一种过去、现在、未来顺序分明的客观时间观,表现出线性思维的特点。但丁将这两种不同的思维方式所代表的文化放入《神曲》这个大容器,在碰撞与激荡中寻找着现世与超世的连接点。

《神曲》的编组体式非常特别,它在表层的时间性结构中重新建构出空间性结构,又将表层的时间性结构纳入深层的空间性结构,从而避免了单一组织方式的缺点。这样不仅保持了作品的连贯性,还丰富了作品层次,开拓了对话空间。

# 第七章 文艺复兴时期文学

## 第一节 文艺复兴时期的欧洲文学

文艺复兴时期的欧洲各国并存着三种文学,即人文主义文学、民间文学和封建主义文学。人文主义文学在这个时期占据主导地位。人文主义文学的成就带来了欧洲文学史上一个新的繁荣时期。人文主义从法国、西班牙到英国迅速席卷了整个欧洲,形成了欧洲的人文主义文学。因此,对于欧洲的人文主义文学,本书主要按照地区来介绍不同地区的作家和作品。

### 一、意大利的人文主义文学

意大利是资本主义关系最早出现的地方,也是文艺复兴运动的发源地,因而人文主义新文学的出现也是最早的,其代表作家是彼特拉克、薄伽丘、阿里奥斯托等。

#### 1. 彼特拉克诗歌

弗兰奇斯科·彼特拉克被称为"人文主义的先驱"。他的代表作是用意大利语写成的抒情名作《歌集》,这是一部诗集,主要歌咏了他自己对心目中的女主劳拉的爱情,其中也有一些歌颂祖国、呼吁统一的政治抒情诗。下面选取一段诗歌进行鉴赏。

> 春风回来了，送来明媚的时光，
>
> 花儿和青草。春的伴侣回来了；
>
> 燕子啾啾乱啼，黄莺呖呖欢唱
>
> 纯洁、璀璨的春天。
>
> 草原粲然微笑，天宇碧净明朗，
>
> 宙斯露出欣喜的面孔，迎接他的小女，
>
> 柔爱荡漾在空气、流水、原野，
>
> 万物的生灵全在把爱追寻。

【赏析】

这段诗歌风格清新，结构周密，语言淡雅，音韵优美，开创了一代新诗风。诗人擅长把讴歌劳拉和抒写自然结合起来，想象驰骋，彩笔横飞，巧借自然的美来称赞劳拉。啾啾的飞鸟、潺潺的流水、温馨的花朵、簌簌的叶声，用来映照人的精神世界，使人物心理与外界的联系自然贴切，丝丝入扣。

诗人对自然的美有着敏锐的艺术感受。有的诗经他秀润的笔墨勾画，落花、流水、爱情、恋人相互辉映，融为一体，达到情景妙合、诗情画意的境界。这一切让彼特拉克抒写爱情的体验和内心的微妙变化，超过古典诗人和前辈诗人。

2. 薄伽丘的《十日谈》

《十日谈》是西方小说史上的创举，无论在思想上还是在艺术形式上，都具有很重要的划时代的意义，被西方学者誉为"小说发展史上的扛鼎之作"，具有非常重要的研究价值。从小说中可以看出薄伽丘的人文主义思想主要是歌颂人性的解放，倡导对现实的追求，反对禁欲主义和来世观念,对教权和封建君主权利的深刻批判和对真挚爱情和婚姻的热切向往。

《十日谈》的故事来源十分广泛,没有贯穿全篇统一的人物和故事情节,它的主体是由 100 个各自独立的短篇故事构成的。这 100 个故事并不是像一般人们所认为的是中世纪民间传说的"简单汇集",而是经过作家精心地选择、剪辑和组织。这 100 个故事有些是作者原创的,更多的则是他收集来的,分别取材于法国中世纪的寓言和传说,东方的民间故事,意大利的历史事件、宫廷传闻,以至街头巷尾的闲谈,还有当时发生在佛罗伦萨等地的真人真事,等等。薄伽丘把这些故事情节移到意大利,然后在创作过程中注入了新的人文主义血液,打上了新时代的烙印,使其成为反映意大利社会现实生活的杰作。在该小说集中,他清晰地表达了对封建教权、王权及禁欲主义的看法。《十日谈》的许多故事直接取材于人们的日常生活中,但经过作者巧妙的艺术处理,才能够在小故事中反映社会的大问题。

《十日谈》饱含着丰富的人文主义观,其中有对人性的解放和对真挚感情的赞美。如在《第四天》的开头讲了一个"绿鹅"的故事,就谈到了人性的解放,原文如下:

我要对攻击我的人讲的是,很久以前,我们的城市里有个名叫菲利波·巴尔杜奇的人,他出身低微,但善于经营,攒了不少钱。他有个妻子,两人相亲相爱,互相体贴,日子过得很舒心。不过人有旦夕祸福,那位好太太突然亡故,抛下她和菲利波生的一个不足两岁的儿子。妻子的早逝使菲利波失魂落魄,十分悲痛。他失去了最亲爱的伴侣,万念俱灰,决意带着儿子侍奉天主。他看破红尘,把全部财产捐献给教会,上了塞纳里奥山,和儿子一起住在一间小屋子里,斋戒祈祷,靠施舍过活,绝口不提世俗之事,也不想看到可能干扰他潜心修行的任何事物。他和儿子谈话的内容只限于天主和圣徒的荣耀，他教儿子的东西只限于虔诚的祈祷。他让儿子在这种气氛中生活了多年，从不让儿子离开小屋，也不让儿子看到新鲜事物。

菲利波有时候去佛罗伦萨领取侍奉天主的好心人的施舍，然后回到山里。

光阴荏苒，转眼儿子已有十八岁，菲利波也老了。一天，那小伙子问他要去哪里，菲利波告诉了他。小伙子说："父亲啊，你上了年纪路上奔波多么辛苦，为什么不带我去佛罗伦萨一次，让我见见天主的信徒和你的朋友？我年纪轻，比你能吃苦。我们有需要时，就让我去佛罗伦萨，你留在这里好了。"

菲利波认为他儿子已经长大，并且习惯于侍奉天主，不至于受到世俗事物的诱惑，心想："此话有理。"他去时便带上儿子。年轻人见到宫殿、房屋、教堂和许多见所未见的东西觉得新鲜，问这问那，问父亲那些东西叫什么名字，父亲一一做了回答，儿子听了十分满意。父子二人这么一问一答，正赶路时，迎面遇到一群刚参加婚礼回来的年轻美丽、打扮入时的姑娘，儿子问父亲那是什么，父亲说："孩子赶快低下头别看，那是坏东西。"

儿子又问："叫什么名字呢？"

父亲不想在情窦初开的儿子心里唤起无谓的欲念，没有如实把她们叫作女人，回答说："那叫绿鹅。"

说也奇怪，那年轻人从未见过女人，也从未见过宫殿、邸宅、牛、驴、马和金钱等。他对别的都不感兴趣，一见女人却说："父亲，我求你给我弄一个绿鹅。"

"闭嘴我的孩子，"父亲说，"我对你说过那是坏东西。"

年轻人问道:"坏东西是那样的吗?"

"不错。"父亲回答。

儿子却说:"我不懂你说的话,也不明白那怎么会是坏东西。我只觉得我从没有见过这么美丽、这么可爱的东西,比你给我看过多次的图画上的天使美丽多了,求你想想办法弄一个绿鹅回去,由我来喂。"

父亲说:"不行,你根本喂不了。"

父亲明白,自然的力量压倒了他的才智,他后悔当初真不该把小伙子带到佛罗伦萨来。

【赏析】

这个故事主要讲述了一个虔诚的修士在妻子死后十分伤心,他不想让儿子接触世俗,意将儿子也培养成不问世间俗事的修道人,平日里谨小慎微,不让儿子接触外面多彩的世界,直到有一天这个与世隔绝、已满18岁的小伙子,下山看见一群女人。父亲哄骗说,她们叫"绿鹅",是"坏东西"。尽管儿子从小与世隔绝,但他第一次见到这群"绿鹅"时,觉得她们非常亲切,谁知道儿子却说"求你想想办法弄一个绿鹅回去"。

就在"求你想想办法弄一个绿鹅回去"这句话中,这个修士才明白,自然的力量比他的精心教导要强大得多,他儿子连"女人"一词都不懂,可他却本能地觉得,在这一天中,看到的所有新鲜事物中,最美、最可爱的就是"绿鹅"。这个故事意在说明,宗教戒规阻挡不了人性的解放。这个故事体现了人性的解放,是作者人文主义思想的体现。

**二、法国的人文主义文学**

16世纪的法国已建立了统一的民族国家,是西欧最大的君主国。人文主义作家反对天主教会,要求享受现世的幸福,但是也有不同的倾向。由龙沙等七人组成的"七星社"提出从古典作品中寻找词汇来充实法国语言,轻视民间语言和民间传说。但是拉伯雷等人则运用大量的民间语言和民间传说、故事,创作出为人民喜闻乐见的作品。这个时期艺术成就最高的是拉伯雷的《巨人传》。

《巨人传》作为法国第一部长篇小说,有着划时代的意义,在其诙谐的外表下,隐藏着丰厚的意蕴。作为这样一部经典世界名著,它在长达400多年的岁月里,却并未得到人类公正全面的理解和评价。

400多年来,当人们翻开《巨人传》的扉页,一股强烈的喜剧美便扑面而来。请看这样的开场白:"我亲爱的读者们,当你在读这本书的时候,千万不要觉得恼怒,也切莫带任何成见来看它,除了欢笑,书中并无传播什么邪恶思想与毒素,想到忧愁痛苦在你脑中盘踞,除了愉快的笑料我找不出其他的。与其哭,不如开怀大笑吧,因为,只有人类才会笑呢。"读者们似乎都感到那指着自己鼻尖的召唤,那么亲切,于是读者们一定会像拉伯雷同时代的酒友一样,准备好随着他笔下的滑稽戏谑,不时鼓动着欢笑的肚皮。

《巨人传》中充满了狂欢精神的文化,将人民大众的意识从官方世界观的控制下解放出来,体现了强烈的独立意识和自由精神,反映了文艺复兴时代,广大民众走出严酷阴暗的中世纪之后,明朗欢欣、放纵恣肆、喜迎新生活的心态。于是,笑的艺术便成了《巨人传》的第一特征。

《巨人传》的开篇说"除开一些笑料,这里没有什么完善美好",这就说明了拉伯雷的作品不是以当时流行的审美,即以和谐、完美、优美等为审美标准的。拉伯雷在《作者前言》中声称:"对于我,只要有人说我、称道我是笑谈能手、好伙伴,我就感到荣耀和光彩。"巴赫金认为《巨人传》独特的美学特点就是怪诞。可见，怪诞同笑是联系在一起的，对于怪诞，书中这样描写道："庞大固埃放了一个响屁，周围九法里的土地全都震动起来，臭气一熏，从地上长出来五万三千个小男人，又丑又矮。接着他又放了一个无声屁，长出来同样数目蹲着的小女人。"这使得巴奴奇惊叫道："你的屁竟有这样大的生殖力？"在战争中，高康大的大马"撒了一泡尿，这泡尿一下子变成了一股七里长的洪水，整个地流进了旺代口，河水立时猛涨，除了少数几个人从左边逃上山坡，那里大批的敌人统统都在惊慌中淹死了"。同样，庞大固埃的一泡尿淹没了安那其国王的兵营，不仅士兵被庞大固埃的尿水淹死大半，还造成了附近的洪水暴发。敌人都惊叫，以为是海神发威要惩罚他们。可以说，在《巨人传》中，凡是语言上可以描述的东西都加了极度的夸张。由于夸张过度而超越了人们日常理性所能接受的程度，违背了事物正常的质与量的规定性，这种夸张就成为怪诞，具有独特的喜剧意识。

### 三、西班牙的人文主义文学

西班牙于 15 世纪至 16 世纪结束了凡摩尔人侵略的斗争，统一了国家。16 世纪发现美国后，西班牙肆意掠夺，美国的黄金滚滚流入西班牙，促进了西班牙的繁荣。但是这种繁荣是短暂的。到了 16 世纪中后叶，西班牙开始衰落，一切进步主义思想受到王权和教会的残酷镇压。由于反动势力的强大，文艺复兴运动发展较慢。直到 16 世纪末 17 世纪初，西班牙文学才进入黄金时代，迎来自己的人文主义时期。这个时期的代表作品有塞万提斯的《堂吉诃德》、维加的《羊泉村》等。下面笔者简单分析一下《羊泉村》。

《羊泉村》是维加的代表作，取材于 1467 年 4 月羊泉村村民不堪封建领主的压迫,进行武装反抗的历史。骑士团队长费尔南在驻地羊泉村企图侮辱当地长老的女儿劳伦霞,青年农民费隆多梭拯救了劳伦霞。费尔南又破坏这对青年的婚礼,抢走了新娘,还绞死了新郎。劳伦霞逃回了村里,呼吁农民起来反抗,之后,全村在劳伦霞的呼吁下,攻打了城堡,杀死了费尔南。国王来审理此案,全村人团结一致,死也不说出带头人,最后,国王赦免了他们。维加在剧中特意描写了人民团结战斗的精神,歌颂了农民不畏强暴和争取自由的正义斗争,塑造了劳伦霞这样一位巾帼英雄形象。她的命运是和整个正义事业紧密相连的,她的性格也随着剧情的发展而丰满,从一个纯朴的农家少女逐渐成长为一个领导反抗强暴的女英雄。作者的政治倾向是十分鲜明的,他热爱农民,憎恨封建贵族。同时,他像文艺复兴时期的所有人文主义者一样,也是一位贤明的君主的拥护者。在这个剧中,他也热情地颂扬了君主,他说:"国王是伟大的。"

**四、英国的人文主义文学**

英国文学是文艺复兴时期欧洲文学的高峰,早在 14 世纪,英国就产生了人文主义作品。16 世纪中叶到 17 世纪初期,人文主义文学发展到繁荣时期,小说、诗歌、戏剧文学成就都很高,主要代表作家有乔叟、莫尔、马洛、莎士比亚等。

**1. 莫尔的《乌托邦》**

托马斯·莫尔是英国著名的人文主义学者、空想社会主义者、神学家。他最为人熟知的作品《乌托邦》,是人类空想社会主义史的代表作,是乌托邦文学乃至世界文学史中不朽的名著。这部作品以揭露当时英格兰社会黑暗现实为背景,莫尔以社会国家的建设为纽带,对比构想了一个超现实理想的国度乌托邦,用来畅想人类美好的生活,在空想社会主义史上具有里程碑意义。乌托邦也成了一个美好理想愿望的代名词,莫尔对于这个理想社会的构想就可以称作他的乌托邦思想。

莫尔在《乌托邦》中,有力地批判和揭露了资本原始积累的残酷性,形象地指出了"圈地运动"是吃羊人。他认为社会罪恶的原因在于私有制。在他的书中没有私有制,公民在政治上一律平等,人人劳动,没有剥削,没有压迫,产品丰富,归国家所有。这部对话体幻想小说是空想社会主义最早的重要著作之一。

### 2. 斯宾塞的《仙后》

埃德曼·斯宾塞(1552—1599)是乔叟之后英国第一位伟大诗人。他的不朽杰作《仙后》描写了仙后格罗丽娅娜派出 12 名骑士周游天下,每一名骑士具有一种美德,首席骑士亚瑟王身兼 12 种美德,所以得到仙后的爱。

《仙后》是一部寓言性作品,诗中的形象具有象征意义。仙后格罗丽娅娜意为"荣耀",象征伊丽莎白女王。《仙后》表达人文主义道德理想,歌颂冒险精神和征服的快乐,以及对现实生活的热爱。诗人在《仙后》中创造的诗体被称为"斯宾塞诗节"。

> 她纯挚天真,就和那羔羊一样,
>
> 在生涯和所有美德的教诲各方面。
>
> 她出生皇族;远古时代的国王
>
> 和王后是她的祖先,他们从前
>
> 使权杖从东方延伸到西方海岸,
>
> 全世界都受他们的统治和左右;
>
> 直到地狱的恶魔以喧嚣和动乱

踩蹒他们的国土,把他们赶走:

她从远方号召来这位骑士为她复仇。

【赏析】

以上是《仙后》中的一节。这一节共有九行,前八行是抑扬格五音步、十音节,以"ababbcbcc"为韵式,b韵为连锁韵,将前两个四行天然地联合在一起,增添了全诗的整体感和紧凑性。最后一行是顿挫格六音步、十二音节,又称为亚历山大诗行,它往往是全节内容的重点,或是前八行的总结和概括,有时更以警句呈现,使结尾更加苍劲有力。这种奇特的诗节韵律富于变更,柔和动人,具备很强的音乐性。

# 第二节　塞万提斯的《堂吉诃德》

## 一、塞万提斯的生平和创作

米盖尔·德·塞万提斯·萨万德拉生于西班牙中部古朴而宁静的阿尔卡拉德厄纳勒斯小城,是西班牙文艺复兴时期最杰出的小说家。在他童年时期,家里生活异常艰难,父亲是一位落魄的外科医生。1566年,全家为了生计迁往西班牙当时的新首都马德里。塞万提斯师从当时著名的人文主义者胡安·洛贝斯·台·沃幼斯。毕业后,塞万提斯先在宫廷里做了一名侍卫,由于看不惯宫廷风气,又想致力于报效祖国,他很快找到机会加入西班牙驻意大利的部队,成为一名士兵。他参加了著名的雷邦多战役,在战斗中表现英勇,左手却受伤致残。在海外战争失败回国途中,塞万提斯被土耳其的海盗俘虏,开始了他五年的俘虏生活。在被俘期间,塞万提斯曾五次组织俘虏集体出逃,出逃未果,而塞万提斯面对有被剥皮抽筋的危险时仍毫无惧色地承担起所有责任,奴隶主为其勇气所慑终未惩罚他。最终在 1580 年被赎回国。

回国后,他在 33 岁时与一位喜读骑士小说的姑娘结了婚,婚后不久便去了马德里进行剧本创作。由于剧本上演没有引起轰动,他认为自己没有创作剧本的天才,因而搁笔另谋生路。此后他在朋友的帮助下当上了军队的征粮员。当时西班牙各级政府都是些官僚部门,到处充斥着贪污腐败现象,地方官营私舞弊,偏袒富户,把负担转嫁到贫穷的农户身上,征粮员贪污纳贿,中饱私囊。塞万提斯的正义与善良使他无法随波逐流,他按规定征收了厄西哈大教堂讲师囤积的麦子,教会将他革除教门,又因得罪了教会,数次被诬入狱。在做了十几年的征粮员之后,因征粮机构的撤销又失业,后在一个老朋友的推荐下做了一名收税员,因存在银行的税款被银行经理携款潜逃,他被解雇并入狱三个月。《堂吉诃德》可能就是在这一次的狱中开始构思的,出狱后的生活是塞万提斯最贫困潦倒的生活。他生活在下层社会里,为了谋生,他干过各种工作:当过中间人,沿街贩卖过布匹,替别人跑腿,甚至为卖唱的乞丐编写歌词。这一段艰苦的生活使他熟悉了贫民窟污秽丑陋的现象,对压在人民头上花天酒地、奢侈享受的贵族和僧侣怀着愤慨和厌恶,对在饥饿线上挣扎的贫民怀着强烈的同情。后来他在自己的作品里出色地刻画了他所熟悉的社会生活,以爱憎分明的态度讽刺和挖苦了没落的贵族阶级和虚伪自私的僧侣。

饱经沧桑的塞万提斯在跨进老年的门槛时才开始创作他的不朽名著《堂吉诃德》。当时他已 50 多岁,对西班牙社会上黑暗丑恶现象的熟悉和他自己遭受的不公正待遇,促使他在《堂吉诃德》中对封建制度进行了辛辣的讽刺。1605年,《堂吉诃德》第一部出版了,这部小说一出版就轰动了全国,受到广大读者的热烈欢迎,而当时的文人却对这部小说不屑一顾,认为这是难登大雅之堂的作品。《堂吉诃德》当年就再版六次。在塞万提斯去世前,《堂吉诃德》第一部在西班牙、英国和法国一共出了16版,总计15 000余册,这个数字在当时出版条件简陋、读者人数不多的条件下是相当惊人的。这也引起了反动教会和贵族的恐慌。1614年,有人伪造了《堂吉诃德》的续集,他代表天主教和反动贵族势力对塞万提斯进行恶毒攻击,并把堂吉诃德和桑丘写成粗俗、下流的人物,妄图抵消作品的社会影响。塞万提斯愤慨之余,带病赶写续集,于1615年出版。《堂吉诃德》第二部获得了和第一部同样的成功。在第二部里,堂吉诃德和桑丘的性格都有所发展,全书更加成熟,思想更加深刻,也更富幽默。描写堂吉诃德骑士冒险的失败经历时充满了人生的智慧,使人读后不会灰心丧气。塞万提斯把他在人间60余载的艰辛、苦难、理想和希望都写进了这部小说里。这部前后花费了十几年写出的作品是塞万提斯毕生心血的结晶。

此外,塞万提斯虽然遭到许多不幸,但仍以坚强的意志忍受了这些不幸,用笔来揭露社会黑暗,歌颂人文主义的美好理想。除创作《堂吉诃德》外,他还创作了不少其他作品。1613年,塞万提斯具有独特风格的短篇小说集《惩恶扬善故事集》在马德里出版。次年,长诗《巴尔纳斯游记》问世。1615年,他的《尚未上演过的八出喜剧和八出幕间短剧》出版。1616年,他刚写完《贝雪莱斯和吉西斯蒙达历险记》,便在马德里病逝。

《惩恶扬善故事集》共收入13篇短篇小说,贯穿着作者对压迫、奴役、欺骗的憎恨。《玻璃学士》借疯子之口对当时各种社会现象和人物进行讽刺。流浪汉小说《林科涅德和科尔达迪略》描绘了受到当局保护的盗贼世界,揭露了贪赃枉法的司法机构。《忌妒的埃斯特雷马杜腊人》严厉谴责不以真正的爱情为基础的婚姻,批判伪道德的维护者。最后一篇《两狗对话》揭露当时社会的阴暗面和形形色色的人物的丑恶行为,情节引人入胜,这篇作品像是对各篇小说的内容做了一个总结。《惩恶扬善故事集》是西班牙文献中第一部完全摆脱意大利短篇小说影响的富有独创性的杰作。

**二、《堂吉诃德》故事概要**

在西班牙拉·曼却的一座村庄里,住着一位穷乡绅,原名吉哈达。他阅读当时风靡社会的骑士小说入了迷,自己也想仿效骑士出外游侠。他从家传的古物中,找出一副破烂不全的盔甲,手提长矛,骑着一匹皮包骨头的瘦马,给它取名"罗西南多",意思是,它过去是一匹劣马,当了骑士的坐骑就成了一匹难得的骏马。他还给自己取了个骑士的名字叫堂吉诃德·台·拉·曼却,又选中邻村的一位村姑作他的意中人,并给她取了个贵族的名字,决心终身为他的意中人服务,立志冒大险、成大业、立奇功,帮助被侮辱者和被压迫者。第一次出门冒险时,堂吉诃德孤身出行。他把客店当作城堡,让老板娘给他举行授封仪式。一路上单枪匹马地蛮干,结果挨了一顿痛打,身受重伤,被乡亲遇见,驼在驴背上抬回家。第二次,他说服同村一个名叫桑丘的农夫做他的侍从,一同出去游侠,答应他一旦胜利便可任命他为海岛总督。于是主仆两个偷偷地上了路。堂吉诃德还是按他脑子里的古怪念头行事,把风车看作巨人,把羊群当作敌军,把苦役犯当作受害的骑士,把酒囊当作巨人头,不分青红皂白,乱砍乱杀,闹出许多荒唐可笑的事情。他的行动不但与人无益,还害自己也挨打受苦,直到人们把他装进狮子笼里送回家来,才结束了他的第二次游侠。一个月后,堂吉诃德与桑丘开始第三次游侠生涯。两人在去萨拉戈萨参加比武的路上，碰到了各种奇遇，被公爵夫妇请到城堡做客，公爵夫妇对主仆二人进行无情的捉弄，直弄得主仆二人身心疲惫，苦不堪言，满身是伤，但堂吉诃德却认为这是骑士应当受到的遭遇，仍不知醒悟。堂吉诃德的邻居参孙，为了骗他回家，扮成"白月骑士"与他比武，堂吉诃德败下阵来，不得不听从对方的发落而回家。他回到家后就卧床不起，临终时才幡然醒悟。他立下遗嘱，如果唯一的继承人侄女嫁给骑士，就取消其继承权。

### 三、堂吉诃德的人物形象

#### 1. 埋葬封建骑士制度的骑士

最先对堂吉诃德形象做出界定的是塞万提斯本人，他在书中开宗明义地指出，要借堂吉诃德形象消灭西班牙的骑士小说，堂吉诃德成了与骑士小说对立的产物。欧洲骑士本来是封建领主的侍从，经过严格训练和战斗考验，成年后由领主授予骑士头衔。骑士们崇尚武功、荣誉，信仰基督教。在西班牙驱逐摩尔人的光复运动中，骑士阶层做出了重要贡献。战争结束后，许多骑士被擢升为高级贵族，其保家卫国的传统为统治者所欣赏，也为普通民众所崇敬，他们的事迹被记录下来，成为骑士文学。西班牙骑士小说属于骑士文学的一部分，受英、法等国骑士传奇和叙事诗的影响，内容多取自西班牙的民间传说和故事诗，情节环环相扣，想象力丰富，宣扬忠君、护教、行侠和对贵妇人痴情的骑士精神。在动荡的社会和严酷的宗教背景下有强烈的人文主义倾向，尽管对反映社会现实方面几乎是软弱无力，但为人们提供了一种情节上的娱乐消遣，是中小贵族和市民阶层的审美情趣所在。西班牙骑士小说后来退出历史舞台，究其原因是宗教和文艺复兴的双重打击。西班牙天主教会因为其内容渲染血腥杀戮和对异教的崇尚，情节中充满大量通奸和猥亵的场面而屡次要求国王禁止其出版。人文主义者们因为骑士小说既不符合"文艺模仿自然"的传统，又不符合新的浪漫主义情调而对它大加嘲讽。可见，真正埋葬骑士小说并不是一本《堂吉诃德》可以完成的。

作为骑士小说的对立面，《堂吉诃德》确实对骑士精神进行了销蚀。17世纪有学者指出，《堂吉诃德》不仅毁灭了西班牙骑士小说，而且连骑士传统和尚武精神也一并消灭了。

2. 为人提供笑料的"大众戏子"

《堂吉诃德》在17世纪早期产生了相当大的社会影响，塞万提斯在下卷的献辞《致莱穆斯伯爵》里戏谑说，中国皇帝希望他把堂吉诃德送到中国去。但绝大部分人只是把主人公当成一个能为人们提供欢乐的疯子。用塞万提斯的话说堂吉诃德是个"大众戏子"，人们最关心的是堂吉诃德能为读者提供哪些笑料，如果作者再写些类似的作品，只要跟堂吉诃德的故事差不多，人们都爱读。这种状况的原因主要有以下两点：其一，当时的西班牙正是费利佩二世统治时期，国力处于巅峰状态，通过对本国和殖民地土著的盘剥，西班牙贵族过着骄奢淫逸的生活，整个社会也弥漫着铺张奢华的风气。在这种追求享乐和冒险的气氛下，文艺上很少出现严肃的悲剧，即便是被称为"西班牙黄金时代的戏剧巨匠"——洛佩·德·维加创作的宗旨也是让大众得到娱乐。尽管在这一时期还有讽刺诗等优秀的文学作品，但文学的主体基调是世俗狂欢与宗教神秘。其二，西班牙的民族特性是热情奔放、追求自由、喜欢冒险，是典型的南方民族。这就不难理解为什么西班牙没有出现像莎士比亚那样的剧作家，也可以说明堂吉诃德这一形象为什么要用喜剧手法来表现。无论塞万提斯心中郁结了多少对世事的哀伤，无论堂吉诃德形象凝聚了多少悲情意味，无论这部作品融入了多少对社会的嘲讽批判,在一定程度上,《堂吉诃德》始终是一个娱乐的工具。可以说,堂吉诃德的早期形象既非喜剧形象,也非悲剧形象,确切地说是一个"小丑"形象;他的游侠经历与其说是冒险,倒不如说是在舞台上表演的一场闹剧。人们喜欢他的荒唐胡闹,但不会为这种行为所传递的信息多费脑筋。

3. 体现资产阶级新价值观的道德楷模

英国文学家笛福最先肯定了《堂吉诃德》的艺术形象,在《鲁滨孙漂流记》的前言中他指出,《堂吉诃德》是对当时西班牙上层社会的抨击和嘲讽。从笛福开始,人们品评的角度走向社会意义,堂吉诃德的疯癫形象也开始具备多元的内涵,疯癫开始外移,从自身的原因转变为社会的原因。进一步改变堂吉诃德单纯的疯癫形象的是英国诗人蒲伯,他热情地盛赞堂吉诃德是一位"最讲道德、最有理性的疯子,我们虽然笑他,也敬他爱他,因为我们可以笑自己敬爱的人,不带一点恶意或轻鄙之心"。其后,著名小说家菲尔丁也认为世人多半是疯子,他们和堂吉诃德的不同之处是疯癫的种类。后来菲尔丁还写了一部名为《堂吉诃德在英国》的讽刺剧,嘲讽英国上层社会,他借堂吉诃德之口愤怒地指出:"十二个律师也顶不上一个老实人","穷人偷阔佬五个先令就得坐牢,阔佬把千万个穷人抢个精光却平安无事"。堂吉诃德的形象虽然可笑,但在文艺复兴时期思想启蒙的巨匠们看来却叫人同情、可敬,正如约翰逊所说:"堂吉诃德的失望招得我们又笑他,又怜他。我们可怜他的时候,会想到自己的失望;我们笑他的时候,自己心上明白,他并不比我们更可笑。"堂吉诃德这个"大众戏子"被英国小说家萨克雷称为"堂吉诃德先生",有着"世界上第一流的人品"。

总之,人们开始将堂吉诃德解读成一个拥有崇高道德的人物形象。首先是因为他的天真烂漫,"不仅变卖了好几亩耕地去买书看,而且还要去做个骑士,披上盔甲,拿起兵器,骑马漫游世界,到各处去冒险,把书里那些游侠骑士的行事一一照办"。这是一种为自己精神而不惜代价的浪漫。其次是因为他疾恶如仇,正直善良,行侠仗义,扶助弱小,对待女士彬彬有礼。

### 4. 社会动荡中的改良者和革命者

具备了道德价值之后,随着时代的发展,堂吉诃德的形象又被赋予了更高的褒奖。18 世纪至 19 世纪的欧洲,启蒙运动影响不断扩大,各个国家的变革向纵深发展,经济上逐渐掌握主动的资产阶级开始谋求参与国家统治,政治夺权成了时代主旋律之一。从 1789 年法国大革命开始,欧洲资产阶级向封建统治发动了全面进攻,几经反复,到 1830 年终于基本完成了资本主义制度在欧洲先进国家的确立,资本主义发展成为大势所趋。但是资产阶级取得国家政权后与人民大众的矛盾进一步激化,它自身固有的矛盾也日益暴露,其痼疾弊端恶性发展,金钱变成控制一切的主宰。此外,道德观念、价值体系都在急剧变化,战争、革命与暴动时有爆发、此起彼伏。社会斗争反映在文艺思想上,德国古典文艺理论将人类主体精神的解放提升到极高的位置,强调人的意志自主性,主张破除主客观对立的二元对立思维,弘扬发展辩证法思想,并要求文艺服务于社会变革。与此同时,浪漫主义运动在欧洲范围内蓬勃兴起。就政治原因而言,它与动荡的时代关系密切;就经济和科技因素来看,它又是对工业社会的拒斥反拨。浪漫派文学理念是对古典派的逆动,它要求文学尊重人的心灵,崇尚自由,无拘无束,还原艺术的本真品质,恢复人的主体地位。

这些观点给了堂吉诃德形象新的解读语境。歌德首先欢迎堂吉诃德光临德意志,他超越了狭隘的民族观念,渴望不同民族间相互交流的文艺观,从民族前途的角度探讨德国的未来。正因为这种世界性的长远目光,批评家哈利·列文指出:"歌德的浮士德和堂吉诃德一样,也是从一间书房出发的,他们都拿言辞来和行为较量,由积累起来的理论同生活事件较量,然而这两位探索者所走的道路却是相反的。"

秉承歌德的主张,文学家和批评家们把堂吉诃德诠释为一个完美主义者,他勇敢地与现实中的丑陋斗争。正如诗人席勒所言,堂吉诃德是理想主义者为了反抗现实的束缚而进行的一场斗争。文学批评家诺瓦利斯也认为他是一个为梦想与现实抗争的形象。这些评论明显继承了对堂吉诃德的道德楷模形象的解读,又是在当时语境下的新建构。

对现代的"堂吉诃德"们,人们"不要讪笑那个精神领域和现象领域的梦想家,在他们的意志狂热主义中,决不会被威逼利诱所制服"。这是海涅对堂吉诃德的最高礼赞,他眼中的堂吉诃德超越了以往的道德楷模与宗教圣徒形象,具备了全新的内涵,即那些生活在激情澎湃的革命理想中的"堂吉诃德"们,是改造黑暗世界的曙光。

### 四、文本赏析

不知是天意还是巧合,有个猪倌从地里赶来一群猪,猪倌吹起号角,猪们循声围拢过来。堂吉诃德认为这是侏儒在通报他的到来,他连忙下马走向客店,两个风尘女看到他手持长矛和皮盾,还有那身古怪的装扮,有些恐慌,正欲躲进客店。堂吉诃德急忙掀起纸壳做的护眼罩,态度优雅、声音舒缓地说:"你们不必害怕,也无须躲避。勇士不会对任何人图谋不轨,更何况对两位风度高雅的娇女呢。"

望着他和善而诙谐的脸,又听到称自己为"娇女",她们不再害怕,反而大笑起来，堂吉诃德诧异地说："美女应该举止端庄，大笑有失体统。"

闻声，胖乎乎的店主出来了，看到装扮古怪的堂吉诃德，有些不悦。可是他害怕堂吉诃德身上那堆利害的家伙，只好对堂吉诃德客气地说："骑士大人，我这里已经没有床位了。"堂吉诃德把店主看成城堡长官，他说："长官，我睡哪里都行。"

堂吉诃德吩咐店主悉心照料他的马，他说他的罗西南多是世界上最好的马，店主觉得堂吉诃德是在吹牛。两个风尘女帮堂吉诃德脱下甲胄、护胸和护背，却怎么也解不开系住他的护喉和头盔的绿带子，她们要用剪子剪断带子，可好说歹说堂吉诃德都不同意，他只好一直带着护喉和破头盔。

由于他的脸上罩着东西无法自己吃饭，只得让人喂他。店主捅通了一节竹子，一头挂住他的嘴，让人从另一头把酒水灌进去，他小心翼翼地吃喝，样子非常滑稽，让人忍俊不禁。

堂吉诃德突然想到自己还未封为骑士，无法从事合法的征险。他迅速吃完了那少得只能沾牙的晚餐，叫来店主，"扑通"地跪在店主面前说："德高望重的长官大人，我得劳您大驾，封我为骑士，您若不答应，我就不起来。"店主听他说了这番奇怪的话，感到莫名其妙。店主是个善于察言观色的人，对堂吉诃德的不寻常早有察觉。他决定顺水推舟，让堂吉诃德闹下去，顺便给客店增添点笑料，他便答应帮忙。

店主说："城堡里没有用以守夜看护甲胄的小教堂，原来有一个小教堂已经拆了。不过，如果大人急需，随便在什么地方都可以守夜，比如客店的院子，明早举行一个简单的仪式，你就可以被封为骑士了。"店主认为骑士都是腰缠万贯的人，何不趁机捞一把？他转动着贪婪的眼珠问道："你带了多少钱？"堂吉诃德说："我身无分文，因为我在骑士小说里从未看到有骑士带钱出征的。"

店主失望极了，他以长者的口吻说："你搞错了！骑士小说里没写带钱，是因为作者认为那是生活必需品就没必要写出来了，别认为他们没带。我敢肯定，所有游侠骑士都是腰缠万贯的。另外，他们还带着一个装满创伤药膏的小盒子以防不测，在野外或沙漠发生格斗受了伤经常没有人来医治的。一般骑士都让侍从带着这些必需品。"

堂吉诃德爽快地接受了店主的劝导。店主支使他到客店的大院子里去看护甲胄，堂吉诃德手持皮盾，拿着长矛，煞有介事地在水槽前巡视徘徊。

在这段文字中，人们看到堂吉诃德是一个幻想狂。他把"两个风尘女"看成是"风度高雅的娇女"，他把店主看成是"城堡长官"，同时把自己当作一个骑士，因此，堂吉诃德找来店主，帮自己进行骑士分封。在选段最后写道："店主支使他到客店的大院子里去看护甲胄，堂吉诃德手持皮盾，拿着长矛，煞有介事地在水槽前巡视徘徊。"从这些文字中，读者看到的是一个疯疯癫癫的堂吉诃德，他显得那么可笑。但是读者在之后的故事中，会看到堂吉诃德的善良和真诚。

堂吉诃德兴高采烈地离开了客店，他决定先回家把店主说的那些必需品置办齐全，再找一个侍从，于是他掉转罗西南多的缰绳，罗西南多蹄下似乎生风一般地飞奔起来。走着走着，他突然听到路边的密林中传来呻吟声。

他催马走进密林，就看见一棵树上捆着一个十几岁的孩子，一个农夫正在用腰带抽打孩子，每打一下训斥一声。孩子的上身裸露，皮开肉绽。孩子流着泪哀求："主人，我向上帝起誓，别打我了！我保证以后照看好羊群。"

堂吉诃德见状怒吼道:"无耻的胆小鬼,竟与一个孩子战斗。我命令你骑上你的马,拿起你的武器和我战斗。"

农夫看见这个全身披甲的怪人在他面前挥舞长矛,吓得脸都白了,他说:"骑士大人,这个孩子是我的佣人,负责照看我的羊群,可是他每天丢一只羊。我惩罚这个粗心的家伙,他却认为我这么做是想借此赖掉他的工钱。我向上帝发誓,他在撒谎!"

"卑鄙的乡巴佬,我看是你在撒谎!"堂吉诃德怒吼,"我要用长矛刺穿你。你马上付给他工钱,否则,我现在就结果你。"

农夫吓得面如土色,手忙脚乱地解开孩子身上的绳子。堂吉诃德问孩子主人欠他多少钱。孩子说一共欠了九个月的工钱,每个月七个雷阿尔。他对农夫说:"如果不想丢命,立刻付给他 63 个雷阿尔。"

"骑士大人,我身上没带钱,让安德烈斯跟我回家,我一定如数照付。"

被叫安德烈斯的孩子恐慌地说:"不,不,大人,我不去。等到只有我和他的时候,他准会扒了我的皮的。"

"不会的,孩子,有我的命令和他的发誓,他保证会付给你工钱。"

"我不会赖账的,安德烈斯。"农夫说,"请跟我来,我以世界上所有骑士的称号发誓,付给你全部工钱。"

堂吉诃德说:"你发誓就得做到,否则我让你知道我的厉害,即使你比蜥蜴藏得更好,我也一定能找到你。我告诉你,我是曼查的骑士堂吉诃德,专爱打抱不平。"说完,堂吉诃德双腿夹了一下罗西南多,飞快地跑了。

农夫狞笑着对安德烈斯说:"孩子,我实在太爱你了,所以我想多欠你的,好多多还你钱。"说着他抓住孩子的胳膊,又把孩子捆在圣栎树上狠狠地鞭打。

"现在,安德烈斯,你去找那位专爱打抱不平的愚蠢骑士,看他怎样帮你摆平吧。"孩子被打得遍体鳞伤,农夫终于打累了,他解开孩子。孩子临走时发誓一定要找到堂吉诃德,让农夫受到严厉的惩罚。

在这段文字中,读者看到堂吉诃德虽然很荒唐,但是在面对各种压迫、各种不平之事,堂吉诃德并没有退缩,反而很勇敢,坚持正义、信念,勇于和黑暗势力做斗争。在这段情节中,人们看到了堂吉诃德为一个小孩打抱不平,展示了他的善良和真诚、勇敢和无畏,这种荒唐虽然好笑,但是这种精神却值得人们学习。

## 第三节 莎士比亚的《哈姆雷特》

### 一、莎士比亚的生平和创作

莎士比亚是欧洲文艺复兴时期英国的戏剧家和诗人,也是当时欧洲最伟大的作家之一,他的戏剧和诗歌创作,都代表着文艺复兴时期欧洲文学的最高成就,直到今天,这些作品仍被认为是英语文学的典范。400年来,莎士比亚的作品不断地被翻译、整理、评价,所涉及的语种仅次于《圣经》。

莎士比亚在埃文河畔斯特拉特福出生长大,18岁时与安妮·海瑟薇结婚,两人共生育了三个孩子:苏珊娜、双胞胎哈姆尼特和朱迪思。16世纪末到17世纪初的20多年间莎士比亚在伦敦开始了成功的职业生涯,他不仅是演员、剧作家,还是宫内大臣剧团的合伙人之一,后来该剧团改名为"国王剧团"。1613 年前后,莎士比亚退休回到埃文河畔斯特拉特福,三年后逝世。

1590 年到 1600 年是莎士比亚创作的黄金时代。他的早期剧本主要是喜剧和历史剧, 在 16 世纪末期达到了深度和艺术性的高峰。接下来的 1601 年到 1608 年,他主要创作悲剧。莎士比亚崇尚高尚情操,常常描写牺牲与复仇,包括《奥赛罗》《哈姆雷特》《李尔王》和《麦克白》,被认为属于英语最佳范例。在他人生最后阶段,他开始创作悲喜剧,又称为"传奇剧",主要作品有《驯悍记》《威尼斯商人》《仲夏夜之梦》等。

莎士比亚流传下来的作品包括 39 部戏剧、154 首十四行诗、2 首长叙事诗。他的戏剧有各种主要语言的译本,且表演次数远远超过其他所有戏剧家的作品。马克思提出要"莎士比亚化",使读者可以从艺术形象的主体角度深入探索其诗歌主体特性。

对于莎士比亚而言,四大悲剧极具代表性。《哈姆雷特》描述的是丹麦王子哈姆雷特为父报仇,最后复仇成功,自己也中毒而亡的故事。《奥赛罗》描述的则是主人公奥赛罗轻信他人,掐死自己的爱妻,在得知真相后拔剑自刎的悲剧故事。《李尔王》叙述了年事已高的李尔王欲将国土分给三个女儿,小女儿因说实话被驱逐。在分完国土后老国王被大女儿、二女儿抛弃,最后的结果是小女儿为救父亲终被杀死,李尔王也悲痛死去。《麦克白》则讲述了将军麦克白谋杀表哥苏格兰国王邓肯,篡位夺权,最终在众叛亲离的情况下,被人杀死的故事。莎士比亚的这四部悲剧作品中的人物表现了强烈的主体意识和鲜明强大的个性,这是文艺复兴时期个性充分发展的巨大表现。作为莎士比亚的巅峰之作,四大悲剧无论从剧中人物的描写还是从剧情设计、小人物刻画等方面都已达到了一个极高的高度。

剧中所表现出来的人文主义思想和对人性的探讨,让读者对其充满好奇,也充满着探索的欲望。正如大家所说:"一千个人眼中有一千个哈姆雷特。"或许读者眼中的哈姆雷特又会是另一个样子。下面主要把《哈姆雷特》这部悲剧作为赏读对象进行简要分析。

**二、《哈姆雷特》**

1. 人性的悲剧——快乐王子和延宕王子的矛盾体

莎士比亚四大悲剧之一的《哈姆雷特》应当是读者和观众最为熟悉的,里面的人物也是如此。这部剧作里面的人物关系十分复杂微妙,作者的其他作品都难以企及。作品围绕着哈姆雷特等众多人物进行叙述描写,莎士比亚在处理这些人物关系时,是极其细致入微的,他打开了精神分析学说的先河。作者不仅描写主人公,就连剧中的每一个人物都刻画得细致入微,每一个个性鲜明的人物都在这个舞台上有着自己足够的戏份。这部戏剧的情节沿用当时英国舞台较为常见的多线索布局,把剧中的三条线索安排得得当有序,让观众在对比三人命运中慢慢体会这部悲剧蕴藏的意味。变化的叙事角度、多线索的布局,再加上复杂的人物关系促成了真正丰富厚重的《哈姆雷特》。就算没有读过《哈姆雷特》这部著作的人,也肯定知道那段著称于世的关于生存与死亡的独白。哈姆雷特这个人物是独特的,他只是一个年轻的丹麦王子,热情敏感、思想深刻、感情细腻,也质疑着命运。他是一个快乐王子,又是忧郁王子,也是一个在行动上延宕的王子,他似乎不能采取有准备的行动,而是只能在一时冲动下走向极端,有时候就在要行动的势头上,他却依然摆出怀疑迷茫、犹豫不决的样子,在失去了最佳时机后再次陷入自我的思考之中。而这也直接导致了哈姆雷特最后的悲剧。

　　这部剧作表达了哈姆雷特对人类从肯定到否定。他的快乐来自别人的赞美与自我的肯定；他的忧郁来自父亲的暴死、母亲的迅速改嫁、得知克劳狄斯是杀父娶母和夺权篡位的仇人，这三个打击使他对人性和世界产生了怀疑，这绝不仅仅是对自身感情的伤害，更是精神世界的完全摧毁；他的延宕是在自我不满和自我谴责与行动的不利之间来回互相导致的因素。而关于哈姆雷特的行动，观众都看在眼里。他接受使命却没有实行考虑过后的方案，只是形而上学地去思考，是一个思想者但不善于处理问题；他忽视了自己在群众中的威望，过多地相信自己，却又意识到使命过于沉重，害怕不堪胜任而紧张，因此他的行动并无实质上的结果；他不行动则已，一行动就会给对手制造机会而使自己陷入被动，虽然他一时冲动的行动没有进行过谋划，但他在行动中变得不忧郁，那并不是稳操胜券的平和与宁静，而是被动地交出使命和责任。

　　哈姆雷特是一个哲学派式的王子，他希望根据通过自己精心策划的安排去实施复仇，要不就彻底放弃。所以他不完全相信父亲鬼魂所说的话，而是根据自己的想法，设计让叔父犯罪的陷阱，以此来获取其确切的证据，他会对在自己精心安排下获取的成功感到满足，而非复仇后的快感。但哈姆雷特也意识到自身固有的缺点，并且想试图克服它，如以下剧作中所描写的那样。

　　我所见到、听到的一切，都好像在对我谴责，鞭笞我赶快进行我的蹉跎未就的复仇大愿！一个人要是在他生命的盛年，只知道吃吃睡睡，他还算是个什么东西？简直不过是一头畜生！上帝造下我们来，使我们能够这样高谈阔论，瞻前顾后，当然要我们利用他所赋予我们的这一种能力和灵明的理智，不让它们白白废掉。现在我明明有理由、有决心、有力量、有方法,可以动手干我所要干的事,可是我还是在说一些空话,我要怎么干,而始终不曾在行动上表现出来;我不知道这是为了鹿豕一般的健忘呢,还是为了三分懦怯一分智慧的过于审慎的顾虑。像大地一样显明的榜样都在鼓励我;瞧这一支勇猛的大军,领队的是一个娇养的少年王子,勃勃的雄心振起了他的精神,使他蔑视不可知的结果,为了区区弹丸大小的一块不毛之地,拼着血肉之躯,去向命运、死亡和危险挑战。真正的伟大不是轻举妄动,而是在荣誉遭遇危险的时候,即使为了一根稻秆之微,也要慷慨力争。可是我的父亲给人惨杀,我的母亲给人污辱,我的理智和感情都被这种不共戴天的大仇所激动,我却因循隐忍,一切听其自然,看着这两万个人为了博取一个空虚的名声,走下坟墓竟如躺上眠床,目的实施争夺一方还不够作为他们的战场和埋骨之所的土地,相形之下,我将何地自容呢?啊!从这一刻起,让我屏除一切的疑虑妄念,把流血的思想充满在我的脑际!

这是一段自我检讨式的话语。相信很多人都容易存在这样的人性缺陷:空有思想,却迟迟不行动。这也是成功人士之所以远远少于失败者的原因。功成名就的背后,除了智慧与机遇,就是行动。尽管哈姆雷特对自我有这样的认知,但他仍然还是无所作为,这样的思考只是使他再一次地沉溺于这种软弱性,他沉溺于对这个滔天罪行及如何进行复仇的思考,在他身上始终都是思考占领主要地位,而非行动。在这里,思考就相当于一个他不行动的借口,易于使他显得犹豫动摇,迟迟不展开复仇行动。哈姆雷特就是这样的一个身处现实和理想矛盾中的人物形象,他在人性探索的道路上行进艰难,并且以悲剧告终,他是莎士比亚表现当时的人文主义者苦行求索的艺术典型人物。

## 2. 哈姆雷特的人物形象

"一千个人眼中有一千个哈姆雷特。"而哈姆雷特之所以给人以如此之多的感触,正是在于作者对主人公进行了多方面的人性思考,从不同的人性视角全面描述了主人公的现实表现与心理变化,更通过旁人从侧面对主人公进行了描写与剖析,使得主人公成为一个具有多种气质、不同人性表现,以及爱与恨、坚定与彷徨等交织的矛盾体,为观众展现了一个既博学多识又优柔寡断的王子。或许也正因为如此,《哈姆雷特》成了一部不朽的悲剧之作。

从哈姆雷特一出场,读者似乎就看到了作者的影子。这个人文主义作家,将自己的理想与对人的本初的力量赋予了哈姆雷特——一个高学识、爱好哲学与艺术、热衷深度思考的英俊帅气的丹麦王子形象跃然纸上。

多么高贵的理性!多么伟大的力量!多么优美的仪表!多么文雅的举动!在行为上多么像一个天使!在智慧上多么像一个天神!

对哈姆雷特出场的描写是完美的。至少他是一个完整的人,是一个大家可以想象到的人,有着完美的品格,并给人以无限遐想的空间。而这正是作者对人物塑造的第一步。

当然从后面的剧作来看,观众看到了一个忧郁、犹豫、彷徨的王子形象。这些与坚定完美的王子形象相悖的情况的出现,正是作者从多角度、多方面甚至是多维度对人物进行人性观察的具体表现。从剧情的发展来看,尽管从一开始,主人公就意识到为父报仇是一个孝子义不容辞的责任,但其在母亲的亲情、现实的困难面前,表现得犹豫不决,甚至有些稚嫩,直到环境所迫,才在临死前报了父仇。

"我的命运在高声呼喊,使我全身每一根微细的血管都变得像怒狮的筋骨一样坚硬。"在这里我们看到的是一个血气方刚的年轻人的形象。哈姆雷特希望自己可以像一头雄狮一样，为理想、为正义而去战斗。在这一情节中，读者看到的是一个积极向上，敢于为理想、为命运而去斗争的人物形象。从人性意志方面，让读者对主人公有了新的认识。

丹麦是一所牢狱，一所很大的牢狱，里面有许多监房、囚室、地牢。是在现实的黑暗与冷酷面前，主人公似乎又发出了向命运屈服的感慨。不但自己身陷在这个黑暗的国度，而且灵魂也受到了禁锢。这一情景，与上一情节有着明显的冲突。哈姆雷特一方面还是一个敢于去战斗的勇士，另一方面却是一个只会对现实发发感慨的弱王子。通过这二者的对比，读者发现作者用意之深，以及对人性观察与理解之细腻。每个人都不可能是纯粹的好人或坏人，是懦夫或英雄。每个人都有自己人性中的两面性。而作者正是通过这一普遍规律在读者面前展示了一个内心矛盾的主人公的形象。

在主人公不得不对国王装疯卖傻时，他发出了这样的感慨："过的是变色蜥蜴的生活，整天吃空气，肚子让甜言蜜语塞满了。"以上看似疯疯傻傻，却是哈姆雷特内心痛苦的独白。实际上暗示了他当时装疯卖傻，但心知肚明，为了复仇不得不过变色蜥蜴般的生活。主人公开始隐忍，开始为最后的复仇做准备。但此时的他依旧忧郁，他的内心依旧为母亲的亲情和为父报仇的坚定决心所折磨和缠绕。在此，人们发现作者看待主人公的视角已经悄然有了新的变化，开始从一个立体的形象去表现主人公内心的痛苦。

"你可以疑心星星是火把；你可以疑心太阳会转移；你可以疑心真理是谎话；可是我的爱永没有改变。"在给奥菲利亚的情书中，哈姆雷特用"星星是火把""太阳会转移"来表明无论世事如何变化，他的真爱不移，表现出了主人公专情的一面。而星星、太阳的表述,和上文中变色蜥蜴形成了强烈的反差,反映了主人公的复杂个性。而作者这般的描写也从人性中爱情的方面对主人公进行了另一番塑造。

从这些分析中读者看到的哈姆雷特是一个真实鲜活的人,他是优点和缺点的集合体,既敢于为理想、为命运而去斗争,又优柔寡断,是一个忧郁、痛苦的王子。

### 三、片段赏析

奥斯里克:是,殿下。(二人准备比剑)

国王:替我在那桌子上斟下几杯酒。要是哈姆雷特击中了第一剑或是第二剑,或者在第三次交锋的时候争得上风,让所有的碉堡上一齐鸣起炮来;国王将要饮酒慰劳哈姆雷特,他还要拿一颗比丹麦四代国王戴在王冠上的更贵重的珍珠丢在酒杯里。把杯子给我;鼓声一起,喇叭就接着吹响,通知外面的炮手,让炮声震彻天地,报告这一个消息:"现在国王为哈姆雷特祝饮了!"来,开始比赛吧;你们在场裁判的都要留心看着。

哈姆雷特:请了。

雷欧提斯:请了,殿下。(二人比剑)

哈姆雷特:一剑。

雷欧提斯:不,没有击中。

哈姆雷特:请裁判员公断。

奥斯里克:中了,很明显的一剑。

雷欧提斯:好;再来。

国王:且慢;拿酒来。哈姆雷特,这一颗珍珠是你的;祝你健康!把这一杯酒给他。(喇叭齐奏,内鸣炮)

哈姆雷特:让我先赛完这一局;暂时把它放在一旁。来。(二人比剑)又是一剑;你怎么说?

雷欧提斯:我承认给你碰着了。

国王:我们的孩子一定会胜利。

王后:他身体太胖,有些喘不过气来。来,哈姆雷特,把我的手巾拿去,揩干你额上的汗。王后为你饮下这一杯酒,祝你的胜利了,哈姆雷特。

哈姆雷特:好妈妈!

国王:乔特鲁德,不要喝。

王后:我要喝的,陛下;请您原谅我。

国王:(旁白)这一杯酒里有毒;太迟了!

哈姆雷特:母亲,我现在还不敢喝酒;等一等再喝吧。

王后:来,让我擦干你的脸。

雷欧提斯:陛下,现在我一定要击中他了。

国王:我怕你击不中他。

雷欧提斯:(旁白)可是我的良心却不赞成我干这件事。

哈姆雷特:来,该第三个回合了,雷欧提斯。你怎么一点不起劲? 请你使出你全身的本领来吧;我怕你在开我的玩笑哩。

雷欧提斯:你这样说吗? 来。(二人比剑)

奥斯里克:两边都没有中。

雷欧提斯:受我这一剑!(雷欧提斯挺剑刺伤哈姆雷特;二人在争夺中彼此手中之剑各为对方夺去,哈姆雷特以夺来之剑刺雷欧提斯,雷欧提斯亦受伤)

国王:分开他们! 他们动起火来了。

哈姆雷特:来,再试一下。(王后倒地)

奥斯里克:嗳哟,瞧王后怎么啦!

霍拉旭:他们两人都在流血。您怎么啦,殿下?

奥斯里克:您怎么啦,雷欧提斯?

雷欧提斯:唉,奥斯里克,正像一只自投罗网的山鹬,我用诡计害人,反而害了自己,这也是我应得的报应。

哈姆雷特:王后怎么啦?

国王:她看见他们流血,昏了过去了。

王后:不,不,那杯酒,那杯酒——啊,我的亲爱的哈姆雷特!那杯酒,那杯酒;我中毒了。(死)

哈姆雷特:啊,奸恶的阴谋!喂!把门锁上!阴谋!查出来是哪一个人干的。(雷欧提斯倒地)

雷欧提斯:凶手就在这儿,哈姆雷特。哈姆雷特,你已经不能活命了;世上没有一种药可以救治你,不到半小时,你就要死去。那杀人的凶器就在你的手里,它的锋利的刃上还涂着毒药。这奸恶的诡计已经回转来害了我自己;瞧!我躺在这儿,再也不会站起来了。你的母亲也中了毒。我说不下去了。国王——国王——都是他一个人的罪恶。

哈姆雷特:锋利的刃上还涂着毒药!——好,毒药,发挥你的力量吧!(刺国王)

众人:反了!反了!

国王:啊!帮帮我,朋友们;我不过受了点伤。

哈姆雷特:好,你这败坏伦常、嗜杀贪淫、万恶不赦的丹麦奸王!喝干了这杯毒药——你那颗珍珠是在这儿吗?——跟我的母亲一道去吧!(国

王死）

雷欧提斯：他死得应该；这毒药是他亲手调下的。尊贵的哈姆雷特，让我们互相宽恕；我不怪你杀死我和我的父亲，你也不要怪我杀死你！（死）

哈姆雷特：愿上天赦免你的错误！我也跟着你来了。我死了，霍拉旭。不幸的王后，别了！你们这些看见这一幕意外的惨变而战栗失色的无言的观众，倘不是因为死神的拘捕不给人片刻的停留，啊！我可以告诉你们——可是随它去吧。霍拉旭，我死了，你还活在世上；请你把我的行事的始末根由昭告世人，解除他们的疑惑。

霍拉旭：不，我虽然是个丹麦人，可是在精神上我却更是个古代的罗马人；这儿还留剩着一些毒药。

哈姆雷特：你是个汉子，把那杯子给我；放手；凭着上天起誓，你必须把它给我。啊，上帝！霍拉旭，我一死之后，要是世人不明白这一切事情的真相，我的名誉将要永远蒙着怎样的损伤！你倘然爱我，请你暂时牺牲一下天堂上的幸福，留在这一个冷酷的人间，替我传述我的故事吧。（内军队自远处行进及鸣炮声）这是哪儿来的战场上的声音？

这段文字是《哈姆雷特》的最后一幕的内容。读者在这一幕中看到了国王克劳迪斯准备借雷欧提斯的手杀死哈姆雷特，国王还准备了毒酒让哈姆雷特服毒而死。本来计划看起来天衣无缝，但是王后误喝了毒酒而死，而哈姆雷特在中了雷欧提斯的毒剑时，还将毒剑夺过来刺杀了雷欧提斯和国王，最后自己也中毒身亡，全场戏剧以悲剧结尾。而在故事的结尾，哈姆雷特——忧郁的王子终于依靠自己的力量杀掉了杀父仇人，也终于在自己的软弱中一步一步成长起来，完成了心愿。

# 第八章　17世纪文学

## 第一节　巴洛克文学

### 一、巴洛克文学的时代背景

17世纪，欧洲各国陷入国家间的争权夺利，战乱频仍，国家内部各阶层的矛盾斗争和阶级对立。意大利文艺复兴的衰颓，德国的30年战争，英国的清教运动，法国的欧洲霸权之梦幻灭，西班牙的专制政治、宗教裁判所和宗教狂热，以及捷克非天主教贵族反对哈布斯堡教权主义反动派的贵族起义，等等，在欧洲大陆风起云涌。文艺复兴时期的那种积极、乐观、弘扬人性的精神内核和宁静、和谐、优美的美学追求，蜕变为悲观、享乐、困顿、不安、新奇变异的美学风格。

《欧洲17世纪美术》中精练地总结道："17世纪的时代背景，可以用六个字来概括，即动荡、怀疑、探索。"政治、宗教、道德、哲学思想观念冲突与经济利益冲突，使得当时欧洲政治力量的对比纠结集中在正统教会、欧洲各民族国家的皇室及正在形成的中产阶级身上，即宗教势力、封建贵族和中产阶级。政治、国家、宗教、哲学观念的矛盾冲突必然投射到一个时代的文学艺术上，形成巴洛克文学艺术的一个最为明显的特征——对比冲突、动感矛盾。巴洛克文学作为继绘画、雕塑和音乐之后兴起的艺术形式，亦秉承了这一特征。当然，巴洛克文学产生的社会历史文化语境因各国的具体情况而存在一定的差异，但大致相同的是，各国巴洛克文学生成的时代是一个动荡不安、矛盾激烈、多种文化观念纠缠搏斗的时代。

### 1. 混乱纠结的时代心态

17 世纪，欧洲各国资本主义的发展是不平衡的，为了自身的利益，各国的统治势力将欧洲当作一个开阔的战争场地，阴谋、颠覆与征战连绵不断。在战火、流血与死亡的阴影中，文艺复兴乐观向上的人文精神遭受前所未有的重创，人们陷入普遍的迷惘、矛盾、虚空的精神危机，文学艺术也涌现了诸多不同类型的样态。其中之一便是巴洛克艺术风格，"力图寄感情于具有感性引力的形式，对这些形式注重的不是和谐而是力度。它的特点是气势雄伟，有动态感，善于表现各种强烈的感情色彩"。也就是说，一种特别注重表现强烈对比、动感的艺术形式，逐渐形成一股冲击力，反拨文艺复兴时期遗留下来的和谐、宁静、肃穆的艺术品位，在欧洲各国影响广泛，均形成了一个所谓的艺术上的"巴洛克时期"。

### 2. 矛盾对立的宗教情感

尽管人文主义思想已经普遍影响了欧洲各国，以人性反对神性的斗争从未间断过，但宗教意识在各国依然非常复杂。显然是受到了马丁·路德宗教改革运动的影响，天主教教会在压制改革与利用新颖独特的文学艺术样式与布道方式拯救民众的宗教热情之间奔忙。意大利爆发了对"上帝是唯一真理"的怀疑，布鲁诺、伽利略认为人类有怀疑宗教的自由。当时的西班牙国王是一个非常顽固的天主教徒，受到全欧洲旧教徒的崇拜。而西班牙的臣民"醉心于君主政体,为之而集中他们的精力;醉心于国家的事业,为之而鞠躬尽瘁。他们一心一意用服从来发扬宗教与王权,只想把信徒、战士、崇拜者,团结在教会与王座之内。异教裁判所的法官和十字军的战士,都保存着中世纪的骑士幻想、神秘气息、阴沉激烈的脾气、残暴与偏狭的性格"。

16 世纪到 17 世纪全欧范围内的宗教战争和宗教观念的空前尖锐对立, 使得此时期的文学具有了其他时代不具备的鲜明个性, 那就是浓厚的、充溢着怀疑主义气息的宗教情绪。宗教改革与反宗教改革、虔信皈依与藐视反叛、绝对信仰与深度怀疑等各种形态的宗教情感,成为人们精神生活中的一个至关重要的维度。英国约翰·但恩的宗教怀疑与痛苦、西班牙贡戈拉的宗教拯救与人生如梦的唱叹、德国格里美尔斯豪森的宗教反思与乌托邦理想构建等都反映了这种激烈复杂的宗教情感与观念之间的矛盾冲突。

**二、巴洛克文学的主题**

1. 典雅爱情——以《克莱芙王妃》为例

在巴洛克文学文本中,最引人注目的是对典雅爱情的关注和讴歌,这在 17 世纪几乎成为一种贵族精神生活的时尚用语,在各国宫廷贵族的生活与艺术中都可以见到它的踪迹。在众多已成定论的对贵族道德的虚伪性、双重性的责难声中,这种感情的存在的确犹如一股清风雅韵,在某种程度上达到了提升贵族精神境界的目的。当然,它充其量也只是在相当逼仄的道德价值体系之内提升了贵族的精神境界。

巴洛克文学代表作之一——拉法耶特夫人的《克莱芙王妃》,就向读者展示了这样一桩上层贵族的婚姻,其间的利害考量是超越爱情的,而这自然是悲剧产生的根源。克莱芙王子和出身名门的德·沙特尔小姐的婚姻，多少是由于王子一厢情愿的追求最终才走向婚姻殿堂的，女方则明显掺杂着政治经济利益的考虑权衡。

德·沙特尔小姐最具实力的爱慕者有两位：一位是"出身世家，又有才能"的吉兹骑士；另一位是门第高贵的公爵之子克莱芙王子，排行老二，"为人正直、胸襟豁达"。然而，抛开互爱的条件，作品交代了吉兹骑士无法娶德·沙特尔小姐的三个原因：家产不够，缺乏吸引女方的实力；门第比女方低，会产生低就的印象；吉兹骑士的兄长与主教代理有矛盾，而主教代理恰恰是德·沙特尔小姐的叔叔。另一位求婚者——克莱芙王子的父亲反对这桩婚姻，这就足以毁灭这桩婚姻了。德·沙特尔夫人品德高尚、贤惠雅淑，然而闻讯自尊心受挫，马上为女儿物色新的结婚人选即地位比她高的人。"她就想找一个门第更高的亲家，好让女儿凌驾于那些自以为地位比她高的人。经过全面考虑之后，她选定了蒙庞西埃公爵的儿子，爵位的储君。这位储君已到成家立业的年龄，在朝中是身份最高的未婚男子。"此事由于太子妃从中斡旋，令嫉恨她的公爵夫人，即当时国王的情妇德·瓦朗蒂努瓦夫人从中作梗，导致国王反对，才拆散了这桩婚事。由此可见，德·沙特尔小姐尽管具有宫廷中绝顶的美貌、绝佳的人品和高贵的身份，却难逃被当作傀儡和棋子的命运。风华绝代的德·沙特尔小姐一时成了无人敢娶、处境尴尬的小姐。后由于克莱芙王子的父亲恰巧去世而移除了婚姻的障碍。王子柔情深重，然而德·沙特尔小姐似乎仅仅是感恩外加好感，婚姻的隐患自然是男女双方没有以最真切的互爱作为基础。拉法耶特夫人作为贵族沙龙中的一员深谙其中秘密，她用毫不隐讳的笔触揭露了这种宫廷斗争背后阴暗残酷的实质：

"野心和艳情是这个朝廷的灵魂,男男女女都同样为之忙碌。党派不同,利害相冲突,爱情总掺和政事,政事又总夹杂爱情,因而贵妇们在其中起了很大作用。谁也不肯安分,谁也不会旁观,都想讨好,高升,不是搭台就是拆台,谁也不闲得无聊,无所事事,整天忙着寻欢作乐或者策划阴谋。贵妇们各有依附,或王后,或女王太子妃,或纳瓦尔王后,或长公主,或德·瓦朗蒂努瓦公爵夫人。归附不同,自然原因各异,或气味相投,或性情相仿。那些青春已逝,品行特别端庄的夫人,都贴近王后。那些追求欢乐和风流的年轻女子,则追随女王太子妃。纳瓦尔王后也有自己的亲信,她正当妙龄,能左右她的丈夫纳瓦尔国王,又与大总管连成一气,因而在朝廷很有势力。国王的妹妹长公主仍保持花容玉貌,将不少贵妇吸引到身边。德·瓦朗蒂努瓦夫人把看得上眼的全收在麾下,但是中意的人寥寥无几,唯独少数几个投她脾气的贵妇,才能得到她的青睐和信赖。"

之所以不厌其烦地征引这么长的一段原话,意在强调宫廷中"爱情总掺和政事,政事又总夹杂爱情"的惯例,也在于让读者看到宫廷中无所不在的钩心斗角、党派纷争。名誉、地位、利害关系与人际关系纠结盘缠、千丝万缕而又讳莫如深。德·沙特尔小姐坦率地告诉母亲:"她嫁给克莱芙王子不会像嫁给另一个人那样勉强,然而,她对他这个人丝毫没有产生一种特殊的爱。"是基于这桩婚姻的双方身份地位"合适""般配",国王最后的恩准,加之两人都是宫廷中最俊美风雅的人物,自然有充足的理由结为连理。拉法耶特夫人对宫廷婚姻关系的描画是客观精准的,王后对国王的情妇德·瓦朗蒂努瓦夫人忍气吞声只是因为还可以利用德·瓦朗蒂努瓦夫人来笼络国王,她"从参政中得到极大的乐趣,也就似乎不难容忍国王对德·瓦朗蒂努瓦夫人的恋情"。太子妃感叹王后和公爵夫人对自己恨之入骨,不是亲自出马就是通过她们的附庸,总是阻挠她渴望的每一件事,而原因是太子妃的母亲是国王曾经爱过的女子。太子妃极力吸引周围有魅力、身份的男子,其丈夫的存在则看不出对其有什么特别的意义。恩格斯曾说:"对于骑士或男爵,以及对于王公本身,结婚是一种政治行为,是一种借新的联姻扩大自己势力的机会,起决定作用的是家世的利益,而绝不是个人的意愿。"

可以想见,在贵族的婚姻中,爱情因素是微乎其微的。如果有,那是非常态,所以史书上会留下浓墨重彩的一笔;若没有,则是常态,政治和经济因素掺杂和左右着婚姻关系。所以,尽管高雅的人有条件培养所谓高雅的爱情,但是在婚姻中往往找不到爱情的踪影,这就是贵族爱情婚姻的实质。

《克莱芙王妃》中就叙写了很多这样的政治联姻,甚至政治阴谋联姻。首先是王后、国王情妇德·瓦朗蒂努瓦夫人和太子妃三位地位最为尊贵的女子的婚姻,王后已经失去了国王的爱情,国王的情妇在幕后操纵着这个国家的政务,而太子妃因不满这两个女人的明争暗斗而遭受双方排挤,只好勉力为打进贵族势力的内层而积极培养自己的势力。国王与王后形同陌路,只是由于政治需要而维持现状;公爵夫人影响国王,并驾驭国王,但不能成为其名正言顺的妻子;作品中根本就没有提及太子妃及太子的感情。其他的人物之间的爱情际遇和生活的方方面面,亦或多或少地卷入了这三大派系斗争的旋涡。德·沙特尔小姐的婚姻就遭遇了三四次延缓,不是因为男女双方的感情,也不是父母之命、媒妁之言从中作梗,而是因为在政治势力权衡后的犹疑不决和举棋不定。只有克莱芙王子最终抱得美人归,然而他却在婚前就发现德·沙特尔小姐仅仅只是出于感激和敬重,而不是出于爱情而愿意嫁给他。

《克莱芙王妃》中的爱情是令人扼腕、荡气回肠的。李玉民先生认为爱情是"一种不由自主、难以抗拒和带有几分宿命色彩"的情恋。往往是阴差阳错、猝不及防而又难以抵御、欲盖弥彰的。故而,女主人公发出无助的感叹:"为什么不是在婚前认识德内穆尔抑或是在孀居之后才认识他呢?"假如只是单纯地关注爱情的最后结局及贵族道德的信守与否等相关问题,那么,对理解文本的多层次意蕴是远远不够的。其实,从文本中无疑还可以发现更多的更具深意和价值的信息,除去主人公情与欲的矛盾冲突所产生的文本张力外,还可以看到其他层面的对立与冲突,足见文本意蕴层面的丰厚性。

2. 宗教意识

宗教意识是整个人类共有的意识形态,自然并非贵族上层社会独享的精神财富,可是官方教会和僧侣人员无疑更多地服务于上层贵族阶级。另外,在封建时代,掌握文化资源的人首先就是神职人员,其次是宫廷贵族,然后才是其他人。文学服务的对象一开始也就是宫廷和上层贵族,以及新兴的资产阶级。陈众议先生在其《西班牙文学黄金世纪研究》的《神秘主义诗人》一节里认为西班牙的神秘主义诗派除了继承源远流长的欧洲神秘主义传统,还从东方引入了苏菲神秘主义和犹太神秘主义思想。苏菲神秘主义强调"人神合一",犹太神秘教则主张通过神秘的感悟亲近上帝。西班牙神秘主义诗歌是"用神秘主义调和甚至逃避禁欲主义和纵欲主义"。圣特雷莎的散文《人生》就把这种迷狂渲染到了极致。她复述自己梦见一个身量娇小的天使用铁枪刺中了她的心脏,当她抽出铁枪时:

"我只感到浑身沸腾着对上帝的伟大而真挚的爱。痛苦如此快慰,以至于我不禁失声,呼唤这伟大的而温柔之至的痛苦。我要唯一的要,我想唯一的想,灵魂和上帝同在。这痛苦并非来自肉体,尽管它多余而渺小地存在于一旁,而是精神所至。这是灵魂和上帝之间的一种温柔的触碰,它使灵魂快乐地粉碎。我真诚地祈望那些以为我妄语骗人的人经历同样的奇迹。"

这里无疑将自己对上帝的爱描绘得温柔甜美而又忧伤痛楚,在一种极端朴素的矛盾修辞方式中实现了玄之又玄的宗教体验。"伟大的而温柔之至的痛苦""温柔的触碰""灵魂快乐地粉碎"……这些语言类似情语,而且是表达至情时的情语。"温柔的痛苦""快乐地粉碎",明显在矛盾修辞的组合下具有话语的张力,把对立、冲突着的不同的感觉和体验糅合在一处,形成对特殊情境下双重或多重情感体验的完美呈现。有学者曾对意大利雕塑大师贝尼尼的雕塑作品《圣特瑞莎》做过这样切中肯綮的解释:"特瑞莎的面部表情暴露了更为激烈的情感,而天使那纯真的微笑则展现了内在的平静。"贝尼尼使人们看到的不只是躯体的空间状态,而且也是精神的可见形态。

这些诠释语言自身也传达了一种信息,就是巴洛克文学艺术作品具有冲突对立或灵动多极的张力特质。圣特雷莎、圣胡安·德拉克鲁斯正是西班牙天主教宗教改革的重要人物,目的就是为了清除教会内部的腐败,引导人们走向宗教的虔诚,与上帝精神合一。

他们的宗教文学作品中的人性色彩,应该是调和禁欲主义的一种手段,使得上帝成为一个可亲近的、温柔的、宽宏大量的上帝,而不只是正统神学家们描绘的那个宗教裁判所里高高在上的、合法处罚甚至处死他的子民的那个最初的立法者。

贡戈拉的《埃斯科里亚尔的圣罗伦索皇家修道院》,也表现出对宗教的激情和崇仰。

> 一个个尖塔,神圣、雄伟、辉煌,
>
> 遮住了云朵红润的脸庞,
>
> 蓝天害怕你们更加残酷的巨大,
>
> 太阳害怕你们更加耀眼的光芒。
>
> 朱庇特,撒下你的光线太阳神,
>
> 不要将光线隐藏,它们是寺庙的灯亮,
>
> 对西班牙最伟大的殉教者
>
> 和忠诚者最伟大的国王,
>
> 为他建立了君主宗教的伟业,
>
> 这君主用自己的右手将新大陆执掌,
>
> 并使东方变得暗淡无光。
>
> 在所罗门第二的岁月里,
>
> 对这第八奇迹的俊美端庄,
>
> 命运之神表示尊崇,时间也将她原谅。

在这首诗作中,作者极力赞美圣罗伦索皇家修道院的"神圣、雄伟、辉煌""俊美端庄","蓝天"与"太阳"在这座华美庄严的建筑面前也会自惭形秽,害怕其"巨大"与"光芒",并不吝夸饰之词称之为"第八奇迹"。而后对伟大的殉教者圣罗伦索充满崇敬,极力颂扬,称他建立了"君主宗教的伟业",引得诗人尊崇敬仰。当然,诗歌最后还不忘对世俗权力的代表——国王费利佩二世进行歌功颂德,暗示国王费利佩二世就是以色列大卫之子所罗门,像所罗门最后使以色列走向繁荣富强一样,他也带来了西班牙的黄金世纪。溢美之词溢于言表。

# 第二节 清教徒文学

## 一、清教徒文学

17世纪的英国文学是英国资产阶级的产物，主要是以体现清教徒思想的作品最为出色。1642年英国资产阶级打着宗教的旗号，发动革命，推翻了斯图亚特王朝，1649年宣布成立共和国。1660年资产阶级对人民进一步的民主要求感到畏惧，又与旧贵族妥协，把逃命至法国的查理二世扶上王座，英国出现了20多年的王政复辟时期。1688年发生了"光荣革命"，资产阶级发动政变，建立了君主立宪制国家，资产阶级统治才稳定。在17世纪，因为新兴的资产阶级主张纯洁教会，清除国教中天主教的影响，因而有了"清教徒"之称。教徒反对国教铺张豪华的宗教仪式和贵族奢侈淫靡的生活方式，敌视戏剧娱乐活动，提倡勤俭节约，以利资本积累。清教徒的思想代表了17世纪英国资产阶级的人生观，反映了时代精神。

清教徒运动是英国资产阶级革命的组成部分。清教徒主张"清除"国教中的天主教旧制和种种繁文缛节，反对王公贵族的骄奢淫逸，倡导清廉、勤俭、节约的生活方式，以表现清教思想为特征的清教徒文学，显示出强烈的批判锋芒，其重要代表作家是班扬和弥尔顿。下面主要介绍弥尔顿及他的文学作品。

## 二、弥尔顿的生平经历

约翰·弥尔顿是17世纪英国最重要的作家之一，也是当时欧洲最杰出的诗人之一。弥尔顿出生于一个因宗教改革而被剥夺了继承权的新兴绅士家庭,这个家庭和"父辈"所代表的英格兰传统的决裂是全面的:产业和信仰。他们作为新英格兰国教徒,依靠自己的奋斗致富,因此这种家庭生发出对传统撒克逊政治文化潜在的叛逆。新教家庭和那种建立在天主教藩篱上的旧式"君权-共和"一体的政治文化观念、贵族产业链之间的张力,完全可以成为弥尔顿未来政治选择和信仰抉择的预言。正如那个同样不为"故乡"伯利恒所容的基督降生的故事一样,弥尔顿也将开启他布满荆棘的现实斗争道路,走向属于自己灵魂的一座新的十字架。

对于莎士比亚这样的作家而言,读者已经习惯了这样的描绘:"了解莎士比亚就是了解他的作品本身。"但这一点对弥尔顿并非确然。弥尔顿的一生并非斑斑文字所能完全概括,他的文字甚至在某种意义上源自文字之外,深深烙上那个喧嚣但激荡人心的内战岁月的痕迹。而通过内战,可粗略地将弥尔顿的一生划分为三段:内战前的剑桥求学和游历时期,内战时期,晚期史诗创作时期。而沟通这三个现实阶段的是弥尔顿内心不断的成长与游历。因此,人们也可以比拟性地将弥尔顿的一生概括为因"教育与自我教育"而走向自身救赎的一段"天路历程"。

弥尔顿早年慧敏且十分用功,16岁入剑桥基督学院,24岁获得硕士学位,在学校度过了七年多时光,也许正是这七年的压抑苦闷导致了他后来在评论英格兰大学教育时,特地强调不要将七到八年的宝贵时光用于语言的枯燥学习。

除此之外,基督学院的阿米尼乌主义底蕴和弥尔顿从小所受到的来自父辈的新教国教精神的差异,或许也直接导致了弥尔顿的内心冲突,以及后来走向阿米尼乌主义的反面。

　　而更为重要的是,弥尔顿天生是一个诗人,诗歌所要求的内心自由和视野开阔对抗着大学经院教育旨在培养职业的、具有极高自制精神和逻辑教条思维的布道牧师的严酷训练。和19世纪那位同样厌恶文字爬梳,但又不得不投身其间的巴塞尔年轻的古典学教授一样,弥尔顿广泛地涉猎各种人文书籍,并以"淑女"式的外表和操守掩饰着"叛逆"的内在心性,同剑桥经院导师们做着压抑而隐忍的周旋,尽管这种周旋远不如尼采来得激烈。甚至在经受过诸如体罚或被迫离开学校的遭遇,十年后,当他回忆那段求学时光,依然带着宗教宽恕的美德和一种发自内心的感恩:"抱着万分感激的心情公开承认,我发掘我备受我待过的那个学院评议会会员们那些温良恭俭让的博学之士超过一般的关心,胜过许多我的同辈;就情况来看,在我拿到两个学位离开后,他们多方面表示如果我留下来,他们会满意得多。在那个时候以前和很久以后,都有许多洋溢着亲切与爱慕之心的来信使我深信他们对我非凡良善的情意。"

　　弥尔顿所处的年代,经院教育的职业出路要么是律师,要么是专职牧师。从剑桥毕业后,弥尔顿并没有选择上述两条生存之路,而父辈在乡村的产业足以供养他清闲的阅读时光。长久以来,自古代作家的人文主义教养和宗教研习供给弥尔顿诸多"普遍性知识",也带给弥尔顿一种超越平常事务性的工作,追求具有普遍性意义的崇高事业的渴望。这种"崇高性"一再地呈现在他早年乃至晚期史诗的创作当中,呈现在他诸多论战性政治手册,以及有关教育最终目的的论述当中。他一生写过不少文学作品,其中最具代表性的是《失乐园》《复乐园》及《斗士参孙》,而《失乐园》是弥尔顿最广为流传的优秀作品。

### 三、《失乐园》

#### 1. 故事概述

克里斯多夫·希尔这样评述道:"《失乐园》是一首严肃之诗,并非历史性的叙事。"然而,人们也可以说,恰恰是"诗"而非"史",蕴含着弥尔顿创作"形式因素"背后的终极"目的因素"所在。因为在弥尔顿心里所回荡的一定是亚里士多德的诗歌箴言:"诗是比历史更富哲性、更严肃的艺术,因为诗倾向于表现普遍性的事情。"《失乐园》可以说就是这样一首旨在讲述事物普遍性的悲剧诗,因为它所描绘的神话人物在任何层面上都是超越一般人的"更好的人",它给予人们警示,甚至对于撒旦的表现也是如此,而非荷马意义上的将各色人物加以呈现又兼具历史叙事的史诗,尽管两者的泾渭区分极其牵强和细微。

弥尔顿在《失乐园》开篇就强调了他的诗乃是英国的无韵体"英雄诗",这让读者想到古代史诗通常采用的有韵"英雄格"。然而无论有韵无韵,两者都旨在达到庄重和崇高的境界。其实弥尔顿本人也混淆着悲剧和史诗的微妙差异,而是将自己同时看作荷马、维吉尔、莎士比亚的"同路人"。

《失乐园》的故事主线是撒旦对上帝的叛逆和顽抗,以及通过引诱人类祖先犯罪,从而导致人类被逐出乐园。也就是说,《失乐园》的主题是关于基督教背景下的"人类史前史",是对圣经《创世纪》中人类史前序幕的戏剧化乃至于重新改写。

《失乐园》全诗分十二卷,卷册数目对应着基督教著名的数字"十二"。这是一个象征"恒久、完全"的数字,如基督教的十二门徒、雅各十二支脉、耶路撒冷十二城门,甚至包含"得救"之意。这种"完结、整合、获救"之意也深深影响了圣经文学以来的文本经典的创作意向，如莎士比亚作为喜剧终结创作的《第十二夜》，尼采的"查拉图斯特拉"寻求灵魂新生的"十二道钟声"，欧·亨利小说象征现代人类处境凄凉的"第十二道门"。而弥尔顿通过对人类史前的重新描绘，以人类踏上尘世放逐之路为结局所展开的十二篇章的叙述，正如同围攻并坚固着"新耶路撒冷"的柱石和城门的建筑学，它实际在于提供一个相比于国教和天主教更稳固和恒久的"新启示录"，重建英格兰乃至所有基督徒们内在灵魂和信仰的"新耶路撒冷"，让人们在其中获得更"完全"的认知和洗礼。

笔者简要概述《失乐园》各章的内容，以便勾勒一个故事情节的纲要。

第一卷，诗人开篇即谈及诗歌主旨——人因违逆而失去乐园和堕落的原因是撒旦居于其间的"蛇"。接着诗人描绘了撒旦对上帝的叛逆及他的大军被驱赶入深渊的情状，谈论了各色首领的来源和军队的惨状。撒旦以恢复天国的希望来安慰他们，并告称有一个新物种（人）被创造出来的远古传说。为了寻出预言的正确性及应对计划，撒旦迅速建成了他的王宫，并会同地狱同僚们开始商讨对策。

第二卷，会议开始，撒旦提出要发动又一次恢复天国的战争，但有人反对，有人赞成，于是撒旦被迫采取了第三个建议，即探寻那被创造的新世界和物种的预言正确性。撒旦独自承担了这一任务，并获得群起称颂。于是他来到地狱门前，并艰难地跃过天堂和地域之间的深渊，搜寻到那个新的世界。

第三卷，撒旦的一言一行皆被上帝看在眼里，他告知坐在自己右手边的神子，并预言撒旦诱惑人类的成功，但他明言："人并非因自己的恶而堕落，而是被诱骗堕落。人必须找到他的替罪者，代其受罚。"神子听后表示甘愿奉献自己为人类赎罪。同时,撒旦变化着自己的形状,以躲避高级天使的阻拦,并抵达伊甸园所在的尼番底斯山。

第四卷,撒旦克服内心的疑虑向乐园前行,望见乐园中的亚当、夏娃幸福的情状。他偷听到知识之树的禁令,并萌生了诱惑人类祖先堕落的计划。这时天使乌利尔降临,警告乐园守卫关于堕落天使迫临的训诫,并布置如何保护人类始祖。撒旦却用梦境引诱夏娃,但被守护天使及时发现,被迫暂时飞离了乐园。

第五卷,夏娃第二天早晨告诉了亚当那个被撒旦所吸引的恼人梦境。上帝此时派遣天使拉菲尔来训诲亚当,他们在席上谈话,并提醒亚当注意他的敌人。而亚当好奇地询问撒旦的故事,于是拉菲尔重提起撒旦如何反叛及煽动群僚的故事。

第六卷,拉菲尔继续讲述天使和撒旦之战,并详述了神子如何被遣出战,并指挥军队将撒旦军驱赶下地狱深渊的过程。

第七卷,拉菲尔受亚当之请继续讲述世界因何被创造,以及最初的状态为何,并讲述了上帝将撒旦驱逐天国后,如何宣布要创造一个新的世界,并如何派遣他的儿子和天使们一道完成了六天的创世工作。

第八卷,亚当询问拉菲尔关于天体运行的原理,但被后者模糊拒绝。亚当试图挽留拉菲尔,并对后者讲述并回忆了发生在自己身上的故事,即亚当和上帝的对话、同夏娃的第一次会面和婚礼等。最后天使和亚当告别,并重说了上帝的训诫。

第九卷,撒旦返回乐园,借蛇的身体开始实行其计划。而此时亚当、夏娃为了试验抵抗的能力而暂时分开,于是撒旦获得单独靠近夏娃的机会。蛇加大献媚引诱,而夏娃出于对蛇话语的好奇,被诱导向知识之树并最终吃下果子。亚当发现后,决议和夏娃一同经历惩罚,于是也吃下禁果,但等待他们的是互相争执和谴责。

第十卷,守护天使报告人类的犯罪,上帝宣告说撒旦的计划得逞并非天使所能预防,并宽许了后者,并派遣神子去宣判人的罪。撒旦这时胜利归来,地狱魔宫中一片欢腾称颂。但突然间一众群魔都变成了蛇,遭受到天罚。而此时的亚当陷入沉痛之中,和夏娃取得艰难和解后,他告诫夏娃同他一道忏悔祈祷。

第十一卷,神子向上帝转述了亚当、夏娃的悔罪,上帝接纳了,但宣判人类先祖无法继续生活于乐园中,并遣天使米迦勒连同一众天使履行驱逐的任务。亚当事先获得启示,迎候米迦勒,等待后者的宣判。夏娃此时哀痛不止,而亚当恳求之后最终也选择服从宣判,天使这时指引给他们看未来要发生的大洪水。

第十二卷,米迦勒继续讲述洪水后的人类遭遇,然后预告了亚伯拉罕及"人子"的降生,以及他的死亡、复活和"第二次降临"。在得知人类的后续得救后,亚当在安慰中唤醒夏娃,同她一道被米迦勒引导着走出乐园,下到那人类自我拯救的道路。

2.《失乐园》中的撒旦形象

上帝的君临似乎正代表了这样一种查理一世似的王权暴政,与此对应,撒旦则似乎具有共和派的某种自由气质。从诗歌描绘本身而言,正是弥尔顿在诗歌里如是吟唱,将撒旦描绘为有甚于上帝"暴君"形象的那种辉煌和崇高的自由气质,极易引导读者走向这样倒转的理解模式。

> 可是,那威力,那强有力的
>
> 胜利者的狂暴,都不能

叫我懊丧，或者叫我改变初衷，

虽然外表的光彩改变了，

但坚定的心志和岸然的骄矜

决不转变，由于真价值的受损，

激动了我，决心和强权决一胜负，

率领无数天军投入剧烈的战斗，

他们都厌恶天神的统治而来拥护我，

拿出全部力量跟至高的权力对抗，

在天界疆场上做一次冒险的战斗，

动摇了他的宝座。我们损失了什么？

并非什么都丢光；不挠的意志、

热切的复仇心、不灭的憎恨，

以及永不屈服、永不退让的勇气，

还有什么比这些更难战胜的呢？

在《失乐园》第一卷和第二卷中，在那地狱火湖上的宣誓中，弥尔顿正是这样呈现了一个不屈服的、具有强力意志的撒旦形象。正如哈罗德·布鲁姆在听到"还有什么比这更难战胜的"这样充满朗吉努斯或尼采在《荷马的竞赛》中所阐发过的"竞争性崇高"的描绘后所感叹的那样，撒旦俨然是弥尔顿自我的化身，弥尔顿通过宗教道德的史诗外衣小心掩盖撒旦的形象，实际传递着自己对那个时代道德和美学的拷问和试探，而在撒旦颓然倒下的地方，正是弥尔顿借"鲁西弗"（撒旦之名）重新站立的地方。

撒旦和弥尔顿俨然是《失乐园》所表征的时代反抗者的同源异体。然而，正如约翰·T.沙克诺斯指出的，这种对撒旦的崇高性的"误读"其实也是弥尔顿所担忧过的。

但弥尔顿究竟为何要如此呈现"撒旦"这个基督教二元论中通常的罪恶形象？尽管读者们在后几卷中也将看到弥尔顿笔下的撒旦所具有的阴险卑鄙，如在进入蛇的体内后，在实施诱惑前内心喃喃地自语：

> 啊，肮脏堕落！当初曾和诸神
>
> 坐在最高位上的我，
>
> 现在却寄身于一动物的体内，
>
> 和畜生的黏液相混，
>
> 似此憧憬崇高神性的灵质，
>
> 竟成肉身、兽身；但野心、复仇，
>
> 坠落成什么都是可以的。
>
> 野心家早晚得降卑，
>
> 高飞者终必下落到原来卑微的地方。
>
> 在开始时复仇虽美，
>
> 不久就自食苦果，回到原处，
>
> 管他的，我不在乎，既高攀不上，
>
> 其次又招我忌妒，
>
> 这个泥土造的人，天的新宠儿，
>
> 更是我们怨恨、憎恶的种子。
>
> 那么，最好的偿还是以怨报怨。

但这种卑鄙的描绘依然保有一种"高贵"的诗歌光环和气度，因为如果没有对自身地位崇高性的体认，这种自我厌弃和憎恶就不会生发出来，因此这种卑鄙乃是"高贵者"的自弃，有别于荷马笔下著名的"民主派"代表特尔西特斯"舌头不羁、引人发笑"的鄙琐,也有别于莎士比亚笔下诸如《无事生非》中市井之徒的"天然的"卑下和谗言。而这种披着辉煌外衣的撒旦形象究竟出于弥尔顿的何种理解、何种思考背景?

弥尔顿笔下的撒旦其实绝非一个彻底的恶的化身,它作为天使创造自上帝,其堕落也为上帝所压服控制,而他所掀起的针对天界的反抗战争及失败后转而寻找人类作为复仇的切入口也为上帝所预言和通晓,因此撒旦之恶属于一场"预定之恶",也就是说撒旦的命运和形象始终为一场更高的"必然性"所主宰。这种萦绕不散的"必然性"认知也体现在弥尔顿笔下撒旦的内心独白当中,正如《失乐园》第四卷开始处撒旦在尼番底斯山的大段个人独白,那依然是一种恢宏但落寞的忏悔之音。在这里,激情从不曾真正压倒上帝的逻格斯之音;在这里,激情依然是雄辩而理性的,处于那种美狄亚式的压倒一切生机的复仇之音;也不同于莎士比亚笔下命运绝望而充满悔恨的麦克白,因为撒旦的自我认知其实不曾真正凌驾于上帝的理性,而是在一种强力的怨恨中依然带着对至高者的畏怕,并将自己哪怕最邪恶的复仇行动袒露于那更高的秩序之下:

啊,为什么开战? 由于我以怨报德,

真是对他不起,他把我创造得如此光辉、卓越,

施恩于我,丝毫没有亏待我,

要求对他的服务又不难。

只要对他的赞美,而且很容易使他满足,

没有什么比这更轻易的报答了。

对他表示谢意是太应该的了! 可是他对我的德,在我

都变成怨;

我被升到那么高的地位，

便不愿服从，野心膨胀，要升到最高位，

并且想在一时间就还清无穷无尽的恩债，

免得恩债无穷无尽；

却忘了我仍继续享受他给予的恩惠，

也不懂得只要心存感激，

就是受恩再多也算不上亏欠，

可说是随时结算，随时还清，

那根本没有什么重负。啊，

如果他那强有力的命运，注定

我做个下级天使，那倒要幸福得多；

不会有无限的希望，勾起我的野心！

也正是在这个意义上，人们可以说弥尔顿笔下的撒旦绝非"完全的"恶的化身，它命定的诞生和下降皆被置于一场更高的"至善"的天幕之中，被笼罩于上帝的光环下。正出于此，撒旦的形象才具有光辉、卑鄙的一体两面性，并被统一于辉煌灿烂的"总体面向"之中。而笔者通过对撒旦形象的梳理进而更深地体会到，人们要真正把握《失乐园》的错综复杂的面向和构造，就必须回到弥尔顿的宗教思想本身，仅凭文学形象之间的比勘对照，人们是无法真正进入《失乐园》的创作视阈的。

## 第三节　古典主义文学

### 一、古典主义文学

17世纪,欧洲最重要的成就就是古典主义文学。17世纪的古典主义是起源于意大利、盛行于法国、流行于欧洲各国的一种文学思潮。在欧洲,文艺复兴时期就有着仿古的风气,于是慢慢形成了古典主义文学思潮。这种文学思潮的形成和法国专制君主制有着密切的关系。那时的法国经历了30年的胡格诺战争,世袭贵族的势力已经大大削弱,资产阶级与贵族阶级处于势均力敌的状况。波旁王朝的亨利四世、路易十三和路易十四力图加强王权,他们在镇压各种反对王权运动的过程中,逐步建立起强大的中央集权的君主专制国家。

这个时期的文学在政治上维护王权,在思想上崇尚唯理主义。

政治上,君主专制的逐步确立,使王权与宗教的地位发生了位移,王权已不再附庸于宗教成为命令的执行者,而是命令的发出者。习惯于对宗教俯首帖耳的人类,终于从被奴役的地位成为自我的主人。如果说文艺复兴时期,宗教与世人还处于幼稚的对抗状态,17世纪人类已能与宗教分庭抗礼,甚至成为宗教的主宰。这不仅是人类理性萌生的结果,更是人类对自身价值的肯定。尽管国王并未通过自己的权威直接进行统治,而是要借助上帝的光环,成为上帝在人间的代言人,连路易自己也曾说:"我们坐在上帝的位置上,仿佛分享了他的知识和权威。"但从文艺复兴的激进、决绝和幼稚,到17世纪让教皇乖乖地交出权力,这个过程也是一种进步。这是一个由"敬神"到"敬人"的时代,"敬人"的确带有盲目性,但毕竟人将目光从彼岸世界转向了现实。从人在政治领域的丧失,在现实事务管理中主体意识的缺失,转变为人崇拜自己,成为自己的主宰。这是人类在结束宗教1 000多年统治下自我意识的觉醒,是对人的主体性的确认,对理性时代的进一步诠释。中世纪的人类企图通过上帝来实现对人的救赎而不可得,最终使宗教变为对人性的扼杀;文艺复兴人文主义者以"人"的发现为指归,对人的本能大肆纵容,不可避免地造成物欲横流的混乱局面;17世纪,"敬人"的时代则可视为在传统道德的框架内对人的合理欲望的一种宣泄,是人欲的另一个出口。

思想上,出现了崇尚唯理主义思想。文艺复兴推倒了上帝的神殿,将人从宗教的禁锢中解放出来。人被认作"宇宙的精华,万物的灵长",人的主观能力被渲染到了极致。当人们为自己的能力和成果而沾沾自喜时,却忘记了"想做什么就做什么,只会让人类吞下自己酿造的恶果"。这种消解神权、为所欲为的理念,将人推向了自我成神的境界,最终演变成了自我膨胀和混乱、无序、疯狂,人从被宗教捆绑、束缚的一个极端又走向了另一个过分纵容、妄为的极端。"人文主义在摒弃基督教信仰中对人性压抑与异化成分的同时,又不仅抛弃了基督教中值得肯定与继承的道德理性和'仁慈、宽恕、博爱'等人道主义精神,而且连同其中的人性超拔、圆满与升华的启示性也抛弃了。"

17世纪从文艺复兴的混乱中走来,上帝被打倒,人类救赎的希望不再寄许于遥不可及的上帝,而人类自己导演的狂欢之宴也在喧嚣和骚动中曲终人散。这时,人们急于寻找一个稳定、有序的社会形态来代替现有的混乱和无序。而这一心理特征隐喻的是对秩序、理性、规范的呼唤。从社会的心理层面上讲,对理性的企盼是人心所向。而事实上,自然科学、哲学和文学的自在准备都使得时代对理性的追求成为可能。布鲁诺、伽利略对天文的探索,让人们了解到人类并不是宇宙的中心,从而更加理性地看待自己;笛卡尔的唯理主义强调演绎推理和普遍的怀疑,将理性的重要提升到了极致;布瓦洛的"首先要爱理性,愿你的一切文章永远只凭着理性获得价值和光芒"则毫不掩饰地宣布了文学创作的立场。这些都为理性的广泛应用提供了可能。

由于政治上和思想上体现出来这样的特征,这个时期的作家在进行文学创作的时候,形成了文艺上的模仿古人、重视创作原则,这也是 17 世纪欧洲古典主义文学的第三个特征。在文学创作中,戏剧文学最严格遵守这个原则,重点表现在戏剧的"三一律"原则方面。戏剧中的"三一律",要求一个剧本只能有一个情节线索,剧情只能发生在同一个地点,时间不得超过一昼夜,也就是 24 小时。

法国古典主义文学对法国民族文学和民族语言的形成起了重要的作用,对于 17 世纪至 18 世纪的欧洲文学产生过不小的影响,这种影响一直持续到 19 世纪初期。在这个时期,主要文学成就是在戏剧方面,主要是高乃依、拉辛的悲剧,莫里哀的喜剧,他们的文学成就达到了这个时期的最高水平。

**二、高乃依的《熙德》**

**1. 高乃依**

高乃依这个被看作 17 世纪古典主义文学鼻祖的人物,在早期创作的作品中充满了蓬勃生机。然而如伊格尔顿所说的,在作者意识形态与一般意识形态的交融与裂变中,一般意识形态逐渐从隐现的方式转变为显性,哲学、宗教等诸多因素都在深刻地影响着高乃依的创作。特别是在王权至上的大背景下，政治以一种绝对的压倒性优势左右着作者的意识形态，直至文学沦为政治的附庸，而使国家理性成为一切事物的仲裁。高乃依将国家至上解读为对国家毫不吝啬的赞美，希图以此达到与国家意识形态的契合，却陷入审美被政治绑架的困境。由于时代的局限，高乃依笔下的人性拜倒在了国家理性的脚下，而他本人也在文学创作的道路上义无反顾地成为国家利益的殉道者和捍卫者。

2.《熙德》——在爱情与责任的天平上摇摆

与其他的古典主义作家一样，高乃依善于将爱情与责任的矛盾作为悲剧的冲突来构筑情节，彰显理性，推崇集体荣誉和国家至高无上的地位。而《熙德》最好地诠释了这种情与理的对峙，可能再没有一句话比它更贴切地赞扬《熙德》的成就："像熙德一样美丽。"高乃依在他而立之年创作的这部悲剧轰动一时，带给他无限的荣誉，同时为戏剧史画上了浓墨重彩的一笔。高乃依通过男女主人公在爱情与责任中的艰难抉择，肯定了家国式的大爱，扬弃了个人的小爱，从而歌颂了理性。

《熙德》改编自西班牙作家卡斯特罗的《熙德的青年时代》。高乃依在五幕戏剧中，将爱情与责任的纠葛演绎得峰回路转。罗德里格是老臣唐·阿里亚斯的爱子，当唐·阿里亚斯被伯爵侮辱后，罗德里格为家族的荣誉本应义不容辞地为父报仇。然而，仇敌恰恰是他深爱的女人——施梅娜的父亲，爱情与责任的冲突由此而展开。在爱情与责任的天平上，高乃依明显地将砝码置于理性和责任的一端，然而，他也并未一味地吹嘘理性的绝对至尊。在爱情与理性之间，高乃依似乎更愿意用热情来渲染爱情的肝肠寸断、千回百转，并且通过剧中人物的纠葛、矛盾来衡量责任、情感的孰轻孰重。

罗德里格的矛盾在于,作为臣子,他有为父报仇的责任;作为爱人,他应该让爱人快乐无忧。可高乃依却在两者之间设置了二选一的艰难命题,让罗德里格左右为难。"我"的爱情向"我"自身的荣誉展开了斗争:

> 要替父亲报仇,就得失去情人。
>
> 一个激动着我的心,另一个又把我的手拉住。
>
> 我被迫进行这可悲的选择:不是葬送我的爱情,
>
> 就是沦为无耻之徒而狗苟蝇营,
>
> ……
>
> 不是我的欢乐全部凋零,就是我的荣誉布满污点。

在第一幕中,有一段长达几十行的文字完全是罗德里格的独白,展现了他内心的焦灼和苦闷。罗德里格进退两难、无所适从的情绪被渲染得感人而真切。

> 你就想一想这爱情的力量吧:
>
> 受到这样的欺侮,
>
> 连要不要报仇,
>
> 我居然都会一再踌躇。

这种激烈的心理冲突不但表现了罗德里格崇高的荣誉感、豪迈刚毅的性格,字里行间还洋溢着人性的光辉。爱情在剧中并不是附属品,在荣誉和责任面前,爱情同样有着不可估量的力量。把爱情与理智的矛盾写得越激烈,越凸显理性的重要地位。女主人公施梅娜的复杂心理冲突与罗德里格相比有过之而无不及。在面对罗德里格既是爱人又是杀父仇人的双重角色时,她同样痛不欲生、苦不堪言。当施梅娜知道罗德里格杀死自己的父亲后,她伤心欲绝,央求国王立刻处死这个"肆意行凶、不可一世的狂徒",还口口声声宣称:"让凶手抵命真是合情合理。"然而当唐·桑西要求帮助施梅娜复仇时,她却说道:"我真不幸!"这句似是而非的回答正透露着施梅娜复杂的心理斗争。施梅娜想爱却不敢忘却自己的职责,想恨却无法逃避爱情的魔力。在家国与情感之间,施梅娜进退维谷,内心充满着无奈和痛苦。而她最终也表明了自己的立场:"我得对他起诉,叫他抵命,再随他死去。"为了家族的荣誉,施梅娜只能选择为父报仇,但爱情同样不能失去。因此,她宁愿选择同归于尽,也要使仇恨得以伸张,再配为罗德里格的爱人。

《熙德》的其他角色也同样表现了爱情与荣誉的相互角力,彰显了理智与情感的双重煎熬。身为卡斯蒂利亚的皇室,公主本应该与帝王相匹配,在勇敢、刚毅的罗德里格面前,公主不能自已,竟不自觉地倾心于这个臣子的儿子。一方面,她为了摆脱对罗德里格的爱恋而努力将罗德里格与施梅娜撮合在一起;另一方面,当得知此二人结下血海深仇时,她心中又燃起了熊熊的爱情之火。

> 我这出身的尊贵啊,你竟害得我的爱情沦为罪行,
>
> 难道我还得对你唯命是从?
>
> 爱情啊,你温柔的力量竟驱使我的憧憬,
>
> 反抗这高傲的国君,难道我还得听你捉弄?
>
> 可怜的公主啊,在这二者之中
>
> 你究竟该服从谁的命令?

罗德里格与施梅娜的冲突是荣誉与爱情的冲突,而公主则表现为身份与感情的对立。她本人在这种对立冲突中极力地克制自己燃烧的欲望,绝不做任何有失身份的事情,努力地压抑着自己的真情实感。

高乃依试图通过《熙德》来表现理性的重要,文字中却掩饰不了他的热情和浪漫。尽管理性胜利了,可爱情也从未输过,有人攻击他笔下的施梅娜"爱得过火、不成体统、有违理性"也就不足为奇。《熙德》的成功显示了高乃依天才的写作能力,饱满的激情、铿锵的言语、深沉的基调都使《熙德》毫无愧色地成为最杰出的古典主义悲剧之一。虽然这部悲剧并不符合当时官方的规定,但高乃依对爱情不遗余力的赞美却显得强劲而不可撼动,而且充满了人文主义光辉。

### 三、莫里哀的《伪君子》

1. 达尔丢夫的人物形象

《伪君子》这部喜剧是莫里哀开创的性格喜剧的优秀代表作品,在"达尔丢夫"的塑造上,可以看到莫里哀对于僧侣阶级的痛恨和资产者奥尔贡的无奈的绝望。在喜剧的开场,达尔丢夫并没有出现,而是到了第三幕才真正地出现。一开场,巴尔奈尔太太也就是奥尔贡的母亲气呼呼地上场,扬言要离开这个家,原因是大家对达尔丢夫太不友好了。众人争相解释,特别是从女仆道丽娜和儿子大密斯的嘴里,观众了解到达尔丢夫是一个好吃懒做的无赖,是一个满口胡言的假道学,是一个花言巧语的无耻之徒。可是在巴尔奈尔太太眼里,他是上帝的化身,是一个正直无私的神职人员,是一个需要众人爱戴的领导者。通过巴尔奈尔太太和众人的争辩,虽然达尔丢夫还没出来,观众已经对他充满了好奇心和神秘感。之后,奥尔贡的上场更加强了达尔丢夫的人物塑造。

道丽娜:太太前天发烧,一直烧到黄昏,头疼得不得了。

奥尔贡:达尔丢夫呢?

道丽娜:他那才叫好呢,又粗又胖,脸蛋子透亮,嘴红红的。

奥尔贡：可怜的人！

道丽娜：黄昏的时候，太太头疼得还要厉害，一点胃口也没有，一口晚饭也吃不下！

奥尔贡答：达尔丢夫呢？

道丽娜：他坐在太太对面，一个人，虔虔诚诚，吃了两只鹌鹑还有半条切成小丁儿的羊腿。

奥尔贡：可怜的人！

道丽娜：太太难过了整整一夜，没有一刻可以合合眼皮；因为她发烧，睡不好觉，我们只好在旁边陪她一直陪到天亮。

奥尔贡：达尔丢夫呢？

道丽娜：他用过晚饭，有了困的意思，就走进他的房间，立刻躺到暖暖呵呵的床上，安安逸逸，一觉睡到天明。

奥尔贡：可怜的人！

透过这简简单单的几句话，暴露了达尔丢夫的日常生活，显然是一副无所事事的懒惰样子。"相由心生"，他又粗又胖，完全不是每日祷告，为了承受苦难而不顾一切的样子。他的行为更不是一个禁欲主义者，吃了两只鹌鹑，还要吃羊腿。吃完饭后倒头呼呼大睡，这样尽情尽兴地享受美味、消磨时间，与他的言行相差甚远。

第三幕一开场，达尔丢夫就以一个道貌岸然的形象出现，与女仆道丽娜说了些假模假样的话语。紧接着，奥尔贡的妻子艾尔米尔上场后，他就完全变了模样，成了一个觊觎艾尔米尔美色的好色之徒。达尔丢夫坏事无所不干，整日一副艰苦修行的样子，但其实干着恬不知耻的勾当。他不仅离间奥尔贡和他儿子的关系，骗取奥尔贡的财产，并且在奥尔贡当他是亲人的时候,达尔丢夫出卖奥尔贡的秘密陷害他入狱。幸运的是,最终达尔丢夫罪恶的行径和丑恶的嘴脸还是被揭穿,一个贤明的君主拯救了奥尔贡,并将达尔丢夫绳之以法。这个英明国王的出现,寓意就是路易十四的化身,并且通过国王的力量来管制像达尔丢夫这样的僧侣阶级是正好切合路易十四对骄傲自大的封建教会的不满。

17世纪的法国处于专制王权和宗教压迫的双重困境。路易十四对于封建教会有着复杂的态度:一方面,他希望通过君权神授这样的方式来笼络人心,希望得到宗教的帮助;另一方面,封建教会在中世纪就已经掌握比较多的特权和能力,路易十四又害怕他们无形中的壮大和无法控制。因此,达尔丢夫的创作就是让路易十四痛快的喜剧。同时,备受僧侣阶级压迫和剥削的下层人民也看得大快人心。莫里哀也借奥尔贡的小叔子之口说出他对僧侣阶级行径的痛斥。他说:"就我看到的人物来说,谁也比不上笃实的信士值得令人敬重,世上也没有东西比真心信教的虔诚更高贵、美好的了。所以在我看来,也没有比假意信教,貌似诚恳,和那些大吹大擂的江湖郎中、自卖自夸的信士更可憎的了。他们亵渎神明,假冒为善,欺骗众人,不但不受惩罚,还能随意取笑人世最神圣的事物。这些人唯利是图,把虔诚当成了职业和货物,单凭眼皮动一动,装出一副兴奋模样,就想买到信用和职位,这些人,我说,沿着上天的道路,追逐财富,异常热烈,他们一面祷告,一面却又天天讨封求赏;他们在宫廷宣扬隐居,他们知道怎么配合他们的恶习和虔诚;他们容易动怒,报复心切,不守信义,诡计多端;为了害一个人,他们就神气十足,以上天的利益,掩盖他们的偏激,得到世人的赞赏;也正由于偏激,他们想用神圣的利刃陷害我们;所以他们大怒起来,也就分外地危险。"

这些如泉涌的话语，正是莫里哀想要说出的话语。他对道貌岸然的僧侣阶级痛彻心扉，他为那些正在与封建教会抗衡的人们感到苍凉、无能为力。他在《伪君子》的"笑"中传达了一种深切的无奈之感。宗教本是可给人带来光明和温暖的救赎，没想到却变成敛财的工具和施暴的利器。在达尔丢夫身上传达着一种封建僧侣阶级的虚伪和残酷，以及人们的精神信仰困境。

2.《伪君子》结局艺术特色分析

伪君子的喜剧结尾和其中的悲剧成分都来自整部剧，用一种近乎玩笑的手段来进行社会命题的深刻揭露。那个伪装得天衣无缝的圣洁的教会骗子达尔丢夫混进了商人和贵族奥尔贡家，他的目标很明确，勾引奥尔贡的妻子并且夺取奥尔贡的家产，但是愚蠢的奥尔贡一直被蒙在鼓里。披着圣洁外衣的达尔丢夫却做尽了恶心的事情，虽然事情败露，锒铛入狱，但是这个以教会为遮掩、以圣洁做外衣的达尔丢夫的所作所为却让人们看透了教会的虚伪。剧中的语言符合人物特征又喜感十足。像达尔丢夫动辄"上帝"的长篇大论混上他的"独特"长相总让人忍俊不禁。道丽娜泼辣犀利的话语、生动的对白及对达尔丢夫毫不留情的讽刺更使整部剧显得生动无比。这些个性十足的语言表达和作品风格将背后的那些伤害和悲凉以轻松的笔墨渲染在纸上，用轻快的语言展现在舞台上，但是背后厚重的思想、情感和主题却被留在了幕后，留在了每个观众的心里。另外，莫里哀一改传统古典戏剧对悲喜剧的明显界限，在喜剧中插入充分的悲剧元素，爱情悲剧、家庭悲剧乃至社会悲剧接踵而至，却在接近爆发之际，峰回路转，大团圆结局。这样的结局出人意料，却更显悲剧意味。所有的悲剧都用喜剧做外衣，就像是用糖纸包裹的药一样，因为对糖的期待而变得更苦涩。

像上文中说的,所有的悲剧在爆发的临界点上,在事情马上变得不可收拾之前,圣明的君主及时出现,挽回了悲剧,还给了每个人想要的结局。只是走了一个达尔丢夫,还有无数的达尔丢夫存在着,可是并不是所有人都有奥尔贡的幸运,能有道丽娜这样聪明忠诚的女仆,并且遇上一个圣明的国王。突然地转悲为喜,这样圆满的结果在现实生活中发生的概率是微乎其微的,只能说这是一种向往或者渴望,即向往美好的生活,渴望应有的平等。在现实中无法达到的,经过创作——假借"国王之手"——再通过舞台得以实现,这说明了作者借助王权同反动势力进行斗争的政治态度,体现了作者主张的国王应该以理性治国的政治原则,同时符合古典主义文艺思想的要求。可是,观众都知道那个时代里的国王并不是这样的,所以更不会有这样的结局,何况结局这样突兀。还是那句话,并不是所有的人都像奥尔贡那样能遇上圣明君主,被达尔丢夫害得倾家荡产的又何止他奥尔贡一个呢?这样的结局里借助的王权本身就那么脆弱,这样的喜剧结局的确值得推敲。万般无奈,戛然而止,故事结束了,生活还得继续。谁知道等待奥尔贡的是痛改前非、重新审视自己,还是执迷不悟呢?谁又能保证不会有新的达尔丢夫出现呢?所以,结局从不意味着结束,结局的欢笑更不意味着永远的欢笑。在这部作品中,欢笑其实掩不住那些悲凉的泪水。戛然而止的欢笑声之后,泪水还是要继续流淌的,甚至更多。

3. 悲剧化的喜剧

莫里哀的喜剧通常用主人公夸大的特征或怪癖来达到喜剧的效果。正如《恨世者》中利用阿尔塞斯特"不合时宜"的憎恨和愤懑推进戏剧的情节。然而,阿尔塞斯特只是怀念已失落的道德观念和向往久违的崇高精神,这种孤独地抗争和信仰衰落后的痛苦,使莫里哀的喜剧也内蕴了悲剧的崇高。阿尔塞斯特表面上看是莫里哀的嘲讽对象,他总是对一切都充满了愤怒,妄图在任何时候都要把别人教训一番,他的恨是普遍的,他对人类"憎恨到了极点",这种夸大了的愤怒,"与其说是一种精神,不如说是一种不合时宜的怪癖"。阿尔塞斯特的执拗与古怪是剧中引人发笑的笑料,使得他看起来像一个惹人发笑的小丑。但从深层来看,阿尔塞斯特实质上寄托着作者的人文理想,他对人生和周遭的一切充满了愤怒。愤怒的原因是这个世界充满了欺骗、谎言和谄媚,这与作者的正直、坦率的性格格格不入。他不愿像其他人当面相互奉承,背后却说尽坏话;他不能忍受昧着良心来夸奖别人诗歌的优美;他相信公平和正义,自己是正确的就不用靠关系,自然会赢得诉讼的胜利;他不相信人们真的会那么厚颜无耻、强梁霸道,将一个好人冤枉。他与时代和习俗的抗争使得他的言行充满了正直高尚的意味,也多了一丝悲凉的色彩。

剧情的发展中,奥尔贡被骗地团团转是整个故事中令人发笑的情节,同时是最具悲剧色彩的地方。其一,他肤浅地相信了教堂里看到的一切并把达尔丢夫带回家;其二,在家人揭发达尔丢夫的时候选择相信他;其三,执意要拆散女儿和心爱的人,并且强迫女儿嫁给达尔丢夫;其四,剥夺了儿子的继承权,还将财产全部赠予达尔丢夫;其五,让达尔丢夫有必胜的筹码是奥尔贡把造反者的名单交给达尔丢夫保管。达尔丢夫循序渐进地控制了奥尔贡的一切,使奥尔贡成了他的傀儡,直到真相大白的时候,悲剧才爆发!虽然笔锋一转,喜剧结尾,但是悲剧始终如影随形。结局的欢笑仍然掩饰不了那些浓郁的悲凉和悲剧。

其实,伪君子并不是那个时代的特产,在每个时代里都有伪君子的存在。即使在当前这样一个社会,在每个国家都有这样虚伪的人存在。虽然说骗子太多,不聪明的人不够用了,但还是有那么多的不聪明的人前赴后继。生活中不是缺少达尔丢夫,而是缺乏一双双发现的眼睛,人们的生活里也在上演着无数的伪君子戏码。戏剧本身便来源于生活、高于生活,所以莫里哀和他的《伪君子》给读者们上了很好的一课。人们所看见的未必是事实,或者未必是事实的全部,多做一点思考总是不错的。同时,作为戏剧专业的学生,观众身边的达尔丢夫和他们的故事更是值得记录和表达的。用戏剧给每个观众上一堂很好的教育课,让他们在戏剧里更好地感受人性、享受人生。

# 第九章　18世纪文学

## 第一节　英国启蒙文学

18世纪,欧洲各国的发展情况并不平衡。有的国家资产阶级革命已经取得了胜利,经济迅速发展;有的国家虽然还处于封建社会,但是广大人民与封建制度的矛盾已经发展到白热化的程度, 发动革命的时机已日益迫近;有的国家还处于封建剥削割据的状态, 社会发展受到了严重的阻碍,资产阶级的力量比较薄弱。但是,欧洲历史的总趋势是人民群众的反封建斗争已经发展到相当紧张、激烈的程度。18世纪末爆发的法国大革命正代表了这种趋势。这次革命的胜利宣告了一个新时代的到来,它从根本上动摇了封建体系, 为欧洲的广泛发展和资产阶级革命的最后胜利开辟了道路。

封建势力与资产阶级矛盾的激化, 孕育了第二次全欧洲性的思想文化运动——启蒙运动。启蒙运动是文艺复兴运动在新的历史条件下的继续和发展,与文艺复兴时期运动相比,启蒙运动带着更鲜明的政治色彩。启蒙主义者向封建制度的意识形态和上层建筑发动了全面的攻击, 而且提出了更加彻底、更加完整的纲领，从而为资产阶级夺取政权和巩固政权做了舆论准备。声势浩大的法国启蒙运动更是直接为 1789 年的大革命做好了思想准备。

启蒙文学随着启蒙运动而来，是启蒙运动的一个重要方面，在传播革命火种、促进思想解放方面有着不可磨灭的历史作用。

英国的启蒙文学是在英国革命之后出现的，其间还经历了工业革命这一重大的历史变革。因此，英国启蒙文学的任务不是召唤革命行动，而是以"理性"为武器，反对封建势力的残余，建立新的社会秩序。同时，在一些先进作家的作品中，也批判了新制度建立起来后暴露出来的种种不合理的东西。

18 世纪的英国文学以现实主义长篇小说成就最高。小说家们在唯物主义思想的影响下，在继承流浪汉小说和市民文学的基础上，比较广泛地反映了英国资产阶级的发家历史和生活现实，并推进小说这种艺术形式的发展，为欧洲 19 世纪批判现实主义长篇小说的繁荣做出了有益的准备。在这个时期的代表作家有很多。丹尼尔·笛福是这个时期英国第一位重要的长篇小说作家，他的代表作是《鲁滨孙漂流记》。乔纳森·斯威夫特是一个激进的民主派，《格列夫游记》是他唯一的长篇小说。到了 18 世纪 40 年代，英国资本主义社会的生活方式已经确立，现实主义小说所反映的内容也转变为描写贵族资产阶级社会的日常生活，这时期的代表作家有理查生、菲尔丁和斯摩莱特。

一、丹尼尔·笛福的《鲁滨孙漂流记》

1. 笛福的生活经历

丹尼尔·笛福出生于伦敦一个并不富裕的下层中产阶级家庭。父亲詹姆斯·笛福是一个小屠户和蜡烛商人,同时是一个清教徒,属于反对英国国教的长老会。笛福出生之时恰逢复辟时期,在复辟后英国国教会整肃不同宗教教派的环境里长大。由于家庭出身和宗教信仰的影响,他反对斯图亚特王朝和英国国教会,与天主教会更是格格不入。笛福从小就接受了良好的教育,就读的学校是当时清教徒开办的最优秀的学院之一。笛福的父亲希望他能当个牧师,但是笛福却充满热情地投入商业活动。他离开学校之时,正是商业迅猛发展之际。笛福的一生可谓是几经波折,大起大落。他早期曾从事袜子、烟草等商品的代理和批发,并曾到西班牙、法国和意大利等国做商业性旅行。在短短四年之内,他就积累了殷实的家业。然而,随后进行的投机买卖给他带来了灾难性的损失,他被迫宣告破产。他的债主出于对他的才能和诚实的信任,同意他逐步还清债务,才使他免于入狱。到1697年,笛福建立起一个生产砖头的波形瓦厂,收益足够还清大部分的债务,使他的事业进入第二次高峰。但由于他介入政治和写文章、办刊物,无可避免地面临监狱生涯和破产。几经沉浮,笛福最终得到的是一个惨淡的晚景——负债累累,为躲避债务离家而于1731年客死异乡。

真正让读者记住笛福的,是他在英国散文和小说发展史上的突出贡献。作为一个多产的作家,笛福一生发表过的作品有五六百件之多,内容多为全力宣传自己的政治和经济见解、宗教观念和主张,以及各种对于政府的建议和方案等。作为一个典型的反国教会的清教徒作家,《惩治不从国教者的捷径》是他最为著名的时论讽刺文。它以一个托利党人的口气,夸大其词地提出镇压不从国教教徒的方法,包括将其首领处以极刑,使人觉得可笑且破绽百出。其目的在于反对限制信仰,主张宗教自由。笛福在狱中创办的历时十年的期刊《评论》和在其停刊后撰写的《英国商绅大全》

等商贸著作,也使他享有"现代新闻之父"和"自由贸易之父"的美誉。除了上述广泛的成果,笛福还著有多部游记,如《新环球游记》《罗伯茨船长四次旅行记》和《大不列颠全岛纪游》。

笛福所处的时代正是英国的重要转折时期。在经济方面,要求打破阻碍生产力发展的旧封建生产关系,建立适应资本主义生产力快速发展的新生产关系;在政治方面,自1640年至1688年的英国资产阶级革命,确立了君主立宪制,资本主义从此走上了快速发展的道路;在文化方面,推崇发扬人类理性,提倡研究自然,理性的世界观和科学的方法论深入人心;在宗教方面,始于16世纪、完成于17世纪的宗教改革,对英国的宗教、政治、经济乃至整个文化领域都产生了深刻的影响。作为那个时代、那个社会的中坚分子,笛福所有的文学作品都是他对那个时代复杂的社会环境的思考和回应,也包含着他对当时某些社会问题和社会前景的积极探索。《鲁滨孙漂流记》正是这样一部最为成功的代表作。

2.《鲁滨孙漂流记》简介

《鲁滨孙漂流记》是笛福根据一个水手亚历山大·赛尔柯克的真实经历创作的。其大致经过为赛尔柯克因为船上水手的叛变而被抛弃到智利海外的一个岛上,在那里经历了近五年的艰辛生活,后得到航海家罗杰斯的营救才得以回国。笛福以此为基本素材,创作出一个虚构的水手故事。第一部分讲述了鲁滨孙三次航海,并在巴西买下种植园的经历;第二部分详细地描述了鲁滨孙在孤岛上生产开发的生活经历;第三部分则是叙述了他回国之后的一些经历。

笛福通过逼真的细节描写,向读者展示了鲁滨孙面对困难境地时的巨大勇气和毅力及卓越的才智。主人公鲁滨孙作为笛福按照他的理想创造出来的人物,他身上必然集中地寄寓着作者本人的精神印记。鲁滨孙与笛福一样,充满冒险精神。出海冒险追求财富而身处孤岛的他,并没有悲观失望,而是积极主动地依靠自己勤劳的双手开拓出一个新世界。与此同时,笛福还通过鲁滨孙的故事进行资产阶级的道德教育:"叙述者在叙述这个故事时,处处采用朴质和严肃的态度,并且在叙述时别具慧心,把一切事迹都联系到宗教方面去以现身说法的方式教导别人,叫我们无论处于什么环境都敬重造物主的智慧。"《鲁滨孙漂流记》真正的伟大之处正是在于这种结合,尽管对于大多数人来说,前者核心性的光芒太过耀眼。一方面,它把自然作为人与世界之间相互作用的要素,在此基础上演示了个人和社会历史的进程,并由此向读者展示了主人公在征服和利用自然过程中的伟大力量,以及从每次失败和经验中学习的能力和无穷的生命创造力;另一方面,与个人性格和思想发展相对应的,对人生的精神探索完美地结合了认识和皈依对上帝的信仰这一过程。后者曾在班扬的《天路历程》中有细致繁密的阐述。

### 3. 鲁滨孙人物形象

在鲁滨孙的父亲看来,鲁滨孙不必像那些"穷无立锥之地的人,再不然就是富于野心和资财的人"一样,"到海外去冒险,去创业,去以非常的事业显身扬名,在家乡,他良有机会仰仗亲友的引荐,立足于社会,而且很有希望依靠自己的努力和勤勉,挣一份家财,过一辈子安适而快乐的日子"。作为当时社会中间阶层的代表,鲁滨孙的父亲所持有的生活态度或准则是"遇事不过分,中庸克己,宁静健康,愉快地交游,各种令人欢喜的消遣,各种称心如意的乐趣,所有这些幸福都属于中等地位的人。在这种环境里,人人都可以悠然自适地过一辈子,既用不着劳心劳力,为每日的面包去过奴隶生活,困难不堪,弄得身心没有片刻的安宁;也用不着被欲望和发大财、成大名的野心所苦,心劳日拙只不过舒舒服服地过日子,品尝着生活的甜美滋味,而且愈来愈能体会到自己的幸福。"对于父亲的教诲,鲁滨孙虽然当时被感动了,但是仅仅过了几天,就遗忘殆尽。最终,鲁滨孙选择了私自逃走,开始了他的第一次海上冒险。

之后,他多次出海冒险,以致在27岁时因为海难而囚困于荒岛28年之多。甚至在回归祖国七年之后,也就是1694年,他又在半百之年投入了新的海上冒险。鲁滨孙一次又一次离家出走的动力到底从何而来呢?国内评论界曾经普遍认为动力来源于资产阶级原始积累时期,资产阶级对物质财富的无休止追求,这是依据马克思的经济学理论。从经济学层面上,得出的社会政治经济结构视角下的深刻结论。毫无疑问,快速、冒险式地获得物质财富,是重要的、根本性的动力之一。正如维尔纳·桑巴特在其著作中所描述的那样,资本主义最突出的特征,在于它不是基本上满足需要,它是一个受无限获取财富的欲望驱动的体系,是一个以交换和金钱、以财富的集中和循环、以理性的计算为特征的体系,它的发展没有界限。鲁滨孙最初向母亲表达自己出海的目的时,谈到自己是为了"到海外去见识见识"。

在遭遇了第一次海难后,鲁滨孙觉得应该回家,但同时命运"以一种不可抗拒的力量"逼迫他继续海上冒险。对于"这种力量,叫不出它的名字",但是"这种神秘而有力的""无法逃避的不幸的天数"推动着鲁滨孙"继续前进"。鲁滨孙在后来谈到这种"邪恶的力量"时,如此解释道:"它曾促使我离开父亲,促使我产生发财的妄想。"有评论者认为《鲁滨孙漂流记》是利用清教徒精神自传和寓言两种体裁,通过鲁滨孙的生活历程描述了一个人类个体反叛、受罚、忏悔和得救的精神寓言。鲁滨孙由于不安于现状,放弃了那种中产阶级、伊甸园式的生活,而选择了危险的海外冒险。这从某种程度上造成了类似于亚当所犯的罪过,鲁滨孙必须承担选择的后果及因此而决定的命运——必须劳苦一生来抵消这个罪过。这似乎正好暗合了这种"不可抗拒的邪恶力量"和"无法逃避的不幸的天数",却无法解释为什么鲁滨孙"产生发财的妄想"。相比之下,人类的最古老冲动和习惯之一,即对物质财富的占有欲,更能成为这种"不可抗拒的力量",这也是清教伦理中禁欲主义所认为的罪恶之源。

爱自由独立、喜探究新奇和富冒险意识的实践主义精神贯穿于鲁滨孙的一生。在其年轻时表现为青年人特有的浪漫幻想气质,不安于舒适的生活,一心想出海见识新世界,"不顾一切地往前冲,盲目地服从幻想的驱使,把理智丢在脑后",矢志一生,雄心勃勃,想实现"漫游世界"的计划;在28年的荒岛生活中体现为对荒岛的不断改造;在年老时展示为不顾半百之年的高龄,再次投入惊心动魄的海上冒险。

## 二、菲尔丁的《弃儿汤姆·琼斯的历史》

《约瑟夫·安德鲁斯的经历》发表以后的第七年,也就是1749年,菲尔丁出版了他一生中最重要的作品《弃儿汤姆·琼斯的历史》。这部小说代表了18世纪英国现实主义小说的最高成就,它的长度是《约瑟夫·安德鲁斯的经历》的三倍,包含了更加丰富的事件、场景和人物。菲尔丁在第一章中,开宗明义地宣称,这部小说的主题是"人性"——"这里为读者准备的食品不是别的,乃是人性"。这里的人性不仅包括人类共有的种种美德、情感、欲望、丑陋,还包括社会各阶层及各等级的特点。菲尔丁要为读者摆上一桌生活的盛宴。正如哈利特所评:"菲尔丁再现了乔治二世统治下的英国社会生活的全景。但是他在小说创作中意图超越时代的局限性,演绎永恒的主题。他的故事不仅是对生活严格的模仿,而且还是对生活的生动阐释。"菲尔丁在小说创作方面取得的成就充分证明,由他独创的、在英国文学史上前所未有的"散文体喜剧史诗"是最能发挥他小说天才的艺术形式。

### 1. 故事内容

《弃儿汤姆·琼斯的历史》的故事内容很像《约瑟夫·安德鲁斯的经历》,讲述一个身世不明的年轻人如何历经千辛万苦,在追求真正爱情的过程中最终寻到了富裕的亲人,过上了乡绅的生活。全书十八卷分为整齐的三部分,不仅在情节发展上划分为自然明确的三大块,而且善与恶的斗争主题及人物性格成长过程方面都形成了完美的象征意义结尾。

在《弃儿汤姆·琼斯的历史》的创作中,菲尔丁力图在叙事方式、情节设置、人物塑造、艺术表达等各个方面实践他的文学理论,实现他心目中的现实主义小说的完美形式——散文体喜剧史诗。他努力将史诗、喜剧、小说三种不同的文体结合起来,以最富有表现力的语言形式来定位他心目中的现实主义小说。菲尔丁也在讲述故事的同时,不断地将他的文学主张直接呈现给读者。

### 2. 散文体喜剧史诗——《弃儿汤姆·琼斯的历史》

他在小说第一卷的序章题为"卷首引言,或宴上菜单"中以饭铺老板自比,为这整桌酒席开列一份菜单,先说明本书的主题是"人性",并强调人性是丰富复杂又千变万化的。然后笔锋一转引著名诗人蒲柏的诗句,附明本书的全部要点,在于表现作者的艺术手段。蒲柏在《论批评》中对真正的巧智或艺术下了这样的定义:"真才华能使大自然显得更姣好,它常能为人领略,却难以言表。"菲尔丁引用这两行诗句意在表明他的核心在于艺术表达,而不是如笛福和理查逊一样照搬原样叙述故事。菲尔丁指出:"精神筵席的优劣与其说是在于题材本身,毋宁说是在于作者烹调的技术。"在本书中,像名厨先上普通菜,再上美味佳肴一样:"我们同样也先托出乡村习见的那种较为平凡、质朴的人性,以飨胃口旺盛的读者,然后再用宫廷和都会所提供的那些造作、罪恶等法国和意大利式的上好佐料,加以清炒或红烧。我们深信,这样就足以使读者看了不忍释卷,一如前边谈的那位大厨师使客人吃个不厌一样。"

小说从第二章开始进入正文,首先是在萨默赛特郡乡村发生的故事,然后跟着故事的男女主人公从乡村到伦敦的路上奔波,最后又回至淞敦城里。从农村到城市,场景不停地转换,农庄—旅馆—戏院—监狱—集市—沙龙……故事从单纯到复杂,人物从自然到矫饰。这种场景、故事和人物的变化,正是《弃儿汤姆·琼斯的历史》引人入胜之处。以男主人公与三个女人的性关系为例,读者可以清楚地看到叙事艺术上的变化。汤姆与毛丽的关系最清楚明白,即从最单纯自然的男女互相吸引开始的,缺少矫揉造作、虚情假意的成分。而汤姆与沃特太太的关系开始于一场英雄救美,而最后美女感恩投怀送抱。汤姆本来对沃特太太并无非分之想,但沃特太太一方面出于感恩,另一方面又被他的翩翩风度所吸引,于是有意裸露上身,并在饭桌上频抛媚眼,终于引汤姆上钩,导致一夜温情。这是女方有意设计,而男方愿者上钩。到了汤姆与贝拉斯顿夫人的关系,则纯粹是一场陷阱或者交易。在伦敦穷困潦倒、走投无路的汤姆,被贝拉斯顿夫人看上,为了独占年轻俊美的汤姆,她一方面用金钱物质予以引诱,另一方面想方设法地挑拨拆散汤姆和苏菲亚,毒计不成还预谋把汤姆绑架充军。

这个上流社会的高贵太太寡廉鲜耻,为了满足情欲不择手段,汤姆与她的苟且关系没有一点真情实意在里面。

作者对人性洞察分明,技艺高超,三个不同的女人与汤姆的关系揭示出汤姆性格的发展变化,同时展现出不同阶层阶级的人物特点。在《弃儿汤姆·琼斯的历史》第四卷的序章中,菲尔丁讨论了艺术点缀的作用。他写道:"我们在全书各处尽量点缀了各式各样的比喻、描绘和适宜的辞藻。这些正是用来代替前面所说的麦酒的,以便瞌睡虫入侵的时候给读者提神。因为在一部长篇巨著里读者和作者都难免受到瞌睡虫的侵袭,倘若没有这种穿插,单靠事实的平铺直叙,不管叙述得多么娓娓动听,任何读者也忍受不了。除非一个人具备荷马所说的那种宙斯所独有的永不懈怠的警觉,否则像这样一部卷帙浩繁的报纸般的作品,他是无论如何也读不下去的。"

在接下来的第二章,作者就使出浑身解数,为了他心目中的完美女性——苏菲亚的出场大做文章,尽情铺垫。艺术点缀的作用之一是为了增加叙事的节奏。这种手法有些近似于中国古典小说中穿插其间的词赋文法。第二个作用在于展示作者的散文才华。笛福的第一人称小说和理查逊书信体小说都限制了作者散文形式的选择,使得小说视野比较狭窄,内容单薄,读起来也很费力。作为第三人称叙述者的菲尔丁则有充分的自由施展其散文写作才华,而这也是他的小说区别于其他小说的重要标志。第三个作用是在叙述语言与叙述故事之间制造一种张力,从而丰富小说内涵。这一方面最突出的例子就是用模仿史诗手法来描写乡间打斗场面。

菲尔丁在第十卷的序章中谈到了艺术的整体性问题。他写道:"首先,我们警告你不要迫不及待地去指摘我们这部历史中的任何实践,认为它来得突兀,与总的布局不相干,因为你不可能立刻就理解那些事件对总的布局会起什么样的作用。"这是一个十分重要的观点。早期小说由于受流浪汉小说的影响,对于整体艺术重视不够。往往使用一个人物把一些互相没有多少关联的故事连接起来。

《弃儿汤姆·琼斯的历史》是一部结构宏大、人物众多的小说,初看起来有些人物和情节似乎与主要故事关系不大,属于可有可无的。但是,菲尔丁告诫批评家和读者不要妄下断语,因为有些看似无关的情节实际上在全书结构中是至关重要的。只有读完全书,细心领会,才能理解小说的整体艺术,才会发现几乎任何一个微小的情节实践都对故事发展有不同影响。《弃儿汤姆·琼斯的历史》的三部分对称结构被范·甘特比喻为"帕拉第奥式"宫殿建筑,罗伯特·艾尔特也十分强调这种对称艺术,并进一步指出:"最重要的是要看到,就菲尔丁对小说的发展所起作用而言,他是用真正建筑结构的眼光来看待小说的第一人。"这种整齐对称、结构复杂、小中见大、环环相扣的叙事结构与纷繁无序的实际生活形成鲜明对比,也恰恰体现了菲尔丁独具匠心的艺术追求。

3. 汤姆的人物塑造

菲尔丁小说的整体艺术,不仅体现在全书布局结构的情节安排上,尤其体现在人物性格塑造上。他关注优劣共存的人物,而不是塑造所谓完美无缺的人物,这一点在小说主人公汤姆的形象塑造方面尤其突出。菲尔丁赋予汤姆种种美好的品性——勇敢、善良、诚实、正直、无私,他身上具有最珍贵、极富人性的同情心和爱心。但他亦有不少过失,也做了一些有损道德、对不起苏菲亚的事,但总体来说,这些事无损汤姆的整体形象,流淌在他心中的主流是美德与善良。因此,汤姆才是一个活生生的、有血有肉的、真实的形象。如《弃儿汤姆·琼斯的历史》中的头号恶人小布利非,早在少年时代他便无师自通,精于此道。琼斯送了苏菲亚一只鸟,苏菲亚十分钟爱,布利非嫉妒二人感情之好,先恳求苏菲亚借鸟给他玩一会儿,然后趁机故意把鸟给放了。十岁出头的孩子由于年幼无知,有这种心理和举动本来也没什么大不了,但小布利非事后义正词严地自我申辩却让人瞠目结舌,很难一笑了之。

布利非少爷回答说:"……我拿着苏菲亚小姐的鸟,想到这个可怜的小动物一定渴望着获得自由,我承认自己忍不住就把它渴望的东西给了它。我一向认为把任何东西拴起来都未免太残酷了。在我看来,束缚任何东西都是违反自然规律的,根据那规律,万物都有享受自由的权利。这样做甚至也不合乎教义,因为这就违背了'己所不欲,勿施于人'这条原则。然而倘若我料到苏菲亚小姐会这么难过,我是决不会放掉那只小鸟的。……"

真不愧是布利非大尉的儿子! 不论是其确如上述所言的真实动机,还是坦率承认自己的嫉妒心理,事情本来都没什么大不了的,但恰恰是这种内心阴暗却出言坦荡的表里不一才叫人着实觉得可怕。而这也是所有虚伪者的典型特征,将伪善技艺修炼得炉火纯青的魏尔德也是如出一辙。菲尔丁认为,生动的实例总强于空洞的说教,他又说:"我相信使好人变得审慎要比使坏人变好容易得多。"尽量提醒好人们擦亮眼睛,这或许就是菲尔丁怀着满腔愤懑塑造这些虚伪典型时的一点微薄的希望。

## 第二节　法国启蒙文学与卢梭的《新爱洛伊丝》

　　法国启蒙文学是法国启蒙运动的一个重要组成部分，法国的启蒙运动直接指向 1789 年的大革命，为这次大革命做舆论准备。启蒙作家往往就是为宣扬启蒙思想而创作文学作品，因而他们的作品具有鲜明的政治倾向性，也更全面地体现了启蒙运动的思想观念。

　　18 世纪的法国，封建经济仍然占据统治地位，但是资本主义工商业已有很大发展，在当时仅次于英国。封建王朝浮华奢侈，对外不断发动战争，致使国库空虚，财政混乱，税收繁重，民怨沸腾。从 18 世纪中叶起，农民起义此起彼伏，工人罢工和城市贫民的暴动不断发生。第三阶级与封建专制统治的矛盾日益激化，终于酿成 1789 年的大革命。这是以封建资产阶级为首的广大人民反对封建制度的一次彻底的革命，它的胜利宣告了欧洲新的社会制度对封建制度的胜利。

　　18 世纪初期，古典主义在法国文坛仍然占统治地位，但是已经衰微。从 18 世纪 20 年代起，启蒙文学登上了文坛，杰出的启蒙作家相继涌现。他们继承了法国的文学传统，借鉴英国的文学成就，或用旧形式，或创造新形式，使启蒙思想得到广泛传播。

　　法国 18 世纪初期的重要作家有阿兰·勒内·勒萨日，还有孟德斯鸠、伏尔泰、狄德罗等启蒙思想文学家。下面笔者主要介绍卢梭及其代表作《新爱洛伊丝》。

## 一、卢梭

卢梭的全名为让·雅克·卢梭,出生于 1712 年,于 1778 年逝世。他出生于瑞士日内瓦的一个清教徒之家,但后期主要活动在法国,拥有两国国籍。其父亲是日内瓦当地的钟表匠,属于普通的市民阶级,凭借着自己的技艺养活家人。卢梭的母亲在他出生后不久就因病去世,父亲在他十岁的时候因为一场不公正的官司而离开日内瓦,此后卢梭由自己的姑姑抚养长大。卢梭一生经历坎坷,很小的时候就进入社会并尝试过许多职业,他的丰富经历成为他日后创作的出发点与素材。他也是位多产的作家,自学成才且才华横溢,作品涉及政治、文学、教育、美学等多个领域,并具有开创性的影响。人们对其多部作品,如《社会契约论》《爱弥儿》《论人类不平等的起源》《忏悔录》耳熟能详。他也是一个颇具争议性的人物,这些争议之声不仅指向他的个人生活,而且更多地指向他著作中所传达的思想。有的人认为他是一个理性主义者;有的人认为他是情感主义者,直接影响了康德道德哲学体系的建立。有的人认为他是小资产阶级的代言人;有的人则认为他是一位名副其实的革命思想家,直接推动了法国大革命的进程。涂尔干将他视为现代社会学家;列维·施特劳斯则认为他对人类学的发展做出了巨大贡献。他作为启蒙运动的主要代表人物之一,最后却和百科全书派的诸多大家们分道扬镳。从以上对卢梭的争论中可以看到,他是一位思想渊博的人,对诸多领域有自己的独到见解。

《新爱洛伊丝》是卢梭的代表作之一,在文学史上有着重要影响。但是,也许就像美国解构主义运动的代表人物保尔·德曼曾经断言的那样:"在所有的浪漫主义文学家中,卢梭是遭遇误解最多的一个。此外,在卢梭的所有作品中,《新爱洛伊丝》不仅是被大多数重要的评论家轻视的作品,而且也是遭遇误读最多的作品。"但正是《新爱洛伊丝》这样一部作品，由于其艺术方式上的独特性，对自然寓情于景的描写，对情感的大胆直接表露，对后来的法国乃至整个欧洲文学产生重大影响，对以后的浪漫主义文学的发生起了重要的作用。

二、《新爱洛伊丝》

《新爱洛伊丝》作为卢梭的代表作，在文学史上有着深远的影响。一部有影响力的作品的出现，虽然是由于作者自身的天才，但它永远不可能是作者凭空想象创造的，而必然是在继承发展前人创作成果的基础上产生的。《新爱洛伊丝》就是这样一部作品，它是书信体小说发展到成熟阶段的代表作。卢梭成功运用书信体小说这种样式并对其加以发展，形成了自己的特点。无论是在创作手法上还是艺术方式上，都使书信体小说趋向于成熟，并对以后的文学创作产生了深远地影响。

《新爱洛伊丝》这部作品的命名，主要是受到了 12 世纪一个真实的爱情悲剧的影响，即朱丽和她的教师圣·普乐之间的爱情悲剧。卢梭将自己的作品命名为《新爱洛伊丝》，就暗示了小说写的也是一个爱情悲剧。小说主要通过两个青年男女圣·普乐和朱丽的通信来展开叙事，辅之以他们朋友克莱尔和爱德华的信件，从侧面进行描写，将整个故事从多侧面、多角度展示出来，使故事显得丰满、真实而又感人。

1.《新爱洛伊丝》的内容

《新爱洛伊丝》发表于 1781 年，起初的书名为《阿尔卑斯山麓——小城中两个情人的书简》，出版时书名为《尤丽，或新爱洛伊丝》。这本书的主人公是一个名为朱丽的少女。故事情节是这样的。18 世纪法国的贵族姑娘朱丽爱上了她年轻的家庭教师，出身平民的知识分子圣·普乐，遭到了女方父亲德丹热男爵的粗暴反对，这位满脑子封建意识的男爵坚决不允许自己的女儿嫁给一个平民。在朱丽的表妹和圣·普乐的安排下，圣·普乐离开了朱丽，从瑞士到了法国，后来又随着一支英国舰队远游，慢慢地淡忘了对朱丽的感情，而朱丽也不得不听从父亲的意愿，嫁给了俄国贵族中年男子沃尔玛。婚后，朱丽向自己的丈夫说出了自己和家庭教师圣·普乐的恋爱经历，丈夫在听了妻子的讲述之后，为了表示对妻子的信任，把家庭教师圣·普乐接到家里来，担任孩子的家庭教师。于是，这对恋人再度朝夕相处，但是他们竭力地控制自己内心强烈的感情，并因此陷入了深深的痛苦之中。一次，朱丽为了救起落水的儿子跳进湖中，从此一病不起，最后离开了人世。在临终前她留下了遗嘱："没有你，我的灵魂还存在吗？没有你，我还能幸福吗？不能，我不离开你，我要等着你。美德虽然使我们在世上分离，但将使我们在天上团聚。我怀着这份美好的愿望死去：用我的生命去换取永远爱你的权利而又并不犯罪，那太好了；再说一次，能这样做，太好了！"

《新爱洛伊丝》全书由共计 165 封书信和一些短简组成，主要写信人有朱丽、圣·普乐、克莱尔、爱德华、沃尔玛，是典型的对话式书信体小说，即作品中的写信人不止一个，信件是有去有回、往来互动的。由于《新爱洛伊丝》使用了书信体小说这种特殊的形式，整体是由一封封书信构成的，使得作品总是呈现出片段式的叙述。为了弥补这种片段叙述的不足，为了增加小说内容在片段中的信息量，也为了解决理查逊小说和以前小说中出现的第一人称叙述的单调性问题，在《新爱洛伊丝》里就出现多个书信写作者。写作者之间或者是恋人，或者是朋友，但是他们之间都存在着一种实实在在的对话关系，使得小说叙事聚焦呈现为多重化，叙事话语呈现为对话性。多个写信者从不同角度、立场、观点对同一事件进行描述,使叙述内容更加丰富,并呈现出不同声音对话、共存的局面,使文章具有了一种空间立体感,而非只是单线条的叙事。

2.《新爱洛伊丝》的叙事视角

从叙事学角度看,叙事人称分为第一人称和第三人称等。所谓的第一人称就是"叙事者就生活在这个艺术世界中,和这个世界中的其他人物一样,他也是这个世界里的一个人物,一个真切的、活生生的人物"。在《新爱洛伊丝》里采用的就是第一人称的叙事视角。小说中的每个"我"都是具有充分价值的言论的载体,可以随意抒发自己的思想,而不是默不作声的哑巴,不再只是作为作者语言讲述的对象。所以,小说中首先展现出来的第一重声音就是"我"的声音。

(1)来自作品内部真正的叙述者"我"——人物作者的声音。作为书信体小说,《新爱洛伊丝》采取的是第一人称的叙事手法,就是不管有多少个人物,在具体的信件中,都是以"我"的口吻来叙事的,充分体现了"我"的主体性,让"我"来讲述自己的事情,抒发自己的内心、思想。在小说中,"我"发出了自己的声音。在这里,人们将这个发声的"我"暂且称之为人物作者。所谓的人物作者,就是指在书信体小说中虚构的艺术世界里,承担叙述的每封信的写信人,是被小说艺术世界外部的那个现实作者创造出来的写作者。和人物作者对应的是同样属于虚构世界里的书信阅读者,即人物读者。

首先进入读者视线的这个人物作者"我"是圣·普乐:

"我充分认识到我应该逃避您,我本不该有所希冀,或者根本不该看见您。可是如今怎么办?我如何是好……我希望我决不会对您冒昧说些您不宜听取的话,也决不会失掉我对于您的品德的尊敬,更甚于对您的门第和美貌的尊敬。假如我受苦,那我至少可以独自一人受苦来自慰,我不愿以您的幸福为代价来求得自己的幸福……"

第一卷第一封信是"我"——圣·普乐爱上他的学生朱丽后,写给朱丽的第一封表白信,向她诉说了自己的感情,以及自己内心的矛盾和复杂的心情。紧接着是另一个"我"——朱丽的声音:

"我被一个可恶的引诱者一步步地拖进陷阱中去,我看到了我正在奔向可怕的悬崖,却不能止步……我心灵里丝毫没有邪恶的倾向。谦逊和诚实是我所珍视的,我喜欢在我的简朴和勤劳的生活里培养这些美德。但如果上苍排斥它们,那我的努力还有什么用。从我第一次不幸见到你那时开始,我就感到了那毒化我的感觉和理智的毒素,我从最初的一瞬就感到了……我完全没有放松努力去阻止这有害的激情的发展。"

这段描写是朱丽收到圣·普乐的信后做出的回应,诚实地写出了自己对他同样的感情以及面对这种激情时的无助、矛盾。另外还有参与故事发展的写信人克莱尔的声音:

"我早就担心你现在的哀叹不幸了。我对你说了多少回,可你就是听不进去……这是盲目自信的结果……啊,现在这些话说也是白搭了。毫无疑问,我当时无疑会把你的秘密泄露出来,假如这样做能挽救你的话。但我对于你那太敏感的心知道的比你清楚,我看出它在受那吞噬一切而无法扑灭的火的煎熬……"

克莱尔属于置身这个爱情故事外的一个人物作者,对于所描写的人物、事件会有一个比较客观的角度,给小说增加了另外一个不同的声音,而且这个声音是和朱丽、圣·普乐的声音同样重要的,是不可或缺的。在这里,每一个在故事内部参与信件写作的人,即人物作者,都发出了自己的声音,每一个"我"都从自己的心理角度、立场出发直接讲出了自己的所思所想、所见所闻,并且这些声音是处在同一层次上的。正是由于他们这些声音的存在,故事才得以展开,共同构成小说的整体。

(2)人物读者的声音。在《新爱洛伊丝》中,有多个写信人,人物作者和人物读者的角色是随时可以互换的。也就是说,人物读者参与了书信的写作,也就自然而然地发出了自己的声音。作为"我"的聚焦对象的人物读者,在收到信件进行阅读的时候,是信件的接收者,是人物作者的人物读者。人物读者需要对所读信件做出回应的时候,就有了自己的声音,有了自己的个性,使自己的角色由人物读者变成了人物作者,进而开始有个性的叙事。尽管这个叙事依然是以"我"的讲述展开的,但是这个"我"已经进行了一种文本内的易位。这就使作品虚构的艺术世界里又增添了一个说话的声音,使得众多的、出自不同人物之口的声音共同构成了一个多声部的世界。

例如,在圣·普乐致朱丽的第二封信中,这样写道:

"小姐,在我的第一封信里,我多么荒唐,我不但没有减轻自己的痛苦,反而因为惹您生气而使自己的痛苦更为加深了,而且我觉得最坏的是使您郁郁不乐。您的沉默,您的冷冰冰的和矜持的神气,只是让我明白这个人太不幸了。"

这里的"小姐""您"是聚焦者圣·普乐的聚焦对象,是信件的直接接收者,是人物作者的人物读者朱丽。而到了第四封信中,人物读者朱丽则换位成了人物作者,不再保持沉默,开始表现自己的内心,说出自己的心声:

"我终于只得承认这掩饰得不很高明的致命的秘密了,有多少次我曾发誓,只能让它跟我的生命一起离开我的心,你的生命处于危险中,这使我不得不倾吐心中的秘密,它从我的心房泄露出来,于是体面丢失了……"

她针对圣·普乐的几封信的表白做出了回应,大胆说出了自己的心声,表达了自己的爱。

(3)来自作品外部的叙述者的声音。在这些声音之外,还有来自作品外部的叙述者的声音,读者们可以把这个叙述者等同于人们通常意义上所认识的作者。在作品的序言中有这样一段话:"……我虽然只挂了编者的名义,但我自己也参加了本书的写作,这我不想隐瞒。"这就透露出小说的真实作者卢梭尽管一再强调自己只是书信的编者,并不是小说中书信的写作者,也就是说他放弃自己的权力,不打算在自己作品中发声,而让艺术世界中的人物自己来描写,即由"我"来担当叙述者。但是这里他又说自己也参加了写作,那么他的声音必然在作品中会出现。并且由于采用了"我"的叙述,就使得小说世界和故事外的叙述者拉开了距离,形成了一种反讽的意味,这就构成了"我"与人物之间的潜对话原则。

3.《新爱洛伊丝》艺术上的创新

作品在艺术上也有很多创新。首先,作为书信体小说,它提供并实现了这样一种可能性:不是以故事情节的发展为主线索,而是通过一幅幅生动的图画,通过人物内心的独白,表现故事的侧影,使得故事成为背景,而在这个背景之下清晰地呈现出的,是人物内心的思想和感情。在这一点上,《新爱洛伊丝》与当时流行的小说正好相反。其次,它的语言总是形象化的,可是这些形象都是没有确切性和连贯性的,它是局部混乱的,但整体是浑然一体的。最后,这部小说像一扇窗口,通过人物的内心独白,展示了一个广阔的世界,涉及宗教、文化、历史和当时的诸多社会现实问题。作为一种新兴体裁,它既是一部抒情小说,优美的笔调饱含着浓烈的情感,也是一部教育小说,其中包含着对青年思想与生活的启示:感情是自由的,可以冲破宗教观念与门第观念的束缚;但美德却是必需的,它胜于放纵与堕落。总之,这是一部具有历史意义的开创性小说。然而,在它的丰富内涵中,最突出、最重要的特点还是它将爱情作为人类崇高美好的情感加以热情歌颂,并尽情歌咏大自然旖旎的风光,字里行间都充满了"善感性"。而所有这些,正是浪漫主义的重要特征。

4. 文本选读

### 朱丽致克莱尔

表妹,你是不是想一辈子都去痛悼那个可怜的莎约特呀? 你难道想为了死人而忘掉活人吗? 你的哀痛是无可厚非的,而且我也与你一样悲痛。但是,难道一辈子都这么哀伤下去吗? 自从你母亲仙逝,她全心全意地照顾你:她更像是你的好友而非女管家;她疼爱你,而且因为你爱我,她也爱我;她一直都在教育我们知书达理和正直诚实。这些我全都清楚,我亲爱的,而且我也乐意承认这一点。但是你也得承认,这位大妈在我们面前也是口没遮拦的,她毫无必要地向我们讲了一些最不该讲的私房话。她老是跟我们讲些男欢女爱、她年轻时的风流韵事、男人们的种种伎俩什么的。为了让我们不致中了男人们的圈套,如果说她没有教我们给他们设陷阱,那她至少是在教给我们许许多多的少女们本不该知道的事情。对她的去世,你应该自我安慰,当是丢弃了一个必然会得到补偿的损失吧。在我们的这种年龄,她的说教开始变得危险起来,也许是上苍见她一直与我们在一起很不好，才及时地把她带走的。你应记住在我失去一个最好的兄弟时，你对我说的那些话。难道对你来说，莎约特比他更宝贵吗？难道你应该更悼念她吗？

回来吧，我亲爱的，她已不再需要你了。唉！当你在浪费时间无谓地痛悼时，你怎么就毫不担心自己会让别人伤心呀？你深知我的内心苦处，你怎么就不担心你的朋友掉入只要你出现就可避免的危险之中呢？啊！自从你走了之后，发生了多少事情呀！要是得知我因不谨慎而遇到了多大的危险，你会吓得发抖的。我想从中解脱出来。但是，我不能向随便某个人讲，只有你我可以推心置腹。所以你就赶快回来吧。我知道你对那可怜的保姆的关怀是应该的，可是我才是最需要你关怀的人呀。她人已不在了，你应该关心的是她的家人，而在这里我俩一起去关注他们要比你独自待在乡下更好，既可让你了却报答的心愿，又可让你兼顾友情的义务。

我父亲走了以后，我们又恢复了从前的生活方式，我母亲不怎么离开我了，不过这是习惯使然而非不信任所致。但社交活动仍旧占去了她不少的时间，而她又不愿放弃这些活动来管我的学习，于是巴比就代替她，漫不经心地照看着我。尽管我觉得这位老大妈非常可靠，但我仍旧不敢把这事告诉她。我还是愿意既保险又不失去她的敬重为好，而只有你能让这一切协调起来。回来吧，我的克莱尔，赶快回来。你不在，我也懒得去上课，我还担心变得太有学问了。我们的老师不仅是一个优秀的人，还是一个有道德的人，但这样一来反倒更加让人担心。我对他太满意了，反而对自己不满意起来：在我们这种年龄，和他这种年龄又极其有道德的人在一起，两个姑娘要比一个姑娘更合适些。

## 第三节 德国的启蒙运动与歌德的《浮士德》

德国自 17 世纪"30 年战争"之后,国家四分五裂,众多大小诸侯割据争霸,政治腐败,经济落后,人民生活贫困异常。反对封建专制制度和宗教特权,统一国家,是德国人民的当务之急。但是,德国资产阶级成长缓慢,力量分散。到 18 世纪中叶,资产阶级虽然有所发展,却仍然软弱无力,没有革命的勇气。18 世纪德国政治、经济、文化的落后,决定了德国启蒙运动的特点,它的首要任务不是进行政治斗争,而是通过统一的民族文化和民族戏剧来达到民族统一的目标。因此,德国的启蒙运动只是局限在文学艺术和文化思想领域里的改革运动。

在 18 世纪 40 年代以前, 德国的启蒙文学主义的内容是在古典主义原则下进行戏剧改革,代表人物是莱辛。18 世纪 70 至 80 年代,德国发生了声势浩大的"狂飙突进"运动,它具有激烈的反叛精神和浓郁的感情色彩,似乎与崇尚理想的启蒙运动不同,但是实际上它与启蒙运动的反封建方向一脉相承,可以说是德国启蒙运动的继承和发展。

### 一、歌德的生平与创作

1749 年 8 月 28 日,歌德出生在美因河畔法兰克福。1765 年遵父命到莱比锡大学学习法律,三年后,因咯血辍学回家养病。1770 年,病愈后到斯特拉斯堡继续学习,翌年获法学博士学位。但对歌德来说,最大的收获却是在这里结识了赫尔德尔这个"狂飙突进"运动的领袖。在赫尔德尔的影响下,歌德加深了对莎士比亚的认识,并且开始重视民歌,向民歌学习,这对他日后的创作有良好影响。

18世纪的德国是一个分裂的国家,存在300多个独立的小邦,还有1 400—1 500个骑士庄园。名义上虽然有一个统一的"德意志民族神圣罗马帝国",实际上那只是个摆设。一个大帝国分裂得这样七零八落,其经济的落后和思想的混乱也就可想而知了。虽说穷则思变,但在德国,政治上的变革还提不到日程上来,只是在文学上出现了喷火口。18世纪初,德国产生了启蒙运动,特别是到18世纪中叶,莱辛进入文坛,以其旗帜鲜明的剧作向封建专制制度展开了猛烈的攻击。接着在18世纪70年代至80年代中期,"狂飙突进"运动崇尚者发起了"狂飙突进"运动。"狂飙突进"运动崇尚天才,主张"返归自然",曲折地表达了反封建、反教会,要求肯定个人价值的资产阶级革命思潮。

歌德是"狂飙突进"运动的主将。在这一运动的鼓舞下,1773年他发表了剧本《葛茨·冯·伯里欣根》,次年又发表了轰动欧洲的《少年维特之烦恼》,一举成为德国公认的大作家。

1775年,歌德受卡尔·奥古斯特公爵的邀请,进入撒克逊-魏玛公国。他想在政治上一显身手的热望,终于以失望告终了。1786年,他在失望之余,从魏玛宫廷悄悄出走,去意大利旅行。直到1788年,才以解除一切政府职务为先决条件,又回到魏玛。起初还负责魏玛剧院和文学艺术事务方面的领导工作,后来干脆过起隐居生活,潜心著述,在1831年完成了《浮士德》这部巨作,然后在1832年3月去世了。

二、《浮士德》

1.《浮士德》的创作过程

歌德的《浮士德》断断续续写了60年。

　　1769 年，歌德在喜剧《同谋犯》中第一次提到浮士德，说明这时他已经在构思。正式写下来，是 1773 年至 1775 年的事。1777 年，歌德曾在魏玛宫廷中朗诵过。他当时没有发表，后来也没有保存手稿。但当时有个宫廷女官抄了一份。1887 年，抄本被发现，后人就称这部未完成的《浮士德》为《初稿浮士德》。《初稿浮士德》总共 21 场，葛瑞琛悲剧就占了 17 场。这其实只能算一个爱情悲剧，是典型的"狂飙突进"时期的作品，与《少年维特之烦恼》是同一路数的。这说明青年歌德还驾驭不了这么重大的题材。这是第一阶段。

　　《浮士德》写作的第二阶段是 1788 至 1790 年。歌德漫游意大利时，又想起了《浮士德》，回来后根据草稿对原先写的做了一些修改，又增写了"魔女的丹房"和"林中石窟"两场，1790 年以《浮士德片段》为名发表。这是《浮士德》第一次问世。

　　第三阶段是 1797 年至 1808 年。1795 年，歌德与席勒订交后，又想起了这部未完成的作品，在席勒的敦促和帮助分析下，歌德又动起手来。但直到席勒逝世（1805 年）后，1806 年才完成第一部，并于 1808 年发表。在这段时间里，歌德还考虑好了，决定将这一悲剧分为上下两部来写，第二部的写作提纲也初步拟定好了，还写了第二部的核心部分"海伦"（1800 年）。

　　第四阶段是 1825 年至 1831 年。在这次中断的近 20 年里，歌德有时已失去信心，估计完不成这部作品了。但到 1825 年，已经 76 岁高龄的歌德，又豪兴大发，拾起这似断若续的思绪勤奋地写作起来。在日记里，他称第二部的写作为"主要事业"。他在 1831 年 7 月 22 日的日记中写道："主要事业完成。最后誊清稿。全部誊清稿装订成册。"这部巨著终于完成以后，歌德将全部手稿装在袋子里封存起来，决定等他去世以后再发表。但

1832年初,离他去世两个多月前,他又启封袋子将手稿拿出来,进行了最后一次修改。

2.《浮士德》故事内容

魔鬼梅非斯特与上帝打赌,认为人类因无法满足的追求终将导致其自身的堕落,而上帝却认为,尽管人类在追求的过程中难免会犯错误,但最终能够达到真理。于是,二人打赌,由魔鬼梅非斯特下到人间去诱惑浮士德。

浮士德此时已是一个年过半百的老学者。他毕生都在孜孜不倦地博览群书,钻研各种学问,以求洞解自然的奥秘,然而直到垂垂暮年,他才恍然大悟:这些知识其实毫无用处,而他自己置身其中的书斋形同牢狱,使自己与大自然隔离了。他痛苦得想自杀,这时,魔鬼梅非斯特出现了,他答应做浮士德的仆人,许诺带他重新开始人生的历程,但有一个条件,就是一旦浮士德感到满足,灵魂便归魔鬼所有。浮士德同意,并与魔鬼订立了契约。

浮士德饮下魔汤,变成了翩翩少年,并与平民少女格蕾辛相恋。格蕾辛对浮士德一往情深,为了幽会,她无意中害死母亲,并慑于社会舆论的重压亲手溺死了与浮士德所生的孩子。格蕾辛被判死刑,当时,浮士德正与魔女欢会,等他闻讯赶来营救时,格蕾辛已精神失常,甘愿受刑而无意逃走。浮士德在悔恨中离去。上帝宽恕了善良的格蕾辛。第一部到此结束。

第二部开始,浮士德在美丽的大自然中治愈了心灵的创伤,随魔鬼来到了神圣罗马帝国的皇宫。当时王朝一片混乱,浮士德以多发行纸币的办法缓解了财政危机。皇帝异想天开,要求浮士德招来古希腊美女海伦以供观赏。魔鬼施展法术,于是香烟缭绕之中出现了海伦和特洛伊王子帕里斯的幻影。对政治大失所望的浮士德对海伦一见倾心,在人造小人荷蒙库路斯的帮助下,浮士德如愿与海伦结合,不久海伦生下一子,名为欧福里翁。欧福里翁生来喜爱高飞,渴望战斗,听到远方自由的呼唤,他如闻号令,奋不顾身地向高空飞去,不幸陨落在父母脚下。海伦悲痛欲绝,不顾浮士德的苦留,腾空飞去,只将她的白色长袍和面纱留在了浮士德的怀中。它们化为云朵把浮士德托到空中,飞回了北方。浮士德对古典美的追求,又以幻灭而告终。

浮士德在空中看到波涛汹涌的大海,顿时产生了征服大海的雄心,借魔鬼之力,他帮助一个皇帝平定了叛乱,得到一片海边的封地。按照浮士德的命令,魔鬼驱使百姓为他移山填海,变沧海为桑田。此时,浮士德已是百岁的老人,忧愁使他双目失明。魔鬼命死魂灵为他掘墓,浮士德听到铁锹之声,还以为是群众在为他开沟挖河,想到自己正在从事的伟大事业,他不由得脱口赞道:"你真美啊,请停留一下!"浮士德依约倒地而死。魔鬼正要夺走他的灵魂,这时天降玫瑰花雨,化为火焰,驱走了魔鬼。天使将浮士德接至天上,见到了圣母和已为赎罪女子的格蕾辛。

3. 浮士德形象分析

浮士德探索人生真谛的历程是痛苦的。第一部从"天上序曲"开始,天主与魔鬼梅非斯特展开了关于人类灵魂善恶的赌赛。梅非斯特是这样描述浮士德的:

> 他野心勃勃,老是驰骛远方,
>
> 也一半明白到自己的狂妄;
>
> 他要索取天上最美丽的星辰,
>
> 又要求地上极端的放浪,

不管是在人间或天上，

总不能满足他深深激动的心肠。

　　浮士德虽年过半百，但却从未停止过追求，这一点，无论梅非斯特还是上帝都很清楚，但是，上帝和魔鬼对浮士德无限追求的本性所持有的价值评判却是截然相反的。在上帝看来，浮士德始终是他的仆人，虽然这个仆人服务于上帝时难免有错误，"人在努力时总是难免迷误"。所以，上帝认为浮士德最终是一个归属于无限神性的灵魂，浮士德精神是向善的精神。魔鬼的看法却与上帝不同，他认为浮士德的精神并不来自彼岸的天国，而是来自地狱，浮士德不但不能归属于天庭，反而终将坠入地狱，一步步陷入魔道。上帝和魔鬼谁也说服不了谁，为了验证到底哪种观点是正确的，哪种观点是错误的，在上帝与魔鬼之间就出现了一场赌赛。上帝与魔鬼都认为自己稳操胜券。

　　浮士德的一生是执着实践的一生，在他身上有一种活力，表现出一种对人的存在意义进行锲而不舍的探求、勇于实践的精神。他是一个自强不息的探索者。他肯定人的精神力量和向上向善的要求，相信人们一定能建设理想的社会，创造美好的未来。他对人生有着坚定的信念，为了人生的真义，为了体察那短暂的、至善至美的一瞬，他不惜以灵魂作抵押。在"天上序曲"中，歌德借上帝之口对浮士德的形象做了一个预言性的评价："一个善人只要努力向上就不会迷失正途。"而在诗的结尾部分，又通过天使的话，给浮士德的这种精神下了结论："凡是自强不息者，到头我辈均能救。"而浮士德一生的探索，从他在书斋中领悟到"泰初有为"到他得到"要每天每日去开拓生活和自由"的结论，自始至终都表现出一种坚忍顽强、超乎常人的毅力和品格。作者让他去经受各种诱惑和考验：同梅非斯特打赌,激起他重新探索的信念;恋爱的悲剧使他不再追求感官的享受;从政的悲剧使他逃避现实;古典理想的幻灭,使他重新回到现实中寻找实现理想的途径。他永不满足,永不示弱,探求不止,始终向上向善。而这种浮士德精神正是上升时期资产阶级精神面貌的真实而生动的写照,符合人们应追求的生活理想,把人们引向为崇高理想而奋斗不息的伟大道路。

同时,浮士德是"普通人类的代表"。在两个赌赛中,争论的都是关于人生的理想及如何实现理想的问题,所以浮士德形象实际上成了人类的代表,具有鲜明的二重性。一方面他不可避免地受到生命本能情欲的驱使,常常沉迷于名利、地位、权势、女人等现实欲求之中;另一方面,他又未被个人欲求和现实所迷惑,而是一次又一次勇敢地超越了自我,不断走向新生活。

> 有两个灵魂住在我的胸中,
>
> 它们总想互相分道扬镳;
>
> 一个怀着一种强烈的情欲,
>
> 以它的卷须紧紧攀附着现世;
>
> 另一个却拼命地要脱离尘俗,
>
> 高飞到崇高的先辈的居地。

这种矛盾性也正是上升时期资产阶级二重性的表现。一方面是浮士德想节欲精进、追求真理、创造事业,具有进取精神的一面;另一方面,他执着地迷恋于人世的享乐,又具有贪图享受、软弱妥协的一面。浮士德精神上的弱点,给魔鬼的诡计制造了可乘之机,而他追求真理的内在要求,又使他获得了战胜诱惑的力量。在他前进的道路上既存在着理想和现实的矛盾,又存在着自身两种倾向的矛盾,他在克服内外双重矛盾的斗争中艰难地奋进，表现了孜孜不倦、永不停息的毅力和品格。他身上的这种"灵"与"肉"、"善"与"恶"的矛盾，体现了作者辩证法的思想，同时表现了人类探求真理的艰巨性。

4. 梅非斯特形象分析

魔鬼梅非斯特是世界文学史上一个罕见的文学形象。他在诗剧《浮士德》中可谓一个关键的形象，或一个关键的精神要素。关于什么是魔鬼，歌德认为，魔鬼是一个虚无的、否定的东西，但是这种虚无和否定不是有限意义上的虚无和否定，而是绝对意义上的虚无和否定，正如梅非斯特所唱的：

> 我是经常否定的精神！
>
> 原本合理；一切事物有成
>
> 就终归有毁；
>
> 所以倒不如一事无成。
>
> 因此你们叫作罪孽、毁灭等一切，
>
> 简单说，这个'恶'字便是我的本质。

对于这种虚无的本性，梅非斯特不但具有清醒的意识，而且他企图用虚无来解释一切。在他看来，宇宙间的万事万物都源于虚无，从虚无中来又到虚无中去。梅非斯特之所以敢反抗上帝，正因为他不畏惧上帝，认为不但万事万物本源于虚无，乃至上帝也是从虚无中产生的，宇宙中没什么神圣不可侵犯的东西，也没有什么永恒不毁的东西，一切都在运动，一切都在变化，一切都在否定之中，即便上帝这位至尊亦是如此。在第一幕梅非斯特与浮士德的辩论中，魔鬼就把他的本性说出来了，他说：

> 我是一体之一体，

这一体当初原是一切，

后来由黑暗的一体生长光明，

骄傲的光明便要压倒黑暗母亲，

要把它原有的地位和空间占领。

不过它无论如何努力都不能成事，

因为它总是依附于各种物体。

它从物体中流出，使物体美丽，

物体却又阻碍它的行程；

所以我希望，要不了多久，

它就和物体同归于尽。

对此，当时的浮士德还是无法接受的，他认为梅非斯特自不量力，他说：

"你胆敢用冷酷的魔拳，

对抗这永恒不息、

造福一切的力量，

可是你枉自摩拳擦掌。"

浮士德为什么这样说呢？因为此时的魔鬼尚未进入浮士德的生命，魔鬼所展示的否定还是外在的否定。梅非斯特自恃他是一切事物的根源，可以否定一切，但是，这种虚无的力量如果外在于人的生命，那将是无济于事的。梅非斯特深知这一点，也曾为之烦恼。他说道：

"我使用洪水、暴风、地震、烈火各种灾殃——

到头来海与陆依然无恙！

而人类和兽类这些该死的一伙，

我对它们简直是莫可奈何，

我已经埋葬了千千万万，

总有新鲜的血液不断循环！

这样下去真会叫人发癫！"

读者们看到，梅非斯特认为绝对的虚无和否定，如果不纳入生命之中，只是外在的否定，那它即便用烈火和洪水等灾难也毁灭不了世界，更毁灭不了人类。对于这种否定的力量，浮士德有权不屑一顾，魔鬼自身也会自我怀疑。但是，魔鬼如果仅仅是这样一种外在的虚无和否定，那他就不是浮士德精神中的魔鬼了，也不具有如此重要的意义了。梅非斯特意识到他不能停止在外，而应进入生命，作为生命之内在的虚无和否定。梅非斯特之所以与浮士德赌赛也正是为了进入浮士德内在的生命，只要浮士德走出书斋投身于生命之流，那他就必定要堕入魔道，沉沦于虚无。因此，对于梅非斯特来说，他与浮士德的赌赛必赢。

从上面的分析当中读者们可以看到梅非斯特是资产阶级上升时期的一个典型，他代表了资产阶级中的极端个人主义者。梅非斯特不相信浮士德能自强不息地奋进求成，不愿意看到他的事业会取得胜利，千方百计地想把他引入歧途，以便最终俘虏他的灵魂。他一手造成了格蕾辛的悲剧，毫无人性地对待她的痛苦和毁灭。他在帮助浮士德建立理想国的过程中，一把火烧毁了寺院、树林和民房，害死了一对无辜的老夫妇及客人。他还在公海上大搞"海盗、走私、战斗"等掠夺行径。这一形象集中表现了资产阶级原始积累时期个人主义冒险家、阴谋家的恶的本质。

5. 部分内容选读

浮士德：我为几百人开辟了空地，虽说不上安居，倒也行动自由，生活写意。田野葱绿而丰腴！人畜两旺，在这片新地上过得舒舒服服，立即定居在那山丘之旁，那可是勤劳勇敢的民夫挖的土方！堤内是一片乐土，堤外则是海浪向边缘猛冲……我真想看见这样一群人，在自由的土地上和自由的人民站成一堆！那时，我才可以对正在逝去的瞬间说："逗留一下吧，你是那样美！"我的浮生的痕才不致在永劫中消退。——预感到这样崇高的幸会，我现在正把绝妙瞬间品味。

（浮士德向后倾倒。鬼怪们扶住他，把他平放在地上）

梅菲斯特：任何喜悦，任何幸运都不能使他满足，他把变幻无常的形象一味追求；这最后的、糟糕的、空虚的瞬间，可怜人也想把它抓到手。他如此顽强地同我对抗，时间变成了主人，老人倒在这里沙滩上。时钟停止了——

合唱队：停止了！像午夜一样沉默了。指针垂下了——

梅菲斯特：垂下了！成了。

合唱队：过去了。

梅菲斯特："过去了！"一句蠢话。为什么说过去了？过去了和纯粹的无，全然是二而一！永恒的创造对我们有何意义？无非把被创造物抢过去，重新化为乌有！"它过去了！"这句话从中又有什么可读？无异于说它从不曾有过，即使有过，也不过是兜圈子，聊胜于无，我为此反倒喜爱永远的空虚。

# 第十章　19世纪文学

## 第一节　浪漫主义文学

浪漫主义作为西方近 300 年来影响尤为深远的文化思潮，是一种世界范围的文化现象。神秘莫测以及奇异怪诞是浪漫主义文学的基本特质，也是其抵制 18 世纪以来启蒙理性的一种特殊表现方式。浪漫主义作家无法承受上帝的隐退，因此借助审美力量传达出对宗教一如既往的依赖与热爱。对梦幻中世纪的遥望，对极端体验及无意识的书写，特别是对疯狂、梦幻及病态精神的迷恋，都打上了独有的美学趣味。就浪漫主义文学而言，其中隐含着对人性的深刻思考。启蒙运动倡导的进步、成功、乐观等明晰的价值观，对于那些视天才的活力、创造性及黑暗深渊意识为第一位的浪漫主义者而言，无疑是肤浅且脱离生存的。浪漫主义无法忍受生活本真诗意的丧失，他们对人类心灵深处的"幽暗的本能"具有异常清醒的直觉。这种非理性的诉求可以被称为人类的"酒神"冲动，是对抗理性精神的内在源头。它能够深入实存、无意识及自发的要素，去探讨某种具有创造性的本体精神。

浪漫主义是对统治文坛 200 年之久的古典主义的反驳。古典主义的理性原则日渐成为束缚创作的教条。新一代作家们开启情感的闸门,展开想象的翅膀,向古典主义传统发起了有力的冲击。浓重的感情色彩,自由的理想抒发,强烈的个性张扬,成为浪漫主义最突出、最基本的特征。在思想上,浪漫主义作家是启蒙运动的继承者。就文学的传承关系而言,英国的墓园派诗歌、哥特式小说和感伤主义文学,德国的"狂飙突进"运动,法国卢梭"回归自然"的追求,都直接影响了浪漫主义文学许多特点的形成。

**一、浪漫主义诗歌**

在这个时期出现了一批浪漫主义文学诗人,主要有海涅、华兹华斯、济慈、雪莱、拜伦等,下面主要介绍一下华兹华斯、济慈、雪莱、拜伦等人的诗歌。

**1. 华兹华斯**

华兹华斯是"湖畔派"代表作家之一。他的诗歌以朴素的口语,尽写大自然的秀美,常常会出现花、鸟等意象,体现出诗人对自然的情感依恋。同时,他的诗歌中还不断出现对于乡村人物的赞美,如乡间的小姑娘,甚至于乡间的乞丐等,无不是华兹华斯借以抒发对田园生活热爱情感的载体。例如,在《可怜的苏珊在梦想》中,诗人便借助生活在伦敦的小姑娘苏珊之口,表达了对乡村生活的留恋及对城市生活的厌恶。画眉的歌声使苏珊痛苦,因为她远离了乡村的山峦与树木。在苏珊所梦想的乡村:

> 她看见谷地中央的绿油油的牧场——
>
> 她常提着桶轻快地走向那地方;
>
> 还有间鸽窝一样的孤零零的小屋,
>
> 那是世界上她唯一热爱的住处。

诗人在诗中展现的完全是对乡村生活的美化描述,即情感定义。华兹华斯对乡间那所孤零零的小屋所暗示的贫穷与孤独的完全抹杀,对城市生活的诸多便利更是视而不见。这正是对以情感为核心的二元对立模式的生动阐释——在情感的作用下,城市失去了其进步意义,成为二元对立中"丑"的形象的代表,而乡村生活也摆脱了落后图景,成为对立的二元中"美"的化身。

## 2. 济慈

济慈不仅对现实的认知完全以情感为中心,在对抗他所厌恶的现实时采取的也是情感的出路。济慈在一首写于李·亨特出狱之日的诗中认为,李·亨特虽然被捕入狱,虽然饱尝痛苦,但却丝毫没有影响他精神的幸福。他"不朽的精神犹如奔腾升空的云雀一般自由闲暇,一般高兴"。牢狱之苦只是现实世界中凡俗的肉体痛苦,而精神是不受现实控制与羁绊的,永远会超脱于现实之上而享受快乐。事实上,正是现实的种种折磨与羁绊使济慈的逃离更加义无反顾。正如他在诗中所描绘的李·亨特:

> "你想他真在等待么?你想他只看见
>
> 牢狱的四壁,直到你十分不愿意地
>
> 开启牢门么?决不!他的命运远更幸福,
>
> 远更高贵!他在斯宾塞的厅堂中踯躅,
>
> 还在他美丽的花亭中驻足,采摘仙花;
>
> 他同大胆的弥尔顿飞过濆洞的天国:
>
> 快乐地翱翔,到了他真正的天才的境界。"

济慈抵制自身生活中的烦恼与痛苦的方法便是遁入诗歌的世界,在诗歌这片想象中的"金色王国"中体验美好,并执着地相信这种美好才是真正的永恒之美、幸福之乡。他在 1817 年写给约翰·汉密尔顿·雷诺兹的信中说:"我感到离开了诗歌我就无法生存——离开了永恒的诗歌——半天也不行——整天都离不开——我开始写点诗。"

3. 雪莱

雪莱的一生经历了很多,也为读者留下了不少的精神财富,代表作品有《解放了的普罗米修斯》《西风颂》《致云雀》等。

在《致云雀》这首诗歌中,开篇写道:

> 你好啊,欢乐的精灵!
>
> 你似乎从不是飞禽,
>
> 从天堂或天堂的邻近,
>
> 以酣畅淋漓的乐音,
>
> 不事雕琢的艺术,倾吐你的衷心。
>
> 向上,再向高处飞翔,
>
> 从地面你一跃而上,
>
> 像一片烈火的轻云,
>
> 掠过蔚蓝的天心,
>
> 永远是歌唱着飞翔,飞翔着歌唱。

雪莱以极其优美流畅的文字、新奇而富有深意的比喻赞美自己心目中的大自然精灵,将飞速上升的云雀比作"一片烈火的轻云,掠过蔚蓝的天心",将边飞边鸣的云雀比作"昼空里的星星",只闻其声,却不见其形。雪莱对于这一大自然的精灵,有着无比的遐想:"整个大地和大气,响彻你婉转的歌喉,仿佛在荒凉的黑夜,从一片孤云背后,明月放射出光芒,清辉洋溢遍宇宙。我们不知,你是什么,什么最和你相似?"

像一位诗人,隐身

在思想的明辉之中,

吟诵着即兴的诗韵,

直到普天下的同情

都被未曾留意过的希望和忧虑唤醒;

像一位高贵的少女,

居住在深宫的楼台,

在寂寞难言的时刻,

排遣为爱所苦的情怀,

甜美有如爱情的歌曲,溢出闺阁之外。

像一只金色萤火虫,

在凝露的深山幽谷,

不显露出行止影踪,

把晶莹的流光传播,

在遮断了我们视线的芳草和鲜花丛中。

　　雪莱将云雀比作隐身在思想的明辉之中的诗人、幽居深闺以歌解愁的少女、传播晶莹亮光的流萤、输送芬芳的玫瑰。云雀,这一大自然的精灵,有着自己的灵魂。在这里,与诗人心灵相对应、相沟通的,是小小的云雀。通过转向大自然,雪莱"找到一种秘密的交感同我们的心灵相应"。诗中几乎都是在写云雀,然而字里行间却又时时露出诗人自己的影子。云雀与诗人的灵魂相通相融,是诗人精神境界与艺术思想的负载者。云雀的振翅高飞、鄙离尘土体现着诗人执着奋进、弃绝世俗的态度。云雀的隐形不露,播撒歌声体现着诗人不求私利,只为唤起人间的爱与同情的高尚情操。雪莱在云雀身上尽情抒发了自己的理想;而同时诗人的情绪又是伤感的,因为他清楚地看到了高飞在上的云雀与徘徊于地面的自己的距离是那样遥不可及。这就是雪莱理想与现实的差距,于是诗人对云雀的歌颂,也就夹杂了疑虑、询问和叹惋的心情,这使得整首诗的情调由开头的轻快明朗渐渐转入含蓄清峻。

### 4. 拜伦

在拜伦的一生中创作了许多作品,其中最为人们所熟知的是《唐璜》《恰尔德·哈洛尔德游记》等。下面主要介绍一下《唐璜》这部叙事诗。在《唐璜》的开篇章节中,拜伦谈到了以唐璜为英雄入诗的由来。在这里,诗人追古溯今,讽刺了英、法史上追名逐利,甚至臭名昭著的"假英雄",而"真英雄"因不能在诗篇里留辉,犹如过眼烟云。因此,在诗人看来,唐璜就成了合适的英雄人选被载入诗中。拜伦笔下的唐璜不同于以往史诗中的英雄,他不是受英雄主义、集体主义精神驱使而又不失个性的阿喀琉斯和赫克托耳,也不是肩负国家和民族重任一往无前的埃涅阿斯,他并非基督教人文主义滋养下追求完美人格和人性的诗人,也并非像撒旦一般貌似英雄实则魔鬼的假英雄。勃兰兑斯曾这样描写:"唐璜不是一个罗曼蒂克的主人公,他的精神与他的性格都不太高过普通的人,但他是命运的宠儿,一个特别优美、骄傲、勇敢而幸福的人。"唐璜可以解读为在卢梭自然人性观影响下的拜伦,按照人性自然发展的规律而塑造出来的一个去伪存真的英雄。

《唐璜》所达到的高度绝非偶然,诗人在诗歌艺术上有借鉴、有创新。在讽刺艺术上,诗人借鉴了古典主义者德莱顿、蒲伯的手法。诗中,拜伦对备受统治阶级赞美的惠灵顿极尽讽刺之能事。"毁灵吞""杰出的刽子手"之类的反语，"'各族的救星'呀，——其实远未得救，'欧洲的解放者'呀，——使她更不自由"等倒笔的运用，极具讽刺效果。再看诗人对骚塞等"湖畔派"诗人狂妄自大、故步自封甚至甘作御用文人的奴性嘴脸的大肆鞭挞。

你原想在那道菜里唯我独尊，把其他啾啼的众生一一排挤，岂不知你用力过猛，宏图未展，倒使自己跌一跤，像一条飞鱼落在甲板上喘气。因你飞得太高，又缺水分，鲍伯呀，你可就死于干燥。

这一段绘声绘色的叙述对鲍伯的急功近利、弄巧成拙极尽揶揄之势。对拜伦卓越的讽刺技巧及其威力，莱斯利·马向予以高度的评价："他的讽刺或许是碎瓦片，但是带着这样的技巧和力量投掷出去，但凡击中了目标，后者便粉身碎骨。"拜伦对于自己深恶痛绝的丑恶现象，从来都是有的放矢，瞄准对方的要害部位，出手便能制胜。

在诗歌语言的运用上，拜伦也以古典主义为典范，他的诗和会话毫无二致，干净机智、自由流畅，恰如其分地表达出其思想。尽管拜伦声称自己"蔑视各种尺度，但斯宾塞的诗体与屈莱顿的两行诗体除外"，但他并没有采用蒲柏最拿手的英雄双韵体，而是调和了古典主义和浪漫主义原则，采用了一种新的讽刺模拟诗体。拜伦先是从英国诗人弗里尔的《僧侣和巨人》里得到了格律上的启示，更主要的灵感是来自意大利诗人普尔其、伯尔尼和卡斯提的作品。通过对意大利八行诗体进行改造，拜伦把原来每行八个音节改为更适合英语诗的十个音节，每行都是五音步抑扬格，交替押韵，最后两行改换韵脚押韵。改造后的诗体语言明白晓畅、口语气息浓厚，颇具音韵上的特色。不仅如此，新的诗体毫无拘束，充满幻想，惯用高潮突降法和怪诞不协调的事物，这些都在八行体中得到充分包容。拜伦的天才之处就在于，他古今兼收，英意并蓄，他总是善于发掘他人作品中可以为自己所用的元素,创造性地加以运用,以实现最佳的艺术效果。

## 二、雨果

### 1. 雨果的创作

作为 19 世纪文坛巨擘,雨果一生共创作 20 卷小说作品,其中尤以长篇小说最具代表性,皆具有磅礴的气势、起伏跌宕的情节、鲜明形象的人物塑造及发人深省的思想内涵,成为文学史上的经典,虽经岁月的洗练和冲刷仍岿然不动。

雨果一生跨度 80 余年,虽长久却也跌宕起伏,可粗略地分为三个不同的历史时期:流亡前、流亡中和流亡后。这三个时期都有大量著述面世且风格多有不同。流亡前,雨果的政治立场和文学思想未定,虽不断有佳作,但总体质量良莠不齐,既有不朽的名著《巴黎圣母院》和戏剧《克伦威尔》《欧那尼》,也有质量不高的《冰岛魔王》《布格·雅加尔》。流亡中的 19 年是雨果文学创作的高产期,《悲惨世界》《海上劳工》《笑面人》都在此时创作完成。1970 年,雨果回到阔别已久的祖国,这时的他已经是位年近 70 的老人,却一边参与人民的革命斗争,一边孜孜不倦地进行文字耕耘,这期间有一部长篇小说《九三年》和诸多诗集面世。

### 2.《巴黎圣母院》的戏剧化艺术

长篇小说《巴黎圣母院》是雨果所创作的一部戏剧小说。作品中波西米亚女郎爱斯梅拉达与教堂副主教克洛德·弗罗洛、教堂敲钟人卡西莫多、近卫军军官弗比斯之间,便被爱情与欲望这两种复杂的情感联结在一起,构成一个相互纠葛缠绕、难以割裂的紧密关系,以此为纽带形成典型的戏剧化人物结构。

巴黎圣母院副主教克洛德·弗罗洛为人虚伪、阴险,沉迷于炼金术,过着与世隔绝的生活,看似节制禁欲,却在内心之中燃烧着熊熊的罪欲之火。偶然间,他看见广场上跳舞的爱斯梅拉达,被其周身所散发的青春和美艳所吸引,由此陷入令他感到痛苦却难以自拔的情欲爱恋之中。而爱斯梅拉达本身就是美的化身,从头发到脚趾,无一不符合人们对美的希望与幻想,她的生活是奔放自由的,爱情注定是发自内心的、单纯的,不掺杂任何私心杂念。在遭遇副主教和卡西莫多的深夜劫持并被弗比斯解救之后,爱斯梅拉达对外表磊落俊朗实则风流浪荡的弗比斯一见倾心,将其视为自己的救命恩人及情感的依托,甘心匍匐于尘埃之中,把自己的精神、肉体统统献上,浓烈坦荡、舍生忘死,只求获得弗比斯丝毫的怜惜与微弱的情感。但是对于弗比斯这个情场老手而言,爱斯梅拉达只不过是一只充满诱惑的猎物,他对爱斯梅拉达所说的情话及表现出的些许温存,也只是始于情欲而终于情欲,实现对她浅薄的肉体的占有而已,毫无真心可言。在弗比斯被副主教刺杀,爱斯梅拉达身陷囹圄之际,他不仅对爱斯梅拉达的境遇毫不关心,还重新回到了表妹的怀抱,继续自己荒唐轻浮的生活。反观教堂敲钟人卡西莫多,他原本身心愚昧、呆滞盲从,完全臣服在自己的养父副主教为其设定的生活框架中,丝毫没有自己的意志和情感。但是在他因为劫持爱斯梅拉达而获罪,被绑在教堂的广场前示众,忍受养父的冷漠态度和众人的诅咒时,爱斯梅拉达却不计前嫌地为他送上了甘醇的清水,在缓解卡西莫多肉体痛苦的同时,还唤醒了他内心的情感,使其复活。

此时的卡西莫多开始重新审视养父的为人和自己所处的环境,引发并且加剧了二人之间的冲突和矛盾,最终彻底从养父的犬马转变成为爱斯梅拉达的爱慕者和守护神。在爱斯梅拉达的眼中,卡西莫多的外表丑陋不堪,十足一副怪物模样,她不仅对其可怕的外表心生厌恶,同时因其失语而无法与之交谈而隔膜渐增,最关键的是她无时无刻不为外表英俊、风度翩翩的弗比斯所倾倒,这就使得两人之间树立起一道道无法跨越的阻挠与屏障。爱斯梅拉达永远无法忽视弗比斯的存在而注意到卡西莫多心灵的美丽,卡西莫多也无法向爱斯梅拉达倾诉自己深厚纯粹的情感,无望获得她的谅解与爱。在这部小说中,雨果"把这样'三颗天生不同的男人心',拖进一场围绕带着山羊跳舞的女郎的爱情圆舞曲中",有人求而不得,有人却无从挣脱,只能在这种或灼热污秽,或真挚澄澈的情感操纵下,走向各自的悲剧结局。四人之间形成了一种相互依存纠缠的紧密关系,碰撞出强烈的戏剧性色彩。

在《巴黎圣母院》中,最后一章的情节设计也颇具代表性。在该章的开始,爱斯梅拉达跟随甘果瓦和克洛德·弗罗洛走出了教堂,原本已经获得自由,可以走向全新的人生旅途,但是克洛德却以爱斯梅拉达的生命对她进行威胁,迫使爱斯梅拉达在接受他的爱和走上绞刑架之间进行最后的抉择。爱斯梅拉达怀着对克洛德的恨与厌恶,拒绝了他的邪恶请求。克洛德在"得不到便毁灭"的变态心理驱使之下,将爱斯梅拉达交给了附近隐修室的隐修女,自己跑去向正在执行搜捕任务的军警传递消息。隐修女原本便因为被流浪的埃及女人偷走女儿感到痛苦和愤怒,所以对同样身为流浪民族的爱斯梅拉达怀有满腔仇恨,此时她有机会抓住敌人的手腕,更是恨不得将她立即杀死,这使得爱斯梅拉达重新陷入死亡的威胁难以挣脱。但就在她丧失求生信心的时候,却突然发现隐修女原本就是自己失散多年的母亲,千钧一发之际,母女二人得以相认。隐修女为了保护自己的女儿,将爱斯梅拉达拉进了隐修室里藏匿起来,爱斯梅拉达也因此暂时摆脱绝境重获希望。抓捕的军警随即赶来,在对隐修女进行盘问后,他们半信半疑地离开,想要到别处进行搜查。但是就在爱斯梅拉达将要彻底得救之时,她却因为听到弗比斯的声音而从隐修女的庇护中挣脱出来,暴露在追捕者的面前,最终被抓获而送上绞刑架。雨果在进行这一部分小说情节设计时,多次采取戏剧中常见的突转手法,可谓命悬一线、跌宕起伏。

3.《巴黎圣母院》节选赏析

格兰古瓦不顾一切跟上了吉卜赛女郎。他看见她牵着山羊走上了刀剪街,也跟了上去。

"干么不呢?"他暗自思考着。

格兰古瓦这位巴黎街头的实用哲学家早已注意到,跟随一个俊俏的女子而不知道她往哪里去,没有什么能比这样做更令人想入非非了。这是心甘情愿放弃自主自专,把自己的奇思异想隶属于另一个人的奇思异想,而另一个人却连想都没有想到;这其中是古怪的独立性和盲目服从的混合体,是在奴性与格兰古瓦所喜欢的自由之间某种莫名其妙的折中。

格兰古瓦本人基本上正是这样的混合体,既优柔寡断,又思想复杂,应付各种极端得心应手,总是悬挂在人性各种倾向之间,使各种倾向相互中和。他经常愿意把自己比作穆罕默德的陵墓,被两个磁石向相反的方向紧紧吸引住,永远徘徊于高低之间,苍穹和地面之间,下坠和上升之间,天顶和天底之间。

格兰古瓦如果活在我们今天,他会毫无偏向地站在古典派和浪漫派的正中间!

然而他没有原始人那样健壮体格,可以活上三百岁,这可真是遗憾!他的去世,时至今日,更使人感到是一个空白。

不过,要这样在街上跟踪行人(尤其跟踪行路的女子),这正是格兰古瓦乐意干的事儿，既然不知何处投宿，那没有比这更好的安排了。

于是他沉思默想走在那个少女的后面。她看见市民们纷纷回家去，看见这节日里唯独应该通宵营业的小酒店也纷纷打烊，便加快步伐，赶着漂亮的小山羊小跑起来。

"反正她总得住在某个地方吧；而吉卜赛女人一向心肠好——谁知道呢？……"他这么揣摩着。

在这种欲言又止的省略中，他内心当然盘算着某种相当文雅却又难以启口的主意。

他走过最后一些正在关门的市民家门前，不时听到他们交谈的片言只语，打断了他美妙盘算的思路。

突然两个老头在攀谈。

"蒂博·费尼克勒大爷，天已冷了，知道吗？"

（格兰古瓦从入冬就早已知道了）

"是的——知道，博尼法斯·迪佐姆大爷！今年冬天会不会又像三年前，就是80年那样，每捆木柴卖到八个索尔？"

"唔！那算不了什么，蒂博大爷，要是比起1407年冬天，那一年，从入冬前的圣马丁节一直到圣烛节都冰封地冻呀！那么寒冷，吏部的书记官坐在大厅里，每写三个字，鹅毛笔就要冻一次！审讯记录都写不下去了！"

稍远处，是两个街坊邻居的女人站在窗口，拿着蜡烛；由于雾气，烛火噼啪作响。

"布德拉克太太，您丈夫跟您讲过那桩不幸事故了吗？"

"没有。到底是怎么一回事，蒂尔康太太？"

"小堡的公证人吉尔·戈丹先生骑的马，看见弗朗德勒人及其行列，受了惊,撞倒了塞莱斯坦派修士菲利波·阿弗里奥大人。"

"真的?"

"千真万确。"

"一匹市民的马!这有点过分了!要是骑士的马,那就绝了!"

说到这里,窗户关上了。格兰古瓦的思路也就断了。

幸好,他很快就找了回来,毫不费力便接上了;这可全仗着吉卜赛女郎,凭着佳丽,因为她俩一直在他前面走着。两个都一样清秀,优雅,楚楚动人,她俩那娇小的秀脚、标致的身段、婀娜的体态,格兰古瓦赞赏不已,看着看着,几乎把她俩合二为一了:就聪明和友善而言,他认为双双都是妙龄少女;要说轻巧、敏捷、步履轻盈,又觉得两个都是雌山羊。

街道可是越来越黑暗,越来越冷清了。宵禁的钟声早已敲过,偶或在街上能遇见个把行人,在住家窗户上能瞅到一线灯光。格兰古瓦跟着埃及女郎,走进了那纠缠不清的迷宫,来到从前圣婴墓四周那数不清的小街、岔路口和死胡同,错综复杂,仿佛是被猫挠乱了的一团线。

"瞧这些乱七八糟的街道,一点也不合理!"格兰古瓦说道。在那千百条绕来绕去的罗盘路中,他晕头转向了,但是那个少女却顺着一条似乎很熟悉的路走下去,连想都不要想,而且步子还越走越快。至于格兰古瓦,要不是在一条街的拐弯处,偶然瞥见菜市场那块八角形耻辱柱的镂空尖顶的剪影,醒目地托映在韦德莱街一家还亮着灯的窗户上,那么,他真不知道身处何方哩。

有一会儿,他引起了吉卜赛女郎的注意;她好几回心神不安地掉头望了望他,甚至有一次索性站住,目不转睛地把他上上下下打量一番。这样瞧过之后,格兰古瓦看见她又像原先那样噘了噘嘴,随后便不睬他了。

她这一噘嘴，倒引起格兰古瓦的深思。毫无疑问，这娇媚的作态中含有轻蔑和揶揄的意味。想到这里，他低下头来，放慢脚步，离少女稍微远一些。就在这当儿，她拐过一个街角，他刚看不着她，就听到她一声尖叫。

他急忙赶上去。

那条街漆黑一团。但是，拐角圣母像下有个铁笼子，里面燃着油捻，格兰古瓦借着灯光，看见有两个汉子正抱住吉卜赛女郎，竭力堵住她的嘴，不让她叫喊，她拼命挣扎着。可怜的小山羊吓得魂不附体，奔拉着双角，咩咩直叫。

"快来救我们啊，巡逻队先生们！"格兰古瓦大叫一声，并勇敢地冲上去。抱住少女的那两个男人中一个刚好一回头，原来是卡西莫多那张可怖的面孔。

格兰古瓦没有逃跑，也没有再向前走一步。

卡齐莫多向他冲过来，反掌一推，就把他抛出去四步开外，摔倒在地；接着，反身拔腿就跑，一只手臂托着吉卜赛女郎，就好似拿着一条舒卷的纱巾一下子消失在黑暗之中。他的另一个同伴也跟着跑了。可怜的山羊在他们后面追着，悲伤地咩咩叫个不停。

"救命呀！救命呀！"不幸的吉卜赛女郎不停地喊着。

"站住，恶棍！把这个荡妇给我放下！"突然霹雳般一声吼叫，一个骑士从邻近的岔道上猛冲过来。

这是御前侍卫弓手队长，戴盔披甲，手执一把巨剑。

卡西莫多给吓呆了，骑士从他怀里把吉卜赛女郎夺了过去，横放在坐鞍上。等到可怕的驼子清醒过来，扑过去要夺回他的猎物时，紧跟在队长后面的十五六名弓手，手执长剑出现了。这是一小队御前侍卫，奉巴黎府禁卫长官罗贝尔·德·埃斯杜特维尔大人之命,前来检查宵禁的。卡西莫多一下子受包围,遭逮捕,被捆绑起来。他像猛兽似的咆哮,口吐白沫,乱咬一气。要是大白天的话,单是他那张因发怒而变得更加丑恶不堪的面孔,就足以把这小队人马吓得四处逃窜,这是无人会怀疑的。然而,黑夜剥夺了他最可怕的武器:他的狰狞面目。

在搏斗中,他那个同伴早已逃之夭夭了。

【赏析】

这段《巴黎圣母院》中主要出现了四个人:格兰古瓦、卡西莫多、吉卜赛女郎、队长。主要描写的是格兰古瓦副主教。身为副主教,他应该克制自己远离美色,更不应该觊觎美色,但是当副主教第一次看到了吉卜赛少女,就动了淫念,于是一路尾随而来,重点还想趁乱霸占那个美丽的少女,最后被卡西莫多给破坏掉了。在这样一个情节中,读者们看到了副主教被压抑的可怕的情欲,看到了伪善的、邪恶的面孔,也就是这样的面孔,衬托出了卡西莫多的善良和少女的美丽,在这种鲜明的美丑对比中,展开了故事和人物的描写,从而更加创造出主人公卡西莫多和吉卜赛女郎的美。

# 第二节　批判现实主义文学

19世纪30年代,在法国、英国等先进的资本主义国家里,出现了一股新的文学——批判现实主义。随后,它迅速发展成为全欧性的"19世纪一个主要的,而且是最壮阔、最有益的"文学潮流。西欧批判现实主义是资本主义确立、发展时期的产物,是这一时期激荡复杂的社会历史的艺术记录。

　　西欧批判现实主义文学正是这一特定历史时期的产物。三大阶级的矛盾日趋尖锐，资产阶级内部出现分化，特别是无产阶级的奋起反抗猛烈地冲击着资本主义社会，使资本主义制度固有的矛盾不可避免地暴露出来。"理性王国"幻影的消失，社会矛盾的深刻化和明朗化，使得"人们终于不得不用冷静的眼光来看他们的生活地位、他们的相互关系"。浪漫主义的激情已日渐式微，浪漫主义文学对社会的抽象抗议和对未来理想的空洞呼唤已远不能满足时代的要求。代之而起的是表现现实生活、再现社会风貌、深入解剖和努力揭示种种社会矛盾的现实主义文学。这股文学潮流，由于它对现存秩序鲜明、强烈的揭露和批判而被后人称为"批判现实主义"。

　　批判现实主义是在继承和发扬文艺复兴，特别是启蒙运动文学的现实主义传统的基础上形成的。在艺术与生活的关系上，它基本上采取唯物主义态度，主张艺术要真实地反映社会生活。19世纪上半叶自然科学的发展和唯物主义在哲学斗争中的进一步胜利，对现实主义创作方法的进一步发展产生了积极的影响。空想社会主义的传播更加强了批判现实主义的批判力。

　　就全欧而言，19世纪批判现实主义的发展，以1848年为界，可以大体分为前后两期。前期是从19世纪30至60年代，其发源地为法、英等西欧先进资本主义国家，逐步向东欧扩展。后期从19世纪60年代到19世纪末20世纪初，英、法、德等主要资本主义国家开始向帝国主义过渡，资产阶级由上升而走向没落反动。前期主要代表作家有司汤达、巴尔扎克、狄更斯、果戈理、陀思妥耶夫斯基等，后期的代表作家有福楼拜、哈代、托尔斯泰、契诃夫等，这些作家丰富了批判现实主义文学，为19世纪的欧洲带来文化的繁荣。

## 一、司汤达的《红与黑》

司汤达将这部作品取名为《红与黑》，颇有深意。"红"代表革命、军功和行伍生涯，"黑"则代表教士的黑袍、教会和教士的职业。其寓意是从前在拿破仑的帝国时代，年轻人，尤其是并非贵族出身的年轻人，可以参加革命的军队，凭着勇敢和手中的武器建功立业，出人头地，"边庭上一刀一枪，博个封妻荫子"。但时移境迁，拿破仑失败，封建王朝复辟，贵族卷土重来，他们和教会互相勾结，平民青年没有任何出路，只能以教士职业为晋身之阶。风雷叱咤、豪气干云的时代过去了，法国进入了一个钩心斗角、虚伪腐败、个性和魄力受到压抑的时期。《红与黑》的副标题《一八三〇年纪事》明白无误地指出，该书以小说的形式，通过于连与命运进行艰苦奋斗的短短一生，从不同的角度，淋漓尽致地反映复辟时期的阶级斗争。

《红与黑》不是历史，但胜于历史，它以感人的形象、跌宕起伏的情节，再现了复辟时期法国的社会百态。《红与黑》的情节围绕于连这个主人公展开，书中人物虽多，都不过是主角的陪衬。

这段话很长，他说着说着心里就有了底，他在仔细观察德·莱纳夫人。这就是完美的风度的效果，当风度乃本性天成的时候，尤其是有风度的人没有想到有风度的时候，就会有这种效果，于连对女性美是个内行，这个时候他会发誓说她只有二十岁。他突然生出一个大胆的念头，要吻她的手。他很快就害怕了，过了一会儿，他心想："一个可能对我有用的行动，一个可能减少这位美丽的太太多半会对一个刚刚离开锯木厂的可怜工人所怀有的轻蔑的行动，我若不去完成，那我就是个懦夫。"于连也许多少受到"漂亮小伙子"这个词的鼓舞,近半年来,他每礼拜日都听见一些女孩子这样说他。他的内心斗争不已,德·莱纳夫人跟他说了二三句话,告诉他开始时如何对待这些孩子。于连极力克制,脸色又变得苍白,很不自然地说道:"夫人,我绝不会打您的孩子,我在天主面前发誓。"

他一边说,一边大着胆子抓住德·莱纳夫人的手,拉到唇边。她对这举动吃了一惊,想了想,又觉得受到了冒犯。天气很热,她的胳膊光光的,只盖着披肩,于连把她的手拉到唇边的动作使她的胳膊完全暴露出来,过了一会儿,她责备起自己来了,她觉得她的气愤来得不够快。

德·莱纳先生听见有人说话,就从工作间里出来,用他在市政厅主持婚礼时的那种既庄严又慈祥的语气对于连说:"我必须在孩子们见到您之前跟您谈一谈。"

他让于连进入一个房间,他的妻子想让他们单独谈话,但被他留住了。德·莱纳先生把门关上,坐下,态度很严肃。

"本堂神甫先生对我说您是一个品行端正的人,这里的人都会尊敬您的,如果我感到满意,我会帮助您谋个小小的前程。我要求您不再和亲戚及朋友见面,他们的举止谈吐对我的孩子是不适宜的。这是第一个月的三十六法郎,但您要向我保证不给您父亲一个子儿。"

德·莱纳先生对那老头儿很恼火,因为在这笔交易中,那老头儿比他更精明。

"现在,先生,根据我的命令,这里的人都要称您先生,您将感到进入一个体面人家的好处。现在,先生,您还穿着短上衣,这让孩子们看见是很不成体统的。仆人们看见他了吗?"德·莱纳先生问妻子。

"还没有,我的朋友,"她答道,还沉浸在冥想中。

"太好了。穿上这件吧。"他对感到惊讶的年轻人说,把自己的一件礼服递给他。"我们现在到呢绒商杜朗先生那儿去吧。"

一小时以后,德·莱纳先生带着一身黑的新家庭教师回来了,他看见妻子还坐在老地方。有于连在,德·莱纳夫人感到心里平静了,她端详着他,忘记了害怕。于连可压根儿没想到她,尽管他对命运和人都不信任,此刻他的心情究竟还只是一个孩子的心情,他觉得打从他在教堂里发抖那一刻起,三个钟头以来,他已经生活了好几年了。他注意到德·莱纳夫人的冰冷的神情,知道她还在为他竟敢吻她的手而生气。然而,穿上一套与从前如此不同的衣服所产生的自豪感使他忘乎所以,他真想掩饰自己的快乐,却一举一动都露出生硬和狂乱。德·莱纳夫人望着他,吃惊地睁大了眼睛。

"庄重点,先生,"德·莱纳先生说,"假使您想获得我的孩子和我的下人的尊敬。"

"先生,"于连答道,"我穿着这身新衣服感到很不自在;我是个穷乡下人,我从来只穿短上衣;如果您允许,我去自己的房间了。"

"你觉得这个新收获怎么样?"德·莱纳先生问他的妻子。

德·莱纳夫人心中一动,几乎出于一种她自己肯定不曾意识到的本能,向她的丈夫隐瞒了真情。

"对这个小乡下人,我可不像您那么高兴,您的殷勤将使他变成一个傲慢无礼的人,不出一个月您就得打发他走。"

"好吧,那我们就打发他走,这不过破费我百把法郎,可维里埃城将习惯于看见德·莱纳先生的孩子有一位家庭教师。如果我让于连仍旧一身工人打扮,这个目的就根本达不到。打发他走的时候,我当然要留下我刚刚在呢绒商那儿做的这套黑衣服。他只能拿走我刚刚在裁缝那儿买的成衣，就是我让他穿的那一套。"

德·莱纳夫人觉得于连在房间里只待了一小会儿。孩子们听说家庭教师来了，围着她问个不停。终于，于连出来了。简直是换了一个人。说他庄重还不对，他真真是庄重的化身。他被介绍给孩子们，他跟他们说话的态度连德·莱纳先生都感到惊讶。

"先生们，我来到这里，"他在结束讲话时说，"是为了教你们拉丁文。你们当然知道背书是怎么回事。这是《圣经》，"他说，指给他们看一本三十二开黑面精装的小书，"特别是我主耶稣的故事，就是大家称为《新约》的那部分。我要常常让你们背诵，你们让我来背背看。"

最大的那个孩子阿道夫拿起书。

"请您随便翻开，"于连继续说，"找一段，把第一个字告诉我。我就把这本圣书，我们的行为准则，背下去，直到您让我停止。"

阿道夫打开书，念出一个字，于连就背下一整页，像他说法国话一样流利。德·莱纳先生望着他的妻子，好不得意。孩子们看到他们父母的惊讶表情，也都一个个睁大了眼睛。一个仆人走到客厅门口，于连还在说拉丁文。这仆人先是呆立不动，随即不见了。很快，夫人的女仆和女厨子来到门旁，这时，阿道夫已经把书翻了八个地方，于连总是背得那么流利。

这段内容是《红与黑》中《烦恼》这一章的节选，这是于连初次来到德·莱纳夫人的家，也是第一次见到德·莱纳夫人。从细致入微的心理分析和心理描写中，读者看到了这位年轻人的到来给德·莱纳夫人带来了新的生活。文章中写道："德·莱纳夫人心中一动，几乎出于一种她自己肯定不曾意识到的本能，向她的丈夫隐瞒了真情。"德·莱纳夫人显然心动了，这是一种美好的爱情的心动,她希望这个年轻人留下来,至少可以为自己无聊的生活带来新的血液。

## 二、巴尔扎克的《高老头》

### 1. 伏盖公寓

《高老头》中一开始就介绍了巴黎城内腐旧破败的伏盖公寓,巴尔扎克用"灰暗的色调和沉郁的气氛"描写了伏盖公寓和周围的环境,"这里路面干燥,沟里亦无泥水淤积,墙下杂草丛生""房子死气沉沉,墙壁散发出牢狱的气息"。从外面看去,房子里"百叶帘卷得有高有低,参差不齐""洗碗槽里流出来的油腻腻的污水"。走进饭厅里,摆放着"黏糊糊的食品柜""破旧发暗的水瓶",到处是"残旧、破裂、腐烂、虫蛀"的家具,哈喇味充斥着整个公寓。

伏盖公寓是穷人的住所,也是丑陋的巴黎的一角,腐旧的住所暗示了生活在这里的人们的贫穷,拉斯蒂涅就是在这样的环境下开始了他的巴黎生活。法国在资本主义经济体制下经济迅速腾飞,巴黎作为全法国政治和经济的中心是令人向往的去处。巴尔扎克故意描写了这里破旧的景象,穷人们腐旧的住所与富人们金碧辉煌的府邸形成了鲜明的对比。正是由于资本主义文明直接造成了人类社会贫穷与富有的巨大反差。这是任何一种自然界的力量都无法创造的一种奇异的现象,只有在人类的私欲下才会形成富裕和贫困共处的景象。拜金主义异化了社会生活中的人,也异化了人类生活的世界。在资本主义文明的冲击下,人类社会被改造成了一个非常极端的世界。

### 2. 金钱与亲情

书的最后写高老头在寂寞中死去,而他的女儿们因为金钱离开了父亲。纽沁根夫人爱慕虚荣，置父亲的死亡于不顾，自私冷血的形象令人印象深刻。可是当纽沁根夫人伏在拉斯蒂涅肩头哭泣，甚至花重金为拉斯蒂涅置办公寓，却仿佛是个深情厚谊的人，几乎令读者困惑。然而，众所周知，19世纪的上流社会，拥有情人也是一种时尚风潮。纽沁根夫人对拉斯蒂涅的情感不仅对她的名声毫无影响，还会因为收买了拉斯蒂涅而巩固自己在贵族社会的地位，因此她拼命从父亲手中榨取仅剩的金钱供拉斯蒂涅挥霍。在拉斯蒂涅的良知尚未泯灭的时候，他同情这位美丽的夫人，更同情那为了她付出一切的父亲。当埋葬了高老头之后，这位青年也埋葬了自己全部的眼泪。他终于也学会了上流社会这一套，背叛了纽沁根太太并娶了她的女儿，正如纽沁根太太背叛自己父亲的感情一样。他们在金钱面前慢慢扭曲自己的灵魂，埋葬了自己的亲情、爱情，这个资本主义社会就像是一个地狱，每个人就像是恶鬼，可憎、可恨、可怜。

第二天早上，皮安训和拉斯蒂涅亲自上区公所报告死亡；中午，医生来签了字。过了两小时，一个女婿都没送钱来，也没派人来，拉斯蒂涅只得先开销了教士。西尔维讨了十法郎去缝尸衣。欧也纳和皮安训算了算，死者的家属要不负责的话，他们倾其所有，只能极勉强地应付一切开支。把尸身放入棺材的差事，由医学生担任了去；那口穷人用的棺木也是他向医院特别便宜买来的。他对欧也纳说：

"咱们给那些混蛋开一下玩笑吧。你到拉希公墓去买一块地，五年为期；再向丧礼代办所和教堂定一套三等丧仪。要是女婿女儿不还你的钱，你就在墓上立一块碑，刻上几个字：

特·雷斯多伯爵夫人暨特·纽沁根男爵夫人之尊翁高里奥先生之墓

大学生二人醵资代葬。"

欧也纳在特·纽沁根夫妇和特·雷斯多夫妇家奔走毫无结果,只得听从他朋友的意见。在两位女婿府上,他只能到大门为止。门房都奉有严令,说:"先生跟太太谢绝宾客。他们的父亲死了,悲痛得了不得。"

欧也纳对巴黎社会已有相当经验,知道不能固执。看到没法跟但斐纳见面,他心里感到一阵异样的压迫,在门房里写了一个字条:"请你卖掉一件首饰吧,使你父亲下葬的时候成个体统。"

他封了字条,吩咐男爵的门房递给丹兰士送交女主人;门房却送给男爵,被他往火炉里一扔了事。欧也纳部署停当,三点左右回到公寓,望见小门口停着口棺木,在静悄悄的街头,搁在两张凳上,棺木上面连那块黑布也没有遮盖到家。他一见这光景,不由得掉下泪来。谁也不曾把手蘸过的蹩脚圣水壶,浸在盛满圣水的镀银盘子里。门上黑布也没有挂。这是穷人的丧礼,既没排场,也没后代,也没朋友,也没亲属。皮安训因为医院有事,留了一个便条给拉斯蒂涅,告诉他跟教堂办的交涉。他说追思弥撒价钱贵得惊人,只能做个便宜的晚祷;至于丧礼代办所,已经派克利斯朵夫送了信去。欧也纳看完字条,忽然瞧见藏着两个女儿头发的胸章在伏盖太太手里。

"你怎么敢拿下这个东西?"他说。

"天哪!难道把它下葬不成?"西尔维回答,"那是金的啊。"

"当然啰!"欧也纳愤愤地说,"代表两个女儿的只有这一点东西,还不给他带去么?"

枢车上门的时候,欧也纳叫人把棺木重新搞上楼,他撬开钉子,诚心诚意地把那颗代表妹妹俩还年轻、天真、纯洁、像他在临终呼号中所说的"不懂得讲嘴"的时代形象的胸章挂在死人胸前。除了两个丧礼执事,只有拉斯蒂涅和克利斯朵夫两人跟着拖车，把可怜的人送往圣·丹蒂安·杜·蒙，离圣·日内维新街不远的教堂。灵柩被放在一所低矮黝黑的圣堂前面。大学生四下里张望，看不见高老头的两个女儿或者女婿。除他之外，只有克利斯朵夫因为赚过他不少酒钱，觉得应当尽一尽最后的礼教。两个教士，唱诗班的孩子，和教堂管事都还没有到。拉斯蒂涅握了握克利斯朵夫的手，一句话也说不上来。

"是的，欧也纳先生，"克利斯朵夫说，"他是个老实人，好人，从来没大声说过一句话，从来没损害别人，也从来没干过坏事"。两个教士，唱诗班的孩子，教堂的管事，都来了。在一个宗教没有余钱给穷人做义务祈祷的时代，他们做了尽七十法郎所能办到的礼忏：唱了一段圣诗，唱了解放和来自灵魂深处。全部礼忏花了二十分钟。送丧的车只有一辆，给教士和唱诗班的孩子乘坐，他们答应带欧也纳和克利斯朵夫同去。教士说：

"没有送丧的行列，我们可以赶一赶，免得耽搁时间。已经五点半了。"

正当灵柩上车的时节，特·雷斯多和特·纽沁根两家有爵徽的空车忽然出现，跟着枢车到拉希公墓。六点钟，高老头的遗体下了墓穴，周围站着女儿家中的管事。大学生出钱买来的短短的祈祷刚念完，那些管事就跟神甫一齐溜了。两个盖坟的工人，在棺木上扔了几铲子土挺了挺腰；其中一个走来向拉斯蒂涅讨酒钱。欧也纳掏来掏去，一个子儿都没有，只得向克利斯朵夫借了一法郎。这件很小的小事，忽然使拉斯蒂涅大为伤心。白日将尽，潮湿的黄昏使他心里乱糟糟的；他瞧着墓穴，埋葬了他青年人的最后一滴眼泪，神圣的感情在一颗纯洁的心中逼出来的眼泪，从它堕落的地下立刻回到天上的眼泪。他抱着手臂，凝神瞧着天空的云。克利斯朵夫见他这副模样，径自走了。拉斯蒂涅一个人在公墓内向高处走了几步，远眺巴黎,只见巴黎蜿蜒曲折地躺在塞纳河两岸,慢慢地亮起灯火。他欲火炎炎的眼睛停在王杜姆广场和安伐里特宫的穹窿之间。那便是他不胜向往的上流社会的区域。面对这个热闹的蜂房,他射了一眼,好像恨不得把其中的甘蜜一日吸尽。同时他气概非凡地说了句:

"现在咱们俩来拼一拼吧!"

然后拉斯蒂涅为了向社会挑战,到特·纽沁根太太家吃饭去了。

【赏析】

故事的结尾,高老头一生为了两个女儿而活,他的女儿们一点一点搜刮了他所有的金钱而离他而去。直到他死去,再也没有金钱可以给予两个女儿时,他和女儿们的亲情也截止了,就连在生命的最后一刻,女儿们也没有来看他。当欧也纳为这个老头的葬礼奔走时,书中这样描述:"欧也纳在特·纽沁根夫妇和特·雷斯多夫妇家奔走毫无结果,只得听从他朋友的意见。在两位女婿府上,他只能到大门为止。"读者看到的是一个被金钱扭曲的亲情,在这样的社会中,人们的感情都被扭曲了。文章最后写道:"'现在咱们俩来拼一拼吧!'然后拉斯蒂涅为了向社会挑战,到特·纽沁根太太家吃饭去了。"终于这个年轻人拉斯蒂涅也投入这个资本主义金钱社会的洪流去了。

### 三、托尔斯泰的《复活》

长篇小说《复活》是于1889—1899年间完成的,列夫·托尔斯泰花费了十年精力创作出这部惊世之作。当时作者生活的19世纪80至90年代是俄国社会阶级矛盾空前激化的时期,社会大形势急剧转变。一方面是封建农奴制的进一步瓦解,资本主义急剧发展;另一方面是农民陷入极端贫困阶段,他们已经不能再按照以前的老样子生活下去,人民反抗斗争日趋高涨,希望推翻沙皇的黑暗统治并消灭贫困和各种社会不公平的现象。列夫·托尔斯泰在这一特殊的历史时期活跃在救济灾民的活动现场,他还在监狱和法庭现场进行过访问,这一系列活动帮助列夫·托尔斯泰从本质上认清沙皇统治的黑暗。这时他的世界观已经发生激变,他抛弃了上层地主贵族阶层的传统观点并且身体力行地从事社会劳动,以农民的视角再次观察社会现象。此时,在列夫·托尔斯泰的内心世界里对人生、对幸福都有了更深刻的感悟。下面从"博爱与宽恕"和"灵魂净化"来分析列夫·托尔斯泰的幸福观。

1. 博爱与宽恕

《复活》这部作品的开篇第一卷便引用了《圣经》中《马太福音》里彼得和耶稣的对话。彼得认为自己被他人侵犯,询问耶稣饶恕别人七次是否可以,而耶稣告诉他要到70个七次。把这个引文放在全书开头,足以见得宽恕的思想在《复活》这部作品中的重要性。列夫·托尔斯泰向人们传达"应该爱一切人"的思想,包括爱自己的仇敌,他反对使用暴力,提倡自我的心灵完善,在这种思想的影响下逐渐形成了"托尔斯泰主义",即"道德的自我完善,勿以暴力抗恶,博爱",这也是作品《复活》想要传达的核心思想。在这部小说中,"博爱"和"宽恕"趋于等同,本身想要做到"博爱"的难点就是人们很难宽恕那些伤害过自己、对自己犯下过错误的人,因为受到侵犯会给人的心灵带来创伤,这种创伤有可能严重发展并演变成仇恨的情绪。如果人和人之间没有包容和宽恕,整个世界将不会和谐融洽,人类也无法共同生存,更不可能获得安宁和幸福。列夫·托尔斯泰在小说中通过对人物的塑造或者假借书中人物之口传达出"博爱"和"宽恕"的思想。

自从和玛丽亚结识后,玛丝洛娃发现,不论在任何地方发生了任何情况，玛丽亚从来不考虑也不担心自己，她脑子里只想着别人，想着如何为他人付出，不管事情的难易程度如何都不会影响她的热情。她的一个同行的相识说玛丽亚就是爱做好事。这话一点也不假，情况原本就是这样的。在生命中让玛丽亚觉得高兴的事情只有为他人做好事，她发掘起这些事就像猎人找猎物那样自然和主动。这早就成了她不由自主的习惯了，也是生活中不可分割的部分。她做这一切的时候都是自然而然的，没有丝毫的不情愿和抗拒，所以但凡是和她认识的人有了麻烦事或者是需要帮忙，都会不由分说地来找玛丽亚。

玛丽亚是玛丝洛娃在服刑期间认识的女政治犯。玛丝洛娃曾经在混乱的社会生活里见识了形形色色的人，可是他们都是为了满足自己的欲望而不惜牺牲他人利益的人。但是玛丽亚却有着无私的博爱精神，不但爱一切人，还用实际行动来帮助一切人，没有丝毫的矫揉造作，全部是发自内心的、最真诚的意愿。出人意料的是，玛丽亚出身于富有的将军家庭，本来可以尽情享受养尊处优的小姐生活，但是博爱的天性让她无法享受这一切，她愿意同劳动人民相处，还因为主动承担了别人犯的错误而被判入狱。在监狱里，她不但把亲人寄给自己的东西无偿分给大家，还替每个人排忧解难，这是她生活最主要的存在意义。玛丽亚的博爱精神除了让她自己感到幸福，还给周围所有人带来了幸福和快乐，玛丝洛娃也因为受到感染而重新燃起希望。列夫·托尔斯泰通过玛丽亚这一人物的塑造表达出"博爱"的思想不但能给自身带来快乐幸福，同时还能让周围的人也对幸福生活更加向往。

## 2. 灵魂净化

法庭上，聂赫留朵夫作为陪审员出现，而玛丝洛娃则是一个女犯人，两人的社会地位悬殊。聂赫留朵夫认出玛丝洛娃后不断进行心理上的斗争，终于良心发现要为被诬陷的玛丝洛娃申冤。在这个过程中，聂赫留朵夫通过内心反省达到了精神上的自我完善，而玛丝洛娃则是在正直无私的政治犯玛丽亚和西蒙松的感染下重新拾起生活的希望和对美好生活的向往。他们二人通过不同的途径分别进行了心灵的洗礼，灵魂得到净化，对人生和幸福有了全新的认识。列夫·托尔斯泰立足于现实生活对人的精神世界进行深刻地探索，详细刻画了人从本性纯良到不断堕落，然后通过自我反思、真诚忏悔或是受到他人高尚情操感染来重新看待人生和幸福。列夫·托尔斯泰以完善人的道德修养和净化人的灵魂为出发点，向读者展示了一种全新的幸福观。

列夫·托尔斯泰在小说《复活》中最先设定了聂赫留朵夫灵魂得到净化的"复活"之路。

聂赫留朵夫不愿意去想这件事的元凶竟然是自己，可是一只无形的强大的手擒住他，聂赫留朵夫感到自己对这事难辞其咎。可是他假装着镇定，仿佛什么都没有发生，仍旧跷着腿、玩着眼镜，坐在最前排第二个座位上。但是在他的心里早就意识到自己是一个残忍的、卑劣不堪的坏人。这个结论可以通过很多事情得到印证，不只是曾经他对玛丝洛娃做了那样让人伤心痛苦的事，还有他的无所事事、生活不检点、一意孤行和洋洋自得。聂赫留朵夫的眼镜被一面神奇的帘子遮挡住了，他不能发觉自己的过错，也看不到自己的过去了，回忆都被挡起来了，可是帘子突然飘荡起来了，摇摇晃晃，让他可以看到以前没看见的那些往日时光。

这是聂赫留朵夫在法庭上认出玛丝洛娃后的心理波动。多年前诱奸后抛弃玛丝洛娃的他一步步在上流社会中成为一个纵情享乐的贵族老爷，如果不是在法庭上与玛丝洛娃戏剧性的重逢，聂赫留朵夫也许永远都不会回忆起曾经自己对这个天真烂漫的无辜少女所犯下的错误，就在自己的圈子里浑浑噩噩地过一辈子了。但是这次相遇像一双无形的大手，拉开了往事的帷幕，聂赫留朵夫开始反思自己的过错，感觉到玛丝洛娃沦落到如今的地步自己难辞其咎，如果不是自己玩弄了她的感情，她就不至于被赶出家门而靠卖弄色相为生。这是聂赫留朵夫精神上觉醒和复活的起点。曾在他心中死去的那个充满正义感的灵魂在这一刻又活了过来，聂赫留朵夫心中的善良信念慢慢苏醒，准备开始帮助他清理沉积在心中多年的污垢。

聂赫留朵夫自己描绘着和玛丝洛娃见面的场景，思索着要如何对她表明自己的心意，不但要把心里所想的一切告诉她，还要向她赔罪认错，他十分乐意用尽全部的力量去帮助玛丝洛娃，其中就包括通过与她结婚来弥补多年前自己对她犯下的错误和伤害，每当这些个念头涌入他的心里，聂赫留朵夫就会情绪不由自主地激动起来，眼镜被泪水弄得湿润。

在法庭相遇后，聂赫留朵夫开始不断进行心灵和精神上的反思。不但心里面承认了自己多年前所犯下的错误，他还要为这个错误承担后果。如今玛丝洛娃不但成了妓女，还被人诬告上了法庭，让她来承担一些莫须有的罪名，聂赫留朵夫更觉得自己罪孽深重，对自己的责备不断加深。明明是自己做了坏事，却让玛丝洛娃遭受本来不应该经历的无穷的灾难。此刻的他不但要想方设法帮助玛丝洛娃洗刷冤屈，还要把曾经亏欠玛丝洛娃的情感也一同弥补回来，而婚姻是他能想到的最好的、也是能让他感到最能赎罪的办法。这个办法一想出来，不但让聂赫留朵夫觉得如释重负，他还因此情绪激动而落泪，此刻的他在心灵净化的路途上向前又迈出了一大步。

由于过去陈旧的一些难以解释的不解，也是因为我犯下的错误导致玛丝洛娃被判刑。我去见了副检察长，还到过监狱那个地方，可是并没有得到批准，所以没有见到玛丝洛娃，可是我的心意是确定的，非要见到她不可，对她承认我曾经犯下的错误，还要在她面前悔悟，只有这样才能清洗掉我犯下的错误，我心甘情愿和她结婚。上帝救救我！我此时心里面好受多了，也重新有了盼望的事情。

列夫·托尔斯泰借助聂赫留朵夫表达出自己的观点：地主贵族阶级习以为常的骄奢淫逸的生活是令人作呕的，他们和贵妇人之间保持着暧昧关系，又玩弄普通女人的感情，在他们眼中只能看到金钱、自私的利益和无休止的欲望。这种人获得的快乐是物质上的，而真正的快乐和幸福绝不是这个样子，那些污浊的人在善念的指引下忏悔赎罪、改过自新，认识到自己的错误并且痛改前非，抛弃旧的恶习和生活作风，怀着光明美好、纯洁无私的信念前行。只有被净化了的灵魂才能重新感知到世界纯净的美好，才能体验到人和人之间真诚的情感，从而获得从来不曾有过的、从物质层面上升到精神层面的幸福感悟。

## 第三节　后期非主潮文学

19世纪最后30年，是欧美文学史一个重要的转折时期。主潮式的文学发展模式受到冲击，多元格局初步形成，是这个时期文坛的显著特点。作为19世纪中期主潮的批判现实主义文学仍在继续发展，并拥有一批重要的作家作品,俄国、挪威等国的成就尤其令人瞩目,但其"一统天下"的地位已开始动摇。在各种政治、社会、思想力量的影响下,无产阶级文学、自然主义、唯美主义、象征主义等流派带着各自的风采汇入历史的长河,它们或相互补充、交融渗透,或相互排斥、竞争发展,与批判现实主义分庭抗礼,构成多足鼎立之势。

巴黎公社文学是巴黎公社革命的直接产物,也是早期无产阶级文学的继续和发展。随着无产阶级登上历史舞台及其独立斗争的展开,19世纪30至40年代,在西欧一些工业发达的国家相继出现了萌芽状态的无产阶级文学,如法国工人诗歌、英国宪章派文学和德国的革命诗歌。法国工人诗群中最有影响的是以杜邦为首的"七星诗人",他们的诗作反映了工人的痛苦和对阶级压迫的不满。英国宪章派文学是声势浩大的宪章运动的一个组成部分。伦敦工人以《人民宪章》为旗帜开展的群众性斗争一浪高过一浪,先后在1838—1839年、1842年和1848年掀起三次高潮。在持续十年之久的运动中,涌现出一批以艾内斯特·琼斯和威廉·林顿为代表的优秀诗人,他们用自己的诗作宣传群众,鼓舞斗志,密切为宪章运动服务。在这个时期主要的代表作品有《恶之花》《羊脂球》《项链》等。

**一、《恶之花》**

《恶之花》是夏尔·波德莱尔(1821—1867)的一部诗集,一部有逻辑、有结构、有头有尾、浑然一体的书。《恶之花》被誉为法国"伟大的传统业已消失、新的传统尚未形成的过渡时期里开放出来的一丛奇异的花"。作品兼具浪漫主义、象征主义和现实主义的特征。

《恶之花》中的诗不是按照写作年代先后来排列,而是根据内容和主题分属六个诗组,各有标题,即"忧郁和理想""巴黎即景""酒""恶之花"

"叛逆""死亡",其中"忧郁和理想"分量最重。六个部分的排列顺序,实际上画出了忧郁和理想冲突交战的轨迹。

由100多首诗歌组成的《恶之花》,被诗人精心安排为六个有机组成部分,有序地展开诗人的精神探索。

第一部分,"忧郁与理想",写忧郁,也写理想。忧郁是沉重的,理想是渺茫的。穿行在沉重的忧郁中,寻找着难寻的理想。

第二部分,"巴黎即景",写的是诗人眼中的巴黎,或者说心中的巴黎。这不是美丽的城市,不是繁华的"花都",而是"熙熙攘攘的都市,充满着梦想的都市,幽灵在大白天里拉着行人的衣袖"。波德莱尔将诗歌的视野从浪漫主义的大自然拉到光怪陆离的现代大都市,让人看到的却是一幅幅畸形、变态的图画。

第三部分,以"酒"为题,写诗人的"以酒浇愁""以酒为乐"的无奈与悲凉。

第四部分,"恶之花",诗人从醉酒的幻景转向直面罪恶的"花朵"。

第五部分,"叛逆",是针对上帝的。在这里,该隐和撒旦都受到了赞美,因为他们是受害者、叛逆者。世人所希望的,是自己的灵魂能傍着撒旦"休息"。

第六部分,"死亡",在历经苦难、阅尽丑恶之后,死亡,是唯一的归宿、唯一的慰藉。死亡是一切的终结,但也是新的开始。

整首诗集以一首题为《旅行》的长诗作结,概括了诗人一生的求索。

1. 孤独浪荡子的卓尔不群

天空多宁静,大海多安详,

对于我却像是黑暗和血浆;

哎，我仿佛穿上了厚厚的尸衣，

让自己埋在这个荒岛上。

在你的岛上，啊，爱神，我找到一具

象征的绞刑架，绞杀的正是我自己的影像。

啊，上帝，请赐我力量赐我勇气，

好忍住呕吐来观看自己的灵魂和肉体！

只有真正绝望的人，才会对着宁静与安详，产生因渴望拥有但却无法拥有的遗憾与沉重的叹息，当渴望着自己被埋进无人的荒岛时，一定是内心孤独到了极点。波德莱尔如此独立而骄傲的灵魂，却渴求上帝赐予勇气，也许上帝的赐予无法解救诗人的灵魂，在他生命的最深处，他永远是只属于美——孤独、落寞、才情四溢、骄傲而浪荡。他评价自己是一个浪荡子。他认为浪荡子理应站在一面镜子前活着并入睡！这是怎样的浪荡子？在波德莱尔看来，浪荡子，绝不是那些浑浑噩噩之人，他们为着"美"而坚定地生活着。他们不断地憧憬着崇高。其实，波德莱尔一生都在追求着或者说是在要求着自己保持一个浪荡子的形象。卡蒂勒·孟戴斯曾这样描述他眼中的波德莱尔："身材修长，衣着得体，有点诡异，由于姿态中隐约露恐惧，使他显得几乎可怕。此外，还有高傲中带着优雅，惊恐中有一股英气。神情犹如一位极为考究的主教，像遭了天罚，为了旅行，穿上了世俗的华服，活像是布吕梅尔主教阁下。"

这是一种浪荡子的美，高傲中透着优雅，这美的特性便来自一股冷漠的神气和坚定自我的勇气。就如波德莱尔所言："好似有一股让人猜得出的潜在的火，它不能也不愿放射出光芒。"在这些看似冷漠、孤独的形象背后，是一种对完美的渴求。这不是所有的人都能企及的，但波德莱尔却视

367

之如命。

## 2. 妓女：恶中的至高享受

《恶之花》流传至今仍散发着历史的芳香,这芳香便是来自女人。女人是这世上天然的尤物,波德莱尔一生的痴迷。他用诗写尽对女人的爱——想要擅自拥有的爱、不敢靠近的爱、敬仰的爱、灵与肉交织的爱……其中,有一份爱来自妓女。

1841 年,20 岁的波德莱尔开始了他人生的第一次旅行。他搭乘前往加尔各答的"南海号"邮轮,开始了他的旅程。旅程原本是被逼而去的,但世间很多事皆如此,原本以为是不情愿的,却会收获一些意料之外的难以忘怀的记忆。《给一位马拉巴尔女人》一诗,便是他献给这次旅途里所结识的一位妓女的。皮亚在《波德莱尔》一书里认为,此诗正是因为"强凑韵脚及波德莱尔所称的'幼稚风格'",直到诗人去世了以后才被收入了《恶之花》诗集中。但其实,这首诗对诗人的影响却是终身的。他对这位妓女痴迷至深。诗人在留尼旺岛停留时,她在诗人眼中,闪现着令人着迷的异域之美。这种美,更加显出法国那些"肮脏的浓雾"。她赤足哼唱老歌,温雅而绚烂,诗人由此发问:"为何你想看看我们的法国呢?""为何要挥别你亲切的罗望子树呢?"

诗人这样的发问,暗含着对当时污浊的法国社会的哀叹与讽刺,"污泥""浓雾",都是肮脏的,而女人那"沉思的眸子",折射出的是"坦诚""温和"。在那个异域的国度里,女人可把一生托付给强壮有力的水手,他们天性的纯朴足以排除女人的痛苦。这位妓女如今却在法国,她乌黑妩媚的大眼睛散发着异国魅力的芬芳,她沉思的双眸、温柔亲切的胴体、鲜红色的大衣,全都透着"温雅"。在"出售"自己时,在那些"幽灵"的世界里,她的美依旧存在。妓女虽然低下，但其身上的美却是那么的真实自然。诗人在1864年发表《离此甚远》一诗，正是追忆当年旅行路上所认识的这位妓女。"安静，但成竹在胸。"诗人用了十四行诗句，把诗节本身的音乐美和妓女的美的容颜与带着香油味的芳香融在一起，声、色、味全然合一。"妓女"这一意象在诗句的形式美中自然流露出来。

3. 酒：夺魂的魔力

波德莱尔在《恶之花》里专门用了一个章节来写酒。在不同译本的《恶之花》里，其他章节所选译诗也许不同，但第三节"酒"都是那不变的五首诗——《酒魂》《拾荒者的酒》《杀人犯的酒》《孤独者的酒》《相恋者的酒》。酒为何物？酒，是让人心酸神迷之物。诗人曾说过他自己在很小的时候，心中就装着两种矛盾：对人生的恐惧和对人生的迷醉。饮酒者何人？心中孤寂之人。酒所带来的刺激和快感，酒所带来的神秘的刺激感与内心的苦痛孤寂抑郁相应，任何人都有隐藏在内心的苦痛与压抑，都渴望消除苦痛的那份释然。在诗人看来，要想拥有这份释然，唯有酒能做到，酒与人好似友好的斗士，不断地斗争，又不停地和好。酒也是一种最美味的毒品，能创造出某种"神性"来。这孕育生命、赋予灵魂的酒，让诗人感受到了无限的喜悦。酒更是让人产生欲望的东西，在迷醉状态下，人的内心世界极容易真实地裸露着。在"酒"这一意象中，诗人身上的激情再次点燃，那份对生命的狂热再次飞奔向神圣仙境。他相信全部的真实都在这梦幻般的世界里。

二、《羊脂球》

1870年普法战争爆发，普鲁士军队攻占了鲁昂城，有十个人同坐一辆马车出逃。这十个人的身份很是特殊，分别是臭名昭著的奸商鸟先生和他的太太，大资产阶级、省议会议员卡雷·拉马东夫妇，省议会议员贝尔·德·布雷维尔伯爵夫妇,两个修女,民主党人科尔尼代和一个绰号叫羊脂球的妓女。前面三对夫妇离开鲁昂的原因各不相同,但计划和目的是一致的——这三对夫妇都不会回鲁昂了。十个人中最没有地位的是羊脂球。

在马车上,几位有身份的阔太太得知了羊脂球身份后,对羊脂球的态度很是恶劣,她们悄声辱骂羊脂球是社会的耻辱。而这些阔太太的丈夫们则用一种看不起穷人的口吻大谈特谈金钱、吃喝。马车在路上颠簸了大半天的光景,车上所有的人都饿了,只有羊脂球带了可供自己三天的食物。羊脂球很大方地邀请车上所有的人都来分享她的食物,完全不计较先前这些有钱人对自己的不敬。很快篮子里的食物都被瓜分光了,人们都摆脱了饥饿的困扰,于是人们对羊脂球的态度像肚子一样发生了变化。先前的蔑视变成了亲昵,辱骂也变成了夸奖。

马车继续前行来到了托特镇,这里也被普鲁士军队侵占了,普鲁士军官扣下了马车,提出要羊脂球陪自己过夜。羊脂球面对侵略者的无耻要求断然拒绝了,于是同行的一车人都扣留了下来。除了羊脂球其余的人都急坏了,为了达到自己的目的、维护自己的利益,九个人想尽了办法、施展了种种阴谋想迫使羊脂球就范。最后还是老修女的"只要用意是好的,做任何事情都不会触怒天主"的宗教说教产生了相当好的效果,羊脂球为了大家的利益牺牲了自己。普鲁士军官的淫欲得到了满足,第二天就放行了。但大家非但不感激这位可怜的姑娘,反而还避而远之,之前的赞美和亲近又变成了最初的鄙视和唾弃。这一次,大家各自准备了丰富的食物,唯独羊脂球没有来得及准备。马车继续前行,车上的人拿出了自己的食物大口地嚼着,只有羊脂球缩在车的角落里受冻挨饿,在科尔尼代的《马赛曲》中呜咽。

## 1. 羊脂球的悲剧

在小说开篇伊始，来自不同等级的贵族太太和妓女羊脂球就出现了矛盾的交锋。几个贵族太太因为这个妓女的存在，而突然变成了知心朋友。因为"在她们看来，好像在这个不知羞耻的卖淫女人面前，她们必须把他们为人妻子的尊严显现出来才行，因为合法的爱情总是看不起放纵的私情"。由于等级身份的差异，让本是陌路的贵族太太们形成了同盟，并进而发动了对等级对立面的妓女羊脂球的进攻。"当大家认出她是什么人之后，在那几位正经妇人之间便起了一阵耳语。什么婊子啦，社会耻辱啦等，叽叽喳喳的声音高得使她不禁抬起头。""当遭到同车的贵族太太蔑视侮辱之时，羊脂球并没有因此忍辱让步，她扫视了同车人一遍，眼光含着大胆而极富挑衅的意味。"羊脂球不因自我的等级身份低下而自卑自怜，而是勇敢地维护了自我的人格尊严，震慑住了同车的女性同伴，使得他们"立刻默不作声"。

接下来羊脂球分享食物的片段则体现出她善良、宽容与无私的品性。"羊脂球好几次弯下身子，好像在她的裙子底下寻找什么东西。她每次都犹豫了一下，看看身边的人，随后又若无其事地直起腰来。"当全车人都饥肠辘辘的时候，羊脂球为了照顾大家的情绪，犹豫着不知道应不应该拿出食物。低下的身份和贵族太太的羞辱，使得羊脂球担心别人不会接纳自己的食物，而这个善良的女人又不好意思独享。有食物的人要比没食物的人的更经不得饥饿感的折磨，对羊脂球来说，吃饱肚子是轻而易举的事儿，因为她准备好的美餐就在座椅的下面。"羊脂球突然弯下身子，从长凳下面抽出了一个上面蒙着一块白色饭巾的大篮子。""突然"二字刻画出羊脂球对拿食物下了很大决心，她之前的犹豫是不愿给他人造成心理上的不平衡。"那几位太太对这个妓女的轻蔑现在更厉害了,她们恨不得把她杀死或者把她扔下车去,抛到雪地里,连同她的酒杯、篮子以及那些食物一齐扔下去。"由此可见,羊脂球的担心并不是多余的。当她慢慢享受食物之时,贵族太太们对羊脂球的愤恨已经到达了可怖的地步。气氛在鸟先生对羊脂球的奉承中被打破了。"您吃一点吗? 先生,从早上一直饿到现在可真够受的啊。"接着"又用谦卑而温和的声音邀请两位修女和她共享便餐"。突然一个棉厂房厂主年轻太太因饥饿而脸色煞白、昏厥过去时,羊脂球脸涨得通红,看着其他饿着肚子的旅客,吞吞吐吐地说:"天啊,我要是不冒昧的话,真想请两位先生和太太也……"她不再往下说,怕招惹一场无趣,自受侮辱。羊脂球在谦逊、宽容和慷慨无私中奉献出她全部的食物,然而,这并没有让妓女羊脂球摆脱卑贱的烙印而得到尊重, 世俗的偏见与世人对妓女群体的刻板印象让悲剧潜伏在后。

　　羊脂球具有强烈的宗教意识。她生下过一个孩子,寄养在农民家里。一年里见不得几次,平时也不会特别惦记。可是在参加一个陌生孩子的洗礼时,她那强烈的母爱便在宗教的感召下激发了出来。也正是在这种宗教意识地感召下,她能不计前嫌地把自己准备好的食物与同伴分享。而这些同伴正是利用这一点,攻下了她心理最后一道防线。"戴元宝帽的修女的每一句话,都起着攻破缺口的作用。"她隐晦而巧妙地诉述,"本身应该谴责的行为常常因为启发这一行动的良好年头而变得可敬可佩, 她说完以后,因为效果是那么好,所以别人也就不再说什么了"。而羊脂球也在这种披上宗教外衣的巧言唆使下,虽不情愿,但仍然奉献出自己的贞操为同伴解围。这种对宗教虔诚、对洗脱原罪自我救赎的皈依正成为她被利用的缺口,成为导致她悲剧性结果主要原因。

### 2. 以怨报德的天使形象

作品《羊脂球》中同车女性除了羊脂球,都是受到社会认可的"上等人""体面人"和"正派人"。他们有高贵的身份与教养,他们的言谈举止都严格遵从着上层社会的习俗与风范。从男性中心主义思想下的女性二元对立形象来看,她们自不用说地要被划分为对等级、权力言听计从的天使形象。莫泊桑正是塑造这种有着高贵身份的上流女性形象,与身份卑微的羊脂球构成对比效果,以突显出身份的尊贵与卑贱、行为的可耻与高尚间的强烈反差。同车的女性人物有批发商鸟先生的夫人、棉纺厂厂长的夫人、于贝尔布雷维尔伯爵的夫人以及两个天主教的修女。她们都有着殷实的家产、高贵的头衔与显赫的家世背景,同时她们有上流社会应有的教养与文明。然而,她们的教养文明只是在社交场合和应酬场合中面对来自同等阶级人士时才有所表现,面对来自底层阶级的职业、为人不齿的羊脂球,她却显现出卑劣的另一面。即使羊脂球为搭救全车人而委曲求全地牺牲了自己的贞操,也没能唤醒她们的良知,她们反倒恩将仇报,以怨报德。

当羊脂球因为拒绝普鲁士军官的无理要求而使得军官用扣留车子逼迫羊脂球就范时,这些同车中来自上层女性的丑恶嘴脸暴露无遗。她们共同商讨着对策,用最委婉的说法和文雅"可爱"的措辞来表达着猥琐的事。如莫泊桑在作品中所述:"一切社会的妇女披在身上那层薄薄的廉耻心,只能掩盖外表,她们遇到这件猥琐下流的意外事故,却掩饰不住心花怒放,骨子里竟觉得的异常散心解闷儿。"她们毫无羞耻感地认为:"这个军官很正派。我们三个女人当然是更符合他胃口的,只是他对有丈夫的妇女是知道尊敬的。"在个人利益面前她们敌友不分,早已丧失爱国之情。他们协同她们的丈夫,软硬兼施,杜撰大量的故事旁敲侧击地给予暗示,用得体、有分寸的方式讲述出来,在他们的精心粉饰下,"你最后简直会相信,妇女在世界上唯一的是使命就是永远不停地牺牲自己的身体"。更让人震惊的是,两个代表纯洁高尚的修女在羊脂球被普军逼迫的事件上,反倒慷慨陈词、助纣为虐。当伯爵夫人无意间向修女打听圣人们的丰功伟绩之时,修女答道:"许多圣人都曾经做过在凡人俗子看来可算犯罪的事儿,不过这些罪如果是为了天主的光荣或是为了他人的利益,那么教会就会毫不犹豫地加以原谅。"平日看似胆小害羞的修女,在这时一点都不害臊,反倒能说会道而且言辞激烈,在整件事件上推波助澜。"有很多行为本身应该受到谴责,但因为最初的意图纯正美好,往往最终都成了值得称颂的事儿。"这一切说得含而不露,既巧妙又得体,这些巧舌如簧、口蜜腹剑的修女说辞攻破了羊脂球愤怒抗拒的最后防线。羊脂球势单力薄,终不敌宗教外衣下的花言巧语而无奈就范,委曲求全。然而,羊脂球的自我牺牲并没有为自己换来"天使型"女性群体的尊重与认同。在羊脂球身心受到折磨而无暇准备后半段旅程的食物而匆忙上车赶路,同样饥饿难熬时,同车那些有教养的、曾经受过她恩泽的贵妇竟然无动于衷,旁若无人地大吃大喝,高谈阔论。不仅如此,她们竟然还时不时地对她投以蔑视和嘲讽的眼光,以划清界限来标榜自己的纯洁与清高。作者莫泊桑匠心独运、高屋建瓴,通过前后两次在马车上就餐事件的鲜明对比,有力地鞭笞了这些高贵人士,特别是淑女其表、恶魔以内的高阶女性的自私卑鄙,批判她们丑恶的嘴脸与无耻灵魂,从而更加凸显出羊脂球大义凛然的高尚品质与美好品德。

3. 文本细读

在几个贵妇人近边走过的时候,他欠一欠身子,用一种轻蔑的神气望一望那几个男人,他们呢,都保持着尊严,简直不对他脱一脱帽子,虽然乌老板做了一个像是去揭帽子的手势。

羊脂球连耳朵都是绯红的了,那三个有夫之妇认为这个丘八从前之对待这个"姑娘"是很具有骑士意味的。现在她们偏偏在同着她散步的时候遇见他,因此都感到了一阵大的屈辱。

这样一来,大家谈到他了,谈到他的姿势和面貌了。迎来-辣马东夫人本认识很多军官而且能用识者的地位品评他们,这时候觉得这一个简直不坏,她甚至可惜他不是法国人,否则他可以做一个很漂亮的轻装骑兵军官,使得一切妇人一定因为他被弄得神魂颠倒。

一下回到了旅馆里,大家都不知道怎么办。甚至于遇到一些细微的事也说些尖酸的语句。晚饭是静默的和短促的,末后每一个人希望利用睡觉去消磨时间,都上楼休息了。

第四天,人人都带着疲倦的面目和焦躁的心情走下楼来。妇人们不大和羊脂球谈天了。

一阵钟声传过来了。那是为了一场洗礼。胖"姑娘"本有一个孩子养在伊勿朵的农人家里,她每年看不见他一回,并且从不对他记挂;不过现在想起这一个就要被人送去受洗的孩子,她心里对自己的那一个动了一种突然而起的热烈慈爱,于是她坚决地要去参观这一场礼节。

她刚好出去,大家互相使着眼色,随后就把椅子搬拢来,因为都很觉得终于应当有个决定。乌老板动了灵感,说道,他主张去向军官提议;只把羊脂球扣下来而让其余的人都走。伏郎卫先生又负着这种使命上楼了,不过他几乎立刻又下来。日耳曼人原是认识人的本质的,他把他撵出了房门。称在他的欲望没有满足的时候,他始终留着这班旅客。这样一来,乌夫人的市井下流脾气爆发了："然而我们不会老死在这儿。既然和一切的男人那么干,本是她的职业,这个贱货的职业,我认为她并没有权力来选精择肥。我现在请教一下:在卢昂她碰见谁就要谁,甚至于好些赶车的她也要! 对呀,夫人,州长的赶车的! 我很知道他,我,他到我店里买他喝的酒。今天遇着要给我们解除困难,她倒要撒娇,这个拖着鼻涕的家伙! 我呢,认为他很懂规矩,这个军官。他也许旷了很久,我们三个无疑都是可以被他赏识的。但是他并不那么做,而满意于这个属于公共的女人。他敬重有夫之妇哪。您揣想一下吧,他是主人翁,只需开口说一声'我要',就可以用他的部下仗着蛮劲来抓我们。"

其余两个妇人都轻轻地打了一个寒噤。漂亮的迦来-辣马东夫人的眼睛发光了,她的脸色有点苍白了,如同觉得自己已经被军官用蛮劲抓住了。

男人们本来都在另一旁说话,现在都走过来了,气忿忿的鸟老板想把"这个贱东西"的手脚缚起来送给别人。不过伯爵出身于三代都做过大使的家庭并且具有外交家的外貌,却主张用巧妙手腕:"应当教她自己决定。"他说。

这样一来,他们发动阴谋了。

妇人们交头接耳压低了声音,而且讨论得很普遍,每一个人发表了自己的见解,究竟那是很合身份的,尤其是为了说出最不顺口的事情,这些贵妇人都找着了种种玲珑的转折,种种巧妙的动人口吻。语言上戒备得真严,一个局外的人可以一点也不懂。不过那层给上流妇人做掩护的薄薄的廉耻之感只蒙着表面,所以她们在这种放纵的冒险之中都是心花怒放的,都是实在快活得发痴的,都觉得正对她们的劲儿,把爱情和肉欲混在一块儿,好像一个馋嘴的厨子正给另一个人烹调肉汤一样。

故事到末了真教人觉得滑稽，快乐的心情自然而然地发生了。伯爵找着那些趣味略辛辣的诙谐，不过叙述得非常之好，只教人微笑。轮到了鸟老板，他发挥了三五段比较生硬的猥亵之谈，大家都简直不以为刺耳；后来他妻子粗率地发表的意见取得了全体的认可，她说："既然那是这个'姑娘'的职业，为什么她可以拒绝这一个比拒绝另一个厉害？"和蔼的迦来－辣马东夫人仿佛想起自己若是处于羊脂球的地位，那么她拒绝这个军官可以不及拒绝旁的一个人厉害。

他们如同对于一座被攻的炮台一般长久地预备包围的步骤。每一个人都接受了自己将要扮演的角色，都接受了自己将要倚仗的论据，都接受了自己将要执行的动作。他们决定如何去进攻，种种可用的阴谋和冲锋的奇袭，去强迫这座有生命的堡垒在固有的阵地接待敌人。

然而戈尔弩兑是待在一旁的，完全和这一次的事件无关。一种很深刻的注意使得大家的头脑都是紧张的，以至于没有听见羊脂球正走进来。伯爵轻轻地嘘了一声，所有的眼睛都重新抬起了。她在跟前了，人们都突然不再发言，开初某种尴尬心理阻止人向她说话。伯爵夫人是比其余的妇人更熟悉于客厅式的两面作风的，她向羊脂球问道："可有趣味，那一场洗礼？"

胖"姑娘"依然是怀着感慨的，她从头到尾说了一遍，到场的人的面貌和姿态及礼拜堂本身的局面。她接着又说："有时候，祷告很有益处。"

一直到夜饭为止，那些贵妇人都高高兴兴对她显出和蔼的神情，目的就是除了向她劝告再增加她的信任心和服从性。

一下坐到饭桌上，大家都着手来做种种接近功夫。开初那是一阵有关于献身出力的泛泛议论。有人举出了好些古代的例子：茹狄德和何洛斐伦，随后没来由地又提到了吕克蕾和塞克斯都斯，以及克莱沃范蒂使得敌军将领们经过她的床上以后全体都变成忠实的奴隶。这样一来，一件虚构的历史又在这几个不学无术的家资百万的富翁的想象当中孵化出来了：罗马的女公民走到迦布埃城，教汉尼巴及他的将佐士兵都在她们的怀里酣睡。他们述及所有擒获了征服者的妇女们，说她们把自己的身体做一种战场，做一种征服的方法，做一种武器，她们用种种英雄式的爱抚战败了好些丑恶的或者可鄙的敌人，并且把自己的贞操牺牲于复仇和献身报国。

他们甚至于用遮遮掩掩的语句，谈起英国那个名门闺女使自己先去感染一种可怕的传染病再去传给拿破仑，当时由于一阵陡然而起的衰弱，他在无可避免的约会时刻若有神助地躲过了。

这一切都是用一种适当的和蕴藉的方式叙述的，有时候还故意装出一种极端赞叹的姿态去激起竞争心。

到末了，人都可以相信妇女们在人间的唯一任务，就是一种个人的永久牺牲，一种对于强横的武人的暴戾脾气不断委身的义务。

两个嬷嬷都像是什么也没有听见，完全坠入种种深邃的思念当中了，羊脂球没有说话。整个下半天，人都听凭羊脂球去思索。不过本来一直称呼她做"夫人"，现在却简单地称呼她做"小姐"了，谁也不很知道这是为着什么，仿佛她从前在评价当中爬到了某种地位，现在呢，人都想把她从那种地位拉下一级似的，使她明白自己的地位是可羞的。

到了夜饭开始的时候，伏郎卫先生又出现了，口里重述着上一天那句老话："普鲁士军官要人来问艾丽萨贝特·鲁西小姐是不是还没有改变她的主意。"

羊脂球干脆地回答："没有，先生。"

　　这是《羊脂球》第三部分的内容,在这段文字中,读者看到了这些绅士、修女、贵妇人丑陋的嘴脸,那颗污浊的心。大家议论纷纷,发动阴谋,是希望羊脂球能够牺牲自己的贞洁来换取他们的安稳,在这个议论纷纷的时候,他们到底是一副怎样的嘴脸。鸟老板还提出这样一个提议:"他主张去向军官提议,只把羊脂球扣下来而让其余的人都走",读者也从这些人性中看到了羊脂球的悲剧,即使在这段文字中,羊脂球拒绝献身,但是在故事结尾人们知道羊脂球为了大家而牺牲了自己。突然有一种说不出来的悲痛,人性的阴暗、社会的无奈和压迫,让羊脂球这样底层人民根本无法逃离悲剧的命运。

# 第十一章  20世纪文学

## 第一节  20世纪现实主义文学

19世纪末20世纪初,世界资本主义的发展进入帝国主义阶段。20世纪的前半个世纪内,人类就遭受了两次世界大战的浩劫。1914年至1918年的第一次世界大战,是帝国主义国家统治集团为了克服国内经济危机和对外进行财政掠夺而发动的一次帝国主义战争。绝大多数的欧洲国家被卷入其中。1917年,俄国爆发了十月革命,第一个社会主义国家诞生,这是20世纪初的重大历史事件,其深远影响横穿整个欧洲。在第一次世界大战结束不久,欧洲又迎来了第二次世界大战,各国掀起了反对法西斯主义的斗争和保卫世界和平的人民运动。轴心国和同盟国在亚非拉拉开了殊死搏斗,直到1945年才以同盟国的胜利而告终,迎来了美国和苏联大国争霸、各国崛起的世界局面。"冷战"持续了十年,两个超级大国的竞争愈演愈烈。就是在这样的一个历史时代,欧洲20世纪的文学形成了现实主义文学和现代主义文学。

20世纪的现实主义文学是在19世纪的批判现实主义文学的基础上

发展起来的,表现出兼容并蓄的开放性和不拘一格的艺术活力。前期主要是"红色30年",在世界反法西斯浪潮中出现了以压迫为题材的现实主义文学,主要代表作家有罗曼·罗兰、高尔基、奥斯特洛夫斯基等。后期主要是在冷战时期,现实主义呈现更加开放的态势,更加吸收现实主义手法来进行作品创作,使作品更加丰富多彩,这个时期的代表作家有海明威、帕斯捷尔纳克、西蒙诺夫等。下面选取他们的优秀作品进行赏读。

一、《海燕》

《海燕》是高尔基创作的一首散文诗,主要是描写暴风雨来临之前,海燕不畏惧风雨在海面飞翔。内容主要分成三个部分,描绘了海燕面临狂风暴雨和波涛翻腾的大海时的壮丽场景。在这篇诗中,作者主要是通过"海燕"这个人物形象,展示了革命乐观主义精神,预示着俄国无产阶级终会迎来革命的胜利,号召广大劳动人民积极行动起来,参与斗争,迎接革命的胜利。

在苍茫的大海上,狂风卷集着乌云。在乌云和大海之间,海燕像黑色的闪电,在高傲地飞翔。

一会儿翅膀碰着波浪,一会儿箭一般地直冲向乌云,它叫喊着——就在这鸟儿勇敢的叫喊声里,乌云听出了欢乐。

在这叫喊声里——充满着对暴风雨的渴望!在这叫喊声里,乌云听出了愤怒的力量、热情的火焰和胜利的信心。

海鸥在暴风雨来临之前呻吟着——呻吟着,它们在大海上飞窜,想把自己对暴风雨的恐惧,掩藏到大海深处。

海鸭也在呻吟着——它们这些海鸭啊,享受不了生活的战斗的欢乐:轰隆隆的雷声就把它们吓坏了。

蠢笨的企鹅，胆怯地把肥胖的身体躲藏到悬崖底下……只有那高傲的海燕，勇敢地，自由自在地，在泛起白沫的大海上飞翔！

乌云越来越暗，越来越低，向海面直压下来，而波浪一边歌唱，一边冲向高空，去迎接那雷声。

雷声轰响。波浪在愤怒的飞沫中呼叫，跟狂风争鸣。看吧，狂风紧紧抱起一层层巨浪，恶狠狠地把它们甩到悬崖上，把这些大块的翡翠摔成尘雾和碎末。

海燕叫喊着，飞翔着，像黑色的闪电，箭一般地穿过乌云，翅膀掠起波浪的飞沫。

看吧，它飞舞着，像个精灵——高傲的、黑色的暴风雨的精灵——它在大笑，它又在号叫……它笑那些乌云，它因为欢乐而号叫！

这个敏感的精灵——它从雷声的震怒里，早就听出了困乏，它深信，乌云遮不住太阳——是的，遮不住的！

狂风吼叫……雷声轰响……

一堆堆乌云，像青色的火焰，在无底的大海上燃烧。大海抓住闪电的箭光，把它们熄灭在自己的深渊里。这些闪电的影子，活像一条条火蛇，在大海里蜿蜒游动，一晃就消失了。

"暴风雨！暴风雨就要来啦！"

这是勇敢的海燕，在怒吼的大海上，在闪电中间，高傲地飞翔；这是胜利的预言家在叫喊：

"让暴风雨来得更猛烈些吧！"

【赏析】

高尔基的《海燕》是无产阶级文学的开山之作，作为散文诗，语言优美凝练,有着音乐般的旋律和节奏,奏响了时代之音,成为革命的宣言书。在作品中,高尔基以昂扬的浪漫主义激情、气势磅礴的艺术笔触,为读者呈现了一幅高傲海燕不惧暴风雨的海面飞翔图,勇敢、乐观的海燕形象映入读者的眼帘,使读者深深地被其精神感染。

在作品中,作者通过对大自然暴风雨即将来临的客观景色的生动描述,来深刻反映俄国 1905 年大革命前期的形势,从而暗示了无产阶级终将会推翻沙皇统治,迎来革命的胜利,从而取得事业的成功。在文中,高尔基给予"海燕"——无产阶级先锋战士最真挚、最热情的赞颂,有利于鼓舞人心、动员劳动人民。

**二、《钢铁是怎样炼成的》**

《钢铁是怎样炼成的》描写保尔·柯察金经历第一次世界大战、十月革命、国内战争和国民经济恢复时期的严峻生活。保尔早年丧父,母亲替人洗衣、做饭,哥哥是工人。在保尔 12 岁时,母亲把他送到车站食堂当杂役,受尽了凌辱。十月革命爆发,老布尔什维克朱赫莱在镇上做地下工作。朱赫莱给保尔讲了关于革命、工人阶级和阶级斗争的许多道理。朱赫莱后来被匪徒抓去了。保尔与朱赫莱一起逃跑。由于维克多的告密,保尔被投进了监牢。从监狱出来后,保尔跳进冬妮亚的花园,并与冬妮亚产生了爱情。在激战中,保尔头部受了重伤。出院后,他参加恢复和建设国家的工作。冬妮亚和保尔思想差距越来越大,便分道扬镳。在筑路工程快要结束时,保尔得了伤寒,体质越来越差。1927 年,他几乎完全瘫痪了,接着又双目失明。他一方面决心帮助自己的妻子达雅进步,另一方面决定开始文学创作工作。这样,"保尔又拿起了新的武器,开始了新的生活"。

人最宝贵的是生命。生命每个人只有一次。人的一生应当这样度过:

回首往事,他不会因为虚度年华而悔恨,也不会因为卑鄙庸俗而羞愧;临终之际,他能够说:"我的整个生命和全部精力,都献给了世界上最壮丽的事业——为解放全人类而斗争。"要抓紧时间赶快生活,因为一场莫名其妙的疾病,或者一个意外的悲惨事件,都会使生命中断。

【赏析】

这是《钢铁是怎样炼成的》中的著名段落。保尔因为负伤而难以参加工作,伤愈之时,他在街上漫步,走到烈士墓附近,他十分悲痛。这段独白,激励着一代又一代的年轻人前进。它从马克思主义无产阶级人生观的角度阐述了人生的意义在何处,又反映了保尔因受伤而产生出无法为人民奉献的失望心情。保尔因而产生要珍惜时光、赶快生活的思想。当一个人身体健康、充满青春活力的时候,坚强是比较简单和容易做到的事;只有生活像铁环那样把你紧紧箍住的时候,坚强才是光荣的业绩。

暴风雪突然袭来。灰色的阴云低低地压在地面上,移动着,布满了天空。大雪纷纷飘落下来。晚上,刮起了大风,烟筒发出了呜呜的怒吼。风追逐着在树林中飞速盘旋、左躲右闪的雪花,凄厉地呼啸着,搅得整个森林惊惶不安。暴风雪咆哮不止,猖狂了一夜。车站上那间破房子根本存不住热气,虽然通宵生着火,大家还是从里到外都冻透了。第二天清晨上工,雪深得使人迈不开步,而树梢上却挂着一轮红彤彤的太阳,碧蓝的天空没有一丝云彩。

【赏析】

这是开凿铁路时的天气描写,严寒使得原本并不容易的筑路工程变得更加困难了。这段景物描写表现了当时环境的恶劣,营造了一种阴暗的气氛,突出了工程的难度和时间的紧迫。"烟筒发出了呜呜的怒吼。风追逐着在树林中飞速盘旋、左躲右闪的雪花,凄厉地呼啸着,搅得整个森林惊惶不安。"这里运用了拟人的手法,表现了风雪之大,万物为之震惊,让人们清楚地体会到天气的恶劣。

城里的生活一如既往。五个小集市上,人群熙熙攘攘,声音喧嚣嘈杂。这里起支配作用的是两种愿望:一种是漫天要价,一种是就地还钱。形形色色的骗子都在这里大显神通。几百个眼尖手快的人,像跳蚤一样不停地活动着。他们的眼神里什么玩意儿都有,唯独没有天良。这里是一个大粪坑,全城的蛆虫都麇集在这里,他们的目的都是坑骗那些没有见过世面的"傻瓜"。很少有的几趟火车从自己的肚子里排泄出一群群背着口袋的人。这些人都向小集市涌去。

【赏析】

这里描写的是在刚刚得到解放的城市里,秩序尚未得到恢复,人民需要生活物资,于是集市就出现了。用比喻手法写出了集市的嘈杂和喧嚣,将集市上的小商贩与顾客比作跳蚤,十分形象生动,突出了集市中人们的形象,"跳蚤"又从另一个角度写出了这些人的投机取巧。"粪坑"和"蛆虫"又说明了这些人的无耻,以及城市在反动势力的统治下治安的混乱。

章鱼的一只眼睛,鼓鼓的,有猫头大小,周围是暗红色,中间发绿,这只眼睛在闪闪发亮。章鱼的几十条长长的腕足,像一团小蛇似的,蜿蜒地蠕动着,上面的鳞发出讨厌的沙沙声。章鱼在游动。他看见章鱼差不多就贴着自己的眼睛。那些腕足在他身上爬着,它们是冰凉的,像荨麻一样刺人。章鱼伸出的刺针如同水蛭,死叮在他的头上,一下一下地收缩,吮吸着他的血液。他感到他的血液正从自己身上流到已经膨胀起来的章鱼体内去。刺针就这样吸个不停。他头上被叮的地方,疼得难以忍受。

【赏析】

这是保尔的幻觉,保尔在战斗中负伤了。头部被炮弹的弹片击中,险些丧命,然而,在他顽强生命力的抵抗下,他又奇迹般地复活!这里用了比喻的手法,写出了保尔在昏迷中的幻觉。将疼痛比作章鱼和章鱼的刺,十分精彩,将疼痛的感觉写得入木三分。

他缓慢地,一行又一行,一页又一页地写着。他忘却一切,全部身心都沉浸在书中的人物形象当中,也初次尝到了创作的艰辛:有时候那些鲜明生动、难忘的景象清晰地重新浮现在他的脑海里,但他无法用笔墨表达,写出来的字句显得那样苍白无力,缺少生气和激情。已经写好的部分,他必须逐字逐句全部记住。否则,线索一断,工作就要受到阻碍。母亲忐忑不安地注视着儿子的工作。在工作过程中,他必须凭记忆整页整页,甚至整章整章地背诵,因此母亲有时觉得他疯了。

【赏析】

这是一段关于保尔在身体残疾、双目失明的情况下,以文学作为继续战斗的武器,靠顽强的毅力进行写作的描写,也是作者奥斯特洛夫斯基生活的真实写照。这种与命运抗争、永不言败的精神正是作品的魅力所在。生动幽默的语言则衬托出保尔乐观豁达的性格,也增强了文字的感染力。

三、《老人与海》

《老人与海》是海明威的小说代表作之一,是海明威生前发表的最后一部作品。小说自 1952 年面世以来,就受到了学界和读者的一致好评。1953 年海明威凭借此部小说荣获美国文学的最高奖项普利策奖,1954 年因“精通现代叙事艺术”获得了诺贝尔文学奖。

《老人与海》是以海明威 1936 年 4 月刊于《绅士》杂志的一篇通信《在

蓝色的海洋上:湾流来信》为基础写成的。这篇通信写了一个老人独自在卡瓦尼亚斯港口外驾着一只小船打鱼。他捕到一条大马林鱼,大马林鱼把小船拖到外海远处。鲨鱼发现并袭击了他的马林鱼。老人单独在湾流里与鲨鱼搏斗,鲨鱼将马林鱼的肉全部吃光。渔民们找到老人时,老人被气得抱头大哭。这个真实的故事给海明威留下了深刻的印象。1939 年 2 月,他在给斯克莱纳出版社总编辑帕金斯的信中曾说他想将这个故事写成小说。他还打算乘卡洛斯的船出海体验一下渔夫的经历。后来,《过河入林》遇到了挫折。他又想起这个古巴海滨发生的故事,仅花了八个星期的时间就完成了《老人与海》的创作。

他们航行得很好,老人把手浸在盐水里,努力保持头脑清醒。积云堆聚得很高,上空还有相当多的卷云,因此老人看出这风将刮上整整一夜。老人时常对鱼望望,好确定真有这么回事。这时候是第一条鲨鱼来袭击它的前一个钟点。

这条鲨鱼的出现不是偶然的。当那一大片暗红的血朝一英里深的海里下沉并扩散的时候,它从水底深处上来了。它窜上来得那么快,全然不顾一切,竟然冲破了蓝色的水面,来到了阳光里。跟着它又掉回海里,嗅到了血腥气的踪迹,就顺着小船和那鱼所走的路线游去。

有时候它迷失了那气味。但是它总会重新嗅到,或者就嗅到那么一点儿,它就飞快地使劲跟上。它是条很大的灰鲭鲨,生就一副好体格,能游得跟海里最快的鱼一般快,周身的一切都很美,除了它的上下颚。它的背部和剑鱼的一般蓝,肚子是银色的,鱼皮光滑而漂亮。它长得和剑鱼一般,除了它那张正紧闭着的大嘴,它眼下就在水面下迅速地游着,高竖的脊鳍像刀子般划破水面,一点也不抖动。在这紧闭着的双唇里面,八排牙齿全都朝里倾斜着。它们和大多数鲨鱼的不同,不是一般的金字塔形的。它们像爪子般蜷曲起来的人的手指。它们几乎跟这老人的手指一般长,两边都有刀片般锋利的快口。这种鱼生就拿海里所有的鱼当食料,它们游得那么快,那么壮健,武器齐备,以致所向无敌。它闻到了这新鲜的血腥气,此刻正加快了速度,蓝色的脊鳍划破了水面。

老人看见它在游来,看出这是条毫无畏惧而坚决为所欲为的鲨鱼。他准备好了鱼叉,系紧了绳子,一面注视着鲨鱼向前游来。绳子短了,缺了他割下用来绑鱼的那一截。老人此刻头脑清醒正常,充满了决心,但并不抱着多少希望。光景太好了,不可能持久的,他想。他注视着鲨鱼在逼近,抽空朝那条大鱼望上一眼,这简直等于是一场梦。他想,"我没法阻止它来袭击我,但是也许我能弄死它,登多索鲨,他想,你它妈交上坏运啦。"

鲨鱼飞速地逼近船梢,它袭击那鱼的时候,老人看见它张开了嘴,看见它那双奇异的眼睛,它咬住鱼尾巴上面一点儿的地方,牙齿咬得嘎吱嘎吱地响。鲨鱼的头露出在水面上,背部正在出水,老人听见那条大鱼的皮肉被撕裂的声音,这时候,他用鱼叉朝下猛地扎进鲨鱼的脑袋,正扎在它两眼之间的那条线和从鼻子笔直通到脑后的那条线的交叉点上。这两条线实在是并不存在的。只有那沉重、尖锐的蓝色脑袋,两只大眼睛和那嘎吱作响、吞噬一切的突出的两颚。可是那儿,正是脑子的所在,老人直朝它扎去。他使出全身的力气,用糊着鲜血的双手,把一支好鱼叉向它扎去。他扎它,并不抱着希望,但是带着决心和十足的恶意。

鲨鱼翻了个身,老人看出它眼睛里已经没有生气了,跟着它又翻了个身,自行缠上了两道绳子。老人知道这鲨鱼快死了,但它还是不肯认输。它这时肚皮朝上,尾巴扑打着,两颚嘎吱作响,像一条快艇般划出水面。它的尾巴把水拍打得泛出白色,四分之三的身体露出在水面上,这时绳子给绷紧了,抖了一下,啪地断了。鲨鱼在水面上静静地躺了片刻,老人紧盯着它。然后它慢慢地沉下去了。

"它吃掉了约莫四十磅肉。"老人说出声来。它把我的鱼叉也带走了,还有那么许多绳子,他想,而且现在我这条鱼又在淌血,其他鲨鱼也会来的。

他不忍心再朝这死鱼看上一眼,因为它已经被咬得残缺不全了。鱼挨到袭击的时候,他感到就像自己挨到袭击一样。可是我杀死了这条袭击我的鱼的鲨鱼,他想。而它是我见到过的最大的登多索鲨。天知道,我见过一些大的。

光景太好了,不可能持久的,他想。但愿这是一场梦,我根本没有钓到这条鱼,正独自躺在床上铺的旧报纸上。

"不过人不是为失败而生的,"他说,"一个人可以被毁灭,但不能给打败。"不过我很痛心,把这鱼给杀了,他想。现在倒霉的时刻要来了,可我连鱼叉也没有。这条登多索鲨是残忍、能干、强壮而聪明的。但是我比它更聪明。也许并不,他想。也许我仅仅是武器比它强。

......

最后,有条鲨鱼朝鱼头撕咬起来,他知道这下子可完了。他把舵把朝鲨鱼的脑袋抡去,打在它咬住厚实的鱼头的两颚上,那儿的肉咬不下来。他抡了一次,两次,又一次。他听见舵把啪地断了,就把断下的把手向鲨鱼扎去。他感到它扎了进去,知道它很尖利,就再把它扎进去。鲨鱼松了嘴,一翻身就走了。这是前来的这群鲨鱼中最末的一条。它们再也没有什么可吃的了。

老人这时简直喘不过气来,觉得嘴里有股怪味儿。这味儿带着铜腥气，甜滋滋的，他一时害怕起来。但是这味儿并不太浓。

他朝海里啐了一口说："把它吃了，加拉诺鲨。做个梦吧，梦见你杀了一个人。"

他明白他如今终于给打败了，没法补救了，就回到船艄，发现舵把那锯齿形的断头还可以安在舵的狭槽里，让他用来掌舵。他把麻袋在肩头围好，使小船顺着航线驶去。航行得很轻松，他什么念头都没有，什么感觉也没有。他此刻超脱了这一切，只顾尽可能出色而明智地把小船驶回他家乡的港口。夜里有些鲨鱼来咬这死鱼的残骸，就像人从饭桌上捡面包屑吃一样。老人不去理睬它们，除掌舵以外他什么都不理睬。他只留意到船舷边没有什么沉重的东西，小船这时驶来多么轻松，多么出色。

船还是好好的，他想，它是完好的，没受一点儿损伤，除了那个舵把。那是容易更换的。

他感觉到已经在湾流中行驶，看得见沿岸那些海滨住宅区的灯光了。他知道此刻到了什么地方，回家是不在话下了。不管怎么样，风总是我们的朋友，他想。然后他加上一句：有时候是。还有大海，海里有我们的朋友，也有我们的敌人，还有床，他想。床是我的朋友，光是床，他想。床是样了不起的东西。吃了败仗，上床是很舒服的，他想。我从来不知道竟然这么舒服。那么是什么把你打败的？他想。"什么也没有，"他说出声来，"只怪我出海太远了。"

等他驶进小港，露台饭店的灯光全熄灭了，他知道人们都上床了。海风一步步加强，此刻刮得很猛了。然而港湾里静悄悄的，他直驶到岩石下一小片卵石滩前。没人来帮他的忙，他只好尽自己的力量把船划得紧靠岸边。然后他跨出船来，把它系在一块岩石上。

他拔下桅杆，把帆卷起，系住。然后他打起桅杆往岸上爬。这时候他才明白自己疲乏到什么程度。他停了一会儿，回头一望，在街灯的反光中，看见那鱼的大尾巴直竖在小船船艄后边。他看清它赤裸的脊骨像一条白线，看清那带着突出的长嘴的黑乎乎的脑袋，而在这头尾之间却一无所有。

他再往上爬，到了顶上，摔倒在地，躺了一会儿，桅杆还是横在肩上。他想法爬起身来。可是太困难了，他就扛着桅杆坐在那儿，望着大路。一只猫从路对面走过，去干它自己的事，老人注视着它。然后他只顾望着大路。

临了，他放下桅杆，站起身来。他举起桅杆，扛在肩上，顺着大路走去。他不得不坐下歇了五次，才走到他的窝棚。

进了窝棚，他把桅杆靠在墙上。他摸黑找到一只水瓶，喝了一口水。然后他在床上躺下了。他拉起毯子，盖住两肩，然后裹住了背部和双腿，他脸朝下躺在报纸上，两臂伸得笔直，手掌向上。

【赏析】

海明威的《老人与海》大致符合西方传统戏剧，尤其是悲剧的"三一律"，但也有所突破。《老人与海》所表现的场景是统一的——大海。情节是一贯的，不存在分支情节。从内容中，可以发现老人在面对象征着人生困境的大海时，以及象征着人生征程中对手的鲨鱼时，表现得从容与淡定，选择的不是怯懦地后退，而是笑对人生中的逆境与磨难，积极寻找应对措施，迎难而上，这种态度正是乐观精神的表现。

鲨鱼可以定义为老人的对手，但是老人并不厌烦他的对手，甚至很喜爱它们，只是在特定的情况下，老人必须杀死它们。在老人的眼里，它们是厉害的、凶猛的，但老人对它们不带一丝恨意，正是因为它们个人的能力才配得上这份尊敬，才担得起这份赞扬。一个已经对世界有了更多体验和了解的老人,心胸是开阔的,他能够以一种博爱的心态去看待万物,但是他也知道捕鱼好像是他出生以来的一个命运。为了生存,他必须与那些夺取他战利品的鲨鱼搏斗。老人一直追求卓越,追求卓越的人会看得起其他追求卓越的人,不会用小人之心,用种种阴谋诡计去算计其他的竞争对手。老人面对对手时的这种心境正是当今社会中所缺少的,老人在重压之下表现出的优雅风度是他人格魅力的体现。现代社会中,人们在自我实现的道路上时常会受到阻碍,如何做选择尤为重要,值得每一个人思考。

## 第二节　20世纪现代主义文学

战争和革命,构成了西方现代主义文学形成和发展的特殊背景。在这个时期,有诸多流派和诸多主张,它们相互影响和相互渗透,形成了一个多元化的艺术世界。它们共同举起"反传统"的旗帜,锐意求新,大胆探索,表现出强烈的挑战意识和先锋精神,扩大了文学视野,丰富了文学的观念,拓展了文学把握世界和表现世界的能力。从20世纪初至第二次世界大战间,属于现代主义文学前期,代表作家有卡夫卡、艾略特、乔伊斯等。从第二次世界大战结束至今,属于现代主义文学后期,主要代表作家有萨特、加缪、海勒、加西亚·马尔克斯、博尔赫斯等。下面进行相关内容的赏读。

### 一、卡夫卡的《变形记》

卡夫卡一生创作了许多怪诞性的作品,其中以《变形记》《乡村医生》《一场梦》最具代表性。《变形记》是卡夫卡最有影响的短篇小说,也是卡夫卡的怪诞研究中被给予了最多关注的作品，下面就以这部小说为对象看一下评论著述对怪诞的阐释。

《变形记》讲述的是一个旅行推销员早上从梦中醒来变成了甲虫，然后在家人的冷漠中死去的故事。最早涉及《变形记》的怪诞性的是卡夫卡本人。在给库尔特·沃尔夫出版社的信中写道，他非常担心插图画家会在小说的封面上画一只甲虫。他叮嘱说："别画那个，千万别画那个，我不是想限制他的权力范围，而仅仅是根据我对这个故事显然更深的理解提出请求的。这个甲虫本身是不可画的。即使作为远景也不行。"这段评论给读者的信息是，"人变甲虫"这种怪诞形式不仅仅是视觉形式上的，更是深层含义上的，卡夫卡很可能是怕小说封面画一只甲虫会强化人们对这种变形在视觉形式上的注意，而淡化了对内涵的注意。这个事件不再像神话故事里的怪诞传说一样含有生动而具体的意义，它成了一种象征。

一天早晨，格里高尔·萨姆沙从不安的睡梦中醒来，发现自己躺在床上变成了一只巨大的甲虫。他仰卧着，那坚硬的像铁甲一般的背贴着床，他稍稍抬了抬头，便看见自己那穹顶似的棕色肚子分成了好多块弧形的硬片，被子几乎盖不住肚子尖，都快滑下来了。比起偌大的身躯来，他那许多只腿真是细得可怜，都在他眼前无可奈何地舞动着。

"我出了什么事啦？"他想。这可不是梦。他的房间，虽是小了些，的确是普普通通人住的房间，仍然安静地躺在四堵熟悉的墙壁当中。在摊放着打开的衣料样品——萨姆沙是个旅行推销员——的桌子上面，还是挂着那幅画，这是他最近从一本画报上剪下来装在漂亮的金色镜框里的。画的是一位戴皮帽子围皮围巾的贵妇人，她挺直身子坐着，把一只套没了整个前臂的厚重的皮手筒递给看画的人。

格里高尔的眼睛接着又朝窗口望去，天空很阴暗——可以听到雨点敲打在窗槛上的声音——他的心情也变得忧郁了。"要是再睡一会儿，把这一切晦气事统统忘掉那该多好。"他想。但是完全办不到，平时他习惯于向右边睡，可是在目前的情况下，再也不能采取那样的姿态了。无论怎样用力向右转，他仍旧滚了回来，肚子朝天。他试了至少一百次，还闭上眼睛免得看到那些拼命挣扎的腿，到后来他的腰部感到一种从未体味过的隐痛，才不得不罢休。

"啊，天哪，"他想，"我怎么单单挑上这么一个累人的差使呢！长年累月到处奔波，比坐办公室辛苦多了。再加上还有经常出门的烦恼，担心各次火车的倒换，不定时而且低劣的饮食，而萍水相逢的人也总是些泛泛之交，不可能有深厚的交情，永远不会变成知己朋友。让这一切都见鬼去吧！"他觉得肚子上有点儿痒，就慢慢地挪动身子，靠近床头，好让自己头抬起来更容易些；他看清了发痒的地方，那儿布满着白色的小斑点，他不明白这是怎么回事，想用一条腿去搔一搔，可是马上又缩了回来，因为这一碰使他浑身起了一阵寒战。

他又滑下来恢复到原来的姿势。"起床这么早，"他想，"会使人变傻的。人是需要睡觉的。别的推销员生活得像贵妇人。比如，我有一天上午赶回旅馆登记取回订货单时，别的人才坐下来吃早餐。我若是跟我的老板也来这一手，准定当场就给开除。也许开除了倒更好一些，谁说得准呢。如果不是为了父母亲而总是谨小慎微，我早就辞职不干了，我早就会跑到老板面前，把肚子里的气出个痛快。那个家伙准会从写字桌后面直蹦起来！他的工作方式也真奇怪，总是那样居高临下坐在桌子上面对职员发号施令，再加上他的耳朵又偏偏重听，大家不得不走到他跟前去。但是事情也未必毫无转机;只要等我攒够了钱,还清了父母欠他的债——也许还得五六年——可是我一定能做到。到那时我就会时来运转了。不过眼下我还是起床为妙,因为火车五点钟就要开了。"

他看了看柜子上嘀嘀嗒嗒响着的闹钟。天哪!他想到。已经六点半了,而时针还在悠悠然向前移动,连六点半也过了,马上就要七点差一刻了。闹钟难道没有响过吗?从床上可以看到闹钟明明是拨到四点钟的;显然它已经响过了。是的,不过在那震耳欲聋的响声里,难道真的能安宁地睡着吗?嗯,他睡得并不安宁,可是却正说明他睡得不坏。那么他现在该干什么呢?下一班车七点钟开,要搭这一班车他得发疯似的赶才行,可是他的样品都还没有包好,他也觉得自己的精神不甚佳。而且即使他赶上这班车,还是逃不过上司的一顿申斥,因为公司的听差一定是在等候五点钟那班火车,这时早已回去报告他没有赶上了。那听差是老板的心腹,既无骨气又愚蠢不堪。那么,说自己病了行不行呢?不过这将是最不愉快的事,而且也显得很可疑,因为他服务五年以来没有害过一次病。老板一定会亲自带了医药顾问一起来,一定会责怪他的父母怎么养出这样懒惰的儿子,他还会引证医药顾问的话,粗暴地把所有的理由都驳掉,在那个大夫看来,世界上除了健康之至的假病号,再也没有第二种人了。再说今天这种情况,大夫的话是不是真的不对呢?格里高尔觉得身体挺不错,只除了有些困乏,这在如此长久的一次睡眠以后实在有些多余,另外,他甚至觉得特别饿。

这一切都飞快地在他脑子里闪过,他还是没有下决心起床——闹钟敲六点三刻了——这时,他床头后面的门上传来了轻轻的一下叩门声。"格里高尔,"一个声音说,——这是他母亲的声音——"已经七点差一刻了。你不是还要赶火车吗？"好温和的声音！格里高尔听到自己的回答声时不免大吃一惊。没错，这分明是他自己的声音，可是却有另一种可怕的叽叽喳喳的尖叫声同时发了出来，仿佛是伴音似的，使他的话只有最初几个字才是清清楚楚的，接着马上就受到了干扰，弄得意义含混，使人家说不上到底听清楚没有。格里高尔本想回答得详细些，好把一切解释清楚，可是在这样的情形下他只得简单地说："是的，是的，谢谢你，妈妈，我这会儿正在起床呢。"隔着木门，外面一定听不到格里高尔声音的变化，因为他母亲听到这些话也满意了，就拖着步子走了开去。然而这场简短的对话使家里人都知道格里高尔还在屋子里，这是出乎他们意料之外的，于是在侧边的一扇门上立刻就响起了他父亲的叩门声，很轻，不过用的却是拳头。"格里高尔，格里高尔，"他喊到，"你怎么啦？"过了一小会儿他又用更低沉的声音催促道："格里高尔！格里高尔！"在另一侧的门上他的妹妹也用轻轻的悲哀的声音问："格里高尔，你不舒服吗？要不要什么东西？"他同时回答了他们两个人："我马上就好了。"他把声音发得更清晰，说完一个字过一会儿才说另一个字，竭力使他的声音显得正常。于是他父亲走回去吃他的早饭了，他妹妹却低声地说："格里高尔，开开门吧，求求你。"可是他并不想开门，所以暗自庆幸自己由于时常旅行，他养成了晚上锁住所有门的习惯。即使回到家里也是这样。

　　首先他要静悄悄地不受打扰地起床，穿好衣服，最要紧的是吃饱早饭，再考虑下一步该怎么办，因为他非常明白，躺在床上瞎想一气是想不出什么名堂来的。他还记得过去也许是因为睡觉姿势不好，躺在床上时往往会觉得这儿那儿隐隐作痛，及至起来，就知道纯属心理作用，所以他殷切地盼望今天早晨的幻觉会逐渐消逝。他也深信，他之所以变声音不是因为别的而仅仅是重感冒的征兆,这是旅行推销员的职业病。

【赏析】

这是《变形记》开头的一部分,在这段文字中,读者们看到了主人公在早上醒来的时候,发现自己变成了一只大甲虫,读者很难想象这个主人公的心情。当甲虫产生复杂的思想感情的时候,读者们感觉到很不可思议。透过这种反常、荒诞的形象,读者们看到的是这个社会的本质。但是人们需要知道的是真正的怪诞之处不是一个甲虫形象的人,而是这个人对自己变成甲虫形象的态度。抓不住这一点,读者就没办法把作品中怪诞的真正价值找出来。与其他揭示社会对人性的扭曲与腐蚀的作品相比,《变形记》中格里高尔的变形本身所具有的价值并不是非常独特的,独特的是这个变形所引出的格里高尔行为上的怪诞——对自己的变形毫不紧张、恐惧,反而念念不忘自己的工作和家人,这是自我个体性的真正的遗失。它告诉读者,无论"我"面对多么残酷的社会现实,只要"我"还没放弃,还没将自己遗忘,即使全世界都是"我"的敌人,"我"也还有着最后的希望,"我"也还在夹缝中存在着。但是,一旦"我"把自我的个体性遗失在社会性角色中,那么"我"就完全地不再存在了,这才是最可悲的。这才是《变形记》中怪诞形式的价值所在。

二、马尔克斯的《百年孤独》

哥伦比亚作家加夫列尔·加西亚·马尔克斯是魔幻现实主义流派的杰出代表,也是继阿斯图里亚斯之后又一位获得诺贝尔文学奖的拉美小说家,在世界文坛享有盛誉,他倾力创作的《百年孤独》更是魔幻现实主义文学的典范。作为拉美"文学爆炸"的代表作,这部小说全面而深刻地体现了魔幻现实主义文学的观念和创作方法,其艺术魅力是毋庸置疑的。对于这部小说，"左派喜欢它对社会斗争的处理和对帝国主义的描写；保守派则因这些斗争的腐化失败及家庭这个角色得以持存而欢欣鼓舞；虚无主义者和寂静派教徒感到他们的悲观主义又得到了肯定；而对政治漠不关心的享乐派则在所有的性描写和冒险活动中找到慰藉。对于不同的读者来说，这是一本名副其实的'见仁见智'的书"。

白得像鸽子的新宅落成之后，举行了一次庆祝舞会。扩建房屋的事是乌苏娜那天下午想到的，因为她发现雷贝卡和阿玛兰塔都已成了大姑娘。其实，大兴土木的主要原因就是希望有个合适的地方便于姑娘们接待客人。为了出色地实现自己的愿望，乌苏娜活像个做苦工的女人，在修建过程中一直艰苦地劳动，甚至在房屋竣工之前，她就靠出售糖果和面包赚了那么多伪钱，以便能够定购许多稀罕和贵重的东西，用作房屋的装饰和设备，其中有一件将会引起全镇惊讶和青年们狂欢的奇异发明——自动钢琴。钢琴是拆放在几口箱子里运到的，一块儿运采的有维也纳家具、波希米亚水晶玻璃器皿、西印度公司餐具、荷兰桌布，还有许多各式各样的灯具、烛台、花瓶、窗帷和地毯。供应这些货色的商号自费派来了一名意大利技师皮埃特罗·克列斯比，由他负责装配和调准钢琴，指导买主如何使用，并且教他们随着六卷录音带上的流行歌曲跳舞。

皮埃特罗·克列斯比是个头发淡黄的年轻小伙子，马孔多还不曾见过这样漂亮、端庄的男人。他那么注重外表，即使在闷热的天气下工作，也不脱掉锦缎坎肩和黑色厚呢上装。他在客厅里关了几个星期，经常大汗淋淋，全神倾注地埋头工作，就像奥雷连诺干活那样。在房主人面前，他却保持着恰如其分的距离。有一天早晨，皮埃特罗·克列斯比没有打开客厅的门，也没叫任何人来观看奇迹，就把第一卷录音带插入钢琴，讨厌的槌子敲击声和经久不息的噪音都突然停止了，在静谧中奇异地响起了和谐和纯正的乐曲。大家跑进客厅。霍·阿·布恩蒂亚惊得发呆，但他觉得奇异的不是美妙的旋律，而是琴键的自动起落。他甚至在房间里安好了梅尔加德斯的照相机，打算把看不见的钢琴手拍摄下来。这天早晨，意大利人跟全家一起进餐。这个天使般的人，双手白皙，没戴戒指，异常老练地使用着刀叉，照顾用膳的雷贝卡和阿玛兰塔一见就有点惊异。在客厅隔壁的大厅里，皮埃特罗·克列斯比开始教她们跳舞。他并不跟姑娘们接触，只用节拍器打着拍子，向她们表演各种舞步。乌苏娜却在旁边彬彬有礼地监视，女儿们学习跳舞的时候，她一分钟也没离开房间。在这些日子里，皮埃特罗·克列斯比穿上了舞鞋和紧绷绷的特殊裤子。

"你不必那么担心，"霍·阿·布恩蒂亚对妻子说，"因为这人像个娘儿们。"可是，在舞蹈训练结束、意大利人离开马孔多之后，乌苏娜才离开了自己的岗位，接着开始了庆祝的准备工作。乌苏娜拟了一份很有限的客人名单，其中仅仅包括马孔多建村者的家庭成员，皮拉·苔列娜一家人却不在内，因为这时她又跟不知什么男人生了两个儿子。实际上，客人是按门第挑选的，虽然也是由友情决定的：因为被邀请的人都是远征和马孔多建村之霍·阿·布恩蒂亚家的老朋友和他们的后代；而这些后代从小就是奥雷连诺和阿卡蒂奥的密友，或者是跟雷贝卡和阿玛兰塔一块儿绣花的姑娘。阿·摩斯柯特先生是个温和的镇长，他的权力纯粹是有名无实的，他干的事情就是靠自己的一点儿钱养着两名用木棒武装起来的警察。为了弥补家庭开销，他的女儿们开设了一家缝纫店，同时制作假花和番石榴糖果，甚至根据特殊要求代写情书。尽管这些姑娘朴实、勤劳，是镇上最漂亮的，新式舞比谁都跳得好，可是她们却没列入舞会客人的名单。

乌苏娜、阿玛兰塔和雷贝卡拆出裹着的家具，把银器洗刷干净，而且为了在泥瓦匠砌成的光秃秃的墙壁上增加生气，到处挂起了蔷薇船上的少女图。这时，霍·阿·布恩蒂亚却不再继续追踪上帝的影像，他相信上帝是不存在的，而且拆开了自动钢琴，打算识破它那不可思议的秘密。在庆祝舞会之前的两天，他埋在不知哪儿弄来的一大堆螺钉和小槌子里，在乱七八糟的弦线中间瞎忙一气，这些弦线呀，刚从一端把它们伸直，它们立刻又从另一端卷了起来。他好不容易才把乐器重新装配好。

霍·阿·布恩蒂亚家里还从来不曾这么忙乱过，但是新的煤油灯正好在规定的日子和规定的时刻亮了。房子还有焦油味和灰浆味，就开了门。马孔多老居民的子孙参观了摆着欧洲碳和秋海棠的长廊，观看了暂时还寂静无声的一间间卧室，欣赏了充满玫瑰芳香的花园，然后簇拥在客厅里用白罩单遮住的一个神奇宝贝周围。自动钢琴在沼泽地带的其他城镇是相当普及的，那些已经见过这种乐器的人就觉得有点扫兴，然而最失望的是乌苏娜：她把第一卷录音带放进钢琴，想让雷贝卡和阿玛兰塔婆婆起舞，钢琴却不动了。梅尔加德斯几乎已经双目失明，衰老已极，却想用往日那种神奇的本事把钢琴修好。最后，霍·阿·布恩蒂亚完全偶然地移动了一下卡住的零件，钢琴就发出了乐曲声，开头是咔嗒咔嗒的声音，然后却涌出混乱不堪的曲调。在随便绷紧、胡乱调好的琴弦上，一个个小槌子不住地瞎敲。可是，翻山越岭寻找过海洋的二十一个勇士顽固的后代，没去理睬杂乱无章的乐曲。舞会一直继续到了黎明。

【赏析】

这是《百年孤独》第四章的内容节选。主要讲述了舞会的筹备和开展工作。在这段文字中，读者看到了《百年孤独》呈现的诗意般的文字，还有思绪飘逸的描写。如文中写道："霍·阿·布恩蒂亚完全偶然地移动了一下卡住的零件,钢琴就发出了乐曲声,开头是咔嗒咔嗒的声音,然后却涌出混乱不堪的曲调。在随便绷紧、胡乱调好的琴弦上,一个个小槌子不住地瞎敲。可是,翻山越岭寻找过海洋的21个勇士顽固的后代,没去理睬杂乱无章的乐曲。舞会一直继续到了黎明。"在这里,开始写到零件,之后写到乐曲声,最后回到了舞会来,思绪飘逸,内容如意识流一样具有很大的空间想象力,能够为读者带来更多的阅读体会。

### 三、博尔赫斯的《沙之书》

《沙之书》是阿根廷作家博尔赫斯于1975年发表的小说集中的短篇小说之一。在博尔赫斯的小说中,隐藏在虚构故事中反复出现的主题往往是时间的永恒、存在的荒谬、个性的磨灭及人对自身价值的探究和对绝对真理的无望追求。他的小说往往通过幻想,运用象征手法表达这些主题。在他20世纪40至50年代的作品中经常出现迷宫、镜子、圆等意象。而在短篇小说《沙之书》中,那本虚构的"沙之书"没有起点,也没有终点,象征着无穷无尽。

《沙之书》在某种程度上可视为博尔赫斯小说创作的压卷之作之一。

线是由一系列的点组成的,无数的线组成了面,无数的面形成体积,庞大的体积则包括无数体积……不,这些几何学概念绝对不是开始我的故事的最好方式。如今人们讲虚构的故事时总是声明它千真万确;不过我的故事一点不假。

我单身住在贝尔格拉诺街一幢房子的四楼。几个月前的一天傍晚,我听到门上有剥啄声。我开了门,进来的是个陌生人。他身材很高,面目模糊不清。也许是我近视,看得不清楚。他的外表整洁,但透出一股寒酸。

他一身灰色的衣服，手里提着一个灰色的小箱子。乍一见面，我就觉得他是外国人。开头我认为他上了年纪；后来发现并非如此，只是他那斯堪的那维亚人似的稀疏的、几乎泛白的金黄色头发给了我错误的印象。我们谈话的时间不到一小时，从谈话中我知道他是奥尔卡达群岛人。

我请他坐下。那人过了一会儿才开口说话。他散发着悲哀的气息，就像我现在一样。

"我卖《圣经》。"他对我说。

我不无卖弄地回说："这间屋子里有好几部英文的《圣经》，包括最早的约翰·威克利夫版。我还有西普里亚诺·德瓦莱拉的西班牙文版，路德的德文版，从文学角度来说，是最差的，还有武尔加塔的拉丁文版。你瞧，我这里不缺《圣经》。"

他沉默了片刻，然后搭腔说："我不光卖《圣经》。我可以给你看看另一部圣书，你或许会感兴趣。我是在比卡内尔一带弄到的。"

他打开手提箱，把书放在桌上。那是一本八开大小、布面精装的书。显然已有多人翻阅过。我拿起来看看，异乎寻常的重量使我吃惊。书脊上面印的是"圣书"，下面是"孟买"。

"看来是 19 世纪的书。"我说。

"不知道。我始终不清楚。"他回答说。

我信手翻开。里面的文字是我不认识的。书页磨损得很旧，印刷粗糙，像《圣经》一样，每页两栏。版面分段，排得很挤。每页上角有阿拉伯数字。页码的排列引起了我注意，比如说，逢双的一页印的是 40,514，接下去却是 999。我翻过那一页，背面的页码有八位数。像字典一样，还有插画：一个钢笔绘制的铁锚，笔法笨拙，仿佛小孩画的。

那时候，陌生人对我说："仔细瞧瞧，以后再也看不到了。"

声调很平和，但话说得很绝。

我记住地方，合上书。随即又打开。尽管一页页地翻阅，铁锚图案却再也找不到了。我为了掩饰惶惑，问道："是不是《圣经》的某种印度斯坦文字的版本？"

"不是的，"他答道。

然后，他像是向我透露一个秘密似的压低声音说："我是在平原上一个村子里用几个卢比和一部《圣经》换来的。书的主人不识字。我想他把圣书当作护身符。他属于最下层的种姓，谁踩着他的影子都认为是晦气。他告诉我，他那本书叫"沙之书"，因为那本书像沙一样，无始无终。"

他让我找找第一页。

我把左手按在封面上，大拇指几乎贴着食指去揭书页。白费劲：封面和手之间总是有好几页。仿佛是从书里冒出来的。

"现在再找找最后一页。"

我照样失败，我目瞪口呆，说话的声音都变得不像是自己的："这不可能。"

那个《圣经》推销员还是低声说："不可能，但事实如此。这本书的页码是无穷尽的，没有首页，也没有末页。我不明白为什么要用这种荒诞的编码办法，也许是想说明一个无穷大的系列允许任何数项的出现。"

随后，他像是自言自语地说："如果空间是无限的，我们就处在空间的任何一点。如果时间是无限的，我们就处在时间的任何一点。"

他的想法使我心烦。我问他："你准是教徒喽？"

"不错，我是长老会派。我问心无愧。我确信我用《圣经》同那个印度人交换他的邪恶的书时绝对没有蒙骗。"

我劝他说没有什么可以责备自己的地方，问他是不是路过这里。他说打算待几天就回国。那时我才知道他是苏格兰奥尔卡达群岛的人。我说出于对斯蒂文森和休漠的喜爱，我对苏格兰有特殊好感。

"还有罗比·彭斯。"他补充道。

我和他谈话时，继续翻弄那本无限的书。我假装兴趣不大，问他说："你打算把这本怪书卖给不列颠博物馆吗？"

"不。我卖给你。"他说着，开了一个高价。

我老实告诉他，我付不起这笔钱。想了几分钟之后，我有了办法。

"我提议交换，"我对他说。"你用几个卢比和一部《圣经》换来这本书；我现在把我刚领到的退休金和花体字的威克利夫版《圣经》和你交换。这部《圣经》是我家祖传。"

"花体字的威克利夫版！"他咕哝说。

我从卧室里取来钱和书。我像藏书家似的恋恋不舍地翻翻书页，欣赏封面。

"好吧，就这么定了。"他对我说。

使我惊奇的是他不讨价还价。后来我才明白，他进我家门的时候就决心把书卖掉。他接过钱，数也不数就收了起来。

我们谈印度、奥尔卡达群岛和统治过那里的挪威首领。那人离去时已是夜晚。以后我再也没有见到他，也不知道他叫什么名字。

我本想把那本沙之书放在威克利夫版《圣经》留下的空当里，但最终还是把它藏在一套不全的《一千零一夜》后面。

我上了床，但是没有入睡。凌晨三四点，我开了灯，找出那本怪书翻看。其中一页印有一个面具,角上有个数字,现在记不清是多少,反正大到九次幂。

我从不向任何人出示这件宝贝。随着占有它的幸福感而来的是怕它被偷掉,然后又担心它并不真正无限。我本来生性孤僻,这两层忧虑更使我反常。我有少数几个朋友,现在不往来了。我成了那本书的俘虏,几乎不再上街。我用一面放大镜检查磨损的书脊和封面,排除了伪造的可能性。我发现每隔两千页有一帧小插画。我用一本有字母索引的记事簿把它们临摹下来,簿子不久就用完了。插画没有一张重复。晚上,我多半失眠,偶尔入睡就梦见那本书。

夏季已近尾声,我领悟到那本书是个可怕的怪物。我把自己也设想成一个怪物:睁着铜铃大眼盯着它,伸出带爪的十指拨弄它,但是无济于事。我觉得它是一切烦恼的根源,是一件诋毁和败坏现实的下流东西。

我想把它付之一炬,但怕一本无限的书烧起来也无休无止,使整个地球乌烟瘴气。

我想起有人写过这么一句话:隐藏一片树叶的最好的地点是树林。我退休之前在藏书有九十万册的图书馆任职,我知道门厅右边有一道弧形的梯级通向地下室,地下室里存放报纸和地图。我趁工作人员不注意的时候,把那本沙之书偷偷地放在一个阴暗的搁架上。我竭力不去记住搁架的哪一层,离门口有多远。

我觉得心里稍稍踏实一点,以后我连图书馆所在的墨西哥街都不想去了。

【赏析】

这部分向读者展示了艺术的真实。从卖书人向"我"推销书,这个如真实推销过程的描写，推销员的身材、头发等细节描写就让人觉得真有其人，这里为小说提供了一个真实的情境。紧接着对"沙之书"神奇之处的描写又是把读者带进了一个虚幻的、无限的、虚构的情境中。接下来写"他进我家门的时候就决心把书卖掉"，又使"我"得到那本"沙之书"这个结果更合理化、真实化。这真真假假的转换与穿插使读者在一个真实与虚构的迷宫中穿梭，找不到出口，不知道应该相信真还是相信假。这艺术的真实就是要在"假中见真"，它虽然是虚构的，但也是建立在符合事物理论逻辑或者是符合情感逻辑的基础上的，就像小说中"我"的钱不够，宁愿用钱再加上书来换得这本神奇的"沙之书"，得到书之后忍不住不停翻阅，这些心理、行为都是现实生活中的大多数人所具有的、所做的，这是符合情感和行为逻辑的，因此就能被读者所接受。虽然博尔赫斯这篇小说对"沙之书"的描写是那么神奇、虚幻、荒诞不经，但是它是符合事理逻辑的情境的，就是事物、世界无限，没有起点没有终点，而对这无限，人们无所适从，无法摆脱这个困境，就像小说中的"我""领悟到那本书是个可怕的怪物"，"觉得它是一切烦恼的根源"，"想把它付之一炬，但怕一本无限的书烧起来也无休无止"。人们面对无限是如此迷茫、无助。

小说就是建立在这个符合事理逻辑的情境中，这个假定性的情境创造归根到底还是基于真事理和真情感的，因此对"沙之书"的描写即使过于神奇荒诞，也能让读者产生真实的幻觉。正是博尔赫斯把自己对生活的真实认识和感悟用艺术的形式揭示和表现，使得读者就会从心理倾向上忽略其他而"以假为真"，增强了小说的真实性，更有代入感。在这里面"沙之书"代表着世界的无穷无尽，存在的隐喻象征着知识的无穷无尽、烦恼的无穷无尽等。

# 参考文献

[1]洪子城.中国当代文学史[M].北京:北京大学出版社,2013.

[2]蒋承勇.西方文学"人"的母题研究——从古希腊到 18 世纪[D].成都:四川大学,2002.

[3]李红岩.魏晋南北朝困厄文人创作研究[D].西安:陕西师范大学,2011.

[4]李华.鲁迅与左翼文学运动[D].长春:吉林大学,2014.

[5]李新.新世纪文学中的底层叙事[D].长春:东北师范大学,2009.

[6]李朝君.论塞万提斯小说中的流浪[D].湘潭:湘潭大学,2013.

[7]梁立基,何乃英.外国文学简编(亚非部分)[M].北京:中国人民大学出版社,2004.

[8]刘绍峰.文学重建与民族国家新生[D].长沙:湖南师范大学,2014.

[9]钱理群,温如敏,吴福辉.中国现代文学三十年[M].北京:北京大学出版社,2014.

[10]任树民.先秦两汉抒情文学的诗性特质研究[D].济南:山东大学,2014.

[11]孙秀华.《诗经》采集文化研究[D].济南:山东大学,2012.

[12]王琳.解析浮士德的现代人困境[D].大连:大连理工大学,2016.

[13]王凌霄.神话、祭仪与悲剧的诞生[D].济南:山东师范大学,2014.

[14]王艳敏.魏晋精神对李白的影响研究[D].青岛:青岛大学,2017.

[15]辛晓娟.杜甫七言歌行艺术研究[D].北京:北京大学,2012.

[16]邢培顺.曹植文学研究[D].济南:山东师范大学,2010.

[17]游国恩.中国文学史[M].北京:人民教育出版社,2007.

[18]张文东.传奇叙事与中国当代小说[D].长春:东北师范大学,2013.

[19]周珊.《哈姆雷特》中的死亡意象与基督教观念[D].苏州:苏州大学,2011.

[20]朱维之.外国文学简编(欧美部分)[M].北京:中国人民大学出版社,2015.

[21]朱玥.泰戈尔诗歌中的死亡主题研究[D].西安:陕西师范大学,2013.

[22]邹婷.白居易的诗歌创作与中国佛学[D].苏州:苏州大学,2008.

# 附　录

## 泰戈尔文学作品赏读

泰戈尔作为印度最伟大的作家,代表着印度文学艺术的最高成就,为此,这里对泰戈尔的有关文学作品进行补充和说明。

罗宾德拉纳特·泰戈尔是印度近代文学史上著名的诗人、文学家、艺术家、哲学家、思想家和社会活动家。在他60多年的创作生涯中,创作了50多部诗集、20多部戏剧、近百篇短篇小说、12部中长篇小说,还写下了游记、书简、回忆录及有关文学、哲学、宗教、教育等方面的论文,并且谱写了2 000多首歌曲,画了近2 000幅画。泰戈尔在1913年凭借诗集《吉檀迦利》获得诺贝尔文学奖,成为第一个获得诺贝尔文学奖的东方作家。泰戈尔不仅在印度文学史上有着很高的地位,在世界文学中也有着深远的影响。

在中国,对泰戈尔的研究和传播始于1913年。当时《东方杂志》的主编钱智修发表《台峨尔氏之人生观》一文,介绍了泰戈尔思想中的人道主义质素。最早翻译泰戈尔诗歌的人是陈独秀,他在1915年10月《青年杂志》第一卷第二期上发表了题为《赞歌》的四首译诗,采用了五言绝句的形式，泰戈尔在中国的译介由此开始。随着新文化运动的兴起，泰戈尔作品在中国的翻译就逐渐多了起来，小说、戏剧、散文、诗歌等各种体裁都有译本，总体而言，这个时期对泰戈尔的译介还不是很多。进入 20 世纪 20 年代，对泰戈尔的译介全面展开，并在 1924 年泰戈尔访华后，形成了一场"泰戈尔热"。在此期间，出现了很多的翻译者，知名的译者有郑振铎、叶绍钧、冰心、刘大白、李金发、梁宗岱等，还有许多不知名的普通读者也参与了译介。通过他们的努力，泰戈尔的主要作品都被介绍到中国，并且泰戈尔的诗歌也影响了当时一些作家的诗歌创作。随着泰戈尔访华的结束，中国这一时期的"泰戈尔热"逐渐降温。

到了 1961 年泰戈尔 100 周年诞辰之际，中国举行了隆重的纪念大会，人民文学出版社出版了十卷本的《泰戈尔作品集》，这部著作虽然尚未包括泰戈尔的全部创作，但比较全面地反映了泰戈尔的创作成就。20 世纪 80 年代后，泰戈尔作品的不同译本大量出现，泰戈尔的纪念活动、研讨会相继举行，从文学的角度研究和分析泰戈尔作品的论文逐渐增多，加上印度文学研究年会的定期召开，进一步增强了泰戈尔研究的深度和广度。进入 21 世纪，我国的泰戈尔翻译和研究取得了很大的成绩。2000 年，河北教育出版社出版了由刘安武、倪培耕、白开元主编的 24 卷本的《泰戈尔全集》，关于泰戈尔的研究又有了更进一步的开拓和深化。可以说，泰戈尔对中国的文学产生了很大的影响。

一、泰戈尔诗歌赏析

吉檀伽利(节选)

泰戈尔

在我向你合十膜拜之中，

我的上帝，

让我一切的感知都舒展在你的脚下，

接触这个世界。

像七月的湿云，

带着未落的雨点沉沉下垂，

在我向你合十膜拜之中，

让我的全副心灵在你的门前俯伏。

让我所有的诗歌，

聚集起不同的调子，

在我向你合十膜拜之中，

成为一股洪流，

倾注入静寂的大海。

像一群思乡的鹤鸟，

日夜飞向它们的山巢，

就在我向你合十膜拜之中，

让我全部的生命，

启程回到它永久的家乡。

**【赏析】**

这首诗表达了泰戈尔对于死亡的终极诠释，同时是这部为泰翁带来诺贝尔文学奖荣耀的诗集中的最后一首诗歌。在获得诺贝尔文学奖的作家当中，泰戈尔算是最为读者——尤其是中国读者所熟知的一位。他的诗歌，不艰涩、不晦暗，充满丰富的审美意象和浅显又深奥的哲理。他的诗歌用朴素优雅的外表承载着诗人敏锐的哲思和对于整个世界的态度。

诗人借助姿态万千的意象诠释死亡，同时用自己一生的经历和体验赋予了死亡全新的意义。死亡在泰戈尔的诗歌当中，不再是生命个体的终结、无尽的悲痛情绪和失去的幻灭感，而是成为一个舞者，在诗人的诗界中欢乐舞蹈，她绚烂的裙摆散发出的尽是对于生命的赞美和热爱。泰戈尔的身上，兼具诗人、哲学家和宗教学者的身份，他拥有着属于自己的宗教哲学观念。在诗人的心中，亲证梵我合一是其所追求的最高境界，诗人的一生也恪守着这一宗教哲学理念。死亡，是实现这一最高境界的途径之一。

吉檀迦利(节选)

泰戈尔

就是这股生命的泉水，

日夜流穿我的血管，

也流穿过世界，

又应节地跳舞。


就是这同一的生命，

从大地的尘土里快乐地伸放出无数片的芳草，

迸发出繁花密叶的波纹。


就是这同一的生命，

在潮汐里摇动着生和死的大海的摇篮。


我觉得我的四肢因受着生命世界的爱抚而光荣。

我的骄傲，

是因为时代的脉搏，

此刻在我血液中跳动。

【赏析】

流经宇宙的生命之泉使繁花密叶绽放，孕育出新生与消亡，它存在于
"我"的血液里，贯通自我与世界，乃至一个又一个时代。对于人来说，个体
人格的意识正是始于与万物分享的感觉，并在与万物统一的感觉中完成
人格的升华。

宇宙的源出隐喻了万物包括人自身都由"神"而产生，必然携带着关
于"神"的信息。因此，虽然人本身也是一个未知，但人的灵魂总是渴望着
未知的远方。泰戈尔相信，"神"必然与这个世界有某种关联，这种关联隐
秘地藏在人的灵魂之内。他深深地感到人与整体之间的这种情感上的关

联。泰戈尔坚信,"神"并非完全不可知,人凭借灵魂之力,可以自觉地发现这种关联,从而得以享有人所证悟的关于神的知识。泰戈尔关注与人产生关联的整体性人格的"神",同样关注产生于它、并与它相统一的万事万物。"神圣的合一原理,一直是一种内在相互关系的原理。"人居住在这个世界中,他的生活与整个世界紧密联系在一起。所以泰戈尔的"神",也可以说是自然万物和人自身。对于泰戈尔来说,"神"是最高的人格,而由"神"创造并显现给读者的世界是一个有个性的整体,是属于人的世界,由人的感觉、情感、理性、意识所构成。

## 园丁集(第五首)

### 泰戈尔

我心绪不宁。我渴望着遥远的事物。

我的灵魂在幻想中走出,要去触摸幽暗的远处的边缘。

呵,"伟大的来生",呵,你笛声的高亢的呼唤!

我忘却了,我总是忘却了,我没有奋飞的翅翼,我永远在这地点系住。


我希望而又清醒,我是一个异乡的异客。

你的气息向我低语出一个不可能的希望。

我的心懂得你的语言,就像它懂得自己的语言一样。

呵,"遥远的寻求",呵,你笛声的高亢的呼唤!

我忘却了,我总是忘却了,我不认得路,我也没有生翼的马。

我心绪不宁,我是自己心中的流浪者。

在疲倦时光的日霭中,你广大的幻象在天空的蔚蓝中显现!

呵,"最远的尽头",呵,你笛声的高亢的呼唤!

我忘却了,我总是忘却了,在我独居的房子里,所有的门户都是关闭的。

【赏析】

人生而有限,"没有奋飞的翅翼",在肉体的生理局限性里,只能处于当下的某一点。然而,无限传来了信息,灵魂骚动不安,"希望而又清醒"地要去触摸那"幽暗的远处的边缘",却苦于找不到回归无限的方法,因为"我不认得路,也没有生翼的马",在"自我"的堡垒中,人只能作为异乡的异客无止境地流浪。

有限与无限,肉体与灵魂,现实与未知,这些矛盾对立的双重性就是人的基本属性。人运用不同的方法来解"生命"这个永恒的谜,科学与艺术在本质上是对生命的不同的探究方式。只不过它们只是对生命的某一侧面的匆忙一瞥。任何对于生命的定义都是将无限之生命圈禁在有限之中,犹如泰戈尔诗中的游方僧所唱:"不可知的鸟儿飞进竹笼。""你"为自己捉住了捉不住的东西,却不知道,游方僧在唱的就是"你"自己的故事。是"你"自己将"你"本质无限的生命囚禁在处处设定界限的篱栅里。将自己从"人神"降格为"凡人","定义的围墙内的寓所里,他做着工资固定的工作,额上写着'平凡'"。

从上面的诗歌中,读者可以看到泰戈尔持着这样一种生命观:一方面,泰戈尔积极地接纳人的有限存在,在日常生活中尽责地履行着世俗的职责,也享受着世俗的乐趣;另一方面,又常常让自己沉醉于遥远的未知之中,并在其中品尝到"无限"。渴望无限就是渴望超脱现有的生命框架,感受更多生命的真相,从而对当下的生命认知持一种审慎的态度,保持一份对生命的敬畏和谦卑,而不是狂妄与破坏。

飞鸟集(节选)

泰戈尔

夏天的飞鸟,

飞到我的窗前唱歌,

又飞去了。


秋天的黄叶,

它们没有什么可唱,

只叹息一声,

飞落在那里。

【赏析】

这首诗表象清晰。小鸟在夏天快活地飞来飞去,给人唱了歌,就又飞走了。黄叶沉默着,没有什么表示便落到了地上。

"夏天的飞鸟"隐喻印度游吟诗人,他们终生漂泊,边走边唱,每到一处便会为人们留下美好的感觉。"秋天的黄叶"隐喻印度的林中隐士,他们离群索居,不给别人带来影响,自生自灭。这两个对比鲜明的形象,为读者打开了这首诗的深层意蕴,那就是世界上有两种人:一种是尽管卑微,却终生为他人服务,给他人带来美好的感受或有益的影响,他们的生命是极具价值的;另一种人心高气傲,与人老死不相往来,永远只为自己打算,终生孤立于人群，永远不会给别人带来任何好处，只会在那里发出自怜自艾的叹息，这样的生命是苍白的。由此可以看出，诗歌意在劝谕人做有益于他人的人，也表明诗人决心终生服务于他人，飞到他人的窗前歌唱。

二、泰戈尔小说赏析

泰戈尔以诗人的身份享誉世界，但他在短篇小说创作上同样取得了很高的成就。他的短篇小说综合了诗歌与小说的特点，篇幅短小，内容深广，故事性强，充满浪漫传奇色彩。他的短篇小说艺术特色的形成，受到他个人的艺术家气质、印度文化传统及西方文明的影响。泰戈尔的短篇小说创作艺术，对正处于传统与现代转型时期的中国文坛，产生了一定的影响。泰戈尔对冰心小说诗化、散文化风格，及对许地山的叙事谋略——故事胎型、叙事视角带来诸多启示。

## 素　芭

### （一）

当给这个女孩子取名叫素芭茜妮的时候，谁会料到她会成为一个哑巴呢？她的两个姐姐名叫素可茜妮和素哈茜妮。为了使她们的名字相似，父亲就给她取名叫素芭茜妮。现在大家都简称她素芭。

根据惯例，她的两个姐姐经过相看和赔送礼钱才嫁出去。现在，这个最小的女儿犹如一块沉默的重石，压在她父母的心上。

大家都以为不会说话的人，也就不会有感觉。因此，他们就经常当着她的面表示对她前途的忧虑。她从小就知道，由于神仙的诅咒她才降生在父母家里。因此，她总是企图避开人们的目光，独自待在一边。她常常在想:"如果大家把我忘掉,那该多好哇!"但是谁能忘掉痛苦呢?她的父母日夜为她忧虑。

特别是她的母亲,总是把她看成是自己身上的一种残疾。因为在母亲看来,女儿与儿子相比就更加属于自己身体的一部分——她认为女儿的某种缺陷是自己羞耻的根源。素芭的父亲爱她似乎胜过爱其他的两个女儿;她的母亲却把她看成是自己身上的一个污点,对她十分讨厌。

素芭虽然不会说话,但她却有一双缀着长长睫毛的黑黑的大眼睛;她那两片嘴唇在表达某种感情的时候,宛如两片娇嫩的花瓣,在不停地抖动着。

我们用语言来表达思想感情,需要付出很大的努力才能办到,有时候还要经过翻译过程。就是这样,也不是所有的时候都能准确地表达;如果缺乏表达能力,还常常发生错误。

但是她那双黑黑的大眼睛,根本不需要翻译——就能把自己的思想感情表现出来。这双眼睛在表达思想感情的时候,时而睁得大大的,时而闭得严严的,时而炯炯有神,时而悲楚暗淡;有时就像西垂的月亮一样,凝视着前方;有时又像急速的闪电,在四周闪亮。哑人自有生以来除了面部的表情就再也没有别的语汇,但是他们眼睛的语汇却是无限丰富、无比深沉——就像清澈的天空一样,成为黎明与黄昏、光明与阴影的宁静的游戏场所。这位失去话语的哑女就像大自然一样,具有一种孤僻的庄严性格。一般的孩子,对她都怀有一种恐惧心理,所以都不和她在一起玩耍。她就像寂寞的中午一样,显得沉默和孤独。

## （二）

这个村子名叫琼迪布尔。村里的一条河，是孟加拉邦的一条小河，犹如中产阶级家庭的女儿一样，它流程不长。这条优美苗条的小河，为保护自己的河岸而勤奋地工作着，它仿佛与两岸村庄里的所有人都建立了亲密的关系。在河的两边是人们的房舍和绿树成荫的高大河堤。这条小河——村中的拉克什米，迈着急促的脚步走过低地，怀着欢快的心情忘我地做着无数的善事。（拉克什米：印度古代神话传说中的幸福女神，毗湿奴的妻子，以美貌著称。）

巴尼康托的房舍紧靠着河岸。过往船夫可以看到这家的竹篱笆，八顶草棚，牛栏，仓房，草垛，合欢树和长满芒果、木棉、香蕉树的果园。我不知道在这些家产中间是否有人注意到了这个哑女，不过她的活一做完，她就来到这河边。

大自然仿佛是要为她弥补不会说话的缺陷，仿佛是在为她述说心语。河水淙淙，人声喧腾，渔民哼着小曲，百鸟在啼鸣，树木发出婆娑声——这一切都与周围的运动融会在一起了，就像大海的波涛一样，冲击着这位少女永远平静的心灵彼岸。自然界里各种各样的声音和形形色色的运动，就是这个有着花瓣式的大眼睛的哑女——素芭的语言，也是她周围世界的语言；从蟋蟀鸣叫的草地到默默无语的星空，只有手势、表情、歌声、哭泣和叹息。

中午，船夫和渔民们都去吃饭，家里的人正在午睡，鸟儿不再啼叫，渡口上船已停运；人类世界仿佛突然间停了一切活动，变成一座可怕而孤独的雕像。这时候，在炎热而广阔的天宇之下，只有一个默默无声的大自然和一个默默无声的哑女，在面对面地静坐着——一个置身于火热的阳光下，而另一个则坐在一棵小树的阴影里。

素芭也并不是没有知心朋友的。牛栏里的两头母牛——绍尔波西和班古利，就是她的好友。它们从来没有听到过这个姑娘呼叫自己的名字，但是它们却熟悉她的脚步声——这是她的一种无言的亲切的声音。通过这声音，它们比通过语言更容易了解她的心。素芭什么时候爱抚它们，斥责它们，哄劝它们，对这一切它们比人还了解得深切。

素芭一走进牛栏，就用双手搂着绍尔波西的脖子，把自己的面颊紧紧地贴在它的耳朵上偎擦，而班古利就一边用温柔的目光望着她，一边舔她的身体。这个女孩每天照例三次来到牛栏里，此外她还不定时地前来拜访。每当她在家里听到某些刻薄的话语，她就立即来到她那两个哑巴朋友身边——而它们从她那富有忍耐性的沉郁的目光中，凭着一种朦胧的洞察力，仿佛已经体察到姑娘的内心痛苦。它们走近素芭的身边，用犄角轻轻地抚弄她的手臂，企图以无言的同情来安慰她。

除了两头母牛，还有一只山羊和一只小猫，虽然素芭对它们的友谊并不都是一样的，可是它们对素芭倒表现出相当的亲热。那只小猫不论白天还是黑夜，一有机会就不知羞愧地趴在素芭温暖的怀里，甜蜜地打着瞌睡。每当素芭用温柔的手指抚摸它的脖颈和后背的时候，它就特别容易进入梦乡，因此它一再向素芭表示，希望她那样做。

## （三）

　　在高级动物中间，素芭还结识了一个朋友，但是很难断定，姑娘和他的友情究竟有多深，因为他是一个会说话的动物。所以，在他们俩之间就没有共同的语言。

　　贡赛家里的小少爷，名叫普罗达普。这个人非常懒惰。他的父母经过多次努力之后，已经不再指望他能为改善家庭境况而做点什么事情。懒惰的人倒也有一个好处：虽然亲人们厌弃他，可他却成了那些与他无亲无故的人们所喜爱的对象，因为他既然不做任何事情，也就成为公共财产了。这就像在城里，要有一个半个不属于任何人家的公共花园一样，那么在乡下，也特别需要有几个不做事的公共闲人。什么地方由于工作、娱乐缺少人手，他们就可以到那里去帮忙。

　　普罗达普的主要爱好是执竿垂钓。钓鱼消磨了他不少的时光。每天下午，几乎都可以看到他在河边从事这项工作。因此，他与素芭差不多经常见面。不论做什么事情，只要能有一个伙伴，普罗达普就很高兴。钓鱼的时候，能有一个不会说话的伙伴，那是最好不过了，因此，普罗达普对素芭很尊敬。大家都叫她素芭，而普罗达普却亲昵地叫她"素"。

　　素芭坐在一棵合欢树下，普罗达普坐在离她不太远的地方，执着钓竿，望着水面。普罗达普带来了一些蒟酱叶，素芭就亲自为他调弄好。我感到，她这样长时间坐在那里望着，是想对普罗达普有所帮助，为他做点什么事情，她用各种方法向他表示：她在这个世界上也并不是一个毫无用处的人。但是，这里真的没有事情可做。这时候，她就默默祈求神仙赋予她一种非凡的能力——她希望一念咒语,就会突然创造出这样一种奇迹来,使普罗达普看见就会惊异地说:"哎呀! 我真没有想到,我们的素芭有这样大的本事! "

请你们想想看! 假如素芭是水神公主,她就会慢慢地游出水面,把蛇王头上的一块宝石送到岸边。那时候,普罗达普就会放弃他那项下贱的钓鱼职业,带着那块宝石潜入水底,而且会在那里看到,是谁坐在那银光闪闪的水晶宫里的金色宝座上。那是巴尼康托家里的哑女——我们的素芭,她就是这个珠光闪烁的静谧的王宫中的唯一的公主。难道这不可能吗? 这是完全可能的! 其实,并没有什么不可能的事。不过,素芭不是生在无臣民的水下王族之家,而是生在巴尼康托的家里,而且她也没有办法使贡赛家里的少爷——普罗达普感到惊讶。

(四)

素芭的年龄渐渐大了。她仿佛渐渐地感触到了自己。一种新的无法形容的意识力,仿佛是在月圆之日从大海涌来的一股潮水,在填补着她心灵的空虚。她望着自己,想着自己,询问着自己,但是她却得不到答案。

在一个深沉的月圆之夜,她打开卧室的门,胆怯地探头向外窥视。月圆时节的大自然就像素芭一样,正在俯视着孤独酣睡的大地——她那充满青春的欢乐、激情、忧伤的无限孤寂的生活,完全达到了最后的极限,甚至大大地超过了它,可是她却一句话也说不出来。一个沉默、忧伤的少女,就这样伫立在沉默、忧伤的大自然身边。

在这方面,肩负着女儿重担的父母,心里是焦虑不安的。人们开始谴责他们，甚至传说要把他们从村里赶出去。巴尼康托的家庭比较富裕，每日两餐有鱼有米，因此他的仇人也不少。

夫妻俩经过详细商量之后，巴尼康托到外地去了一些日子。

最后他回来了，说道："走吧，到加尔各答去。"

他们开始为到外地去做准备工作。素芭的整个内心犹如被浓雾笼罩的朝霞一样，完全沉浸在泪水里。这些天来，她怀着一种恐惧的心情，就像一头沉默的牲畜一样，紧跟在父母的身后。她睁着一双大大的眼睛，望着他们的脸，企图探听到一点儿消息，但是他们什么都没有对她讲。

有一天下午，普罗达普拿着钓鱼竿，笑着对她说："喂，素！是不是家里给你找了一个女婿，你要出嫁了？你可别把我们给忘了！"说后又去专心钓鱼了。

素芭像一头受伤的小鹿望着猎人那样，注视着普罗达普，仿佛在默默地说："我有什么对不起你的地方呀？"这一天，她没有再坐在树下。巴尼康托睡过午觉，正在卧室里吸烟，素芭坐在父亲的脚下，望着他的脸哭了起来。最后，巴尼康托想安慰女儿几句，可是从他那干瘦的面颊上也流下了眼泪。

他们已经决定，明天到加尔各答去。素芭走进牛栏，向她的童年的朋友告别，亲手为它们加了草料，搂着它们的脖颈，用一双蕴含着话语的眼睛，再一次深情地望着它们——

她那一双花瓣似的眼睛扑簌簌地滴着泪水。

这一天，正是月圆的夜晚。素芭走出卧室，来到她从小就熟悉的河边，扑倒在绿茸茸的草地上——仿佛她要用双手抱住大地——这位巨大而沉默的人类母亲，并想对她说："你不要让我走啊！母亲！你也像我拥抱你一样，伸出双手紧紧把我抱住吧！"

一天，在加尔各答的一座住宅里，素芭的母亲在仔细地为她梳妆打扮：把她的头发扎起来，编成发辫，在发辫上扎上彩带，给她戴上首饰——这样就破坏了她那自然的美。素芭的两眼在流着泪水。她母亲担心她会把眼睛哭肿，于是就狠狠地责骂她，但眼泪是不会顺从责骂的。

新郎和他的朋友一起来相亲了。新娘的父母焦虑不安地忙乎起来，仿佛是天神亲自降临人间，为自己挑选祭畜来了。母亲在背后大声训斥女儿，致使素芭的眼泪加倍地流淌。就这样她被带到了来相亲的人面前。

相亲的人看了好一会儿，说道："还不错。"

特别是当他看到姑娘啼哭的时候，就意识到："她一定有一颗温柔的心。她今天在与父母分别的时候这样难过，那么将来对我也会是如此。"姑娘的眼泪只会提高她的身份，这就如同珍珠会提高海蚌价格一样。因此，他再也没有说什么。

查过历书之后，在一个吉日良辰为他们举行了婚礼。素芭的父母把哑女交给别人之后，就回到乡下的家里去了——他们的种姓和来世都有了保障。

新郎在西部地区工作。婚后不久，他就带着妻子到那里去了。

没过一周，大家就知道了，新媳妇是个哑巴。如果谁还不知道的话，那也不是她的过错。她并没有欺骗任何人。她的两只眼睛已经述说了一切，可是并没有人能理解。她望着四周，说不出话来。她看不到懂得哑人语言的、从小就熟悉她的那些人的面孔。在这个小姑娘永远沉默的心中，发出了一种无休止的不可名状的哭泣，但是除了神仙再也没有谁能听到。

这一次，她丈夫眼耳并用又相了亲，娶来了一个会说话的姑娘。

【赏析】

这篇文章主要讲述了哑女素芭的善良、孤寂、命运悲惨。

哑女最有特点的是她的那一双眼睛，"这双眼睛在表达思想感情的时候，……时而就像西垂的月亮一样，凝视前方；时而又像急速的闪电，在四周闪亮"。月亮西垂时的夜晚是寂静的，喧嚣的大自然在这一刻都陷入沉静。而远挂天际的月亮，此时就像一位静静思考的圣人，安静慈祥。泰戈尔把哑女素芭的眼睛比喻成夜晚西垂的月亮，形象地传达出她沉思时静谧的神情。素芭虽然不能出声，但她的眼睛却能把她心底的想法传达出来。在此处采用喻体"急速的闪电"，刻画了哑女虽不能言，却能通过眼神传达她的思绪，极大地感染周围人群。而多个喻体的出现，从不同的侧面展现了哑女多面的形象，同时运用"月亮""闪电"这两个反差极大的喻体，把一个时而嬉笑活跃、时而安静沉思的哑女形象，栩栩如生地刻画出来。

哑女在沉默的语言中召唤无限的爱。素芭没有什么朋友，她的知心朋友只有牛栏里的两头母牛——绍尔波西和班古利，从这里读者可以看出素芭是一个多么孤寂，多么需要爱的关怀，需要朋友的女孩。可是当她开始有一个真心相爱的朋友时，文章中写道："我感到，她这样长时间坐在那里望着，是想对普罗达普有所帮助，为他做点什么事情，她用各种方法向他表示：她在这个世界上也并不是一个毫无用处的人。但是，这里真的没有事情可做。"这个时候，她想为自己心中的朋友做点什么，可素芭是无奈的，因为她什么也做不了，她卑微地爱着，她又是多么需要他能够看到，她需要他的关爱。

除了内容上，文章中的语言也值得读者关注。小说以诗意的语言引起了读者的注意。文中语言如流动的水，充满诗意和画面，同时运用各种表现手法提高语言的表现力，展示了文章的语言功力。最后，语言带来的淡雅忧伤让读者叹之、念之。